ハヤカワ文庫NV
〈NV1448〉

悪魔の赤い右手　殺し屋を殺せ2

クリス・ホルム
田口俊樹訳

早川書房
8314

RED RIGHT HAND

by

Chris Holm

Translated by

Toshiki Taguchi

First published 2019 in Japan by

HAYAKAWA PUBLISHING, INC.

This book is published in Japan by

arrangement with

LITTLE, BROWN AND COMPANY

New York, New York, U.S.A.

through TUTTLE-MORI AGENCY, INC., TOKYO.

あの凄絶《せいぜつ》な火を燃え立たせた彼の気息《きそく》が再び勢いをえて、
七倍の熱さに達するほどの火を吹き起こし、
その焔の中にわれわれを投げ入れたらどうなるか。
中断していた彼の復讐の念が、その赤い右手に武器を与え、
天より下ってわれわれを苦しめるとすれば？

――ジョン・ミルトン『失楽園』（平井正穂訳）

きみはちっぽけな歯車のひとつさ
彼の破壊的なプランにおいてね
それは計画され、指示されたんだ
彼の赤い右手によって

――ニック・ケイヴ・アンド・ザ・バッド・シーズ『レッド・ライト・ハンド』

悪魔の赤い右手　殺し屋を殺せ2

登場人物

マイクル・ヘンドリクス…………殺し屋。元特殊部隊員
イヴリン・ウォーカー……………ヘンドリクスの元婚約者
スチュアート………………………イヴリンの夫
レスター・マイヤーズ……………ヘンドリクスの親友
ロザリンド・キャメロン…………ヘンドリクスの仲間
シャーロット（チャーリー）・
　　　　　　　トンプソン……ＦＢＩ特別捜査官
ジェス………………………………トンプソンの妹
キャスリン（ケイト）・
　　　　　　オブライエン……トンプソンの上司で恋人。副部長
サラ・クリンゲンバーグ…………ＦＢＩ特別捜査官
アレグザンダー・エンゲルマン……フリーの殺し屋
ジェイク・レストン………………観光客
エミリー……………………………ジェイクの妻
ハンナ
エイダン　…………………………ジェイクとエミリーの子どもたち
ソフィア
ロイス・ブルサード………………メインポストの住人
チェット・ヤンシー………………〈ベラム産業〉西海岸業務部長。
　　　　　　　　　　　　　　　元ＦＢＩ
オスカー・レイエス………………ヤンシーの部下。元ＣＩＡ
ハリソン・ウェントワース………〈ベラム産業〉ＣＥＯ
トリップ・ウェントワース………上院議員。ハリソンの息子
フランク・セグレティ……………前「悪魔の赤い右手」
サル・ロンビーノ…………………現「悪魔の赤い右手」
イザベラ……………………………サルの娘

七年前

その男は午前三時を少しまわった頃、FBIアルバカーキ支局のロビーにふらつきながらはいってきた。白髪交じりの黒髪は雨でべったりと頭皮に張りつき、無精ひげを生やした顔には深いしわが刻まれていた。ぼろぼろの服が贅肉《ぜいにく》のないしなやかな体を包み、何も履いていない素足から血がにじみ、足元には赤みを帯びた水たまりができていた。

チャーリー・トンプソン特別捜査官は驚いて書類から顔を上げた。ビルの外の監視カメラに男は映っていなかったはずだ。開いたドアから突然、嵐の轟音が鳴り響かなければ、男がはいってきたことにすら気づかなかったかもしれない。

トンプソンはほんのひと月まえにクアンティコのFBIアカデミーを卒業したばかりだった。どうやら新しい上司をすでに怒らせてしまったようで、支局長のヤンシーから一週間続けて一晩じゅう受付デスクにつくことを命じられていた。が、正直なところ、彼女はそのことを苦にはしていなかった。奇妙な電話への応対を別にすれば――たいていは陰謀説を唱える頭のおかしな連中で、妄想に取り憑かれ、眠れなくなってかけてくるのだ——夜勤はいたって静かなものだった。

が、今夜は神の怒りに触れたような激しい雷雨で、稲妻が空を切り裂き、雷鳴がビルを揺さぶっていた。豪雨が街灯の光をぼやけた染みのように見せていた。

この哀れな男は雨を逃れようとしてやってきたホームレスだろう。トンプソンはそう思いながら、同時になんとなくそうではないような気もした。

「どういうご用件ですか？」と彼女は尋ねた。

男は淡いブルーの眼で彼女をじっと見つめた。眼のまわりには痣《あざ》ができていた。何か言いかけて口を開いた。が、乾いたかすれ声しか出てこなかった。ごくりと唾を飲み、男は顔をしかめると、足を引きずりながらロビーを横切り、トンプソンのほうへやってきた。トンプソンは男の指の関節の皮膚がすり剝《む》けているのに気づいた。それでも警戒しているわけではないことを示そうと男に笑みを向けた。向けながら、ベルトに取り付けた無線の緊急警報ボタンをそっと指で押した。

受付デスクまで来ると、男はまた口を開いた。「責任者と……責任者と話がしたい」聞き取りにくい不明瞭な声だった。口元のしわに乾いた血がこびりついていて、下顎の輪郭はいびつだった。まるでつい最近力ずくで歯を抜かれでもしたかのように。

「どういうご用件でしょう？」とトンプソンは繰り返した。

男はまばたきひとつすることなく、冷たい視線を彼女に向けた。雷鳴で窓がかたかたと鳴った。「お互いのためにも」――男は深く息をついた――「用件を伝えるのは責任者が来てからのほうがいい」

「申しわけありませんが、今は真夜中です。ヤンシー支局長は何時間もまえに退勤して、今頃はたぶん夢の中だと思います」

「だったら、受話器を取ってそいつを叩き起こすんだ！」

男はデスクに拳《こぶし》を振り下ろし、自分の要求を突きつけた。そして、そこで初めて背後に人がいることに気づいた。

無線でトンプソンのSOSに対応した四人の捜査官だ。そのうちの三人が銃を抜きながら男の脇にまわった。あとのひとりはホルスターに手をやり、背後から近づこうとした。が、男が急に振り返ったので動きを止めた。

「動くな」捜査官のひとりが大きな声をあげた。「両手を上げろ！」

男はまえかがみになってファイティングポーズを取り、捜査官から捜査官へとすばやく視線を走らせた。かなりの年齢であるにもかかわらず、また、乱れた服装にもかかわらず、男の体には無駄な肉がなかった。まるでミドル級ボクサーのようだった。捜査官に緊張が走った。引き金にかけた指に全員が力を込めた。

「馬鹿な真似はやめろ、くそったれ！　床に伏せるんだ――今すぐ！」

トンプソンは立ち上がると、男を落ち着かせようと、手のひらを男に見せながら両手を上げた。「まあまあ、落ち着いて。みんなも落ち着いて。どういうことかゆっくり――」

その瞬間、雷がビルを直撃した。すぐ近くで耳をつんざくような雷鳴が轟いた。ロビーは瞬時に真っ暗になった。

男が動いた。

左腕を突き出し、近くにいた捜査官に鋭い一撃を浴びせた。次の瞬間、銃火がロビーを照らした——束の間、トンプソンは眼がくらんだ——捜査官のひとりが銃を撃ったのだ。撃った弾丸《たま》は男がちょうど飛びのいた空間を貫き、遠くの壁にめり込んだ。男は親指と人差し指ではさむようにして、狙った獲物の咽喉を絞め上げた。気道をふさがれた捜査官は咽喉から気味の悪い音をたてた。男に咽喉をつかまれていなければ、その場に倒れていただろう。男は手首をひねって捜査官の背中を自分の胸にあてると、息を切らし喘いでいるその捜査官を盾にした。

そして、捜査官の銃を抜くと、引き金を引いた。

そのあとに起きたことがトンプソンには一時停止した動画のように見えた。稲光と銃火で暗闇が照らされ、映し出されたその静止画像がコマ送りされた。まずひとり目の捜査官が膝を割られ、叫び声をあげながらその場にくずおれた。ふたり目の捜査官は肩と手首と尻に次々と銃弾を受けた。三人目の捜査官は男に向かって突進し、タックルを試みたが、男は人間の盾を手放すと——人間の盾は意識を失い、これまた床にくずおれた——タックルをかわして、突っ込んできた相手の髪をつかみ、その鼻づらに膝蹴りを入れ、髪をつかんだまま捜査官を立たせると——捜査官の鼻から血が弧を描いて噴射した——ガラスのディスプレイケースめがけて投げ飛ばした。

嵐のせいでビルが停電になってから、三十秒も経っていなかった。トンプソンは震える手で艶のある新品の銃を握り、稲光が標的を映し出すのを待った。

非常用の照明がつき、倒れている捜査官たちを照らし出した。襲撃者の姿はもうなかった。トンプソンはいきなり無防備になったように感じられ、デスクの下に身を隠した。

しばらく時間が経った。が、何も起こらなかった。聞こえてくるのは窓に打ちつける雨の規則的な音とパニックになった彼女の浅い息づかいの音だけだった。トンプソンは勇気を奮い立たせてデスクから這い出ると、あたりを見まわそうとした。

が、這い出るなり、後頭部に何かを感じた。発砲したばかりのまだ温かい銃身だった。

「銃を置いて、ゆっくりと立て」

彼女は両手を上げて言われたとおりにした。心臓が狂ったように胸骨を激しく叩いていた。

「いいか、よく聞け」と男は言った。「何時だろうと、そんなことはどうだっていい。ボスに電話してこう言うんだ。〝悪魔の赤い右手《デヴィルズ・レッド・ライト・ハンド》〟が話をしたがってるってな」

現在

1

ジェイク・レストンは手にした黄ばんだ写真から、サンフランシスコ湾に突き出たフォートポイント国立歴史地区の煉瓦造りの元軍事施設と、その上にそびえるゴールデンゲートブリッジに視線を移すと、顔をしかめて首を振った。

妻のエミリーがため息をついて言った。「まだ、駄目なの？」妻の腕の中で赤ん坊が体をよじって泣き声をあげた。エミリーは漫然と体を揺らして赤ん坊をあやした。「ソフィアはお腹をすかせてるんだけど。もう食事にしないと機嫌が悪くなるわ」

「もうちょっとだ」とジェイクは言った。「あと十ヤード、いや、遠くても二十ヤード」

「三十分まえにも同じことを言ったじゃないの」とエミリーは疲れた声で言った。実際、その声と同じくらい疲れきっていた。顔は青ざめてやつれ、眼の下には隈ができていた。一週間まえに家を発ってからというもの、夜は平均して一、二時間ほどしか眠れていなかった。どうやらソフィアはホテルではよく眠れないらしい――それはつまり母親のエミリーも眠れないということだ。

「わかってる。すまなかった。今度こそほんとうだ」

エミリーは口をすぼめただけで何も言わなかった。十三歳の長女、ハンナが呆れて眼をぐるりとまわし、ポケットからスマートフォンを取り出した。ジェイクは家族の熱意のなさに文句のひとつも言いたいところだったが、なんとか自分を抑えた。実際のところ、彼には家族を責めることはできなかった。思っていたよりもずっと時間がかかってしまったのだから。真ん中の子、エイダン――口で飛行機の音を真似しながら両手を広げてその場でクルクルまわっている――だけは父親が夏休み最後の土曜日を無駄にしていても満足しているようだが。

「あとちょっとだけだから――約束するよ」

「はいはい」とハンナがスマートフォンから顔も上げずに言った。

「ほら」ジェイクは家族の背後、見晴らしのいい場所に集まった観光客のほうを手で示した。

「進んでここまで来てる人たちだっているんだぞ」

「たぶん、誰かがここから飛び降りるのを一目見ようと待ってるのよ」

エイダンが動きを止めた。その顔に嬉しそうな表情が浮かんでいた。「橋から海に飛び込んでもいいの?」

「駄目！」とジェイクとエミリーが同時に言った。親のテレパシーが通じた瞬間だ。

「お姉ちゃんは冗談を言っただけよ」エミリーがハンナに厳しい表情を向けながらそうつけ加えた。

「冗談なんかじゃないわ」ハンナは母親に向かってスマートフォンを振りながら言った。「橋が開通してから今までに千六百人が飛び降りて死んだってここに書いてあるもの。二〇一三年だけで過去最多の四十六人だって」

エイダンの表情が心配そうに曇った。「待って——飛び込んだ人たちは死んじゃったの？」

「お姉ちゃんの言うことに耳を貸すんじゃない——おまえのことをからかっているんだ。ハンナ、そんなぞっとするような話はやめてくれ」ジェイクは小径をさらに進みながらそう言った。「写真はこのあたりで撮られたはずなんだがな」

その写真にはジェイクの両親が写っていた。ジェイクのお気に入りの写真だった。来月でちょうど四十年まえに撮られたことになる写真で、ハネムーンにユージーンから海岸線をドライヴしてきて、通りかかった人にシャッターを押してもらったものだ。時間の経過とともに色褪せ、いささか古めかしい、特別な質感のある写真になっている。自然体のふたりのポーズ——ジーンズのポケットに手を突っ込んだ父親と、その腕にからみついている母親。そよ風になびく髪。なかなか決まっていた。ジェイクにとってその写真は異国の地へ通じる窓のようでもあった。そこに写っているいかした若者が自分を育ててくれたどうにも古臭い両親とはどうしても結びつかず、それを見るたび思わざるをえなかった。自分は子供たちの眼にどんなふうに映っているのだろう？

ディズニーランドから帰る途中、その同じ場所に立ち寄り、ビデオでその写真を再現したものを両親の結婚記念日の祝いに贈るのも悪くない。ジェイクはそう思ったのだ。しかし、それは考えていたより簡単にはいかなかった。まず、ベイエリアで交通渋滞につかまった。それから朝の濃霧が街を覆い、視界が悪くなった。さらに、霧が晴れたと思ったら、今度は写真と同じ場所を見つけるのにこんなに苦労するとは。エミリーが我慢の限界に来ているのも無理はない。

それでもやっとうまくいきそうになった。霧が晴れ、雲ひとつない晴れ渡った天気になったのだ。橋の背景に広がる青空と、頭上を飛び交うカモメたち。音を立てて波立った入り江を進むタグボート。陽射しを和らげ、岩に打ち寄せる波を砕くおだやかな海風。潮の香りを運び、水際に儚《はかな》い虹をかける波しぶき。まるで絵葉書から抜け出したような景色だ。

ジェイクは片手を上げて、家族に立ち止まるようにと指示した。そして、写真の景色をもう一度確かめ、今度こそ満面の笑みを浮かべた。

「みんな集まってくれ――この場所だ！」

「やっと」とハンナが言った。

「ハンナ！」エミリーがハンナをたしなめたが、それは非難するというより反射的に口をついて出たことばのようだった。

「どうして？　ここまでずっと歩きっぱなしだったのよ！」

ジェイクはポケットを叩いてスマートフォンを探した。が、見つからなかった。彼は小声で悪態をついた。

エミリーはジェイクにシティ・バスでも停めかねないような鋭い視線を向けた。「まさか車の中に置いてきたなんて言わないでよ」

「わかってるよ」ジェイクは歪んだ笑みを浮かべた。「まだそんなことは言ってないだろ?」普段だったら、エミリーは彼のくだらないユーモアをチャーミングと思っていただろうが、今日はちっとも面白くなさそうだった。

ハンナが自分のスマートフォンを取り出した。「ほら、わたしのを使って。どっちみちパパのスマートフォンのカメラアプリは最悪だもの」

「ありがとう、お嬢ちゃん《キドー》」とジェイクは言った。が、娘の表情が曇るのを見て思い出した。ハンナはそんなふうに呼ばれるのをすでに嫌がる歳になっていた。昔は仕事から帰ってくると、「パパ!」と歓喜の声を上げられ、玄関先で抱きつかれたものだった。それがつい昨日のことのように思い出された。あの頃のハンナはまだジェイクの膝の高さまでしか背丈がなかった。

彼はカメラアプリを開くと、ビデオに切り替えた。そして、うしろに大きく一歩さがると、画面に全員の姿を収めようとした。「エイダン、ママのほうにもっと寄って。エミリー、ソフィアがまた鼻の穴に指を入れてるぞ。ハンナ、エイダンの頭のうしろでピースサインをするおふざけはなしだぞ、いいな? 録画を始めたら、三つ数える。そうしたら、みんなで〝結婚記念日おめでとう!〟って叫ぶんだからな」

「パパ!」とエイダンが言った。「パパはみんなと一緒に映らないの?」

「そうしたいところだが、誰かがカメラをまわさなきゃいけないだろ？」

「だけど、おばあちゃんとおじいちゃんは見ず知らずの人に写真を撮ってもらったんでしょ」

確かに息子の言うとおりだ、とジェイクは思い、誰かに頼めないかとあたりを見まわした。どうやらその可能性は低そうだった。自転車に乗った三人組が橋のほうへ走り去った。道の反対側では十代のカップルが手を握り合って坐り、互いの眼をうっとりと見つめ合っていた。ネオグリーンのウェアを着た女性が眼のまえをさっと通り過ぎた。顔を火照《ほて》らせ、肌に汗を光らせながらジョギングをしながら。みるからに誰も邪魔されたがっていなかった。

そこでジェイクはひとりの年老いた男が道を歩いているのに気づいた。男の顔は青白く、足元はおぼつかなかった。暖かい日だというのに、ツイードのハンチング帽にベージュのズボン、襟のついたシャツの上にアーガイル模様のセーターを着ていた。痩せた体にぶかぶかの服をまとったそのさまは、ドライクリーニングから戻ってきた、ワイヤハンガーに吊るされた服のようだった。淋しそうに見えた——公園でよくハトに餌をやっている男のように。

「すみませんが、娘のスマートフォンで録画をしてくれませんか？　私の両親の結婚記念日にビデオメッセージを贈ろうと思って。すぐすみます」

男はスマートフォンに眼をやり、それからジェイクを見た。男の眼は色褪せたデニムのように薄いブルーだった。「すまないが」と男は言った。「こういった機械には疎《うと》くてね。どうやって使うのかもわからない」

「大丈夫です。私のほうで録画状態にしておきますから、カメラを向けてくれるだけでいいです」ジェイクは画面のボタンを押して、男にスマートフォンを差し出した。

男は一瞬ためらった。丁重に断わることばを探しているようだったが、最後に肩をすくめると足を引きずって近づいてきて、過剰にデコレーションを施したハンナのスマートフォンを男は慎重に受け取った。壊れるのではないかとびくびくしているかのように。

ジェイクは小走りで家族のところに戻り、エイダンの髪をくしゃくしゃにしてカメラに顔を向けると、ハンナとエミリーの肩に腕をまわした。「みんなの姿が画面に映っていますか?」

年老いた男はスマートフォンのカメラレンズをファインダーでもあるかのようにのぞき込んだ。「どうなってるんだ?」と男は言った。「何も見えないが」

エイダンがくすくす笑った。エミリーが顔を赤らめて、ジェイクの脇腹を軽く肘で突いた。

ジェイクはつくり笑いをして言った。「カメラが逆向きになってるんだと思います」

「なんだって? なんてこった」男はスマートフォンをひっくり返した。

「これでいいね。いや、待てよ――ということは、今、私の顔がカメラに映ってしまったということか?」

「心配は要りません――家に帰ったら編集しますから。みんな、準備はいいかな?」

赤ん坊を除いたひとりひとりがそれぞれオーケーのことばを口にした。

「さん、にい、いち……」

しかし、家族のメッセージが録画されることはなかった。

その瞬間、橋のサウスタワーにタグボートが激突し、爆発したのだ。

2

マイクル・ヘンドリクスは酒を呷《あお》ると、漆黒塗りのバーカウンターにショットグラスを叩きつけるように置いて言った。「バーテンダー、もう一杯ウィスキーだ」

彼に話しかけられた若い女は拭いていたテーブルから顔を上げて答えた。「わたし、バーテンダーじゃないんだけど。ウェイトレスなんだけど」

ヘンドリクスは疑わしそうな眼で若い女を見た。歳は十代後半から二十代前半、そばかすの散った化粧っけのない顔。ポニーテールに結った茶色の髪。レストランのロゴのはいったグレーのTシャツ、裾を折り返したジーンズ、その裾からフラットシューズを履いた足のくるぶしがのぞいていた。「午後はずっときみがおれに酒を注いでたじゃないか」

「そうだけど」

ヘンドリクスはあくびをして、顎の下をだるそうに指で掻いた。最後にひげを剃ってから何週間も経っていた。「だったら、おれにはきみの言うちがいがわからない」

「だから、バーテンダーじゃなくてウェイトレスなの。五時に本物のバーテンダーが来るまでかわりをしてるだけよ」

ヘンドリクスは店内を見まわした。ロブスターを捕獲する籠やカラフルなブイ、ツヤ出しを塗ったスズキの剝製、使い古して茶色っぽい緑になった魚網といった代物が壁を飾っていた。テーブル席には誰もおらず、片づける必要のあるテーブルが二、三卓残っていたが、ほかはみなディナー用にすでにセッティングされていた――ナイフやフォークは白い布ナプキンに包まれ、磨かれたゴブレットは水を注がれるのを待っていた。ランチの時間帯にやってきた客――二十数人の常連客――は何時間もまえにいなくなっていた。「いいかな――おれが酒を注文すると、きみはほかの客にサーヴィスできなくなる。そういうことか？」

「いいえ。ただ、お酒はわたしの守備範囲じゃないってことよ」

「ウィスキーをグラスに注ぐのがそれほどむずかしいこととは思えないが」

「注ぐより飲むほうが簡単だけどね」

彼女の皮肉はヘンドリクスにもわかった。「なるほどな。つまりおれは酒を飲みすぎてる。きみはそう思うわけだ」

「わたしには関係のないことだけど」

「そのとおりだ」

「でも、少し時間が早すぎない？　まだみんな仕事も終えてない時間帯だけど」

ヘンドリクスは腕時計で時間を確認しようとした。が、そこで腕時計をしていないことに気づき、見るからに困惑したように眉をひそめた。「まあね。だけど、おれは引退した身なんだよ」

「何から引退したの？」

ヘンドリクスは思った――アメリカ合衆国のために偽旗作戦に参加することから。帰国後の生業だった殺し屋から。「昼間に酔っぱらってるおれを見たら人がどう思うか、そんなことを気にする暮らしからだ」と彼は言った。

彼女はため息をつくと、戦法を変えて言った。「何か食べるものを食べたら？　少しでも」心配げで、同時に楽天的な声音だった。失敗に不慣れながんばり屋。ヘンドリクスは彼女のことをそう思った。

「とにかくウィスキーをもう一杯」

「わかったわ」彼女はカウンターの中にはいって屈むと、カウンターの下からアーリー・タイムズのボトルを取り出し、ヘンドリクスのショットグラスに注いだ。それから、レジの横に置いてある保温ポットのコーヒーをカップに注いで、それも差し出した。「店のおごりよ」

「なあ、お嬢さん――」

「キャメロン」と彼女は言った。

「なあ、キャメロン」と彼は言い直した。「きみの努力には感謝するが、きみはそもそもおれのことを知らないし、おれがどんな目にあってきたかも知らない。どうしておれがここにいるのかも、おれが何を失ったのかもな」

「どうしてお客さんはまだ立っていられるのか、それもわたしにはわからないけど、とにかくコーヒーは飲んで。いい?」

ヘンドリクスはコーヒーカップを手にすると、一口それをすすった。生ぬるくてプラスティックの味がした。彼は顔をしかめると、カップをもとの場所に戻して、なみなみと注がれたショットグラスをキャメロンに向けて掲げた。

「乾杯」彼女は彼がグラスに口をつけるまえに首を振ってその場を離れた。

それからカウンターの端をまわって、ヘンドリクスの視界から消えた。その数秒後、キッチンのスウィングドアが開く音がして、彼女がさらに奥にはいると、ドアがまたかたかたと鳴った。戻ってきたときにはその音でわかるだろう。ヘンドリクスはそばに置いてあるベンジャミンの鉢植えにグラスの中身を捨てた。

ヘンドリクスがこのところかよいつめているのは〈ソルティ・ドッグ〉という店だった。ロングアイランドの港、ポートジェファーソンを対岸に見渡せる、ちょっと趣きのある羽目板張りのシーフード店で、彼はここ三週間ほど正午から閉店までいつも同じストゥールに坐っていた。その間、ベンジャミンの鉢植えはヘンドリクスの三倍は酒を飲んでいたが、そんな仕打ちにあいながらも、驚いたことにそのベンジャミンには枯れる気配もなかった。ヘンドリクスはまたグラスを倒してわざとカウンターに酒をぶちまけたりもしていた。それはひとつには、だらしのない酔っぱらいを演じるためであり、もうひとつには、彼のいる一画の酒のにおいをごまかすためだった。その偽装はたぶんうまくいっているのだろう。これまでのところ、店にいる誰かから話しかけられたのは、五つの単語にも満たない短いことばだけだったところ、店にいる誰かから話しかけられたのは、五つの単語にも満たない短いことばだけだったところを見ると。今日は新しくはいった女の店員が彼に同情を示そうと意を決したようだが、その子でさえ話しかける勇気を振り絞るまでには一週間はかかった。そういうことだ。

何事にも熱心すぎる、やる気にあふれた理想主義の女子大生。それがヘンドリクスのその店員評だった。世の中の壊れた人間の大半は修理などされたがっていない。いまだその事実を知らない若者。ヘンドリクスも相当壊れた人間だが、彼を壊したのは酒ではなかった。暴力に満ちた人生そのものだった。

グラスは空《から》になり、ウェイトレスもいなくなり、ヘンドリクスは港に停泊しているヨットを眺めた。海面に浮かぶ海鳥のように上下に揺れていた。束の間、彼は静寂を享受した。が、静寂は長くは続かなかった。

レストランの正面が陰った。ヘンドリクスはストゥールを回転させて見やった。黒のレンジローヴァーが歩道脇に停まるのが見えた。ラップアラウンド・サングラスにスプレーを使った日焼けといった、筋骨隆々たる男が後部座席から降りてきて、〈ソルティ・ドッグ〉のドアを開け、中にはいってきた。

2サイズほど小さいぴちぴちのポロシャツを着て、派手なマドラスチェックのハーフパンツを穿いていた。キャンヴァス地のローファーはボートくらいの大きさがあり、男の足をすっぽりと包んでいた。ヨットクラブに溶け込もうとしてそんな恰好をしているのだとしたら、その目的は達成されているとは言いがたい。鼻はいびつに曲がり、耳はつぶれていた。雇われ用心棒。それはもう一目瞭然だった。

男はサングラスをはずして店内を見まわした。ヘンドリクスは無関心を装い、酔っているふりをした。ストゥールの上で体を揺らし、漫然と空《から》のショットグラスを独楽《こま》のようにまわした。男はヘンドリクスに眼をやったものの、すり切れたカーキパンツにしわくちゃのボタンダウンシャツ、汗じみの浮いた〈タイトリスト〉の野球帽というその恰好から、ヘンドリクスなど取るに足りない存在と思ったにちがいない。その店からヒルトンヘッドまでに店を構える気取ったバーによくいる、ただの酔っぱらい。そう思ったはずだった。

男は正面ドアの窓に掛けられた表示板を〝閉店〟と書かれた側を表に向けて掛け直すと、カーテンを閉めてドアの脇に立った。するともうひとり、メーカーも同じ、型式も同じといった背恰好の男が中にはいってきて、何も言わずに厨房のほうに向かった。その途中、トイレのドアをノックして中を調べた。その男が厨房にはいったところで、シェフの驚きの声が聞こえてきたが、それはすぐに親しげなやりとりに変わった。ふたりのおしゃべりがしばらく続いた。何を言っているのかまではヘンドリクスには聞き取れなかったが、どうやらシェフが新しいウェイトレスの女の子を紹介しているようだった。そのあと男は店内に戻ってきて、もうひとりの仲間に軽くうなずいた。

ドアの脇にいた男はカーテンを少しだけ開けて、外にいる誰かに合図した。すると、またドアが開いた。ヘンドリクスは、大方スプレーで日焼けした似たり寄ったりのチンピラがまたはいってきたのだろうと思った。が、そうではなかった。はいってきたのは、リネンのシャツにシアサッカーのショートパンツを身につけ、革のサンダルを履いた三十代のハンサムな男だった。地中海を彷彿とさせる肌、高い頬骨、一見乱れているように見えるヘアスタイル、伸ばしかけの短いひげ。まるでメンズファッション雑誌から抜け出したような恰好だった。店のドアが閉まると、レンジローヴァーが走り去る音がした。

「よう」と男はヘンドリクスに向かって言った。「ニック・パパスだ」

「ジェームズ・ダントン」ヘンドリクスは偽名を使って言った。「友達からはジミーって呼ばれてる」アクション映画『ロードハウス　孤独の街』に主演したパトリック・スウェイジの役名だ。ヘンドリクスがこの名を使うのは、今は亡き友へ敬意を示したいからだ。彼自身は偽名についてあまり深く考えるほうではなかったが、彼の相棒――殺し屋を殺していたときのかつてのパートナー――レスターは偽名を考え出すことに常になんらかの意味を見いだしていた。だから、そのどれもがヘンドリクスとレスターとのあいだではジョークの種になっていた。必ず出典のあるものなのだ。

そのレスターが殺されてから一年近くが経つ。ヘンドリクスにとって、レスターのつくった伝統を守ることは彼へのオマージュにほかならない。観光客から暴利を貪るこの高級レストランでパパスを待っていたことも。

「だったらなんて呼べばいい？」とパパスは尋ねた。「ジェームズ、それともジミー？」

「まだなんとも言えないな」とヘンドリクスは言った。「まだ会ったばかりだからね。それでも恐れ入ったね、ニック。なんとも大層なご登場だ」

ニックは笑った。「この店じゃそういうことができても、残念ながらどこでもこうはいかない。ここはおれの店なんだよ」

厳密に言えばそれは事実ではなかった。ヘンドリクスはそのことを知っていた。書類上、〈ソルティ・ドッグ〉は〈アイゲウス・アンリミテッド〉という会社が所有する数あるレストランのひとつで、〈アイゲウス・アンリミテッド〉というのはデラウェアに私書箱、ケイマン諸島に銀行口座を持つ、十八歳になるまえに死んでしまった人たちで取締役会が構成されている会社だ。少なくとも定款に載っている社会保障番号を信じればそういうことになる。要するに、犯罪組織パパス・ファミリーのトップともなれば、いかなる書類にも名前を載せたくないことが山ほどあるということだ。

ヘンドリクスはパパスから用心棒に視線を移し、またパパスに視線を戻して言った。「ひとつ訊かせてくれ――おれは何かまずい立場にいるんだろうか？　ウェイトレスがおれを追い払いたいのなら、そう言えばいいだろうが――わざわざお偉方を呼ぶ必要なんてないはずだがな」

パパスは真っ白に光る歯を見せて笑った。「そうじゃない。おれがここに来たのはあんたとはなんの関係もない。なあ、ジェームズ、自慢するわけじゃないが――おれはかなりの金持ちだ。世界を股にかけたビジネスマンだ。ホテル、レストラン、建築業、廃棄物管理なんかがおれの商売だ。そういう仕事をしてると、スケジュールが死ぬほどタイトになることがある。だから、どうしても息抜きが必要になる。旨い料理に旨い酒を愉しい仲間と一緒に愉しむ時間が欲しくなる。そういうことがストレス発散になる。で、今日がそういう日なんだよ」

「店に来るときにはいつも貸し切り状態にするのか？」

「ああ。そうすれば望まざる邪魔はいらないからな」

〝望まざる邪魔〟。すなわち、パパスを殺そうとしているやつら。なんともおかしな言い方をするものだ。

ニック・パパスはマフィアの中でも偏執狂として知られていた。しかし、ニックのような無秩序な家に育っていたら、誰でもそうなっていただろう。パパス・ファミリーもつい最近までは取るに足りない存在だった――ビジネスがアストリアのギリシャ人コミュニティにかぎられていたため、ニューヨークの主要なファミリーからは相手にされていなかった――それでも、彼らの内部抗争にまつわる噂はシェークスピアの悲劇さながらによく知られている。ニックの伯父テオがそんなファミリーのビジネスを十一年まえ引き継ぐことになった。ニックの祖父がクレセント・ストリートの別宅で階段から転げ落ち、首の骨を折ったあとのことだ。死体を発見し、警察に通報したのがテオだった。

その一年後には、ニックの父スパイロがビジネスを受け継ぐことになるのだが、それはテオが朝食のヨーグルトに顔を埋めているのを発見されたからだった。頭に銃弾を食らっていた。そのときテオの家には六人ほどの人間がいたが――すべてファミリーのメンバーだ――

全員が示し合わせたかのように何も見ておらず、何も聞いてもいないと主張した。

スパイロは三年まえまでファミリーを仕切っていた。が、轢き逃げ事件にあい、植物状態のまま一生を送ることになった。ニックと五人のきょうだいはその〝事故〟が起きたあと数ヵ月にわたってファミリーの主導権をめぐって争うのだが、ニックが王座に就いたときには兄弟のひとりが死に、妹がひとり行方不明になっていた。

パパス・ファミリーの休暇はさぞかし緊張の連続だろう。

それでも、妬みはあったとしても、ニックの残されたきょうだいは誰も不満を言わなかった。実権を握るニックのもとで充分に儲けさせてもらっているからだ。ビジネスに関するニックの洞察力は、パパス帝国を飛躍的に拡大させ、三流の犯罪組織から全国レヴェルで暗躍するマフィアへと成長させた。

そうしたパパス・ファミリーの躍進は、当然、ニューヨークのほかのマフィアの知るところとなり、抗争をほのめかす組織もあったが、ほとんどが彼に対して似た者同士の親近感を抱いた。そうした経緯を経て、ニックは〈評議会〉史上、最年少のメンバーになったのだった。〈評議会〉とは、アメリカ国内で活動する主な犯罪組織の代表者たちで構成された集団で、個々の組織はしばしば敵対関係にもなるが、互いの利害が一致したときには必ず〈評議会〉が招集される。

一年まえ、彼らがヘンドリクスを消そうとしたのはそういうケースだったからだ。

ヘンドリクスのビジネスモデルは……とにもかくにも型破りなものだった。ある人物が殺害の対象に選ばれると、その人物を見つけ、その人物を殺すために雇われた殺し屋をさきに殺す。もちろん、それはその人物にしかるべき額の金が払えればの話で、その額はその人物の首に懸けられた賞金の十倍。それも常に前払い。交渉は一切受け付けない。それがヘンドリクスのビジネスモデルだった。

アフガニスタンでともに従軍したレスターが彼の相棒で、作戦の技術面担当だった。顧客となる人物の身元調査、ターゲットに関する情報の収集がレスターの受け持ちで、ヘンドリクスが殺しを実行する。ふたりのそんな〝商売〟はいっとき繁盛していた。が、やがて〈評議会〉がふたりのことを知り、ヘンドリクス抹殺のために殺し屋を送り込んできた。アレグザンダー・エンゲルマン。執拗かつサディスティックな殺し屋で、ヘンドリクスとしてもそう簡単には始末できない相手だった。最後にはどうにか抹殺したが。ただ、それには代償がともなった。レスターが拷問にかけられ、挙句、死んでしまったのだ。それ以降、ヘンドリクスは眼を開けている時間のすべてを費やしていた――いったいどういう人物が〈評議会〉に名を連ねているのか突き止めるのに。今のヘンドリクスはまさに復讐の鬼だった。

しかし、右腕だったレスターのコンピューター技術を持たない今は、昔ながらの探偵仕事を余儀なくされ、得られる手がかりはどれもかぎられた。〈評議会〉のメンバーはなかなか尻尾を出さない。実行犯の大半は何も知らず、内部の人間は決して口を割らない。口を割ったら始末される。そんなことは誰もがみな知っている。

ただ、パパス一味は新参者だった。そのため脇が甘かった。三十六時間メタンフェタミン漬けになった警部補のひとりが、入れ込んでいたコールガールにうっかり洩らしたのだ。ヘンドリクスは以前そのコールガールを助けてやったことがあった――その女と女の最初のヒモが別れ話で揉めたとき、ヘンドリクスが五百ドルを払って女を自由にしてやったのだ――だから女はヘンドリクスに自ら進んで知っていることを話してくれた。

「いずれにしろ、出ていけってことか」とヘンドリクスはパパスに言った。出ていくつもりなど毛頭なかったが。ここ何ヵ月もパパスを追っていたのだ。どうすれば近づけるか、あれこれ知恵を絞って。パパスは専属の護衛なしにはどこにも行かなかった。どの書類にも彼の名は見あたらない所有不動産――マンハッタン中心部のペントハウスやアストリアの自宅、ギルフォードやオイスターベイにある一軒家――で時間を過ごしはするが、そのどこにも忠実なセキュリティ・スタッフが常時駐在している。さらに、待ち伏せされるのを避けるために仕事の予定は毎日変わる。結婚歴はなく、子供はいない。そして、彼の女たちはみな安全な場所に囲われている。

それでも月に数回、彼は贅沢な食事を愉しむために、所有するレストランのひとつにひょっこり顔を出すのだ。

もちろんそんなときでも用心深かった。いつも妙な時間帯に現われ、事前に電話で知らせることもない。店にはいると、すべてのドアに鍵をかけ、そのとき店にいた客の勘定はすべて店持ちにする。パパスに近づくには彼がそういう店に現われたときにその店にいることだ。それしかない。ヘンドリクスはそう思ったのだった。そして、店にもう少しとどまりたいことをそれとなく伝える。それでさらに近づけるかもしれない、と。

「いやいや」とパパスは言った。「食事はもう終わったのかな？」

ヘンドリクスはパパスの意図を測りかねているようなふりをして言った。「いや、まだだけど」

「だったら残るといい。今この店の料理を全種類用意させてるところだから。待ってるあいだに何か飲むか？」

「そういう申し出は拒みづらいね」

「そうこなくちゃ。何にする？」

「酔えればなんでもいいよ。今日はウィスキーを飲んでるけど」

「ミロス」とパパスは言った。「こちらのわれらが新しい友、ジェームズにウィスキーだ」

パパスの手下のひとりがカウンターの中にはいり、一番上の棚からまだ封を切っていないジョニーウォーカーのブルーラベルをつかんだ。背伸びをした拍子に男の腰のあたりに銃が見えた。男がボトルからヘンドリクスにスリーフィンガーほどのウィスキー――それだけでたいていの店で百ドルはするだろう――を注ぐと、ヘンドリクスは唇を舐めて、あからさまな期待を示して言った。

「よかったら、おれのことはジミーと呼んでくれ」

パパスは笑みを浮かべた。彼の手下も笑顔になった。用心棒としての仕事をこなしながらもくつろいでいるように見えた。ヘンドリクスは内心思った、こうなったほうがやりやすい。

このあと夜がふければ、彼らもこれほど嬉しそうな顔はしなくなるだろうが。

3

チャーリー・トンプソン特別捜査官は実家にいた。キッチンの戸口に立ってそわそわしていた。母親がクリスマスにプレゼントしてくれたイヤリングも彼女の耳元でそわそわして揺れていた。コンロの上では鍋の中身が煮立っていた。室内の空気は温かく湿り、スパイスのにおいがした。

「何かわたしにも手伝えることがあると思うんだけど」とチャーリーは言った。

「大丈夫」と母親は答えた。「ここはケイトとわたしで充分間に合ってるから。お父さんにビールでも持っていってあげてちょうだい」

ケイト・オブライエンはタマネギをさいの目に切ろうとしていた。トンプソンはそれを見て思わず顔をしかめた。ケイトの恐ろしいまでの不器用さは眼を覆うばかりだった。

「ほんとうに大丈夫？」

オブライエンはトンプソンに向かって片方の眉を吊り上げ、微笑んで言った。

「お母さまの言ったことは聞こえたでしょ？　さあ、行って！」

トンプソンは肩をすくめ、冷蔵庫からナラガンセットの缶ビールを二缶取り出すと、ガレージへ向かった。

ガレージのオーヴァーヘッドドアは開けられ、車はいつものように私道に停めてあった。狭いスペースの半分を作業台が占め、その上のペグボードにはさまざまな工具が吊るされている。トンプソンの父親は一部を分解した芝刈り機の上に身を屈めていた。両手はグリースで真っ黒になっていた。

トンプソンはビールをふたつとも開けると、何も言わずそのうちの一缶を父親に渡した。父親がビールに口をつけると口ひげに泡がついた。

「父さん、その仕事は今やらなくちゃいけないことなの？」

「ほかに何かやることがあるのか？　母さんの様子を見るかぎり、キッチンにはいてほしくないみたいだからな」

「わたしも同じよ――今、母さんに追い出されたところよ。でも、ケイトにはいてほしいみたい」

「おまえにはそれが面白くない」

「というか、大丈夫かなって心配なだけよ」

「どうして？」と父親はいささか鋭い語気で訊き返してきた。「母さんが何か不適切なことばを口にするとでも？　そのせいでおまえが決まりの悪い思いをしなきゃならないとでも？」

「そうじゃないわ」とトンプソンは慎重に言った。「ケイトのことを心配してるのよ。包丁で指を切り落とすんじゃないかって。彼女の包丁さばきはなんとも……」

「ああ、そういうことか」父親はばつの悪そうな顔をした。「母さんがついてるから大丈夫だよ」

トンプソンの両親はともにカトリック教徒だった。だから、彼女が同性愛であることをカミングアウトすると、ふたりとも信仰から喜んではくれなかった。それでも反対はしなかった。ただ、トンプソンが女性を家に連れてくるのはこれが初めてだった。去年の秋以降、オブライエンとの関係が真剣なものになってからは、両親がオブライエンに対してどんな反応を見せるか、それがトンプソンの一番の心配の種で、両親に会わせる機会をすでに三回も延期にしたのはそのせいだった。実際、今朝も目覚まし時計が鳴ったときにそう思った。ワシントンDCからハートフォードへ向かう道中でも二回そう思った。

トンプソンはビールを飲み、父親が芝刈り機を修理するのを見ながら言った。「ジェスだけど、最近連絡あった？」

トンプソンの妹ジェスは大学を出て四年が経つ今もアーティストとして成功するつもりでいる。アーティストになるというのがどういうことであれ。ただ、トンプソンが見るかぎり、それは友達の家を転々とし、カウチサーフィンをし、大酒を飲み、神経衰弱になることとしか意味していなかった。

「いや。ジェスとあの新しい彼氏――ツリーだったか？　それともリヴァー？」

「リーフよ」

「そうそう、リーフだ。そのリーフと一緒にコスタリカに発って以来、音沙汰なしだ。おまえには何か言ってきたか？」

「このまえフェイスブックで連絡を取ったら、今週中には帰ってくるって言ってたけど。わたしたちに会いに。たぶん日にちをまちがえたのね」

「それがジェスだよ」と父親はぶっきらぼうに言った。「あいつはスケジュールどおりには絶対いかないやつだ」そう言って、ボルトから六角ナットをはずし、草刈り機のキャブレターを取りはずした。燃料が洩れて床に広がった。「くそ！」

「父さん、何か気に入らないことでも？」

「ああ、燃料管を締め忘れてた」父親は作業をやり直すと、ぼろきれで床にこぼれたガソリンを乱暴に拭き取った。

「どうしてそんなに苛立ってるの？」癇癪を起こすというのは彼女の父親らしくないことだった。「わたしとケイトのこと？」

父親は両手をズボンで拭きながら言った。「おれはどうこういう言う立場にはいない」

「父さん、はっきり言って。なんなのよ？」

「チャーリー、ケイトはおまえの上司だろうが。そういうことだ！」

ああ、やっぱり。それぐらいトンプソンとしてももっと早く気づくべきだった。

トンプソンの父親はハートフォード警察の警部だ。いわゆる叩き上げタイプの警官で、高校を出てすぐに警察にはいると、パトロール警官から始めて最後は分署長になった人間だった。そんな父親にとって指揮系統は絶対だった。

「何が言いたいの？　あなたの娘は出世するために上司と寝てるとでも？」

「そうは言ってない。だけど、ほかの人間もそうは言わないと思ってるなら、おまえは馬鹿だ」

「言いたい人には言わせておけばいい。そんなこと、まったく気にしてないから」

「気にしてない？　だったら気にすべきだ。おまえのことをあれこれ言うやつの中にはおまえの今後のキャリアを握ってるやつもいるんだから。それにそういうことを言えば、自分たちが別れたときのことも考えてみたらどうだ？　カードを握ってるのは彼女のほうだ、チャーリー。気がついたら、ど田舎の薄汚れた地下のオフィスでつまらない事務仕事をさせられてる、なんてことにもなりかねない」

「そんなことにはならないから、父さん」

「ほう、そうかい。なんでそう言える？」

「それは……まったく……わたしたちはもうすぐ結婚するからよ！　だからケイトのことを――わたしのことを――ほんとうはどう思っていようと、せめて敵ではないぐらいのふりはしてよ」

　トンプソンとしてもこんなきつい言い方をするつもりはなかった。ケイトとの結婚をこんな形で伝えるつもりも。

　それに、もちろん、こんな会話をケイトに聞かせるつもりも。

ケイトがガレージの戸口に立っているのにそのとき気づいたのだ。片手はまだノブを握ったままだったが、彼女の顔を見れば、少しまえからそこにいたことは明らかだった。

トンプソンは何か言おうとした。父親は顔を真っ赤にしていた。

「ケイト、わたし――」

「話はあとで」とオブライエンは言った。「本部から電話があった。サンフランシスコで事件。すぐに行かなくちゃ」

4

ジェイク・レストンはなんとか四つん這いになった。眼はかすみ、頭は混乱していた。耳鳴りがひどくて、それ以外何も聞こえなかった。

自分がどこにいるのか、なぜここにいるのか、必死に思い出そうとした。日光浴をしすぎたときのように、首のうしろの皮膚がひりひりとしてつっぱっていた。腕と脚――Tシャツとショートパンツに覆われていないところも同じような状態だった。大学生だった十九歳のとき、夏休みに道路工事作業員として道路の舗装をしたことを思い出した。八月の猛暑。十時間続けて加熱混合アスファルトをシャベルですくい、どろどろのぬかるみから煙が立ち昇る中で作業をしていると、どうしても熱中症にかかる。脱水症状にならないよう努めて気をつけていても、一度ならず彼も倒れた。今の状況はそのときと似ている。が、これも熱中症なのだろうか。いや、妙だ。肌は焼けているのに外はそれほど暑くない。

視界がはっきりしてくると、つぶれた自転車の残骸が道路に倒れているのが見えた。塗料が火ぶくれのようになって剝がれ、サドルと後輪はなくなっていた。前輪だけがゆっくりとまわっており、剝き出しの車軸にはところどころゴムがこびりつき、それがくすぶっていた。自転車に乗っていた人はどうしたのだろう？

ジェイクの下の地面には赤いものが飛び散っていた。片手を顔にやった。鼻に触れるなり、激痛が走った。ぎょっとした。恐る恐るもう一度触ってみると――どうやら鼻骨が曲がっているようだった。鼻の上に土と血にまみれたべとついた傷口があった。鼻の穴からは血がしたたり落ちていた。

顔と手から土を払い落とし、上の歯に舌を這わせ、砂を吐き出した。頭の中の靄がいくぶん晴れて、記憶が断片的に戻ってきた。その記憶をつなぎ合わせようとした。が、重要な部分が欠けていた。壊れたガラスの破片さながら、正しい順序に並べ替えることができなかった。そこで自分たちがディズニーランドから戻る途中だったことを思い出した。両親のハネムーンの写真を再現しようと立ち寄って、それから……それから……

ちょっと待て。自分たち？　エミリーと子供たち……

アドレナリンが一気に彼の体を駆けめぐった。思考が今この場所にまた戻った。写真と同じ場所を見つけ、ビデオに撮ろうとポーズを取ったところで、何かに背後から襲われたのだ。

そのあとは闇になった。次に気づいたときにはもう今の状態になっていた。

恐怖のあまり胃がねじれた。あたりを見まわそうとした。が、そうしただけで頭に激痛が走り、視界がぶれた。見えるものもかぎられていた。あたりは息を吸うたびに肺を焦がすもうもうたる黒い煙に包まれていた。

立ち上がろうとすると、そのとたん視界が揺らぎ、膝立ちするのが精一杯だった。「ハンナ！　エイダン！　エミリー！」彼は叫んだ。乾いたかすれ声にしかならなかったが、それでも声帯はちゃんと震えていた。ただ、自分の耳にはほとんど何も聞こえなかった。

返事はなかった。上り坂をしばらく這って進み、もう一度名前を呼んだ。今度は何かが聞こえた。彼の名前を呼ぶ声。甲高い怯えた声。ジェイクなのかと訊いてきていた。エミリーだ。

ジェイクは四つん這いのまま、声のするほうへ必死に進んだ。何かべたつくものの中に手を入れてしまい、それが流れ出た血のすじであることがわかり、ぎょっとした。

それでもその血の出どころをたどって這った。が、そこにいたのはエミリーではなかった。ネオングリーンのジャージを着た女性だった。ジェイクは何かが起きるまえにその女性がジョギングしていた姿をぼんやりと思い出した。肌の剝き出しになったところが赤く腫れていた。金属の塊が後頭部から突き出ていた。その塊は端の部分が黒焦げになっており、そのまわりに血まみれの髪の毛がこびりついていた。

「エミリー！」と彼は叫んだ。「どこにいる？　教えてくれ――子供たちも一緒なのか？

無事なのか？」そこでソフィアの泣き声が聞こえないことに気づいた。不安に心臓を鷲づかみにされ、一気に鼓動が高まった。

「ジェイク！　ここよ！　ここに……落ちたみたい、たぶん」エミリーも頭がぼうっとしているのだろう。混乱して、声が彼女らしくなかった。「ソフィアもいるわ！」

「ハンナとエイダンは？」

「それは……わからない！」

ジェイクは妻の声のするほうへ這っていった。その間ずっと手足が痛みを訴えていた。エミリーはソフィアの上に屈み込んでいた。が、ウィンドブレーカーの上に寝かされた赤ん坊は声もあげず、ぴくりともしていない。エミリーの額には開いた傷口があり、そこから流れ出た血が眼にはいっていた。

「嘘だろ、まさか、ソフィアは……」ことばに出すと、それが現実になってしまいそうな気がして、最後まで言うことができなかった。

「息はしてる」とエミリーが言った。心配で声がうわずっていた。震えていた。「でも、意識を失ってる。頭のうしろにこぶができてる。きっと……わたしがこの子の上に落ちたのね、きっと」声だけでなく顎も震えていた。悔悟の念がその顔を覆っていた。「動かさないほうがいいとは思ったんだけど、どうしても地面の上に置いたままにはできなくて」

ジェイクは妻の頬に手のひらをあてて言った。「おれの眼を見るんだ。ソフィアのことはきみのせいじゃない。おれたちみんなが何かに吹き飛ばされたんだ。約束する。ソフィアは絶対に大丈夫だ」エミリーは黙ってうなずいた。まばたきをして涙をこらえ、努めて気丈に振る舞おうとしていた。ジェイクは思った――ほんとうは彼女もおれと同じくらいむなしさを覚えているのだろうか。

ソフィアのそばまで近づくと、赤ん坊の小さな胸の上に手を置いた。小さな胸は規則的に上下していた。そのことにいくらか安心し、やさしく頬を叩いて語りかけた。「お願いだ、ソフィア――眼を覚ましてくれ。頼む」

ソフィアはぴくりともしなかった。彼は赤ん坊の頬を今度は少しだけ強く叩いた。それでも眼を覚まさなかった。彼は小さな体をやさしく揺すった。ジェイクがもう一度同じことをしようとしたところで、エミリーが彼の手に自分の手を重ねて止め、首を振って言った。「気をつけて」ジェイクはそう言われて初めて自分が赤ん坊を激しく揺さぶろうとしていたことに気づいた。パニックになっていたことに。

次の瞬間、奇跡が起きた。ソフィアが眼を開けて、泣き声をあげはじめたのだ。

ジェイクはこれまでこれほどに美しい泣き声を聞いたことがなかった。

しかし、ソフィアの無事が確認できたからといって、いつまでもほっとしているわけにはいかなかった。やらなければならないことはまだあった。

「エミリー、思い出してくれ。きみが落ちたとき、ハンナとエイダンを見たかい？」

エミリーはなんとか思い出そうと顔をしかめた。「いいえ、見てないと思う。あなたと一緒じゃなかったの？」

彼は首を振って言った。「一緒じゃなかった。はぐれてしまったようだ。意識が戻ったときには――いや、わからない。いずれにしろ、きみの助けが要る。ふたりを探さなきゃ」エミリーは夫の肘をつかんで夫を立たせた。「ハンナ！」彼は咳き込みそうになるのをこらえて大声で叫んだ。「エイダン！　どこにいる?!」

「パパ！」はっきりした力強い声が返ってきた。ハンナだ。「パパ！　ここよ！」

彼はよろめきながら声のするほうへ向かった。黒煙が消え、ふたりの子供の姿が見えた。汚れて血だらけの彼の顔に笑みが浮かんだ。ハンナはエイダンの頭を膝にのせていた。泣きべそをかいている弟の髪を撫でてやっていた。ふたりはここへ来るまでの車中、喧嘩ばかりしていた。それでも、ハンナは弟が自分を必要としているときにはちゃんとそばについて面倒をみていた。ジェイクは娘を誇らしく思う気持ちで胸がいっぱいになった。すばらしい女性に成長した未来のハンナの姿を垣間見たような気がした。

「ふたりとも大丈夫か？」と彼は尋ねた。エイダンが首を横に振るのが見えた。泥と灰がこびりついた顔を涙が伝った。涸れ谷を流れる小川のように。

「わたしは大丈夫よ」とハンナは言った。そこらじゅうにすり傷ができていたが。「でも、エイダンは脚の骨を折ったみたい。救助がないと自力では動けないと思う」

ハンナのことばにまちがいはなかった。エイダンの脚は不自然なジグザグを描いていた。血でまだら模様になった尖った骨が向こう脛から飛び出ていた。

「ママとソフィアは？」とハンナが尋ねた。

「あっちにいる」

「ママとソフィアは……？」

「ふたりとも大丈夫だ。みんな大丈夫だから安心しろ」彼はそう言って息子の肩に手を置いた。「わかったな、戦友？」エイダンは黙ってうなずいた。涙はもう止まっていた。

エイダンにはすぐにも手当てが必要だった。が、今ここを離れたら戻ってこられなくなってしまうのではないか。ジェイクはポケットに手を伸ばして、いつもそこに入れているスマートフォンを探した。が、ポケットは空《から》だった。そこで車の中にスマートフォンを置き忘れたことを思い出した。それでビデオを撮るのにハンナのスマートフォンを借りなければならなかったのだ。ということは、ハンナのスマートフォンはこの近くにあるはずだ。

まわりを見まわすと――海風が味方をしてくれ、靄が徐々に晴れてきていた――数フィート先の小径の脇に落ちていた。電話のへりがちらちらと光り、電源のはいっていない画面に空が薄暗く反射していた。

ジェイクは駆け寄って、九一一を押した。電話は二回鳴って切れた。

彼はもう一度かけ直すと、呼び出し音を聞きながら「出てくれ、出てくれ」とつぶやいた。今度はオペレーターにつながった。「助かった。家族と一緒にフォートポイントの丘にいます。ゴールデンゲートブリッジを見渡せる場所です。どうやら爆発があったようです」

「状況は把握しています」とオペレーターは言った。その緊迫した声と背後の喧騒から察すると、まるでサンフランシスコの住人の半数が同時に電話をしてきているかのようだった。

「どなたか怪我をされましたか？」

「息子の脚がひどい折れ方をしてます。ストレッチャーが要ると思います」

「現在、危険な状況におられますか？」

ジェイクはあたりを見まわした。黒焦げになった木々。空からゆっくりと降り注ぐ灰。

「いえ、危険はないと思います」

「わかりました。では、その場で待機してください。すぐに救助隊が向かいます」

「ありがとう」と彼は言った。「ほんとうにありがとう」

ジェイクは小走りでエミリーのところに戻った。エミリーはソフィアをしっかり抱いて、なんとかなだめようとあやしていた。ジェイクはふたりをエイダンのいる場所まで連れていき、救急隊が来ることを伝えた。自分の身に降りかかったすべてに圧倒されていたせいだろう。また、子供たちが無事だったことに心底安堵したせいもあっただろう。ハンナのスマートフォンで動画を撮ってくれたあのやつれた老人はどこへ行ったのか。そんなことは頭の隅にも浮かばなかった。

5

「すると彼はこう言った。〝ニック、おれの伯父貴を紹介しよう〟ってな。おれは言ったよ、〝伯父貴だって？　たまげたな――おれはてっきりあれはおまえのおふくろなのかと思ってたよ！〟って」

テーブルが笑いに包まれた。パパスのボディガードのひとり、ミロスが漆黒塗りのカウンターに手のひらを叩きつけると、テーブルの上の皿が飛び上がった。もうひとりのボディガード、ディミトリスはただ忍び笑いをして頭を振っていた。このふたりの外見は似たり寄ったりで、ヘンドリクスはしばらく区別がつかなかったが、そのうち見分けがつくようになった。隙がなく、狡猾そうなディミトリスに対して、ミロスのほうがはるかに社交的で、眼つきもとろんとしてどこか間が抜けていた。もうひとつ、ディミトリスの右の二の腕には、這うようにシャツの袖の奥まで伸びている醜い傷痕があった。隠密作戦に携わっていたとき、ヘンドリクスは同じような傷痕を見たことがあった。そう、ディミトリスは元兵士ということだ。

彼らはもう二時間近く店に居坐っており、テーブルには料理を取り分けた皿がいくつも並んでいた。ムール貝のワイン蒸しにイカのフライ、エビのグリル焼き、ロブスターの魚介詰め――それにスズキの塩釜焼きをシェフがテーブルで切り分けたものもあった。テーブルの上には酒のボトルも散乱していた。ディミトリスはウーゾ――〈バルバヤニス〉というヘンドリクスにはなじみのないブランドのリキュール――を飲んでいた。ミロスはクルーザン・ラムを口にふくんでは顔をしかめ、ストレートで咽喉に流し込んでいた。ダイエット・コークで薄めて飲んでいたら、一度仲間にからかわれたことがあるのだ。ヘンドリクスにはジョニーウォーカー・ブルーが供され、パパスが飲んでいるのはなんとかいうギリシャの赤ワインだった。

ヘンドリクスが酔っているかぎりは、パパスの手下も自分たちが酔うことに罪の意識はないようだった。ボスに勧められているとなればなおさらだ。ただ、パパス自身はワインをちびちびやっていた。仲間と一緒にいても用心深く、隙がなかった。ヘンドリクスとしてもパパスのそういうところには一目置いていたかもしれない。この男のすべてを嫌悪していなければ。

「もう一杯どうだ、ミスター・デルトン？」

「さっきも言っただろ、ニック——ジミーと呼んでくれ。それにグラスはまだ空《から》になってないし」

パパスはヘンドリクスにいたずらっぽい笑みを向けた。「だったらすぐに空《あ》けなよ」

ヘンドリクスも笑顔になった。「どうすりゃおれに言い返せる？　ボスはあんたなんだからな」

そう言うと、ヘンドリクスは何度もまばたきをしてから、ぎこちなく手を伸ばし、グラスをひっくり返した。琥珀色の液体がテーブルに広がった。ヘンドリクスは顔をしかめ、布ナプキンでテーブルを拭きながら言った。呂律がまわっていなかった。

「今さら……言うのもなんだが……もう限界を……超えちまってるかも」

シェフ——ノアという名で、タトゥーを入れたむさくるしい男ながら、料理の腕は天才的だった——がチーズとフルーツと地元産のハチの巣を山盛りにした大皿を持ってきた。今日はノアとキャメロンだけで厨房を切り盛りしていた。パパスの指示でふたり以外の夜のスタッフは全員休暇を取っていた。パパスはそうするためにキャメロンとノアにそれぞれ千ドルの特別手当てを与えていた。

「ノア！」とミロスがいきなり大声をあげた。「おまえも一緒に飲めよ」ミロスは頰を真っ赤にし、額を汗でてかてかと光らせ、満面に無邪気な笑みを浮かべていた。

ノアはためらいがちにパパスを見やった。パパスは空いている椅子を身振りで示して言った。「ノア、おまえも坐れ」

ノアが椅子に腰をおろすと、ミロスが彼のために使いまわしのグラスにラム酒を注ぎ、自分のグラスにも同じものを注いだ。ディミトリスも酒を注ぎ直し、三人は乾杯をして酒を呷った。

ミロスは飲み干したグラスをテーブルに叩きつけるようにして置くと、少々ふらつきながら立ち上がり、ノアの背中を叩いて言った。「ディミトリス、こいつのグラスにもう一杯注いでやれ。おれはしょんべんだ」

「おれもだ」そう言って、ヘンドリクスもふらふらしながら立ち上がり、ミロスのあとに続いた。「しょんべんだ」

実のところ、ヘンドリクスは動けるタイミングを待っていたのだった。武器は何も持っていない。彼らがやってきたときにボディチェックをされないともかぎらなかったから。武器を持った悪党ふたりをいっぺんに片づけるのは危険きわまりない。それにパパスも銃を持っていたら危険はさらに増す。また、できればウェイトレスとシェフは銃撃戦に巻き込みたくなかった。

トイレに向かって店の中の角を曲がったところで、ヘンドリクスはミロスと同時にトイレのドアのところまでたどり着けるよう歩調を早めた。酔っぱらったミロスは廊下をふらつきながら歩いており、追いつくのは造作もないことだった。一瞬、立ち止まってはまた動きだすふりをしながら、ヘンドリクスはドアを開け、身振りでミロスに先に行くよう示した。

「ありがとよ、相棒」と大男はとろんとした眼に間の抜けた笑みを浮かべて言った。

ミロスが敷居をまたぐのを待って、ヘンドリクスは足を伸ばし、ミロスの足を引っかけた。ミロスはつまずいてまえのめりになった。その隙を逃さず、ヘンドリクスは一緒にトイレの中にはいると、ミロスの後頭部をつかみ、洗面台に頭を叩きつけた。磁器製の洗面台にひびがはいった。ミロスは反射的に体を痙攣させると、そのあとはぐったりし、床にくずおれた。へこんだ額から噴き出た血が床のタイルに広がった。

ヘンドリクスはミロスのポケットを漁った。財布。スマートフォン。ガム。ラップに包んで口を閉じ、小さな丸い塊にした白い粉。コカインだ。踵でスマートフォンを踏みつぶし、その横にポケットの中にあったがらくたを置くと、ミロスの腰から小型の二二口径セミオートマティック・リムファイアーを抜いた。

くそ。ヘンドリクスにしてもそれぐらい考えておくべきだった。大男というのはえてして小さな武器を携帯する。肉体の強さに自信を持ちすぎているのか、小さな武器を持っていれば自分の体をより大きく見せられると信じているのか。理由はともあれ、見せかけだけのこのおもちゃのような銃でディミトリスとやり合わなければならないということだ。

それでも、少なくとも弾丸《たま》は込められていた。薬室に一発とマガジンに九発。ヘンドリクスは安全装置をはずした。トイレのドアをほんの少しだけ開け、聞き耳を立てた。ミロスは倒れるとき、派手な音をたてた。誰かに気づかれたかもしれない。が、店内はあいかわらずにぎやかだった。

彼は廊下に出てそっとトイレのドアを閉め、厨房まで行くと、両開きのドアを押して中にはいった。キャメロンがキッチンワゴンのところで、立ったまま料理の残りものを食べていた。

「あなた、何を……」彼女はそう言いかけ、そこで銃に気づくと、眼を大きく見開いた。ヘンドリクスは唇に指を一本あてた。彼女はそれ以上は何も言わなかった。ヘンドリクスは銃身で食料貯蔵庫のほうを示した。

「でも――」

「〝でも〟は要らない。行け」

彼女が貯蔵庫に近づくと、ヘンドリクスはドアを開けて中にはいるように身振りで示した。

「嫌だって言ったら？」

「そんなこと、ほんとうに知りたいのか？」

彼女は厨房のドアとその向こうの店内のほうにちらりと視線を走らせた。「大声をあげることもできるけど」

「ああ――でも、きみは賢い子のようだから、そんなことはしないだろうな」

彼女はいっとき彼を見てから貯蔵庫の中にはいった。

「奥まで行け」と彼は言った。キャメロンはため息をつくと、奥に進んだ。

「いいだろう。そこに坐れ」

「どうして?」

そうすれば、きみが逃げだそうとするまえにドアを閉められるからだ。ヘンドリクスはそう思ったが、それをことばにはせず、ただこう言った。「おれがそうしろと言ったからだ」

彼女はしぶしぶ言われたとおりにした。野菜を詰めた箱の上に坐った。彼女の吐く息が白くなっていた。剝き出しの腕には鳥肌が立っていた。

「言っておくが」彼はドアを閉めながら言った。「これはきみのためだ」

彼女はなにやらことばを返した。が、その声は貯蔵庫の断熱壁にさえぎられ、ほとんど聞こえなかった。

ヘンドリクスは木のスプーンをドアのハンドルとドア枠のあいだにかませ、南京錠がわりにすると、目的を果たすため店内に戻った。酔っぱらいのふりをする必要はもうなかった。テーブルにいる三人の男たちは彼にほとんど注意を払っていなかった。そんな彼らの様子はディミトリスの顔に銃弾が撃ち込まれたところで一変したが。

何か恨みがあってそうしたわけではない。標的を確実にしとめるには頭を狙うのが一番手っ取り早いからだ。少なくとも、ヘンドリクスがちゃちな二二口径ではなくちゃんとした銃を持っていれば、確実にそうなるはずだった。

弾丸《たま》はディミトリスの左眼のちょうど下あたりにあたった。が、頬骨を貫通することはなかった。頬骨からそれ、頬から耳までの肉を切り裂いただけだった。皿とグラスの割れる音がした。パパスがテーブルをひっくり返して盾にしたのだ。シェフのノアもパパスの背後に――テーブルのうしろに――隠れた。

ヘンドリクスはその一発でディミトリスが倒れてくれることを期待していた。が、そうはならなかった。苦痛に満ちたうなり声をあげながら、怒りに任せて突進してきた。距離を縮めてきた相手に向かって、ヘンドリクスはもう一発撃った。その弾丸《たま》はディミトリスの左の二の腕にあたった。それでも猛然と襲いかかってきた。

ヘンドリクスはその突進をかわそうとした。が、そこらじゅうに散らばった障害物のせいでうまくいかなかった。ディミトリスの固い拳がヘンドリクスに振りおろされた。ヘンドリクスは肘を九十度に曲げて左腕でそれを防いだ。が、次に繰り出されたすさまじいアッパーカットはよけられなかった。見事に顎を一撃された。頭がのけぞり、膝から力が抜けた。

ディミトリスは倒れかけたヘンドリクスの銃に手を伸ばした。ヘンドリクスはうしろに倒れながらも闇雲に銃を撃った。その弾丸《たま》はディミトリスの脇腹にあたったが、それでもディミトリスは倒れなかった。

ヘンドリクスは仰向けに激しく倒れた。その拍子に肺の空気がすべて抜けた。それでも、ディミトリスが相棒のものとまったく同じ二二口径を構えた刹那、ディミトリスの胸にさらに三発ぶち込んだ。ディミトリスもさすがに銃を放した。二二口径が宙を飛んだ。本人はよたよたとヘンドリクスのほうに近づいてきた。そして、まえにつんのめるように倒れた。ヘンドリクスはその巨体の下敷きになった。

別のところから銃声がして、ディミトリスの体が感電したように引き攣《つ》った。次の一発は床板を粉々に砕いた。ヘンドリクスの頭から三インチと離れていなかった。パパスがテーブルの陰から撃ってきたのだ。

ヘンドリクスは身をよじってディミトリスの体を持ち上げ、それを盾にした。パパスが撃った弾丸《たま》は死んだボディガードの脚や背中や首にあたった。が、幸運にもどれも貫通はしなかった。ヘンドリクスは銃撃が収まるのを待って、パパスの隠れているテーブルに二発撃ち込んだ。二二口径は人間にダメージを与えるには充分とは言えないが、的が厚さ半インチほどの漆塗りの木なら、その細い弾丸《たま》でも貫通する。銃が床に転がり、パパスが叫び声をあげた。

ヘンドリクスは立ち上がると、二二口径を構えてテーブルのまわりをまわった。パパスは狂ったようになって太腿の傷を押さえていた。その隣りではパパスの返り血を顔に浴びたノアが眼を大きく見開いて震えていた。ヘンドリクスが近づくと、ノアは腰を抜かしたままテーブルのものが散乱した床をあとずさりし、泣きはじめた。

「落ち着け」とヘンドリクスは言った。「おれのめあてはあんたじゃない——パパスだ。だから、大人しくしていたら、無事にここから出られる。わかったか？」

ノアは固い唾をごくりと呑み込んでうなずいた。

「よし」

ヘンドリクスは膝をつくと、パパスに銃口を向けたまま、パパスが床に落とした銃を取り上げた。四五口径だった。だから貫通しなかったのだ。弾丸《たま》の口径は大きくなればなるほど着弾したときの衝撃は大きい。が、速度は落ちる。四五口径のほうが二二口径よりストッピングパワーが強いことは言うまでもないが、ヘンドリクスは自分でちゃんと点検していない銃はどんな銃も信用しないことにしている。だから四五口径のほうはポケットに入れた。

「何が欲しい？」とパパスは歯を食いしばりながら言った。「金か？　いくら欲しい？　言ってくれればやるよ。喜んで。命を助けてくれるなら」

「おまえのくそまみれの金なんぞ欲しくはないよ」

「じゃあ、なんだ？　復讐か？　そうなら、お互い時間を無駄にするのはやめよう。さっさと引き金を引いて終わらせろ」

「そういう心配は要らない——すぐにそうするから。おまえが全部しゃべったらな。まずあるところまでちょっとばかり一緒に行ってもらおう。誰にも邪魔されない場所、おまえの叫び声が聞こえない場所だ。おれはこの日のために何週間も準備してきた。だから約束してやるよ。そこに着いたらおまえは絶対に話すだろう」

パパスは吐き捨てるように言った。「話すわけがないだろうが」

ヘンドリクスは笑って言った。「おまえにはおれが誰なのかまるでわかってない。だろ?」

「知ってなきゃならないのか?」

「それはどうかわからないが、知っていても不思議はないと思ってた」

「どういうことだ?」

「去年、〈評議会〉はエンゲルマンという殺し屋を雇って、おれを殺そうとした」

撃たれてパパスの日に焼けた顔はすっかり青ざめていたが、ヘンドリクスの今のことばにさらに青ざめた。「待て――おまえがおれたちの殺し屋を次々と始末したやつなのか?」

ヘンドリクスは何も言わなかった。

「なあ、これだけは言っておくが、あれはおれが決めたことじゃない。〈評議会〉があの殺し屋をおまえに差し向けたのは、おれが〈評議会〉にはいってまだ一週間も経たない頃のことだ」

ヘンドリクスは太腿の傷を押さえているパパスの手を踏みつけた。パパスは叫び声をあげ、苦痛に身をよじった。「おまえのそういう泣きごとを聞いて、おれの気分がよくなるとでも思ったのか? おれは親友を殺されたんだぞ」

ヘンドリクスは足を上げた。パパスの叫び声がやんだ。

「だからなんなんだ、ええ?」とパパスは喘ぎながら言った。「おまえはひとりで〈評議会〉をつぶせるとでも思ってるのか？」

「もちろんちがう。おまえに手助けしてもらうからな」

「おまえ、頭がいかれたか？――もしおれが口を割るとでも思ってるのなら大まちがいだ」

「これは〝もし〟の話じゃない。〝いつ〟の話だ。はっきり言っておくが、いずれにしろ、おれはおまえを殺す。だけど、苦しまずにすぐに死ねるかどうかの決定権はおまえにやるって言ってるんだよ」

パパスは恐怖のせいとも虚勢とも取れる神経の昂った笑みを浮かべた。「そいつはどうも」

「悪く思うな。すべては〈評議会〉のせいだ。そういう〈評議会〉に仕返しをしたけりゃ、おれの知りたいことを洗いざらい話すことだ」

「わかってないな。おれがしゃべれば、〈評議会〉はおれのファミリー全員を殺すだろうよ」

「なんでそんなことを気にしてる？　おまえのファミリーの半分がおまえの死を願ってるのに」

「だからといって、おれがファミリーを愛してないことにはならない」とパパスは言った。

「なあ、おまえはビジネスマンだ。だから話し合おうじゃないか。お互い折り合えるところがどこかにあるはずだ」

「とりあえずここでの話はもう終わりだ。これから行くところに着いたらいくらでも話せるんだから。表に車がある。自分で起き上がれ。できなきゃ、おれが立たせてやるよ」

ヘンドリクスがドアのほうへ向かいかけると、パパスは叫んだ。「待て！」

そこでヘンドリクスも気づいた。パパスが時間を引き延ばそうとしていたことに。

遅すぎた。振り返ると、ノアが突進してきた。ひっくり返ったテーブルの陰から。肉切り包丁を手にして。

くそ。

二二口径を構えようとした。が、その余裕もなければ、それを使える距離もなかった。ノアの体がぶつかり、包丁がヘンドリクスの脇腹に突き刺さった。刃に塩の塊がついており、燃えるような痛みが走った。

ノアは全体重をかけてさらに奥深く包丁を突き刺そうとした。ヘンドリクスは銃を落として、ノアの両手首をつかむと、なんとかそれを食い止めようとした。体をもつれ合わせ、ふたりは床に倒れた。

ノアは体重で勝《まさ》っていた。ヘンドリクスは体をかわし、ノアの全体重を受けることからだけはどうにか免れた。ノアの手首をひねり、急所から刃をずらした。致命傷は負わずにすんだ。それでも包丁はヘンドリクスの皮膚を切り裂き、脇腹に刺さった。そのあと床板に突き刺さった。ヘンドリクスはナイフの右横に倒れ込んだ。その上にノアがのしかかってきた。ヘンドリクスは床を転がった。ノアは手首をつかまれたままだったので、宙返りをして床に叩きつけられる恰好になった。小麦粉袋のような鈍い音がした。ヘンドリクスは包丁を床から引き抜くと、どうにか体勢を立て直し、それをノアの胸に突き刺した。白いコックの上着が赤く染まった。ノアはしばらくまぶたを不規則に震わせたが、そのうち動かなくなった。

騙されるのはこっちが悪い。

ヘンドリクスは左腕を体の脇に押しあて、傷口から流れ出る血をできるだけ止めながら立ち上がり、銃を探した。

銃はあった——パパスの手の中に。その銃口はヘンドリクスの頭に向けられていた。

パパスは数フィートほど離れたところに立っていた。弾丸《たま》を受けていないほうの脚に体重をかけて。太腿からは血が流れ出ていた。「このクソ野郎」とパパスは言った。「おまえが殺した男はみんなおれの一族だ。請け合ってやろう、おまえのやったことについちゃおまえの一族にも代償を払わせるからな」

「おれにはファミリーはいない」とヘンドリクスは言った。「〈評議会〉にファミリーを奪われた。だから今おれはここにいるのさ」

そのことばはほんとうだった。相手を欺くつもりで言ったことばであったとしても。エンゲルマンはヘンドリクスを追う過程で、ヘンドリクスがこの世で愛するたったふたりの人間を利用した。相棒のレスターと、かつての婚約者イヴリンだ。エンゲルマンはレスターを拷問して死に至らしめ、イヴリンの住所を訊き出した。が、虫の息だったレスターがなんとかもちこたえ、そのことをヘンドリクスに教えてくれたおかげで、ヘンドリクスはエンゲルマンにとどめを刺すことができたのだった。その後、イヴリンと夫のスチュアートには証人保護プログラムが適用された。ヘンドリクスには彼らが今どこにいるのかも、どうやって見つければいいのかもわからない。

最後に会ったとき、イヴリンは妊娠していた。今頃はもう赤ん坊が生まれていることだろう。それはつまり、ヘンドリクスにとってこの世で愛する者がまたふたりになったことを意味する。

ヘンドリクスは銃を入れたポケットに手を這わせた。パパスはからかうようにゆっくりと首を振った。「間に合わないだろうな」

パパスの言ったことはたぶん正しい。が、ヘンドリクスにはほかにいい方法が思いつかなかった。

彼は銃に手を伸ばした。傷の痛みでぎこちない動きになり、反応も鈍かった。さらに撃鉄がポケットに引っかかった。それだけでパパスが先手を取るには充分だった。銃声が鳴り響いた。ヘンドリクスは眼をきつく閉じて、弾丸《たま》を受ける衝撃に備えた――そんなことをしてもなんの意味もないのに。

が、衝撃はやってこなかった。

いきなりパパスが床に倒れた。

ヘンドリクスは眼を開けた。失血のせいで多少ふらついていた。数フィート離れたところにウェイトレスが立っていた。模範的なポーズで銃を構えていた。その顔は青ざめ、眼は大きく見開かれていた。ディミトリスの銃を握った指の関節が血の気を失い、白くなっていた。

ヘンドリクスは頭が混乱した。「なんだ……誰だ……どうやってあそこから抜け出した？」

「貯蔵庫には安全装置がついている。従業員が凍え死んだりしないように。だから中にはいろうとする人を締め出すことはできても、中に人を閉じ込めておくことはできない。次に同じことがしたければ、ドアを完全にふさぐことね。わたしが味方じゃなかったら、あなたは今頃くたばってた」

「いや——」

「しいっ」彼女は首を傾げて、眼を細くした。何かを聞き取ろうとするかのように。すぐにヘンドリクスにも聞こえてきた。

サイレンだ。

「逃げなくちゃ」と彼女は言った。「今すぐ」

6

ケイト・オブライエンはすべらかなタイルにサンダルの音を響かせながら、騒がしいロビーを堂々と歩いた。カプリパンツにノースリーヴのブラウスという恰好は堅苦しいスーツを着た男たちが大半の建物では、いかにも場ちがいだった。それでも、男たちは恭しく彼女のために道をあけた。トンプソン――彼女のほうは短パンにVネックのTシャツという自分の恰好はどう見てもカジュアルすぎると感じていたが――はふと思った。男たちはオブライエンが誰なのかを知っていてそうするのだろうか、それとも、オブライエンの動きひとつひとつから権威を感じ取ってそうするのだろうか。いずれにしろ、そんな男たちの反応には一見の価値があった。

コネチカット州ニューヘイヴンのFBI支局のモダンな赤煉瓦造りの建物は、イェール大学のキャンパスにほど近い場所にあり、ブロックひとつ分の敷地を占めていた。建物自体はその地区のほかのほとんどのオフィスビルと区別がつかなかった。ただ、道路から建物までのあいだに充分なスペースが取ってあり、黒く塗って錬鉄に似せた頑丈な亜鉛メッキ鋼のフェンスで囲まれていた。小さくひかえめながら、そのフェンスのそこかしこに立入禁止の表示板が掛かっていて、出はいりするには車も人もゲートを通らなければならない。建物のシンプルな外観と手入れされた芝生が、全体にいかにも落ち着いた印象を与えていたが、建物の内部は――少なくとも今日は――落ち着いた雰囲気とはほど遠かった。

トンプソンの実家から四十マイルほど離れたこのニューヘイヴン支局が最も近いFBI支局で、車を飛ばしたので着くのには三十分とかからなかった。車中、トンプソンは自分たちのことを彼女の父親が棘のあることばで評したことについて謝ろうとした。すると、オブライエンはそれを軽くいなして言った。自分の父親の考えていることであなたが責任を感じる必要はない、と。しかし、口ではそう言いながらも、彼女が傷ついていることはトンプソンにはよくわかった。

受付デスクの受付係にオブライエンが尋ねた。「現状は？」

「失礼ですが？」と若い受付係はオブライエンの威風に圧倒され、眼を大きく見開いて訊き返した。

「現状よ。簡潔にお願い。すぐに」そこでオブライエンも受付係が戸惑っているのに気づいた。「わたしが来ることは聞いてるわよね？」

「それは……」いったいどういうことなのか、受付係がまるで理解していないのは明らかだった。トンプソンは若い受付係に同情した。まずい状況に追い込まれた新米捜査官。それがどんなものなのかは彼女も知っていた。嫌というほど。

「オブライエン副部長！」ポロシャツにカーキパンツ姿の四十代の黒人男性がテニスシューズをきゅっきゅっと鳴らしながら、ふたりのほうに駆け寄ってきて、手を差し出した。「ニューヘイヴン支局長のタイ・ラッセルです」

受付係の捜査官は、自分の眼のまえに立っている女性が現場の高官であることに気づき、青ざめた。

「よろしく、タイ。わたしのことはキャスリンと呼んで。こちらはチャーリー・トンプソン。彼女にも一緒に来てもらったわ」

ラッセルは慎重な強い握手をしながら言った。「申しわけないです。とんでもない状況でしてね。刑事部《CID》のトップが見えるなんて、めったにないことですし。おわかりいただけると思いますが、今日の午後はそれはもうひどかった。私も十分ほどまえに来たばかりなんです。姪っ子の誕生日パーティに出ていて、そこで知らせを受けたんです」

「いったい何があったの？」

ラッセルは苦しげな顔をした。「残念ながら、ニュースで流れている以上のことはわれわれにも何もわかっていません。私もまだブリーフィングを受けてないんで、爆破が故意によるものなのかどうかさえまだはっきりしない始末です。明らかに、国土安全保障省はその線で捜査を始めたようですが。いずれにしろ、ご要望どおり、ワシントンDCの本部と連絡が取れるようセキュリティのしっかりした会議室を準備しておきました。本部はもっと情報を集めてると思います」

彼はふたりをエレヴェーターに案内し、ふたつ上の階にのぼった。ドアが開いた向こうは間仕切りを取り払ったオフィスで、緊張感がみなぎっていた。十人を超える人間が受話器を握って、同時にしゃべっていた。Eメールやスマートフォンのメールやファックスも次々と送られてきているようだった。どの顔も緊張に張りつめていた。

「ご覧のとおり」とラッセルは言った。「われわれはわれわれでできるかぎりのことをしてます。情報を篩《ふるい》にかけて、西海岸支局と連絡を取ってます。現場から三千マイルも離れた場所でできることには限度がありますが。ここです」

ラッセルはふたりを会議室に案内すると、ドアを閉めた。サクラ材の寄木の大きなテーブルが部屋を占拠し、人工皮革の椅子がそれを取り囲んでいた。設備担当の技術者が二台のノートパソコンのうちの一台と壁に掛けた薄いスクリーンをケーブルでつないでいた。「ダン・ナカムラ、こちらはキャスリン・オブライエン副部長——それから、ええっと、チャーリー・トンプソン捜査官。必要なことがあったら、なんでもダンに言ってください」

「国家保安部《NSB》とは連絡が取れる？」とオブライエンは言った。

「ええ、できます」とナカムラは答えた。「サラ・クリンゲンバーグ特別捜査官が私のほうからダイヤルするのを待ってます」

「だったら、そのまま仕事を続けてちょうだい」

ナカムラが仕事に取りかかっているあいだ、オブライエンはもう一台のパソコンで自分のオフィスのパソコンを遠隔操作した。

「クリンゲンバーグ特別捜査官のことは知ってるわね？」彼女はトンプソンに小声で尋ねた。

「少しは」とトンプソンは答えた。「彼女とはＦＢＩアカデミーで一緒だったのよ。努力家で、いつも上をめざしてる人だった。それが功を奏したのか、今ではオスターマンの右腕だって噂だけど」ジェームズ・オスターマンはＦＢＩテロ対策の副部長だ。「真面目で、良識のある人よ。だから悪い相手じゃないと思う」

オブライエンはうなずいた。「よかった。こんなときに管轄争いなんて一番したくないことよ」

オブライエンもオスターマンと同じ副部長の立場で、所属は刑事部《CID》だ。ＣＩＤは刑事・サイバー対策局《CCRSB》の管轄下にあり、凶悪犯罪から重窃盗事件まですべての犯罪を取り締まる。一方、テロ対策部は国家保安局《ＮＳＢ》の傘下にある。ＮＳＢは大統領指令に応えて二〇〇五年に設立され、テロ対策、スパイ対策、大量破壊兵器対策、情報収集対策を強化することを目的とし、ひとりの指揮官のもと、多くの人的物的資源をＣＩＤから吸い上げてきた。その結果、テロ対策部が設立されると、ＣＩＤは多くの優秀な捜査官と、予算の四分の一を再編成のために失ったばかりか、舞台の脇役に追いやられてきたのだ。そういった経緯から、両部局ではどうしても対抗意識が過熱し、あまり生産的とは言えないような事態が出来するようになっていた。

トンプソンはバッグからイヤフォンを取り出すと、借りたノートパソコンにつないだ。片方のイヤフォンを耳にあて、もう片方はぶら下げたままにして、ブラウザーで次々とタブを開いた。ＣＮＮ、ＮＰＲ（公共のラジオネットワーク）、《サンフランシスコ・クロニクル》、《ロスアンジェルス・タイムズ》、ツイッター。オブライエン同様、テロ対策はトンプソンにしても専門分野ではなかったが――トンプソンの所属はＣＩＤ傘下の組織犯罪班だ――それでもオブライエンが受けた公的なＦＢＩのブリーフィングが〝消毒されたものであり、最新のものではない〟ことがわかるくらいにはＦＢＩがどういうところか知っていた。今はなによりリアルタイムで何が起きているのか知りたかった。

部屋の前方に取り付けられたスクリーンがウィンドウズのデスクトップ画面で、チャットウィンドウに接続中であることを示す表示が出ていた。ナカムラがオブライエンに無線のキーボードとマウスを手渡して言った。

「これで話せます」

「あなたはどこかへ行っちゃうの？」とオブライエンは言った。

トンプソンは思わず失笑した。オブライエンはハイテク音痴なのだ。トンプソンが持ち込んだケーブルテレビのチューナーだとテレビの音量を調節することもできないほどの。

「私にはこれから交わされるやりとりを知る権限がないんで」

そう答えて、ナカムラはドアから出ていった。パソコンが故障したときのような、虹色の水平線がチャットウィンドウに流れたあと、スクリーンに女性が現われた。束ねたブロンドの髪がFBIのロゴのはいった野球帽のうしろから垂れているのが見えた。

「クリンゲンバーグ特別捜査官？　オブライエン副部長です。聞こえてる？」

少し間を置いてオブライエンの声が響くと、クリンゲンバーグはうなずいて言った。「はい、聞こえます。最新情報をお伝えするようにと言われています。どの程度ご存知ですか？」

「何も知らされていないも同然ね」

「わかりました。太平洋時間正午少しすぎ、一艘のタグボートがゴールデンゲートブリッジのサウスタワーに激突し、爆発しました。爆発の規模から見て、事故とは考えにくいと思われます。橋が倒壊しなかったのは不幸中の幸いですが、橋を支えているケーブルが何本か切れました。また、橋の一部は傾いており、危険な状態です。車道は通行不能で、第一応答者《ファースト・レスポンダー》である公園警察が連邦緊急事態管理局《FEMA》とアメリカ陸軍工兵司令部と協力し、橋からの避難プランを立てています。構造的に見て橋がどの程度の被害を受けているのか、また、どれほどの犠牲者が出たのか、それはまだ不明です」

「爆発の瞬間、橋にはどれくらいの人がいたの？」

「それもわかりません。橋の料金所からのデータ待ちです。最初に運輸省が出した試算だと、爆発時に橋にいた車の数は四百から八百のあいだということですが、あくまで車の台数であって、人の数ではありません。それに、それは橋の全長一・七マイル、六車線で計算したものです。橋にいたほとんどの人は爆発半径外にいたと思われますが、パニックになった人たちの車が慌てて逃げようとして北側で追突事故を何件も起こしています」

「捜査は？」

「まだ初期段階です。こういった事件の性質上、物的証拠の収集が今はまだできません。それでも、現場が観光地であったことはわれわれに有利に働いています。爆破直前にソーシャルメディア上にアップロードされたスマートフォンの画像を分析した結果、船体のマークが塗りつぶされていることがわかりました。つまり、誰がやったにしろ、そいつは船を盗んだか、船の所属を知られたくなかったかということになります。ニュースでご覧になったかと思いますが、橋の下の湾はまだ燃えています。現在、国立公園警察が現場を封鎖し、被害者の選別と目撃者の聞き取りをおこなっています」

「国立公園警察が？」

「ええ。橋の南側にプレシディオ国立公園がありますから」

「ああ、なるほど。水上交通はどんな状態？」

「商業用および観光用の船はすべて一時運休になっています。海上にいた船に関しては、海上に停泊して湾岸警備隊の捜査を待ってから帰港するように指示が出されています。サンフランシスコ支局は地元警察と国土安全保障省の協力を仰いで、海岸通りをしらみつぶしに調べ、タグボートの所属と操舵者の特定を急いでいます。ですが、何百艘もの船と八マイル近い海岸通りですから、時間がかかるでしょう。わたしもすぐに現地入りして、進捗状況を確認します。ただ、軍用機に乗せてもらうしかありません。民間のものは飛行機も鉄道もバスもベイエリアに出入りできない状況なので」

「犯行声明は？」

「出てますが、ほとんどがいつも名乗り出るような連中です――ただ、ひとつだけ注目すべきものがあります」

「それは？」

「自分たちのことを〈真のイスラム帝国〉《トゥルー・イスラミック・カリフ》と呼んでる連中です。爆発の数秒後に犯行声明を出していて、内容の詳細なところがほかの馬鹿げたものと一線を画してます」

「〈真のイスラム帝国〉？　どういった連中なの？　聞いたことがないけれど」

「わたしも知りませんでした。実際、これまでは取るに足りない存在で、祖国のシリア以外への影響はほとんどありませんでした。もともとはテロ組織ではなくて、民兵組織だったそうです。これが彼らの犯行とすれば、今日までは。組織の目的はあくまでアサド政権打倒です。仮に彼らの犯行だとすれば、いったいどういう目的があるのか。現在捜査中です」

「犯行声明は文章で出されたの？　それともビデオ？」

「ビデオです。室内で撮られた粗い画像のものです。背景に汚れたシーツを使って、男が声明文を英語で読み上げていますが——身元は今、確認中です——明らかに英語のネイティヴではありません。テロ集団はそのビデオをホワイトハウスおよび主な報道機関にメールで送りつけてきました。そのあとすぐにユーチューブにも投稿するつもりだったようですが、管理者であるグーグルに政府が連絡を取り、アップロードは未然に防ぐことができました」

「そのささやかな便宜にはホワイトハウスにどれほどのコストがかかるものやら」とオブライエンはひとりごとのように言った。「その声明文ではなんて言ってるの？」

「大半はありきたりの内容です。スローガンは毎度おなじみの〝アメリカに死を！〟。ただ、橋のサウスタワーにタグボートが衝突したことに関してはかなり具体的に触れています。それとメールは爆発から一分と経たずに送られてきました。こちらとしても真面目に考えないわけにはいきません」

「そうね。でも、今でもまだビデオが公表されていないのはなぜなの？」

クリンゲンバーグはためらいがちに言った。「ビデオには……さらなる犯行予告も含まれてるんです。ゴールデンゲートブリッジへの攻撃は始まりにすぎない。そう言ってるんです。で、無用のパニックを防ぐための措置です。彼らの関与が確定されるまでの。もっとも、その留保の指示がいつまで守られるかは誰にもわかりませんが」

「CIDにできることは何かない？　必要ならどんなことでも喜んで協力するから」

「ありがとうございます。上司に伝えて、折り返し連絡いたします」彼女はそう言ったあと、一瞬、仮面が剝がれた。その瞬間、オブライエンはクリンゲンバーグがとてつもない重圧にさらされているのを見て取った。「ここだけの話ですが、副部長、サンフランシスコは今、無法地帯と化しています。市全体《まち》が封鎖され、市民はパニック、警察もお手上げの状態です。イスラム・コミュニティと取引きをしている会社が暴徒に襲われたりもしています。ビデオが流出すれば、さらに事態は悪くなるでしょう。これ以上の混乱を避けるためにそちらで何かやっていただけることがあれば、どんなことも歓迎します」

「できるだけのことはするわ」

　オブライエンはそう言って、通信を切るとウィンドウを閉じた。そして、ため息をついてトンプソンを見やった。「管轄については思ったよりスムーズだったわね。テレビのお偉いコメンテーターの先生たちは何か面白いことを言ってる？」

「何も」とトンプソンは答えた。「みんなあまり状況を把握していないみたい。で、不安を煽るようなことばかり言ってる。まったく――」

　そこでトンプソンの表情が変わった。耳にあてたイヤフォンに手をやって彼女は言った。

「ちょっと待って。CNNの速報よ。ビデオが手にはいったとか言ってる」

「〈真のイスラム帝国〉とやらの犯行声明の？」

「いいえ、爆破時の映像みたい」

トンプソンはそう言ってヘッドフォンのプラグを抜いた。ノートパソコンの小さなスピーカーから音声が聞こえた。「……もし本物なら、このホームビデオは――ほんの数分まえにアップロードされて、あっというまにSNS上に広まったものですが――爆発の瞬間をとらえています。未編集のまま流しますので、一部の視聴者にとっては不適切な内容が含まれているかもしれません」

画面が暗くなった。それから風とかさかさという音に続いて、スマートフォンの手振れした映像が現われた。枯れた低木の並んだ土の小径が映っていた。

そのあと年老いた男の顔が現われた――ぼやけてはいたが、なぜかトンプソンには見覚えがあった。どこで会ったのかは思い出せない。そのあとすぐにその顔がアップになった。男はカメラのファインダーをのぞき込むように片眼をつぶっていた。開かれたほうの眼の色が淡いブルーであるのがわかった。

「みんなの姿が画面に映ってますか？」カメラの向こうにいるらしい男の声がかすかに聞こえた。

「どうなってるんだ？」年老いた男はそう言った――マイクに近すぎ、声がやけに大きかった。「何も見えないが」

子供がくすくす笑った。「カメラが逆向きになってるんだと思います」カメラの向こうの男がそう言った。

「なんだって？　なんてこった」年老いた男はスマートフォンをひっくり返した。見栄えのする家族——母親、父親、それに赤ん坊とティーンエイジャーの三人の子供——が小径の北の端に立っている姿が現われ、その背後にゴールデンゲートブリッジがそびえていた。一艘のタグボートが音をたてて湾を横切り、サウスタワーのほうに向かっているところも映っていた。距離があるので、ゆっくりと大儀そうに進んでいることしかわからなかったが。それでも、次に起きることがわかっているからだろう、月並みなその明るいシーンはどこか不吉な雰囲気をかもしていた。トンプソンは殺人ビデオ《スナッフフィルム》、あるいは自動車事故をスローモーションで見ているような気がした。「これでいいね。いや、待てよ——ということは、今、私の顔がカメラに映ってしまったということか？」

「心配は要りません——家に帰ったら編集しますから。みんな、準備はいいかな？」

母親と子供たちはあいまいになにやらつぶやいた。

「さん、にい、いち……」

タグボートが衝突した瞬間、画像が揺れた。年老いた男にも最後の最後でやっと何が起きているのかがわかり、たじろいだかのように。画面は一瞬白くなり、そのあと転がって空や火事の様子や地面の土を映し出した。

CNNのアナウンサーに画面が切り替わると、トンプソンは番組を巻き戻して、もう一度再生した。オブライエンがナカムラを呼んで、壁の大きなスクリーンに映像を映すように指示した。

二度目にそのビデオを流していると、間仕切りを取り払ったオフィスにいた者たちも開けっ放しの会議室のドアからはいってきて、その映像を見た。どの顔にも恐怖が浮かんでいた。映像を見おえると、オブライエンが言った。「コマ送りで見ることはできないかしら？」

「もちろん、できます」とナカムラはそう言って、プログレスバーを最初に戻すと、手動で動かしはじめた。「これだとかなり時間がかかりますけど。少し飛ばします？」

「お願い」とオブライエンが言ったのと同時だった。トンプソンが叫んだ。「待って！」

部屋にいた全員がトンプソンを見た。彼女には自分の顔が赤くなっているのがわかった。エスプレッソをダブルで注射したみたいに心臓の鼓動が激しくなっていた。が、それは恥ずかしかったからではなかった。ある発見に興奮していたからだった。

「少し巻き戻して」と彼女は言った。「一コマずつ動かして。さっきやっていたみたいに」

ナカムラは言われたとおりにした。

「ゆっくり」と彼女は指示した。「もっとゆっくり。そこよ！」

ナカムラが止めたコマには年老いた男の顔がはっきりと映っていた。痩せこけて深いしわのできた顔。太陽の光に反射した淡いブルーの眼。オブライエンはその男の顔をじっと見てからトンプソンを見た。トンプソンは焦れていた。自分の見ているものにオブライエンも早く気づいてほしかった。

オブライエンは改めて画像を見た。そこで彼女にもわかった。

「なんてこと」と彼女は言った。「まさかそんなこと」

「そのまさかよ」とトンプソンは言った。「どこにいようと彼を見まちがえるわけがないわ」

「誰なんです、この老人は？」ビデオが流れている途中で部屋にはいってきた支局長のラッセルが言った。

「フランク」とトンプソンが答えた。「フランク・セグレティ」

7

フランク・セグレティは盲人のようにやみくもに走った。実際、爆発のせいで眼が見えなくなっていた。三十分ほどまえにとんでもないことが起きた。その残像がまだ残っていた。形のはっきりしない緑色の染みのようなものが視野の中心に居坐り、視野全体をぼやけさせているので、彼としては周辺視野に頼るしかなかった。一九八二年の銀行強盗が思い出された。溶接用のマスクをつけずに金庫の扉を焼き切ろうとしたときのことだ。現金は盗み出せたものの、警察が来て仲間も散り散りになり、彼は捕まりそうになった。強い光を直視したせいで眼が見えなくなり、誤って別の車に乗り込もうとしたのだ。

それでも、彼にはタグボートが爆発するまえに一瞬身構えることができた。ボートが橋の支柱に近づくにつれ、スピードを上げたのに気づいたとき、何かがおかしいと思ったのだ。爆発の瞬間には反射的に身を引いて両腕で顔を守った。まったく眼が見えないわけではないのはそのおかげだろう。爆発の衝撃で小径の脇の茂みまで吹き飛ばされた低木がクッションがわりになっていなければ、骨の一本や二本は折れていただろう。意識が戻ると、立ち昇る煙のせいで、空は古いセピア色の写真のように油っぽい茶色に染まり、頭上から灰白色とまだ燃えている赤い色の灰が降り注いでいた。橋が見渡せる小径のはずれに坐っていた気の毒な若いカップルは、飛んできた破片で体をズタズタに引き裂かれ、彼に声をかけてきた家族は意識を失って道に横たわっていた。その家族を助けたいとは思ったものの、自分が捕まるリスクを冒さずにできることは何もなかった。彼はその場から逃げた。その家族がまだ生きていてくれることを願いながら。

爆弾は自分を狙ったものだろうか？　フランクにはその可能性を無視することができなかった。彼の敵が彼を始末するのに失敗したことに気づいたのだとしたら、もう一度同じ手口を試した可能性もないとは言えないが、その可能性はかぎりなく低いだろう。誰もが知るかぎり、フランク・セグレティはずっとまえに死んでいるのだから。それにこんなやり方はあまりに精度に欠ける。そう、と彼は思った。やつらがおれを始末したいと思ったら、高性能のライフルで遠くから狙うか、通りで捕まえてパネルヴァンに押し込み、どこか遠い場所まで連れていってからゆっくり時間をかけて殺すか。そのどっちかだ。

だから、この爆発が自分とは無関係のものなら、生き延びられるチャンスはあるということだ。わずかなチャンスではあっても。

「あなた、そこのあなた！」

うしろから声がした。甲高い男の声で、遠くからの声だった。自分が呼ばれているのにフランクが気づくには少し時間がかかった。

背後を振り返った。頭がくらくらした。公園警察の制服を着た男が数フィートうしろに立っていた。どうしてすぐ近くに人がいるのに気づかなかったのだろう？　そこで初めてさっきの爆発に自分がどれほど深刻なダメージを受けたのか気づいた。耳鳴りがして、平衡感覚がおかしくなっていた。頭の中がぼんやりとして情報を処理するのに時間がかかった。脳震盪を起こしているのだ。脳震盪を起こすのはこれが初めてではないが。

公園警察官はフランクの肩に手を置いて訊いてきた。「大丈夫ですか？」まるでトンネルの反対側から叫んでいるような声だった。子音が聞き取れず、ことばの意味がはっきりしなかった。フランクは相手の唇の動きから意味を読み取った。

「大丈夫です」そう返した自分のことばもくぐもって聞こえた。が、警官はまるで彼が叫び声でもあげたかのようにたじろいだ。しゃべろうとすると咳が止まらなくなり、声がしわがれた。彼は道に痰を吐いた。「大丈夫です」咳が収まると、今度は小さな声でそう言った。

「あなたの健康状態を調べさせてください。公園警察がクリッシー・フィールドに負傷者選別センターを設けてるんで、私と一緒に来てください。そこまでお連れします」

「要らない！」フランクは大声をあげた。そんなところに連れていかれ、負傷者として身元の確認でもされたら、もう終わったも同然だ。彼は警官の銃に眼をやった。混乱した今の自分の状態でホルスターから銃を奪える可能性はどれぐらいあるか。無理だ。「今は行けない。

それよりこの先に家族連れがいる」と彼は言った。「両親と三人の子供が。彼らはおれより爆発に近いところにいた。だからきっと怪我をしているはずだ」

警官は迷っているようだった。誰かに出くわしたら必ず連れて帰ってくるように言われているのだろう。それでもうなずいて言った。「わかりました。その家族を調べにいって、様子を確認します。私が戻ってくるまでここから離れないでください」

「もちろん」とフランクは答えた。「こんな状態でどこに行けるというんだね？」

警官は彼から離れ、さらに先のほうへ歩いた。その姿が視界から消えるなり、フランクは逃げだした。

これ以上、公園警察の警官と出くわすのは避けたかった。さもないと、後悔するようなこともせざるをえなくなる。フランクは道をそれると、手入れのされていない灌木の中にはいり、枝を掻き分けながら上り斜面をのぼった。燃えさしが木々に振りかかったのだろう、ところどころに小さな火が見えた。地面には瓦礫が散らばっていた。フランクの拳ほどの大きさもあるアスファルトの塊や、艶のある車の塗料が付着した金属の欠片や、房のついた片方だけのローファー。フランクは思わず顔をそむけた。靴の中に何が残っているにしろ、何も見たくなかった。

小径が見えなくなると、果てしなく広がる森の中にいるような気がした。実際には、道路と道路にはさまれた狭い土地に生えている木々に囲まれているだけで、あたりには耳鳴りと競り合うようにサイレンが鳴り響いており、今の孤独が見せかけであることはその音がなにより証明していたが。

年老いた彼の筋肉が抗議の声をあげ、膝が痛んだ。胸が燃えるように熱かった。時々、咳が止まらなくなり、収まるまで立ち止まらなければならなかった。まだ六十三歳ではあったが——人が彼の年齢を推測したら、誰もが彼の実年齢より十歳は多く言うだろう——どこまでもハードな六十三年だった。そのうちの四十年は酒と煙草と女に明け暮れた。ハドソン川を越えたニューヨークの大物たちに、自分の能力を証明しようと躍起になっていたニュージャージー州ホーボーケンのチンピラ時代そのままに。その頃のつけを今払わされているのだ。それも高い利息付きで。

フランクは六年まえにサンフランシスコに腰を落ち着けて以来、よくプレシディオを訪れていた。そこは以前、陸軍基地だったのが、その後、国立公園に指定された場所で、国立公園としては珍しく、都会の真ん中にあり、公園内に住宅やオフィスもあった。小高い丘とほぼ手つかずの自然の残るプレシディオは、そのまわりを取り囲む人口密集地帯に住む人々にとって憩いの場所で、フランクは木立の中や川沿いの砂丘を散歩するのが好きだった。お気に入りのベンチに何時間も腰かけて、きらきらと光る湾を船が進行方向を変えながら進む様子を眺めるのだ。そのベンチに坐るだけで、ノブヒルにある狭くて家賃のばか高いアパートメントの壁を眺める日常から解放された。また、自分が置き去りにしてきた人生を遠く儚《はかな》いものにもしてくれた。彼方に浮かぶアルカトラズ島のかすんだ輪郭さながら。

が、今日のプレシディオはアルカトラズ島のあの伝説的な刑務所同様、脱出不可能であることを証明しているのかもしれない――過去からの脱出など誰にもできないことを。彼は法の執行手続きに精通していた。法そのものに関してもこれまでの人生で多くを学んできた。法の弱点を利用するためにこれを封鎖しはじめているのは明らかだ。現場へのアクセスを制限するのは理に適ったことだ。負傷者を救護し、物的証拠を調べ、目撃者情報から容疑者を絞り込む。それでもかなりの広範囲――二・三平方マイルを少し超える――に及ぶだろうから、まだ完全には封鎖できていないはずだ。そのまえに逃げられれば、生き延びられるかもしれない。

てっぺんに有刺鉄線のある金網のところまでたどり着いた。柵の向こう側の草に覆われた斜面に細い車道が這っていた。タイヤの軋る音とサイレンの音。サイレンは徐々に大きくなっていた。彼は悪態をつくと、地面に伏せた。青いストライプのはいった白のダッジ・チャージャーが走り過ぎた。赤と青の警告灯の光がフランクを撫でた。今のは公園警察の車だが、FBIもすぐそばまで来ているはずだ。

車が通り過ぎると、フランクは金網につかまってよろよろと立ち上がった。アーガイル柄のセーターを脱ぐと、いくらかでも身を守ろうとそれを有刺鉄線の上にかぶせた。そうしてフェンスを乗り越えようとしたところで、シャツが鉄線の針に引っかかり、それをはずそうとして誤って手のひらに針を刺してしまった。彼は歯を食いしばり、声が出そうになるのをなんとかこらえた。右手を針から抜くと、思わずうめき声が洩れた。手のひらのくぼみに血が溜まっていた。それをシャツで拭って手のひらをぎゅっと握って出血を止めようとした。

指のあいだから赤いものが滲み出し、道路にしたたり落ちた。

別の車が近づいてきた。エンジンの音がした。彼は痛む膝を拷問にかけ、すばやく道を横切ると、車が通り過ぎる直前に身を隠した。そして、また急いで灌木の斜面をのぼった。

老いぼれにしちゃ悪くない。彼は自分につぶやいた。悪くない。この調子だ。うまくすれば、おれがここにいることは誰にも知られずにすむ。

8

ニューヨーク州クリントン。荒廃した産業都市ユーティカからそう遠くない静かな大学都市。そのクリントンに建つチューダー様式の広い屋敷の埃っぽい片隅で電話が鳴った。

サル・ロンビーノは顔をしかめた。娘のイザベラがピアノを弾く手を止めて、父親を見た。

「パパ、電話に出てもいい？」

「今は駄目だ、ハニー。マルピカ先生はおまえになんて言った？」

娘は呆れたように眼をぐるりとまわして言った。「毎日少なくとも三十分は練習するようにって」

「おまえが練習を始めて何分経った？」

娘は肩をすくめた。「わかんない。二十分くらいかな？」そう言って、娘はおずおずとした笑みを浮かべた。その笑みは明らかにそんなに時間が経っていないこと、それでも父親に大目に見てもらいたがっていることを示していた。

「もう一度言えるかな、ハニー？」とサルも笑みを浮かべて言った。娘が今より嘘がうまくならないことを内心願いながら。イザベラはまだ中学一年だが、彼にはよくわかっていた。嘘をつくことが娘の遺伝子に刻まれていることが。あの忌まわしいクソ女は面白半分に嘘をついた。こっちは生きるために嘘をついてきた。

「五分くらいかも」娘は低い声でものうげに歌うように言って、わざと頬をふくらませた。

「さっきの答よりずっといい。おまえは練習を続けなさい。電話には父さんが出るから」

「わかったわ」娘はしぶしぶそう言うと、同じ旋律を弾きはじめた。『きらきら星』。お世辞にも上手いとは言えなかった。合っている音よりまちがっている音のほうが多かった。

正直なところ、娘がピアノの練習をしようとしまいとサルにはどうでもよかった――ピアノは別れた妻の言いだしたことで、それは明らかにサルに無駄金を使わせるためであり、娘を預かる週末に彼を苛立たせるためのものだった――それでも今鳴っているのは、家の通常の電話ではなかった。ビジネス専用の電話だった。その電話はめったに鳴ることのない電話で、娘には絶対に応対させるわけにはいかない電話だった。

彼は〈評議会〉の人間で、実のところ、ただひとりのフルタイムの従業員だった。〈評議会〉のビジネスはたいていフリーランスの者か、構成組織のメンバーでおこなわれている。

それでも、組織内で利害がぶつかった場合、どこのギャングにも属していない仲介役が必要になる。

その仲介役がサルの役割で、〈評議会〉の決定を実行に移す手配と、世界各地からはいり込んでくる〈評議会〉の利益の管理をひとりで担っていた。そうした恐怖と畏敬の念を集める役職ながら、正式な肩書きはなかった。そんなものは必要ないからだ。ただ、そもそもそういう役割を自らつくり、その役割を自ら演じた前任者から受け継いだ呼び名があった。悪《デヴ》魔の赤い右手《イルズ・レッド・ライト・ハンド》。闇の世界の片隅ではサルもまた同じ渾名で呼ばれていた。囁き声で。

サル自身はその渾名が気に入ってはいなかった。まずひとつ、彼は子供の頃にはミサの侍者を務めた男だった。そんな彼には、その渾名は自分が本来仕えるべきではない者に仕えていることを暗示しているようで、それが嫌だったのだ。もうひとつはその渾名がいささかふざけているように思えること。三つ目は、いつの日か自分がしてきた悪行が神に裁かれる日、神の側にも同じような役目の者がいるのだろうか、とどうしても思ってしまうからだった。

そんな彼のオフィスはまさに典型的な〝紳士の書斎〟だった。マホガニーの壁、床から天井まである造り付けの本棚。その本棚には彼が一度も読んだことのない本が並んでいた。移動式のカートとしても使える蝶番でつながれた手描きの地球儀。艶のある革張りの肘掛け椅子。バンカーズ・ランプ。アンティークのウートンデスク。その上には電話と革のデスクマット、それにパソコンが置かれていた。

サルはそんなオフィスには眼もくれず、そのまえを通り過ぎた。オフィスは実際、見せかけだけのもので、注意をそらすためのロデオの道化のようなものだった。重要な仕事はそのオフィスではやらない。

電話はキッチンの奥のふたつ目の客用寝室にあった。サルの家の三階は客用のスイートになっていて、寝室、バスルーム、居間が備わっており、泊りがけの客はそこで寝起きする。が、そのスイートが使われることはめったになく、三階に置いてあるものもただの見せかけだった。シンプルな金属製パイプのツインベッドに、花柄の羽毛布団。何もはいっていないドレッサー。組み立て式の木のナイトスタンドの上には電気スタンドとティッシュの箱。そして、古いダイヤル式の電話。

ただ、その電話はサル名義のものではない。実のところ、その電話の回線はもともと隣家の十代の娘の部屋につながれていたものだった。不景気のあおりを受けて、その家が数年まえ抵当にはいったとき、彼はひそかに電話の回線を変え、そのためだけに開いたオンライン口座から料金が引き落されるようにしたのだった。前者は回線を一本変えるだけの問題で、後者は隣家の郵便受けからこっそり請求書を取ってきて、電話会社に電話をかけ、支払い方法を変えるだけですんだ。大会社から金を盗もうとする不正行為は危険なビジネスだ。が、金を支払う不正行為など実に簡単なことだ。公正であれ、不正であれ、金が支払われているかぎり大会社も疑問は持たない。

サルは寝室にはいってドアを閉めた。イザベラのたどたどしいピアノの音が小さくなった。完全に聞こえなくなったわけではないが。電話は鳴りつづけている。受話器を取るまで鳴りやむことはない。彼はナイトスタンドの上のティッシュの箱の中を漁って、小さな電子機器を取り出した。トランプを二組重ねたほどのサイズのオーディオ・ジャマー。表面は凹凸のある黒いプラスティックで覆われており、片面に内部スピーカーの音を通す穴があいている。操作はオンとオフとヴォリュームの調節ができるつまみひとつだけのシンプルなもので、九ボルトのバッテリーで動き、百ドルちょっとで手に入れられる——信じられないことに、アマゾンで。

彼はそれをオンにするとヴォリュームを上げた。部屋じゅうに雑音が響き渡った。耐えられないほどではないにしろ。半径百五十フィート以内にどんな盗聴器が仕掛けられていてもすべて無効にする代物だ。彼は受話器を取った。「もしもし？」

「サル、ボビー・Vだ。話がある」ボビー・Vは〈評議会〉のメンバーで、ヴェンチュラ一家のボスだ。

「この電話にかけてきたということはそれなりの理由があるんだろうな、ボビー」とサルは言った。「こっちは娘と週末を過ごしてるんだがな」

「ということは、まだ見てないんだな」

「見てないって何を？」

「あれを見てたら、今みたいなことは絶対言わないだろうよ。言うまでもない。テレビをつけてみろ」

「どのチャンネルだ？」

「どのチャンネルでもいい」

「待ってくれ」

サルはナイトスタンドの引き出しからリモコンを取り出すと、ドレッサーの上の小さな薄型テレビのスウィッチを入れた。ケーブルテレビはNBC系列の地方局を映し出した。ニュース速報の文字の下に空から撮ったゴールデンゲートブリッジ。橋の下から厚い煙がもうもうと立ち昇っている。煙で覆われ、橋の一部はよく見えなかったが、どうやら傾いているようだった。橋を支えていたケーブルが切れてぶら下がり、その先端がぼろぼろになっていた。橋の両端には車がひっくり返って連なっている。

「なんてこった」とサルはつぶやいた。

「ああ、とんでもないことになってる」

サルは咳ばらいをしてから尋ねた。「何があったかはもうわかっているのか？」

「わかっていたとしても、当局の公式見解はまだ出てない。どでかい爆発があったことだけはまちがいないが」

「ボビー、こんなことがおれたちと何か関係があるのかどうか訊くために電話をしてきたんじゃないだろうな」

ボビーは鼻で笑って言った。「もちろんちがうよ。イスラム過激派組織か、どこかのいかれ頭がやったんだろうよ」

「だったらなんで電話をしてきた？　さぞかしおれの週末をぶち壊すだけの立派な理由があ

るんだろうな？」

「ビデオは流れてないか？」

「ビデオ？」

「爆発の瞬間をスマートフォンで撮ったビデオがあるんだ。笑顔の家族が映ったあと、ドカンと来るビデオだ」

「いや、流れてない」

「だったら、そのままニュースを見てろ。そのうち流れるだろう。そのビデオのしょっぱなに醜い顔が出てくる。そこを注意して見てくれ」

サルは苛立たしげにため息をついて言った。「なあ、なんでさっさと言わないんだ？」

「この世には自分の眼で見ないことには信じられないことがあるからだよ」

テレビを見つづけると、ボビーの言ったとおり、空撮の映像からスマートフォンの手振れしたビデオ映像に画面が切り替わった。小径の路面が映されたあと、年老いた男の顔がぼんやりと現われた。サルは首を傾げて眼を細くした。

「なんてこった！　こりゃフランク・セグレティじゃないか」

「ああ、そのとおりだ。やつがおれの家のテレビに映ったときには自分の頭がおかしくなったんじゃないかと思ったよ」

「それにしてもひどい顔をしてるな」

「そう思うか？　死んだ男にしてはぴんぴんしてるようにおれには見えたがな」

「ありえない。やつはおれたちが七年まえに吹き飛ばしたじゃないか」

「ほんとに？」

「なあ、ボビー。ＦＢＩが用意したやつの隠れ家は木っ端微塵になった。あそこから生きて出られたなんてありえない。身元不明の死骸からやつのＤＮＡが検出されたって警察の報告書にもあっただろうが」

「ああ、だけど、ビデオはそれとはまた別のことを語ってる」とボビーは言った。「いずれにしろ、〈評議会〉を招集して、セグレティに殺し屋を送るための金を〈評議会〉が出すかどうか、決めなきゃならない」

サルは眉をひそめ、いくつかの選択肢を秤にかけた。会議を開くには少なくとも二、三日はかかる。それにセグレティを改めて始末することにみんなが賛成するとはかぎらない。去年エンゲルマンを雇って失敗してから、〈評議会〉のメンバーは行動を起こすのに慎重になっている。「いや、時間がない。こうして待っているあいだにもセグレティは遠くへ逃げてしまうだろう」

「サル、悪く取らないでほしいが、〈評議会〉の承認なしにおまえの判断だけでやるのはまずい」

「ああ、だけど、それはおまえも同じだ」と彼はぴしゃりと言った。「そういうことができる人間はひとりしかいない」

「議長と直接話をつける？」

「ほかに何か考えられるか？」

「だったら、ひとつ頼む。おれの名前は出さないでくれ」

「どうした、ボビー、何をビビってる？」

「ビビってる？　冗談じゃない。ちがうよ。エンゲルマンが死んだことをFBIが公表してからというもの、議長がどうなっちまったかはおまえも知ってるだろ？　あの様子はおまえも知ってるだろ？　直接には絶対やらない情報交換。それに代理投票。使おうが使うまいが、週に二回は取り替えるプリペイド式スマートフォン。文字どおり被害妄想だ。だけど、それも当然と言えば当然だ。〈評議会〉のビジネスと議長との関連が明るみに出たら、議長もおれたちのやってきたこともおしまいだ。おれとしちゃな、おまえに耳打ちしたってだけで議長に嫌われることだけは避けたいんだよ」

「なあ、おまえよりおれのほうだ。おれが今どんな気持ちかわかるか？　エンゲルマンを雇ったのはこのおれなんだから。議長には今でも責められてるんだから。すべてはおれのせいだって」

「おいおい、おまえは議長の一番のお気に入りだろうが。だからそういつまでも根に持たれやしないよ。セグレティを始末できりゃ、おまえの株もまた上がるよ」

「もしかしたらな。いずれにしろ、あの悪党が生きてることをまず議長に報告しなきゃならない。ただ、これだけは言っておくよ」

「なんだ？」

「今度ばかりはどんな余地も残さない。この眼でやつがくたばるところをしっかりと見届ける。そうするしかない。あのクソが死んだことを確認するにはな」

9

ヘンドリクスはキャメロンの肩を借りて車から降りた。一歩足を踏み出すごとに彼の脇腹の傷口が彼女のTシャツに赤い染みをつけた。「頑張って」と彼女は言った。「私のアパートメントは階上《うえ》よ。誰かに見られるまえに中にはいらないと」

ヘンドリクスはキャメロンに支えられ、まばらな芝生を横切りながら、無理して体をよじって言った。「車だ」

キャメロンは彼の八年落ちのアコード――色はシルヴァーでフォードアのありふれた車――を見やった。レストランから内陸に向かって二マイル。彼女の運転でそこまで来ていた。その間、ヘンドリクスはバックシートで出血を止めようと傷口を抑えては、路面のくぼみに車が揺れるたびに悪態をつきつづけた。今、彼のアコードは古びた戦前の住居――何十年かまえに改築したみすぼらしい集合住宅――のまえに停められていた。「盗んだ車なのね」

ヘンドリクスは思った、この小娘はいったい何者なんだ？　「ちがう。おれの車だ。個人から現金で買ったものだ。それはどうでもいい。おれたちが〈ソルティ・ドッグ〉から出ていくところを誰かに見られていたら、警察はすぐにきみのアパートメントにやってくるだろう。だから、車はどこかに捨てる必要がある」

「今、必要なのはあなたを部屋まで連れていくことよ。まっすぐ立っていることもできないじゃないの。それに言っておくけど、あなた、血だらけよ」

「いいから。議論してる暇はない。とにかく車をどこかへやってくれ」

「いい？――ここから半マイルほどのところに小さなショッピングモールがあるんだけど、まずあなたを階上《うえ》まで連れていって部屋に寝かせる。そこなら他人の眼を惹く心配はないから。そのあと車をそのショッピングモールの駐車場まで移動させる。それでいい？」

彼は車から自分の血まみれのシャツへ視線を移した。車と血まみれの自分とでは後者のほうが人目につきやすい。「わかった」彼は譲歩して言った。

ふたりは玄関ポーチまでコンクリートの階段を上がった。ヘンドリクスは空いているほうの手で、ところどころ錆びついた手すりをつかんで体を支えた。近くで見ると、アルミの外壁は薄汚れ、一階の一番手前の窓ガラスには斜めにひびがはいっていた。ドアの横の郵便受けのいくつかは傾き、そのそれぞれに光に反射するAからEまでの文字が書かれたシールと、名前が殴り書きされたマスキングテープが貼ってあった。ヘンドリクスは歩きながらそれらの名前を見た。ヌジャイ、ウィリアムソン、ゴールデンスターン、サミュエルズ、カラシーウィックツ。「きみの名前はどれだ？」

キャメロンは〝悪い質問ではないけれど〟と言わんばかりに短く笑った。「どれでもないのよ。ここに越してきたときにまえの人の名前を剝がさなかったから」

建物の玄関のドアには鍵はかかっていなかった。中にはいると、狭い廊下に煙草の煙のにおいが充満していた。すり切れた内外兼用の茶色のカーペット。ふたりはAとBの文字が貼られたドアのまえを通り過ぎ、壊れそうな階段をのぼった。ヘンドリクスには脇腹の傷の疼きがひどくなったのがわかった。二階までたどり着いたときには息が切れていた。

「悪いけど」とキャメロンが言った。「わたしのアパートメントはEなの。もうひとつ階上《うえ》まで上がらないと」

ヘンドリクスは歯を食いしばりながら、どうにかもう一階上がった。

最上階は下の階よりさらに狭かった。基本的には屋根裏にあたる場所で、屋根の傾斜した部分に押し込むようにして造られた部屋だった。部屋の中の温度は外より優に八度は高そうだった。廊下はなく、階段をのぼりきったところにドアがひとつあるだけで、ふたりがそのドアに近づくと、中で狂ったように犬が吠えだした。

「きみは犬を飼ってるとは言わなかった」とヘンドリクスは言った。

「心配しないで。ただの〝クージョ〟だから」

爪で床を引っ搔く音。歯をかちかち鳴らせながら唸る声。「ああ、スティーヴン・キングの小説に出てくる怒り狂った犬だろ？　そういう犬を怖がらなくて何を怖がればいい？」

「ちがうわ。ほんとにそうなの」彼女はそう言うと、大げさな身振りでドアを開けた。鳴き声が三倍の大きさになり、ヘンドリクスはとっさに身構えた。が、中には犬などいなかった。

正体はスピーカーに接続した安物のMP3プレーヤーで、それに人感センサーが取り付けられているのだった。「ほんとうに『クージョ』から録音したのよ……映画にもなったでしょ？　ここの大家がどうしようもないクソ野郎なのよ。こうしておけば、勝手に部屋にはいり込んだりはできないでしょ？　支払いは現金で受け取ってくれて、ここに越してきたときにあまり根掘り葉掘り訊かれなかったのはよかったんだけど」

彼女はプレーヤーに手を伸ばしてスウィッチを切ると、ヘンドリクスをソファベッドまで運んだ。彼は喘ぎながらその上にくずおれた。

キャメロンはバスルームへ姿を消すと、タオルを手に戻ってきて言った。「傷口を見せて」

ヘンドリクスは破れたシャツを剥いだ。彼の脇腹にできたぎざぎざの深い傷にキャメロンは顔を青くした。

それでも息を整えると、タオルをたたんで傷口にあてた。

「ちょっと抑えてて」

ヘンドリクスは言われたとおりにした。キャメロンは自分のベルト――ミリタリースタイルのキャンヴァス地のベルト――をはずすと、それをタオルの上から彼の胸に巻きつけ、ベルトをきつく引っぱり、タオルを固定した。

ヘンドリクスは歯を食いしばった。歯の隙間から息が洩れた。

「ごめん」と彼女は言った。「でも、出血が止まるまでは押さえておかないと」

「自分で押さえておくこともできると思うけど」

「かもね。でも、わたしが出かけているあいだに気を失っちゃうかもしれないでしょ？」

「おれは大丈夫だ。刺されたのはこれがはじめてじゃないよ」

キャメロンは彼の引き締まった傷痕だらけの上半身に眼をやった。「ええ、そのようね」

「きみの言うとおりにして、ここまで文句を言わずに来たんだ。だから、次は車を動かしてくれ」

「わかった、わかった、すぐ行くから」

彼女は部屋を横切り、ドレッサーのところまで行くと、引き出しから新しいシャツを取り出した。それから背中を向けると、少したためらってから血のついたTシャツを脱いで床に放った。彼女のほっそりとしたそばかすのある腰が一瞬見えたが、ブラジャーが見えそうになったところでヘンドリクスは眼をそらした。

キャメロンは玄関まで行ったところで立ち止まると、ヘンドリクスを振り返って言った。

「死なないでね。いい？　すぐに戻ってくるから」

ヘンドリクスは顔をしかめながらうなずいた。彼女は階下《した》に降りていった。

玄関のドアが閉まると、ヘンドリクスはふらつきながらソファベッドから起き上がり、部屋の中を調べた。傷のせいでどうしてもよろけた。あまり時間もなかった。ただ、幸いなことに彼女のアパートメントはそれほど広くはなかった――たぶんバスルームも入れて百五十平方フィートほどだった。それに家具もほとんどなかった。ソファベッドとドレッサーとパパサンチェアだけだ。家具は――動かせば床の日焼け具合からわかる――すべてずっとまえから今置かれている場所にあるようだった。

彼は引き出しをひっくり返すと、中身をざっと調べてから底に何かテープで貼られていないか確認した。ソファベッドのマットレスとパパサンチェアのクッションの中身も調べ、トイレのタンクと小型冷蔵庫の中も確認した。

体をひねったり、曲げたり、物を持ち上げたりするたびに、ナイフの傷口が少しだけ開いた――それでも傷口はさほど深くはなく、タオルがちゃんと止血の役割を果たしてくれていた。ディミトリスに殴られた顎を動かすと嫌な音がしたが、骨は折れていない。

ヘンドリクスはパパスに先手を取られ、銃を向けられた自分に腹を立てていた。キャメロン――本名かどうかはわからないが――には感謝しなければならない。なにしろ命を救ってくれたのだから。しかし、誰の手先なのか？　口封じのために彼女がパパスを撃った可能性も考えられなくはない。しかし、とヘンドリクスは思った。彼女が〈評議会〉の手先なのだとしたら、どうしておれを殺さなかったのか？　そのチャンスはいくらもあったのに。

ということはやはり味方なのか。だったらその理由は？　そもそも彼女は何者なんだ？　まるでわからない。が、そのことはどうしても突き止めなければならない。

二十分後、戻ってきたキャメロンはドアを開けて、中にはいると言った。「心配しないで。わたしよ」そのあと床に自分の持ちものが散らばっているのを見て困惑したような顔をし、次にヘンドリクスがソファベッドに腰かけて、パパスから奪った四五口径を自分に向けているのに気づいた。「ああ、わたしが何か気にさわることをしたのかな？　それとも失血のせいで、気が変になったとか？　あなたの命を救ったのはわたしだってこと、覚えてる？」

「ああ、覚えてる。だけど、そろそろお互いのことをもっとよく知ってもいい頃だと思ってね」

「いいわよ」と彼女は言いながらも、その声は震えていた。声が虚勢を露呈させてしまっていた。「でも、そのためにわたしに銃を向ける必要がある？　わたしは善玉よ」

「その〝わたし〟というのは誰のことだ？」ヘンドリクスは銃身でパパサンチェアを示した。クッションの中身が剥き出しになっていて、カヴァーは床に落ちていた。

「だからわたしよ」彼女はそう言うと、両手を上げてゆっくりとパパサンチェアのほうに移動して坐った。「でも、あなたの気のすむようにすればいい」

彼女はソファベッドの横に置いたノートパソコンに眼を向けた。彼には用途のわからないポートがいくつもある十七インチの派手な特注品だった。

「きみのパソコンを見つけた」と彼は言った。

「それはよかったわね。隠していたつもりはないけど」

「ずいぶんとハイスペックなんだな」

「それって小汚いアパートメントに住んでるウェイトレスにしてはって意味ね」

「誰にしても、だ」と彼は言った。「おれがこのパソコンに見つけたものについて説明してもらおう」

「いいわよ」と彼女は言った。「あなたの台詞をかわりに言えば、〝何もなかった〟ってことになるけど」

「ええ？」

「そのパソコンはわたしがつくったの。だから、徹底的に暗号化されていて、ログインするにはUSBのパスキーが要るのよ。そのパスキーはわたしのポケットの中にあるから、もし起動させて中を見たいのなら渡すけど」

ヘンドリクスは顔をしかめた。「それはあとまわしにしよう。まずはおれの身辺調査の書類《ドー》だ」

「引き出しにあったやつのこと？」

「ああ」

「わたしがあれを〝ドーシエイ〟だなどとは呼ぶことはまずないけれど」と彼女はわざとインテリぶった物言いをした。彼のことばの選択をからかうように。「あれはただの切り抜きよ。ネットで見つからなかったものや、スキャンする時間がなかったものを集めたの。わたしの能力をほんとうに知りたいのなら、あのわたしのおもちゃの中身を調べないと」彼女はそう言って、パソコンを顎で示した。「過去四年のニュースを集めたコルクボードがあるわ。犯行現場の写真や検死医の報告書も。それからこれはきわどい話になるけど、六つの法執行機関のデータベースから——それにはインターポールも含まれる、もちろん——この国のすべての犯罪組織に関するリアルタイムのデータも集めてある。パラメトリックとノンパラメトリックの両方を含む五種類の回帰分析があるのよ。で、そのすべてが過去の既知の行動の予測精度に応じて、各々を処理するようにできている重み付きモデルに組み込まれているわけだから――」

「ちょっと待ってくれ。〝事前に知りうる誰の行動〟なんだ？」

彼女は呆れたようにヘンドリクスを見た。学校で糊を渡したら、それを食べてしまったいたずらっ子を見るかのような眼で。「もちろん、あなたのよ」

「だったら、おれのことを嗅ぎまわっていたことは認めるんだな？」

「ええ、もちろん！」

「どれくらい？」

「さあ……もう二、三ヵ月にはなるかしら。でも、さっきも言ったけど、わたしのデータにはそれよりはるかにまえのことまで含まれてる」

「誰の命令でやってる？」

「今のところ、誰の命令でもないわ。だからわたしは今ここにいるのよ」

「話が見えない」

キャメロンは首を傾げて訝しげに彼を見た。「わたしのこと、ほんとうに覚えてないのね」

「覚えてなきゃいけないのか？」

「それはわからないけど。四年まえ、あなたはわたしの母の命を救ってくれたのよ。だから、もしかしたらわたしのことも覚えてるんじゃないかなって思ってたんだけど」

「おれは多くの人間を救ってきた。逆に殺してもきた。話を進めるにはもっとヒントが要る」

「キャメロンというのはファーストネームじゃないわ。わたしの苗字」

少し時間がかかったものの、ヘンドリクスもようやく思い出した。「なんてこった。きみはあのダナ・キャメロンの子供なのか？」

彼女がダナ・キャメロンに出会ったとき、ダナはヴィリディアン研究所の生物情報学部長をしていた。大手製薬会社に引き抜かれ、そうした役職に就くまえから、彼女は才気あふれるプログラマーで、男社会のシリコンヴァレーにあっても期待の星だったのだが、短時間での遺伝子判定と次世代コンピューター・モデリングを使って、将来有望な抗ガン剤の処方を可能にすることが彼女に与えられた使命だった。会社の重役たちはその目的達成のためなら好きにつかってくれとばかりに、十億ドルの研究費を彼女に約束した。

ヴィリディアン研究所がそのことを公表すると、株価は一気に上昇し、学界もその決定を革命的と称して歓迎した。ビル＆メリンダ・ゲイツ財団もヴィリディアン研究所と彼女とのパートナーシップは、今後十年間のガン死亡率を八十パーセント引き下げるだろうと年次報告に記した。

が、彼女と製薬会社との蜜月はそう長くは続かなかった。

新しい仕事を始めて半年が経った頃、ダナはヴィリディアン研究所の新薬を使った社内での研究データに公表されていない内容があることに気づいた。その研究データは、新薬が患者の脳梗塞と心拍停止のリスクを二十倍に引き上げることを示していた。彼女はそこでミスを犯す。会社のＣＥＯであるギャヴィン・ロックリーに進言してしまったのだ、このことは自分が公表するまえに会社がきちんと公にすべきだと。その研究データが公になったら、ロックリーと会社は何千億ドルとまではいかないまでも、何百億ドルもの金を確実に失う。で、ロックリーは狡猾なビジネスマンなら誰でもやりそうなことをした。殺し屋を雇って彼女を消そうとしたのだ。それに対して、彼女のほうはヘンドリクスを雇ったのだった。

その仕事のことはヘンドリクスもよく覚えていた。それはひとつには、ロックリーがダナを殺すのに雇った殺し屋がプロ中のプロで、ヘンドリクスが抹殺しなければ、まずまちがいなく仕事をやり遂げていたからだ。もうひとつは、なんといってもダナが彼の通常の顧客とは一線を画していたからだ。彼女はどこまでも高潔で、どこまでも立派な女性だった。

ヘンドリクスは銃を下げると笑みを浮かべて言った。「あのときはまだ歯の矯正をしてるほんの子供だったのに」

「そんなに子供でもなかったわ――もう十六になってたんだから」

ヘンドリクスは三十一歳。十六歳はまだ子供だと彼女に言う勇気はなかった。「確か両親はきみをロージーと呼んでいた。そんな記憶があるが」

「そう。わたしのファーストネームがロザリンドだから。ロザリンド・フランクリンに因んでつけたんだそうよ。ロザリンド・フランクリンというのは、ワトソンとクリックに研究レポートを盗み読みされて、遺伝子の二重螺旋構造についての論文を書かれちゃった科学者よ。母はいつも言ってた。この世界で何か得たければ、戦わなくちゃいけない。そのことをわたしに思い出させるためにつけた名前だって。父のほうは、こんな古くさい名前だったら、おまえの花婿候補は恐れをなして逃げ出すだろうから賛成したんだって、よく冗談めかして言ってたわ」

「元気なのか？　ふたりとも？」

「母は元気よ。たぶん。今はジュネーヴにいて、世界保健機関《WHO》で働いてる」

「お父さんは？」

「去年のクリスマスイヴ。バーから帰る途中、ベンツごと木に突っ込んで死んじゃった」

「気の毒に」

「どうも。わたしもそう思う。でも、そんなことになるんじゃないかとは思ってた。母が殺されそうになってから、父は精神的におかしくなっちゃったのよ。法律事務所を休職して、お酒に溺れるようになったの。ロックリーの裁判でママが証言すると、ヴィリディアン研究所の株価は急落した。そのあと母は企業の透明化の広告塔になって、その新しく手に入れた名声を人助けに役立てたいと思った。でも、父はそんな名声になんかあまり興味が持てない人だった。だからふたりは喧嘩ばかりしていた。で、ある夜、父は暴力的になった。カナディアンクラブのボトル半分の力を借りて。それで母は父を家から追い出した。警察からわたしに電話があったときには父はもう……」そこで彼女は声をつまらせ、咳払いをした。「わたしはそのときまで一年、パパと会ってなかった」

「キャメロン、きみはここで何をしてる？」

「どういうこと？」

「言わなくてもわかるだろう。きみはおれに何を求めてる？」

「あなたの手助けをしたいのよ」

「おれのなんの手助けだ？」

「言わなくてもわかるでしょ……あなたの仕事の手助けよ」

「人殺しの手助けをしたいのか？」

「悪いやつらの犯罪を阻止する手助けよ」と彼女は言い換えた。「いい？ わたしはあなたのことを調べる過程で学んだわ、あなたの仕事のやり方をすべて。あなたも最初のうちは雑な仕事をしていた。向こう見ずな仕事をしていた。でも、二、三年経つと——母を助けてくれた頃から——抜け目なくきちんと戦略を立てて仕事をするようになった。ところが、最近になってまたやり方が変わった。誰かを守るのではなくて自分から攻撃を仕掛けるようになった。それだけじゃない。また向こう見ずになった。これはわたしの想像だけど、たぶんあなたにはしばらくのあいだ、バックアップしてくれる仲間がいたのね。顧客を特定して、あなたの身を守ってくれていた仲間が。でも、今のあなたには仲間はいない。〈評議会〉という組織に対するあなたの最近の憎しみようからすると、そのあなたの仲間は死んだのね」

ヘンドリクスは唇を引き結んだ。表情が思いと同じくらい暗くなった。「レスター。いいやつだった。親友だった」

「ごめんなさい。こんなこと言うつもりじゃなかったんだけど。でも、これからはわたしがあなたのアシスタントになれるんじゃないかって、ただそれだけ言いたかったの——今のあなたには助けが必要だから」

「おれは助手を募集なんかしてないよ」

「わたしは助手なんかじゃない。あなたが得意なのは実践面。それはわかる。でも、技術面のサポートが必要なんじゃない？　空からの眼とか、あなたの耳の中で聞こえる声とか。普通の人は持ってないコンピューターの知識とか」

「お母さんはきみがここにいることを知ってるのか？」

「あなたのお母さんは知ってるの？」

彼女のことばにヘンドリクスは気弱な笑みを浮かべた。彼は孤児だった。母親のことなど何ひとつ知らない。キャメロンはそのことを知らない。それは彼にとって少なくとも慰めにはなった。

「いいか」と彼は言った。「おれの技術面のアシスタント、レスターは軍人だった。戦士だった。おれはそんな彼を死なせてしまったんだ。なのにきみを仲間にするなんて馬鹿げている。いや、不道徳でさえある」

「不道徳？」

「そのとおりだ。きみはまだ子供なんだから」

「もう二十《はたち》よ」

「同じことだ」

「くだらない年齢差別はもうやめて。あなたの仲間は軍人だった。で、あなたも軍人だった。それはわたしのプロファイリングにも合ってる。あなたはいくつのときに入隊したの？」

「十八だ」と彼は言った。「だけど、その当時自分が何をしようとしているのかちゃんとわかっていたら、半狂乱になって叫びながら逃げ帰ってただろうよ」

「わたしは自分が何をしようとしてるのかちゃんとわかってる」

「いいや、わかってない。それでもいずれ気づく。こんなのは自分の人生じゃないって。それまでのあいだきみの世話をする余裕はおれにはない」

「誰も世話なんか頼んでないわ。自分の世話くらい自分でできるから。そういうことはニック・パパスに訊いてみたら？」

「あれはたまたま運よくあたったんだ」と彼は言った。

「それはちがう。ロックリーの一件があって、わたしは母から銃の扱い方を教わったの」

「それでも人に向けて撃ったのはこれが初めてだ、ちがうか？」彼女は何か言い返そうとして口を開いたが、ことばは出てこなかった。「やっぱりな。パパスは死んだ。彼を殺したのはきみだ。人を殺すのはどんな気分だった？」

「彼が死ななければあなたがやられてたのよ。誰かの命と引き換えになっていなければ彼を殺したりはしなかった。結果的により罪深い人に傷を負わせるのでなければ。わたしには疚《やま》しさなんかかけらもないわ」

「ほんとうか？　だったらどうしてそんなに手が震えてる？」

キャメロンは自分の両手を見下ろした。彼の言ったとおりであることにそのとき初めて気づいて、驚いているように見えた。彼女は両手をぎゅっと強く握って震えを止めようとした。

「震えてなんかないわ。大丈夫よ」

「いや、大丈夫なものか。人の命を奪うという行為は表計算の収支を合わせることとはちがう。誰かを殺すたび、そのことに正当な理由があるなしにかかわらず、心に大きなダメージを負う――そのダメージは最初の殺しのときが一番大きい。今はおそらくアドレナリンのおかげで大丈夫なのかもしれないが、その状態が過ぎて、アドレナリンに見放されたら、かなりつらくなるだろう」

「わかったようなことは言わないでちょうだい」

「そうじゃない。おれがそうだったと言ってるだけだ。おれの場合、震えはほんの始まりだった。次は冷や汗が出てきて、息ができなくなるんじゃないかと思うほど咽喉が絞めつけられた。それから口の中が唾液でいっぱいになって――」

ヘンドリクスがそこまで言いかけたときには、キャメロンはすでに立ち上がってバスルールに走っていた。彼は黙ってついていった。そして、そばにひざまずき、彼女が吐きはじめると、髪の毛をうしろに束ねてやった。彼女は胃がひっくり返ったようになり、涙を流して吐いた。胃の中に何もなくなるまで。何もなくなってからもさらにしばらくえずきつづけた。

ヘンドリクスは結果的に彼女をこんな状況に追いやった自分をうしろめたく思った。自分がヘマをしなければこんなことにはならなかったのだ。それでも、起きてしまった以上、悔やんでもしかたがない。彼女にわからせる必要があった。これはゲームではないことを。

ヘンドリクスは彼女の吐き気が収まるのを待って、洗面台の蛇口からグラスに水を注いで彼女に渡した。古いパイプのにおいのする水だった。「飲むといい」

彼女は貪るように飲んだ。口の両端からこぼれた水が顎を伝った。

「ゆっくり飲むんだ。そうしないと、また吐き気に襲われるぞ」

彼女はゆっくりと慎重に飲んだ。グラスが空になると、彼はもう一杯注いで渡した。

「大丈夫か？」

「少し落ち着いた」そう言った彼女の声はサンドペーパーのようにざらついていた。

「これでわかっただろ？　きみとは一緒に仕事はできない」

彼女の眼にまた涙があふれた。「でも、わたしはあなたの命を救ったのよ」

「それだけでおれには充分すぎることだ」

「これでお別れ？」

「いや、おれから逃げようたってそう簡単にはいかないよ」と彼は言った。キャメロンは笑った。むりやりあげた弱々しい笑い声だったが、笑わないよりはましだ。「今の状況から確実に逃げおおせるまではきみと一緒にいなきゃならない。つまりきみはおれの傷の手当てをすることになる。そのあとしばらく身をひそめて休んだら、ふたりでここを出ていく。そうして、ロングアイランドからもパパスの一件からも離れた安全なところまで逃げきれたら、そこからは別々の道へ行く。いいかな？」

「いいわ」彼女は不承不承承知した。「ねえ、訊きたいことがあるんだけど、いい？」

「ああ」

「ひとつだけどうしても見つからない情報があるの。どんなに試してもわからないのよ。すごく厳重にロックされてるのね。誰か知っている人がいるとして。わたしでも手にはいらない情報よ」

「どんな情報だ？」

「あなたの名前。母を救ってくれたときもあなたは名乗らなかった」

ヘンドリクスはこれまで使ったいくつもの偽名を心の中でスクロールして思った──ああ、おれには彼女にこの程度の借りはあるだろう。

「おれの名前はマイクルだ」と彼は言った。

10

チャーリー・トンプソンは、結果を期待しながらも心配げに会議室の外の廊下を行ったり来たりしていた。オブライエンは部屋の中で部長と電話していた。もう一時間近く経っていた。

四十分まえ、ある地方のオンラインニュースが報道自粛の圧力を撥ねのけ、今回の爆破事件が〈真のイスラム帝国〉の犯行であることを公表し、さらに今後も彼らが攻撃を仕掛けるつもりであることを宣言した犯行声明のビデオを流してしまった。当然のことながら、大メディアがそのあとに続くまえに、何百万人という人たちがそのサイトに集中した。それからというもの、報道は一気に過熱し、FBIの電話は鳴りっぱなしになった——その大半が影に怯え、パニックになった市民からのものだった。

会議室のドアが開いて、オブライエンが疲れきった顔で出てきた。トンプソンは彼女のほうに近づいた。が、途中で立ち止まると、何かを求めるようにじっと相手を見つめた。

「それで?」

「あなたには悪いけれど、答はノーよ」とオブライエンは答えた。

「ノーって、どういうこと?」

「ねえ、いい、チャーリー。当然でしょ? わたしたちは今、国家安全保障の危機に立たされてるのよ。あの〈真のイスラム帝国〉が仕掛けた爆破事件について、わたしたちにはほとんど何もわかってないのよ。つまり、すでに窮地に追い込まれている上に、彼らが次に何をしでかすつもりなのか、見当もつかない状況にいるのよ。九・一一を繰り返すことだけは避けなくちゃならない。ビデオが公表されたからには、FBIは世界じゅうの注目を集めることになる。だから、規則どおりに行動する必要がある。見通しの立たない計画やそのほかのことにかまけてる時間はないの。それに、今セグレティを追うには人手が少なすぎる――それももしあの男がほんとうにセグレティならばの話よ」

「〝もし〟？　冗談でしょ。あれが彼だってことぐらい、あなたにもよくわかってるはずよ」

「ええ、確かによく似てる。でも、彼がわたしたちの保護下で死んだことには絶対的な証拠があるのよ」

「絶対的な証拠があった、でしょ？」とトンプソンはオブライエンのことばを正した。「その絶対的な証拠とやらは、セグレティがビデオに映った瞬間、雲散霧消したのよ。わたしに言わせれば、われわれにはあの男を守る義務がある。一度はそれに失敗したんだからなおさらよ。それに忘れてないでしょうね。彼のほうは自分からＦＢＩに協力を申し出てきたのよ」

「ええ。それで四人の捜査官を病院送りにした。そのうちの三人にはひどい後遺症が残って、それ以降、任務につけなくなった。あとのひとりはちゃんと歩くことさえできなくなった」

「あなたはあの場にいなかった。ちがう、ケイト？　わたしはいたの。セグレティは中にはいってきたときにはまだ混乱していた。追いつめられ、危険が身に迫っていると感じていた。彼がわたしたちを殺そうと思っていたのなら、簡単にできたでしょう。でも、そうはしなかった。彼はそこで自制したのよ。そして、銃を捨てると、ここ三十年で最大の逮捕劇ができる情報を提供することを犯罪組織対策課に申し出てきたのよ」

「落ち着いて。今のはあくまで推測でしょ？　セグレティがどれほどのものを提供してくれていたのか、それは今でも誰にもわからないんだから。そこのところはあなたも認めるわよね？　彼が売ろうとしていた話はありえないほどすごい情報だった」

「ええ。だけど、彼から大まかな話を聞いてる途中で、あの隠れ家が吹き飛ばされてしまった。わたしに言わせれば、あの事件こそ彼の話の信憑性を裏づけるものよ」

「それはそうかもしれない。でも、どちらにしろ、それも今はどうでもいいことよ。今のFBIにはセグレティの捜査に時間をかける余裕はないということよ」

「じゃあ、わたしだけでもいい。ひとりでやらせて。彼の行方を突き止めて、連れて帰ってこられるかどうか、それだけでもやらせて。それなら部長だって反対しないはずよ」

オブライエンは顔をしかめ、押し黙った。その無言の意味がトンプソンにもわかり、大きく眼を見開いて彼女は言った。

「部長の命令じゃないのね？　あなたなのね。あなたがセグレティなど追うなという命令を出してるのね」

「聞いて、チャーリー」

「どうしてわたしが聞かなくちゃいけないの？　あなたのほうはわたしの話をまるで聞いてないのに」

オブライエンは傷ついたような顔をした。が、同時に怒ってもいた。「ひと息ついて、誰に向かって話しているのか思い出しなさい。今は〝フィアンセ〟より〝上司〟を優先させなければならないときよ」

「それで大いにけっこう。あなたは上司として、なおさらわたしに本来の仕事をさせるべきなんじゃないの？　正直に言って。部長には訊きもしなかったんでしょ？　会議室で一時間も電話をしながら、セグレティのことにはひとことも触れなかったんじゃないの？」

「わたしになんて言わせたいの？　ええ、セグレティのことにはひとことも触れなかった。いい、この国が攻撃されているのよ。相手が部長にしろ、ほかの副部長にしろ、こんなことが言えると思う？　われわれは〈真のイスラム帝国〉を追って全力を挙げているわけですが、時間と労力をほかのことにも割いてもらえませんでしょうか？　実は、わたしと寝てる部下がおかしな考えに取り憑かれてるものでね、なんて」

「今のわたしはおかしな考えに取り憑かれてる、職場のセックスフレンドってわけ？」

「もちろんちがうわ。それでも、あなたのお父さんが言ったことはショックだったけれども、ひとつだけ正しかった。この事件についてはわたしたちも客観的に見る必要がある。同僚はどんなふうに思うか考えてみる必要がある」

「みんなこう思うはずよ。ＦＢＩがこれまでに犯した最大級のミスのひとつを正すいい機会になるって。なのに、あなたはそのチャンスすらわたしに与えようとしないわけよ」

「信じてちょうだい、チャーリー。わたしは今まであなたの願いを何度も聞いてきた。でも、これだけは駄目。あなたの主張を受け入れたら、わたしたちはふたりとももう誰からも相手にされなくなる」

「わたしはそれでかまわない。彼のところへ行かせて」

「無理よ。わかるでしょ、あなたにもそれぐらい」

「だったら、七十二時間だけちょうだい――それだけでいいから」

「それも駄目。今すぐやらなきゃならないことがあるんだから。部長はわたしたちにすぐワシントンDCに戻るようにと言ってる。次の飛行機にはふたりとも乗らなくちゃ。あなたの車はここの職員にDCまで運んでもらうように手配するわ」

「だったらこうしましょう。ここの職員にかける手間を省いて、車はわたしが乗って帰るわ。どっちみち頭を冷やす時間が要りそうだから」

11

サル・ロンビーノは一呼吸ついて気持ちを落ち着かせてから、受話器を取り上げると、議長の最新のプリペイド式スマートフォンにかけた。番号は覚えていた。サルは数字に強かった。その昔、高利貸しをしていたときには、その特技が利子計算に活かされたものだ。

呼び出し音が七回鳴って、議長が出た。留守番電話にはつながれていない。いつものことだ。

「こんなときに私に電話をかけてくるとはいい度胸をしてるな。ニュースを見てないのか？」

「見ましたよ」とサルは答えた。「実は、そのことで電話したんです」

「なんの話だ？」

「テレビで何度も流れてるスマートフォンで撮ったビデオのことです。それに映ってる年寄りに気づきましたか？　あれはフランク・セグレティです。セグレティというのは――」

「その名前の男が誰かぐらい知ってるよ」と議長はぴしゃりと言った。サルが基本的なルールを破ったことに苛立っていた。セキュリティの不確かな電話回線で話すときには個人の名を言ってはならないというルールだ。

「だったら、もしやつが人前に現われるようなことになったら、組織に大打撃を与える可能性があることもわかりますよね。要するに、われわれにはやつをすぐに見つけ出して、もう二度と世間に顔を見せられなくする必要があるということです」

「だったら会議を招集して、決を取れ。私は出られないが」

「時間がありません。それにたとえ時間があっても、評決がわれわれの望む方向に決まるとはかぎりません」

「どうしてほしいんだ？　そいつを追うのに〈評議会〉の金を使えるよう私の許可が欲しいのか？　そういうことなら認めてやるよ」

「ありがとうございます、議長。ただ、必要なのは金だけじゃありません」

「ほかに何が要る？」

「セグレ……――問題の男がまた現われたらわれわれがこうむるダメージと少なくとも同じ

くらいのダメージをこうむる男がいます。こいつは有用な人材で、現在ほかの案件に従事しています。だから、おれとしても議長の許可なしに連絡するのはどうかと思いまして――」

「きみはふざけてるのか？　自分が何を要求してるのかわかってるのか？　彼には今の仕事を続けてもらわなきゃならない。もし今、あいつが妙なことになったら、われわれは優勢なゲームの終盤でわざわざ自分から形勢を悪くしてしまうことになる」

「それはもちろんわかってます、議長。そのとおりです――その可能性はもちろんあります。それだけど、この危機を乗り越えなけりゃ、どっちみちゲームの終盤はおかしくなります。それにこういう状況で言うのもなんですが、彼はわれわれに大きな借りがあります」

「それはそうだが――いずれにしろ、この仕事には彼が最適だとほんとうに思うんだな？　前回彼がヘマをしたことはきみも知ってるよな？　きみの言うとおりだとすれば、そのときのターゲットを今も逃がしたままということになる」

そのことはサルにもよくわかっていた。検死医の報告書を見たからだ。胴体からちぎれた四肢。灰になった肉と毛髪。天井の小梁から回収できた、粉々になった歯や骨の欠片。「選択肢はあまりないでしょうが――今回はビデオに撮って確認します」

電話の向こうから長い間が返ってきた。ようやく議長が言った。「いいだろう。やってみろ。ただし私は一切関与しない。きみが次に電話をかけてくるのはセグレ――ことが完全に解決したときだ。わかったな？」

「わかりました」

「よし。きみをこのあとも使うかどうかは……今回の結果次第だ」

議長はそう言って電話を切った。サルは切れた回線の音を聞きながら、しばらく坐ったままでいた。それから受話器を架台に戻すと、疲れきったようなため息をついた。

「誰と電話してたの、パパ？」

娘のイザベラが戸口に立っていた。その指には色とりどりの絵の具が塗られていた。三十分ピアノを練習したご褒美に許されたフィンガーペインティングだ。鼻の頭には光沢のある緑色の点がついていた。

「なんでもない、イザベラ、まちがい電話だ。おいで。鼻に絵の具がついてるぞ。洗い流さないと」

12

「準備はいい？」とキャメロンは言った。

ヘンドリクスは両足首に結んだベッドシーツがソファベッドのフレームにしっかり固定されているのを確かめ、ヘッドボードがわりの金属のアームレストに両腕を巻きつけた。頭をめぐらすと、首が嫌な音をたてた。深く息を吐いて、できるだけ筋肉を弛緩《しかん》させ、うなずき、準備ができたことを伝えた。口は利けなかった。キャメロンのベルトを目一杯力強く嚙んでいたので。

「わかった。わたしのほうは準備できてるとは言えないけど」キャメロンはそう言うと、消毒用のアルコールの瓶の蓋を開けて、傷口にあてたタオルの上に手を置いた。さっきまでベルトで固定していた場所に。「しっかりアームレストにつかまっててね——すっごく痛いから」

彼女がタオルを剝ぐと、傷口があらわになった。固まりかけた血で、皮膚がタオルに貼りつきかけていた。生傷が空気に触れると、ヘンドリクスはすばやく息を吸い込み、ベルトを嚙む歯に力を込めた。傷が開いてピンクと赤のすじになっているのを見て、さすがにキャメロンもひるんだ。それでもアルコールをたっぷりと傷口に垂らした。見るからに恐る恐る。

刹那、ヘンドリクスの体の筋肉という筋肉が収縮した。ソファベッドの上で反射的に身をよじった。首の筋肉が盛り上がり、太いすじになった。顔の色が赤から紫に変わり、体じゅうから鼻をつんと突くにおいの汗が噴き出した。彼が暴れたせいでゆるんだ六角ナットがはずれ、ソファベッドのフレームを支えている支柱が曲がり、マットが床を打ち、不安定な角度で止まった。

それでも最後には痛みが引いてきた。筋肉も弛緩し、ヘンドリクスはアームレストから腕を離すと、手足を震わせながら、傾いたソファベッドの上でぐったりとなった。そして、荒い息づかいのまま、まともにものが考えられるようになるのを待った。

そのとき、誰かがこつこつと何かを叩く音がした。ヘンドリクスの頭にまず浮かんだのはドアの外で待機するSWAT隊員の姿だった。が、それはドアをノックした音ではなかった。聞こえてきたのは床の下からだった。

ヘンドリクスが眼を細くして、警戒する表情を浮かべたのに気づいて、キャメロンが言った。「心配しないで。階下《した》に住んでるウェインよ」彼女はそう言うと、下を向いて叫んだ。「やめてちょうだい、ウェイン！　もう音をたてたりしないから！」

こつこつという音がやんだ。ヘンドリクスは床からキャメロンに視線を移して言った。「彼のことは放っておいていいのか？」

「放っておくって？」

「不審に思って、警察を呼んだりはしないのか？」

キャメロンは声をあげて笑った。「きっと不審には思ってるでしょうね。でも、なんの心配も要らないわ。わたしが今朝仕事に出たあと改心して、マリファナを売るのをやめてないかぎり」

「なるほど」彼としても一般市民の口を封じるような真似はしたくなかった。「だったら次のステップだ」

「ほんとうに大丈夫？」

「いや、おれもこれほど大きな傷にこういうことをするのは初めてなんでね。でも、ほかに選択肢はない。それと、忘れないでくれ。おれが気を失っても手を止めるなよ。むしろ気を失ったほうがおれも楽だし、きみもやりやすいはずだ」

キャメロンは固い唾を呑み込むと、道具をのせたペーパータオルにアルコールをかけた。ピンセット、糸巻き、曲げて半円形にした裁縫用の針。この三つはさっき消毒したところだったのでまだ湿っていた。

針に糸を通すのに思ったより手間取ったものの、どうにか通すと、キャメロンはその針を傷口の縁にあて、大きく息を吐いてから作業に取りかかった。皮膚に針を刺した瞬間、腹筋が反射的に引き攣《つ》り、ヘンドリクスは思わずうめき声を洩らした。

「ごめん」とキャメロンは手を止めて言った。

「気にするな」と彼は低く押し殺した声で言った。「続けてくれ。きみはおれの言ったとおりにやってるだけだ。こればかりは自分でやるよりきみがやったほうがうまくいく」

「どうして？」彼女は傷口の反対側に針を通し、その先端をピンセットでつまみながら訊き返した。「それはわたしが女だから？　お裁縫は得意だろうってこと？」

ヘンドリクスは頬を赤くして言った。「ちがう！　おれはただ——」

「どうしたの」と彼女はまた皮膚に針を刺し、ふたつ目のループをつくりながら言った。

「冗談よ」

「冗談を言うタイミングがきみは最悪だって、これまで誰かに言われたことはないか？」

「これでもあなたがリラックスできるようにって気をつかってるつもりなんだけど」

「全部縫いおえたらリラックスできるさ」そうは言ったものの、ヘンドリクスはリラックスなどとてもできないだろうと内心思った。ロングアイランドから遠く離れ、パパスの一件と自分たちとが結びつけられる可能性がゼロになるまでは、ちょっとした何かの気配にもびくびくすることだろう。それにそもそもほんとうにリラックスできるのは、〈評議会〉のメンバー全員を突き止めて、その全員をあの世送りにしてからだ。

「お酒でも飲ませてあげられたいいんだけど。〈ソルティ・ドッグ〉からウォッカの瓶をくすねてくればよかったわね」

「今日はもう充分飲んだよ」

「そういえば、今日の午後、あなたにはお酒を八杯も出したけど、そんなに飲んでどうして素面でいられるの？」

ヘンドリクスは痛みに耐えながら弱々しく笑った。この娘は勘がいい。彼の気を上手くそらせて、痛みを和らげてくれている。「手先が器用でね。ベンジャミンの木にも飲んでもらうことにしたんだ」

「だから、あなたが坐っていたあの一角はいつもウィスキーのにおいがしてたのね。においのもとはあなただって思ってた。気を悪くしないでほしいけど」

「別に。むしろそれが狙いだったんだから」

「コーヒーを押しつけちゃったりして悪かったわね。あのときはちょっと心配に……」彼女はそこでことばを切り、そのあとはなにやら考える顔つきになった。

「気にしないでくれ」と彼は言った。

ふたりはしばらく押し黙った。キャメロンは手元に集中した。ヘンドリクスは努めて痛みに身をよじらないようにしていた。それでも、耐えられなくなってきたので、またおしゃべりで気をそらそうと思った。

「素面でいられた秘密は今きみに教えた」と彼は歯を食いしばりながら言った。「今度はきみがおれの質問に答える番だ」

「いいわよ」

「きみが〈ソルティ・ドッグ〉で働きはじめたのは、単におれを監視するためなのか？」

「そうよ」

「大胆なことをしたものだ」

「まあね。わたしって大胆さを取っちゃうとあとには何も残らない人よ」

「店の人間に本名を教えちゃいないだろうね？」

「わたしも馬鹿じゃないんだけど。キャメロン・フランクリン名義の偽の社会保障番号を教えて、コピーをしたら顔がぼやけるように細工もしたわ」

「細工した？」

「そうよ。透明の反射塗料さえあれば誰にだってできることよ。暗闇で光る塗料があるでしょ？　ホームセンターで手にはいるわ。あとは刷毛をその塗料に浸して少し粘つくまで待ってから、写真、あるいは住所もでたらめだったらそこに塗ればいいだけ。べったり塗らないで、あちこち少しずつ塗料をのせていけば、コピーしたときに塗料がコピー機の光に反射して、その下にあるものが不鮮明になるのよ。上手にやれば、コピー機のガラスに不具合があるようにしか見えない。ちゃんとしたコピーを取ろうと何度やり直しても結果は同じだから」

「すごいな」と彼は感心してそう言った。レスターもそんなやり方は知らなかっただろう。

「わたしの数多い才能のうちのひとつね。わたしを仲間にしてくれたらいくらでもその才能を発揮してあげる」

ヘンドリクスはため息をついた。「そのことについてはもう話し合ったはずだが」

「わたしは納得してないから」

「どうしてこんな仕事が自分に向いてるなんて思うんだ？」

「だったらあなたはどうしてこの仕事にわたしが向いてないなんて思うの？　鼻にピアスして、首にタトゥーを入れてる女の子にしかコンピューターのことがわからないとでも思ってるの？」

「きみのコンピューターの腕前のことを心配してるんじゃない」と彼は言った。「どうやってそんなにたやすくおれを見つけられたのかさえおれにはさっぱりわからないんだから。そういうことを言うなら、牛乳瓶の底みたいな眼鏡をかけていたら納得できてたかもしれないが」

彼女はわざと驚いたふりをした。「待って。今のはジョーク？　今のは図体のでかいアンチヒーローがユーモアのセンスを身につけようとしたシーン？」

結果的にジョークを言っていたことには、ヘンドリクス自身が誰より驚いていた。本人にはジョークを言うつもりなどなかったのだから——レスターが死んでからというもの、そんな気持ちには一度もなれなかったのだ。レスターの復讐を果たそうと思うあまり、レスターを——そういうことを言えば、親しい人なら誰であれ——恋しく思う気持ちそのものを忘れてしまうことがヘンドリクスには時々あった。

「冗談はさておき」と彼は言った。「きみを巻き込むわけにはいかない。おれの仕事——おれの人生は危険すぎる。この上誰かを失うようなことになったら、もう普通ではいられなくなる」

「いい？　それはわかってる。あなたの仕事は危険きわまりない。でも、それを選んだのはあなたよ。わたしもそんなあなたを探し出すことを選んだのよ。だから、ともなうリスクは自分で引き受けるわ。それに、言っておくけど、わたしがその道を選んでよかったじゃないの。そうじゃなかったら、あなたは今頃、死んでたのよ」

「かもしれない。だけど、そもそもなんできみはこんな人生を選ばなきゃならない？　きみはまだ子供だろうが。きみがすべきことはぼろアパートで殺し屋《ヒットメン》たちの傷を縫うことじゃない。大学に行け」

「ヒットマンでしょ？」と彼女は言った。「複数のヒットメンじゃなくて。それにわたしはもう子供じゃない。大学も試してみたわ。ちょっとだけだけど」

「ちょっとだけ？　何かあったのか？　落第するようなタイプには見えないが」

キャメロンは口をすぼめた。話そうか話すまいか決めかねているようだった。「大学の初日、新入生の寮のレジデント《R》・アシスタント《A》（寮生の生活を支援する係。上級学年や院生があたる）がわたしたちをグループ分けした。よくあるオリエンテーション週間ってやつね。車座になって、順番に自己紹介を始めたんだけど、そのとき自分を今の自分にした重要な出来事について話すように言われて。ほとんどがいかにもって感じの好印象を与えるために計算されたような話ばかりだった。アイスホッケーの州大会の決勝戦で、スラップショットを打って優勝した話とか、ハビタット（貧困層に住宅支援をするNGO）でボランティアをした週末の話とか、いとこのピーナッツアレルギーに影響を受けて、免疫学者をめざすことにした話とか、そんな話ばっかりだった。みんなが大学入学出願用のエッセイを読み上げるのをじっと坐って聞かされてるみたいだった。苦痛きわまりなかった。

その順番がわたしのひとりまえまでまわってきた。その女の子はそれまでずっと黙っていて、グループの誰とも眼さえ合わせようとしてなかったんだけど、話しはじめると急に生き生きしたのよ。昔から、自分はどこか根本的にほかの人とはちがうって感じていたこと、そのせいで学校にいても家にいても苦しかったという話をしてくれた。十四歳のときには自殺未遂を起こして、両親にカウンセリングに連れていかれたらしいけど、そのカウンセリングのおかげで両親に告白できたって言った。あなたたちの大切な息子は、ほんとうは息子じゃないって。心の奥底ではずっと自分が女の子だってわかってたって」

「なんとね」

「ええ。そこにいたみんながショックを受けた。勇気が要ったはずよ……淡々と話していたけれど。でも、そんな告白をする必要なんてなかったのよ――両親の承諾を得て、早い段階からホルモン治療をしていて、どこからどう見ても女の子にしか見えなかったんだから。でも、その子は自分が克服したことをみんなに伝えたかったんだと思う。そうすることで、ほんとうの自分を理解してほしい、受け入れてほしいって思ったんじゃないかしら」

「すごいね。それで、きみはそのあとどんな話をしたんだ？」

「できなかった！　彼女の話を聞くまでは、ほかの人たちみたいに、みんなに好かれるような話をするつもりだった。だけど、彼女の話を聞いたあとでは、そんなことできなかった。だからパスしたの」

「で、きみとその彼女とは友達になった？」

「そう思うでしょ？　話の流れからすると、どう見てもそうよね。でも、彼女の勇気はすごいって思っても、わたしも大学にはいったばかりで不器用だったのね。どう声をかけていいのか、どう接していいのかがわからなかった。だから、友達にはならなかった。だからと言って、彼女に失礼な態度を取ったりしたわけじゃないわよ。会えば挨拶ぐらいした。でも、結局、言えずじまいだった。彼女の話が自分をどれほど勇気づけてくれたかとか、思春期特有の自分の悩みなど身勝手なものでしかないことを思い知らせてくれたとか」

「きみの言い方だと、今はその彼女にそういうことを伝えることができないみたいだけど。何があったんだ？」

「人が人間らしく真実でいようとするといつも起きることね。ほかのやつらが台無しにした」

「どんなふうに？」

「最初の日にグループ分けされたひとりが友達に彼女の悪口を言った。それから彼女のことをふざけてからかうようになった。気づいたときには、そういうことがキャンパスじゅうに広まってしまった。彼女の小学六年のときの写真があちこちに貼られた——それまでの名前はレベッカではなく、トマスだったってことがばらされた。やつらは彼女をのけ者にして、見世物にした。それに対して公然と抗議する子たちも大勢いたけど、彼らも——わたしたちも——彼女と友達になる勇気はなかった。ただ、遠巻きに見て、ぶつぶつ言っているだけだった。わたしたちにとって彼女はあくまで正義の象徴であって、わたし自身、彼女をひとりの人間として見ていなかった。だから正直に言って、彼女が死んだって聞いたときにも誰も驚かなかったんじゃないかな」

「自殺だったのか？」

「警察はそうじゃないって言ってたけどね。表向きは薬の過剰摂取による事故死として処理された——その年に四件あった事故のうちの一件として。あとの三件では誰も死ななかったけど。みんなが初めて彼女のことを普通の人間として見たのが、遺体安置台の上だったなんてひどいと思わない？」

「ああ、ひどいね——でも、きみが学校を辞めたのがそのせいだったとも思えないが」

「そのあとに起きたことのせいね」

「何が起きたんだ？」

「そう、何も起きなかったのよ。少なくとも表面的にはね。学校にかよっていた何ヵ月かの間、レベッカはいじめを受けている事実を全部報告していた。寮の部屋をいたずらされたり、フェイスブックやツイッターに迷惑メッセージが届いたりしていることをね。からかいのことばやヘイトスピーチや、みんなのまえで笑いものにされていることに耐えていたことも。でも、彼女が死ぬと、学校側はそんないじめなどなかったかのように振る舞った。要するに臭いものには蓋ってやつね。彼女が死んでも何も変わらなかった」

「きみはそのままにしたくなかった」

「そう。彼女のために立ち上がらなかった自分が許せなかった。わたしはなんとしても彼女と一緒に立ち上がるべきだった。そうするチャンスもあった。なによりそうする必要があった。そうしていれば、彼女の命を救えたかもしれないのに。わたしは自分のことしか考えていなかった。臆病だった。勇気がなかった。だけど、彼女にあんな生き地獄を味わわせたやつらが無罪放免だなんて。だから、わたしはそんなやつらがそんなことにならないようにした」

「どうやって？」

「わたしの知ってるやり方で。わたしが学校の授業で興味があったのはグラフィックアートだった。それは身分証明書を偽造するのにも役に立つ技術よ。それでも一番わたしが才能を発揮できる分野は常にコンピューターだった。母の影響よ。実際、わたしは字が読めるようになった頃にはもうプログラミングができて、もうかれこれ八年ぐらいセキュリティのあるネットワークに侵入して遊んでる。だから、このときも一番得意なことをやったのよ。つまり、オンラインで彼女をいじめていた最低なやつらのパソコンに侵入したの。スマートフォンに感染するコンピューターウィルスの一種のワームを使って、レベッカの名前を載せているメールを探した。〝性転換者〟とか〝おかま〟とかほかにも恥ずべきひどいことばを載せているものを。それから、そういったメッセージを受け取っていたやつらのパソコンにも侵入して、いじめに直接かかわっていた二十三人をリストアップした。傍観者だった人の名前は除外した。声をあげなかったのはわたしも同じだから」

「その二十三人に何をしたんだ？」

「そいつらの検索履歴を操作して、名の知れたテロリストグループのチャットルームにアクセスしているように見せかけたり、名前を搭乗拒否リストに載せたり、ダークウェブに社会保障番号とクレジットカードの情報を書き込んだり。そいつらがよく閲覧しているオンラインポルノのサイトを載せたウェブサイトもつくってやった。で、誰かが彼らを検索しようとすると検索候補の一番上に、そのウェブサイトが来るように細工した」

「すごいね。きみのことはなるべく怒らせたりしないよう気をつけよう」

「敵にするより味方につけたほうがいいわね」と彼女は言った。「でも、そうしたサイトの裏にわたしがいることをちょっとばかり自慢してしまったのね。それで学校側に気づかれちゃって。学生部長はわたしの努力を認めてくれなかった。それに、レベッカをいじめていた学生のひとりに、代々その大学にかよっていて、大学のスポーツ施設に多額の寄付をしている一族の出のやつがいた」

「で、きみは追い出された？」

「そう。こともあろうにいじめに関する学校方針に背いたという理由でね」

「なんとね」

「さすがにこの皮肉はこたえたわ」彼女はそう言って、彼の脇腹にそっと指を這わせた。

「終わったわよ」

ヘンドリクスは傷口を調べた。医療に関する訓練を受けていない者としてはまずまずの縫合だった。傷が消えることはないだろうが、いずれ癒えるだろう。これで傷痕がまたひとつ増える。しかし、この傷痕もそのうちほかの傷痕と区別できなくなるだろう。

「ありがとう。何か食べるものはないかな？　体の中のものを失った分、何か補給しておいたほうがよさそうだ」

「あるわよ、ラーメン、あるいはラーメン。どっちにする？」と彼女は言った。

ヘンドリクスは微笑んだ。「ラーメンでいいよ」

キャメロンは電気ケトルに水を入れ、スウィッチを入れた。

「テレビがないのは残念だな。ローカルニュースをチェックして、誰かがおれたちを追っていないかを確かめたいんだが」

彼女は呆れたような眼でヘンドリクスを見た。まさに蓄音機がないのを嘆いているかのような時代遅れの発言だった。「あなた、今、何世紀だと思ってるの？　今はテレビなんて必要ない時代よ。パソコンがあるんだから」

「そうか」彼はどこかしら恥ずかしそうに言った。「そうだよな。だったらパソコンを起ち上げてくれ」

キャメロンはポケットからUSBを取り出すと、ノートパソコンの脇のポートに差し込んだ。パソコンはすぐに起動した。「ここからは自分でできる？　それともブラウザーの説明からしましょうか？」とキャメロンは言った。

「それぐらい自分でできるよ」

ヘンドリクスはまずグーグルニュースのサイトを見た。が、検索ワードを入れるまえにトップニュースが眼にはいった。「なんてこった」

「どうしたの？」

「爆破事件があったらしい」

「どこで？」

彼はCNNをクリックした。三人のコメンテーターが一斉にしゃべっていて、彼らの背後の大きなスクリーンに災害現場が映っていた。「サンフランシスコのゴールデンゲートブリッジだ」と彼は言った。

「なんてこと」ヘンドリクスのうしろからパソコン画面をのぞき込んだキャメロンが言った。

「わたしは今映ってる場所からちょっと南に行ったレッドウッドで育ったのよ。橋は落ちてない？　怪我人は？」

「橋はどうやら持ちこたえてるみたいだ」ヘリコプターから撮った手振れの映像には、第一応答者が橋の上に取り残された人々を救助している様子が映されていた。立ち往生した彼らの顔は消防艇から噴射された液体のせいで、汚れてぬるぬるして見え、みな希望と恐怖とがないまぜになったような顔をしていた。橋そのものは、立ち昇る蒸気と混じり合った分厚い黒煙のせいで見えたり見えなくなったりしていた。「それでも死傷者が出たようだ」

電気ケトルのお湯が沸いて、スウィッチが切れた。が、ふたりとも動かなかった。

ふたりとも沈痛な面持ちでしばらくパソコン画面に見入った。ニュースの映像が救助隊の様子からスマートフォンで撮影された爆破の映像に切り替わった。ごく普通のホームビデオのつもりで撮ったもののようだった。そのあと画質の粗いビデオが流れた。イスラム教徒の伝統的な服装をし、ひげを伸ばした若い男が今回の爆発は自分たちの功績だと主張するビデオで、そこではさらなる攻撃も予告されていた。ヘンドリクスにはなじみのないグループだった。妙だった。彼はテロリストを追う部隊に何年もいたのに。そのビデオのあとは、国民に落ち着くようにと呼びかける大統領の談話があり、あのうぬぼれ屋の上院議員ウェントワースがテロを非難するご託を垂れ、アメリカは国境を閉鎖し、中東を更地にしてしまうべきだという主張を繰り返した。そうした映像の合間に、コメンテーターが説明を入れたり、推測したり、不安を煽り立てたり、議論したり、意見を戦わせたりしていた。

ヘンドリクスはもとのページに戻ると、〈ソルティ・ドッグ〉に関連するニュースがないかを探した。

「何か見つかった？」とキャメロンが尋ねた。

「〝地元の飲食店にて銃撃戦〟という見出しはあるけれど、それだけだ。その見出しをクリックしても詳細は載ってない。事実が確認でき次第アップデートする、という但し書きがあるだけだ」

「それっていいニュースよね、でしょ？」

「かもしれない。少なくとも悪いニュースじゃなさそうだ。たぶん地元の警察も今は爆破事件で手一杯で、それどころじゃないんだろう。海岸沿いの警察はみな駆り出されて、すでに名が知られている武装勢力を追うのにてんてこ舞いしてるんだろう。こんなことは言いたくないが、サンフランシスコのこの事件のおかげで助かったよ。これでとりあえずさほど心配せずに、今夜はここに寝泊まりできる。ここを出るのは明日の朝一番でもよさそうだ」

「あなたってどこまでも冷徹なのね」

「それが人生だ――少なくともおれの。それがきみの人生にもなっちまう。もしおれがきみを仲間にしてしまったら」

「もし？」と彼女は期待を込めて言った。

「ことばの選び方をまちがえた」と彼は言った。「その可能性はゼロなんだから」

キャメロンはため息をつくと、あまり機能的とは言えないキッチンへ戻り、改めて湯を沸かし、ラーメンをふたつ袋から取り出すと、麺を鍋に入れた。そのあいだに、ヘンドリクスはシークレットウィンドウからツイッターを開き、ユーザーネームに〈j_rambo1972〉、パスワードに〈3v31yn〉と書き込み、エンターキーを押した。

彼のアカウントはロックされていた。ユーザーネームの横の小さな鍵のアイコンは、彼が許可を与えた人だけしか中身が見られないことを示していた。彼にはたったひとりのフォロアーしかいなかったが、そのアカウントもロックされていた。彼もそのフォロアーもツイートしたことはない。どちらのアイコンも卵形のままだ。

そのアカウントは何年かまえにレスターが作成してくれたものだった。通常の通信手段が使えなくなったり、アクセスできなくなったりした場合に備えて。一見、そのアカウントは使われていないアカウントにしか見えない。情報発信ツール上の何百万という見捨てられたハンドルのうちのふたつにしか。が、実際のところ、そのアカウントを使えば、ツイート数をゼロにしたまま直接相手にメッセージを送ることができた。

長いあいだ、そのもうひとつのアカウントはレスターのものだった。が、昨年――レスターが死んだあと――かつての婚約者イヴリンと再会してひとときを過ごした際、ヘンドリクスは別れぎわにイヴリンの手を握り、ユーザーネームとパスワードを書いたメモを渡したのだった。が、そのアカウントはあくまで緊急時のためのものだった。だから、それ以降そのアカウントが使われたことはまだ一度もない。それでも、ヘンドリクスは毎日チェックしていた。

今、そのチェックをして、反射的に彼の背すじが伸びた。縫合した傷口が引き攣った。が、彼はそのことにも気づかなかった。ツールバーの封筒のアイコンの下に〝1〟とあったのだ。メッセージが一件。

彼はそこをクリックした。耳の中で血管がどくどくと脈打っていた。メッセージを開くと

――

〝話がある〟。

ヘンドリクスはすぐに返事を書いた。〝いつ／どこで？〟。そう書いて、息をつめた。すぐに返事が返ってくるとはかぎらないのに。

が、以外にもすぐ返信があった。〝ペンシルヴェニア州。インターステート七六号線の〈ロードハウス・トラック・ストップ〉。今すぐ〟。

ネットの地図で調べると、そこはいかにも辺鄙《へんぴ》なところだった。トラック専用の二十四時間営業のサーヴィスエリアで、一本の幹線道路と二本の郵便物配送路とつながっていた。逃亡者にはうってつけの場所だ。同時に罠を仕掛けるにも。

ヘンドリクスにはそんなことは少しも問題ではなかった。罠でなければ、イヴリンが窮地にいることを意味し、罠だとしてもやはりイヴリンが窮地にいることに変わりはないのだから。

キャメロンが戻ってくるまえに手早く返信した。ラーメンのボウルとスプーンを差し出すと、ヘンドリクスが慌てて画面を閉じるのを見て、キャメロンは片方の眉を吊り上げた。

「計画は変更だ」と彼はボウルを受け取って言った。「ここを発つのは今夜だ」

13

フランク・セグレティは低木の陰にうずくまり、公園警察の警官がファンストン・アヴェニュー沿いの家を一軒一軒まわっているのを見守った。警官はふたり一組になり、ひとりはパトカーに乗ったまま待機し、もうひとりが住人から簡単な訊き取りをしていた。バッテリー・イースト・トレイルと平行して森の中をまず内陸に向かい、リンカーン・ブールヴァードにぶつかると南東に進んで逃げたのだが、彼はそういう光景をプレシディオのいたるところで眼にしていた。

できればプレシディオが完全に閉鎖されるまえに抜け出したかったのだが、公園内には警官がうようよいて、彼らは出くわす通行人全員に警戒の眼を向けていた。彼の偽造身分証明書は日常生活で使用する分には問題なくても、データベース検索されたらひとたまりもない。加えて、死亡したことにはなっていても彼の指紋はまだファイルに残っているはずだった。

捜査の対象が公園から別の場所に移るまで身を隠し、そのあとこっそり逃げるのが最善策に思われた。が、適当な隠れ場所を見つけるのに思った以上に苦労した。三十分かけてレンドラム・コートのタウンハウスを何軒か吟味した。ベージュを基調に茶色がかった灰色でアクセントをつけたそれらのタウンハウスは、二十世紀半ばに建てられた没個性的な建物で、曲がりくねった車道をはさんで、段になった斜面に建っていた。ほとんどの都市では、こうした家屋は低所得者向けの住宅だが、ここプレシディオでは月の家賃が五千ドル近くにもなる。

ただ、法外な家賃でも公園内ではそのあたりは一番安い一帯で、警備態勢も〈プレシディオ・トラスト〉の管理下にある最高級の不動産ほどには固くなかった。ただ、四方を木々で囲まれており、そのレンドラム・コートの家々は外部の世界から孤立していた。駐車場も半分しか埋まっておらず、それは封鎖のせいでそれらの家の半分が今は空き家同然であることを意味していた。

身をひそめるには完璧な場所だ。そう思われた——少なくとも、角部屋のスライド式のガラス窓をこじ開けようとしているところを隣人に見つかって、追い払われるまでは。

それから一時間以上が経っていた。その隣人は不審に思って警察に通報したかもしれない。だから、彼はその場から極力離れようとした。公園警察はすでに彼を探しはじめているかもしれない。怪我のせいで歩くのに時間がかかり、変に手首を曲げてしまうたび、手のひらの傷口から血が出た。痛めた膝は一歩進むごとに砂利が軋《きし》むような音をたてた。

可能なかぎり森の中を歩こうとしても、それができないこともあった。プレシディオのパークウェイの下を横切るには、どうしても歩道を通って、数分間は人目にさらされる——リンカーン・ブールヴァードがハイウェイ一号線から分離するところまでは隠れる場所がほとんどないのだ。

フランクはマツの分厚いキャノピーに覆われた森を東に進んだ。森の中にいると、彼が逃げてきた世界――混沌と破壊に支配された火の海のような外の世界――から千マイルも離れているように感じられた。それでも、爆発したタグボートが立ち昇らせた有害な煙が空を琥珀色に染めているのが木々のあいだからわずかに見えた。息をするたび油と灰の味がする空気に咽喉を引っ掻かれ、時折咳き込んだ。刺激的なマツ脂のにおいさえそのにおいに掻き消されていた。

一息つこうと思って立ち止まり、いつのまにか広い墓地のへりまで来ていたことに気がついた。石のオベリスクの陰でしばらく休んで息を整え、自分のいる場所を確認した。陰気な点線を成しているまわりの墓石が遠近法のトリックで彼のいる場所に集まってきているように見え、それが何かを暗示しているようで、不安になった。寄りかかっていたオベリスクに血のついた指紋を残したまま、彼はまたマツ林に戻った。

メインポストの端までやってきて、そこで凍りついた。メインポストはプレシディオの中心街で、メキシコ軍の駐屯地だったのが一八四八年にアメリカ軍の手に渡り、一九八九年にアメリカ連邦議会によって閉鎖されるまでは、プレシディオの行政、社会生活の中心地だった。今はそこに建つ歴史的な煉瓦造りの建物の多くが美術館や商業施設や観光名所になっている。

しかし、この日はこの街の真ん中にある広大な芝生が集結地として使われていた――テントが張られ、大勢の人が集まり、重機が置かれ、何十人、いや、何百人という警官と第一応答者がその芝生の上を忙しなく動きまわっていた。みな服も顔も煤で真っ黒にし、暴動鎮圧用の装備をした男たちが交替で警備にあたっていた。その光景を見るなり、フランクはスズメバチの巣の中に足を踏み入れてしまったような気がした。

人目につかないところに身をひそめ、昼下がりから夜になるまで様子をうかがい、その場で進行中の救助活動のパターンを把握しようとしたものの、あまりに雑然としすぎていたので、最後にはあきらめ、ゆっくりとメインポストの周辺を歩きはじめた——警戒を怠らず、木々の背後に身を隠して。そのときだ。身を隠すのにもってこいの家が見つかった。オフホワイトの壁に赤い屋根、豪華なクイーン・アン様式の邸宅。切妻屋根に一部ガラス張りになったポーチ。三階建て。シンプルな木の筋交いが屋根とテラスの支柱に歴史的な趣きを添えていた。歩道から家の正面の小径までコンクリートの階段が伸びていて、家のまわりは多肉植物と萎《しお》れた野草に囲まれていた。

家の裏手は森に面しており、人目を気にせず裏口まで行ける。公園警察官がその家の玄関のドアを何分もノックしつづけたのに、応答がなかったのだ。艶のあるブルーのジャガーのFタイプが私道に停まっているのを見て、誰か家にいるのだと思ったのだろう——フランクはその家に決めた。

警官が曲がり角の向こうに姿を消したのを見届けると、森から飛び出した。そして、強ばった手足と体を軋ませ、その家をめざして走った。庭を横切ったときにはいかにも無防備に感じられたが、裏口のドアまでたどり着くと安堵の吐息が洩れた。その場所は隣りの家からも通りからも見えなかった。

ドアには縦と横に三枚ずつ全部で九枚のガラスがはめ込まれていた。ノブに一番近いガラスを割れば中にはいれる。あたりを見まわして石にしろ、ガーデン・ノーム（庭に飾る陶器の人形）にしろ、探していると、音がした。立ち止まって耳をすました。ドアの中から犬の低いうめき声が聞こえた。

彼はすかさずガラスをはめ込んだドアを見た。彼のところから犬の姿は見えなかった。その犬は小さすぎた。かわりにひとりの女性が眼を見開いて、ガラス越しに彼を見ていた。一瞬、フランクはその場に凍りついた。しばらく互いに見つめ合った。こんな場面でなければ、フランクもその女性を魅力的と思ったかもしれない。色の薄い肌をした黒人女性で、彼より数インチ背が低く、スリムな体つきをしていたが、見た目を気にしてダイエットをしているというより、体を動かす生活習慣を身につけ、スタイルを維持しているような印象を受けた。高い頬骨に金色の交じった茶色の眼。ただの点に見えるほど小さなピンクのバラ模様に、ピンクの縁取りのある白いコットンのパジャマを着ていた。六十代くらいだろうか。鋼のような白髪は天然のソバージュで、それまで風呂にはいっていたのか、毛先がまだ濡れており、パジャマの胸元と腰まわりもほんのりと濡れて体に貼りついていた。

それまで泣いていたのだろう、泣き腫らしたとしか思えない赤い眼には生気がなく、その眼の下には痣のような隈ができていた。その日に起きた出来事を考えれば、無理もない。彼女の住む街そのものが大怪我を負ったのだから。フランクにはその痛みがよくわかった。ニュージャージー州ホーボーケンのチンピラだった若い頃、彼はハドソン川の対岸の光り輝く街に憧れた。その憧れは膨れ上がり、やがてマンハッタンの危険な魅力に圧倒されるようになり、マフィアの幹部としての人生を生きるようになったのだが、貿易センタービルが崩壊したときに、彼の中の秘密の一部もビルとともに失われた。その空白は新たなビルが建てられても埋められることはなかった。どれほど大きな野望を持とうと。フランクの眼にニューヨークのスカイラインは、もはや型の合わない鍵のようにしか映らなくなっていた。かつては彼の夢を開いてくれる鍵だったのに。それがもう二度とその役目を果たさなくなっていた。

女性はドアに近づいてきた。スリッパを床に引きずるゆっくりとした足音が聞こえた。グラスを手に持っており、たっぷりと注がれた白ワインが動くたびに揺れたが、こぼれはしなかった。裏口まで来ると、その女性は鍵をはずしてドアを大きく開いた。足元に小麦色の小さな犬がいた。フランク同様、戸惑っているようだった。

女性は背を向けると、また足を引きずるようにして家の奥にさがった。犬――たぶんポメラニアン――はフランクを見て、駆け寄ってきた。そして、彼が血のこびりついた手を差し出すと、彼の手を舐めた。そのあと頭を掻いてほしいといった素振りをして、爪で床をかち鳴らしながら女主人のあとを追った。

フランクは戸惑った。それでも中にはいった。地雷原を歩くように慎重に。ドアを閉め、ドアラッチをかけ、さらにボルト錠もかけた。振り向いたときにはもう女性の姿はなかった。

女性の進んだほうへ向かうと、そこはいたるところにステンレスが使われたキッチンで、白く輝いていた。床の隅に犬用の皿が置かれ、餌があふれていた。女性は冷蔵庫の一番下を何やら探っているようだった。開いた扉でその姿は見えなかったが。ある記憶がフランクの心に甦った。〝教訓を与え〟にある卑劣な男を訪ねたときのことだ。その男は冷蔵庫の野菜室に武器を隠し持っていた。で、いかにも社交的に彼にビールを勧めるふりをして、冷蔵庫の中に手を入れ、振り向きざまフランクの頭を吹き飛ばそうとしたのだ。幸い、弾丸《たま》が結露しており、火薬が発火しなかったのだが、そうでなければ、フランクは今頃生きていないだろう。かわりにそのクソ野郎が今もまだ生きていたかもしれない。

女性が冷蔵庫を閉めると、フランクは反射的に身構え、そばにあった包丁立てに眼をやった。が、彼女が手にしていたのは半分空《から》になったシャルドネの瓶だった。彼女はそれをカウンターの上の自分のワイングラスのそばに置くと、食器棚から新しいグラスを取り出し、まずそれにワインを注いでから自分のグラスにも注ぎ足した。彼は何も考えずグラスを受け取ったものの、実際には何が起きているのかわけがわからなかった。ただひたすら狼狽していた。

「血が出てるわよ」彼女は彼のシャツについた血痕を顎で示して言った。呂律がまわっていないわけではなかったが、平坦で無感情な声音だった。シャルドネを飲みはじめるまえに、不安を取り除くために精神安定剤か向精神薬でも飲んでいたのか。

「手のひらを切ってしまってね」と彼は慎重に言った。「でも、それほど深い傷じゃない。

今はもう大丈夫」ほんとうに大丈夫なのかどうかは彼にもわからなかったが――有刺鉄線は錆びており、皮膚に深く食い込んでもいた――それでも医者を呼ぶようなことだけはしてほしくなかった。

彼女はたっぷり一分何も言わなかった。ワインに口をつけ、彼をじっと見すえた。フランクは彼女と眼が合っても、グラスに口をつけようとはしなかった。犬が期待を込めた眼でふたりを交互に見た。

「あなたのこと、知ってるわ」と彼女が最後に言った。

フランクは次のことばを待った。が、何も言おうとしないので、自分のほうから口を開いた。「どういうことかよくわからないけど」

「テレビよ」と彼女は言った。

フランクは体の中を虫が這いずりまわっているような感覚を覚え、鳥肌が立った。「誰かほかの人と勘ちがいしてるみたいだね」

彼女は首を振り、不安定な思考にしがみつこうとするかのようにほんの少し顔をしかめた。そのあと少し眼を輝かせて発した彼女の声は、より力強く、より確かなものになっていた。「スマートフォンのビデオがテレビで流れてるわ。家族のホームビデオよ。わたしももう三十回は見たんじゃないかしら。最後には見るのが耐えられなくなってテレビを消したけど。あまりにもひどかったから。あのビデオはあなたが撮ったんでしょ？」

くそ。フランクは心の中で毒づいた。自分の顔がテレビに映っていたなら、〈評議会〉から追われるのは時間の問題だ。「そう」と彼は言った。「私が撮った」

「ニュースキャスターが言ってたけど、あのビデオに映ってる家族は無事だそうよ。一番上の娘さんが映像をアップロードしたみたいね。あなたがどうなったかは誰も知らないようだったけど」

「みんな無事でよかった」と彼は言った。「あの爆破でその家族とは離れてしまってね」彼は自分自身のことには触れなかった。最後に顔を見られた場所から二マイルほど離れた彼女の家になぜ姿を現わしたのかということについても。

また沈黙ができた。彼女はワインを飲んだ。フランクはグラスに口はつけなかった。彼女は震えていた――ワイングラスを口に持っていくとき、結婚指輪がかちかちと音をたてた。

「あんたに危害を加えようなどとは思ってないから」と彼は言った。

彼女は戸惑った眼で彼を見返した。

「震えてるじゃないか」と彼は言った。さきに口にしたことばの説明として。

「ああ、そうじゃないの……ただ……」彼女はそう言って手を振った。自分の考えをまとめるのにはその仕種が効果的なのだろうか。きっとそうなのだろう。フランクはそう思った。

「テレビにおれの名前は出たんだろうか？」

「出てたかもしれない。わたしは覚えてないけど」と女は言った。

「マックス。マックス・ラウシュ」と彼は言った。マックス・ラウシュというのは偽造身分証明書に記載されている名前だった。

「お会いできて嬉しいわ――そう言えればいいんだけど。わたしはロイス・ブルサード」彼女はそう言うと、あまり心のこもらない乾杯の仕種をした。フランクも同じようにグラスを掲げた。ひっそりとした家の中で、ふたりはワインを飲んだ。見ず知らずのまま。彼はほんの一口飲んだ。彼女は一気にグラスを呷《あお》った。

14

ヘンドリクスは、通りの反対側から大きな牽引トラクターのエンジンがかけられるのを見ていた。ランニングライトが点滅し、エアブレーキの音が響いた。ヘッドライトが点灯し、その光が夜の闇に射した。トラクターは駐車場を出ると、砂埃を上げ、轟音をたてて走りだした。ヘンドリクスは舞い上がった砂埃からそらした眼をしばたたいた。

〈ロードハウス・トラック・ストップ〉はハリスバーグとモーガンタウンのあいだ――ペンシルヴェニア・ターンパイクから少しはずれたところ――にあった。日中に来れば、まずまちがいなく美しい田園風景が広がっているのだろうが、往来の少ない細いリボンのような高速道路からもはずれたそのあたりは、夜はただ淋しいだけの闇でしかなかった。

店自体は個人経営で、全国展開しているチェーン店ではない。忘れられて久しい昔のアメリカの名残りのような店だ。金属の支柱に二十世紀半ばの頃の看板が掲げられており、それは有料道路からもはっきりと見えた。看板は色褪せ、そのまわりを縁取る白熱電球はとうに切れていた。建物はオフホワイトの軽量コンクリートブロックで造られていたが、風雨に長年さらされ、角が汚れていた。店の入口から蛍光灯の光が洩れ、その光が店のまえで煙草を吸っている男たちを弱々しく照らしていた。店の両側には給油ポンプが備えられ、店の背後には窓のないシャワー室が設えられた小さな建物があった。さらにその裏手にそこで夜を明かす大型トラックが十台ほど並んでいた。店のまえにも小さな駐車場があった。そこはそれまでさきほどのトラクターにさえぎられて、ヘンドリクスのところからは見えなかったのだが、そのトラクターが出ていったあと、そこにも駐車場のあることがわかった。

店は二本の郵便物配送路が交わる場所に位置し、その交差点の信号は常に黄色が点滅していた。〈ロードハウス〉から道をはさんだ反対側の一方には〝空室〟のネオンサインが光る低層のモーテルがあり、もう一方には道路の凍結防止剤として使われる塩を備蓄した焦げ茶色のドーム型倉庫があり、タイヤのまわりに雑草が生い茂った、使われていない除雪車が二台、その脇に停まっていた。

もうすぐ午前三時。客の出入りはあまりなかった。ランチ・カウンターは四分の一ほど埋まっていたが、ヘンドリクスが今いるところからは、カウンターの角を曲がった先のボックス席までは見えなかった。

ヘンドリクスはこの待ち合わせ場所をすでに一時間ほど監視していた。約束の時間まであと一時間。ロングアイランドからここまで四時間もかからなかったが、彼を呼びつけた何者かには六時間ほどかかると伝えてあった。新しい車を盗む必要があったのと、その待ち合わせ場所を事前に調べたかったからだ。

車についてはすぐに解決した。キャメロンが車を持っていた。四年まえに新車で購入したボルボをアパートメントの近くに停めていた。それは正規に手に入れたもので、彼女の母親名義になっていた。キャメロンが運転し、ヘンドリクスはバックシートに横になって体を休めた。彼女が自転車通勤するタイプであったことにヘンドリクスは感謝した。そうでなければ、今頃、ボルボは〈ソルティ・ドッグ〉の駐車場に置かれたまま、近づくことも使うこともできなかっただろう。今、その車は〈ロードハウス〉の向かいのモーテルの駐車場にある。キャメロンが運転席で身を屈め、道路の反対側からそのドライヴインを監視していた。ヘンドリクスの仕事を手伝えるかもしれないことに興奮していた。彼のほうはそんな彼女に釘を刺していた。こんなことには慣れないように。ただ見るだけで手を出さないように。そして、これが最初で最後だと。

「いいわよ、それで、ボス」と彼女は言った。

湿った冷たい風が吹くと、たったひとつの街灯が揺れた。空には雲ひとつなく、星がまたたいていた。日中の暑さはとうに引いていた。ヘンドリクスは新しいパーカのジッパーを上げ、腕組みをして暖を取った。縫合した脇腹の傷が痛んだ。ニューヨーク州ヘムステッドにある〈ウォルマート〉の駐車場で、痛みの緩和と水分補給のために鎮痛剤を四錠ほどゲータレードで流し込んでから、どれくらい時間が経っただろう？

トラックが行き来するのを除雪車の運転席から眺めた。除雪車が停まっている未舗装の駐車場は暗く、背後のドーム型の倉庫が彼のシルエットを隠してくれていた。ここにいてもどこからも見えないはずだ。

〈ウォルマート〉では服も調達していた。オリーヴ色のカーゴパンツ、ネイヴィブルーのプルオーヴァーシャツ、グレーのジッパーつきパーカ。それらの服は彼のサイズに近くはあっても、ぴったりのものではなかった。それまで着ていた服は血まみれだったので、キャメロンに買いにいかせたのだ。彼女はほかにもいくつか必要なものを買ってきてくれた。ガーゼに医療用テープに消毒用のウェットティッシュにコンパクトサイズの双眼鏡をふたつ、それにパパスの四五口径用の弾丸《たま》、安いプリペイド式スマートフォンを数個（驚いたことに、スマートフォンはアンドロイドのスマートフォンだった——彼が四年まえに使いはじめた頃よりずっと進化している）、〈ブルートゥース〉のワイヤレスイヤフォンを二組、道中に必要な軽食。全部でかなりの金額になったが、〈ソルティ・ドッグ〉でパパスから渡された現金はそれをカヴァーするのに充分だった。

〈ロードハウス〉まで来ると、ヘンドリクスはまずキャメロンに店のまわりを二、三回ゆっくりと周回させてあたりをうかがった。罠を仕掛けられている気配はなかった。イヴリンの姿もまだない。そこで、それぞれが見通しのいい場所に待機し、スマートフォンの通話をオンにしたままその場所をしばらく観察することにしたのだった。

「ねえ」とキャメロンがイヤフォン越しに言ってきた。「今まで牽引トラクターの陰に隠れていたあのピックアップトラックのナンバーが読める?」

ヘンドリクスは双眼鏡を眼にあて、角ばった古い赤と白のシヴォレー——年式はたぶん一九八〇年代半ばだろう——に向けた。「ああ、読める」

「ペンシルヴェニア・ナンバー?」

「そうだ」

「読み上げて」

ヘンドリクスはナンバーを読み上げた。キャメロンがキーボードに打ち込む音がした。彼はキャメロンに双眼鏡を向けた。ノートパソコンの画面の光を受け、彼女の顔が幽霊のように白く見えた。彼のいるところからだとそれ以上はっきりとは見えなかったが。それでも彼としても認めざるをえなかった。いつもとは趣向を変えて、バックアップがいるのも悪くない。それに彼女は優秀だ。無駄口を叩くことも、待ちくたびれて文句を言うこともない。警戒心を怠らず、常に集中している。そして、涼しい顔をして、ペンシルヴェニア州運輸省のデータベースをハッキングしている。

「スタン・ウォルターズという名前で登録されてる」と彼女は言った。

ヘンドリクスの体内をアドレナリンが駆けめぐった。手のひらに汗が噴き出した。誰かに胸にヘリウムを詰め込まれたような気がした。

スタン・ウォルターズ。スチュアート・ウォーカー。それがイヴリンの夫の名だ。証人保護プログラムはよくもとの名と似た偽名をつけたがる。

「あれ？」とキャメロンが言った。

「どうした？」

「まず通常の手順として、ナンバーから割り出した住所と地方の納税記録とを照らし合わせてみたんだけど」

「で？」

「ウォルターズの名前で登録されている住所は実際には存在しない」

やはりそうだ。イヴリンはもう来ているのだ。彼女自身には何も問題のないことを彼は祈った。どれくらい待っているのだろう？　ひとりで来たのだろうか、それともスチュアートと一緒なのだろうか。彼女がここに来たことをスチュアートは知っているのだろうか。ヘンドリクスの心の中では罪悪感と期待とがないまぜになっていた。

「その車の持ち主だろう、おれたちが待ってるのは。これから会いにいってくる」と彼はキャメロンに伝えた。

「あなたがリスクを冒すまえにわたしがさきに中にはいって偵察するっていう計画だったはずだけど」明らかにがっかりしたようにキャメロンは言った。

キャメロンが今言ったことはそのとおりだった。実際、キャメロンは申し分のない偵察要員だった。誰も彼女のことを追っていないし、彼女がヘンドリクスと一緒であることを疑う者もいない。ふたりを結びつけるものは何もない。一方、ヘンドリクスとしてはイヴリンをこれ以上待たせることも、キャメロンがいることでイヴリンを動揺させるようなこともしたくなかった。

「ああ、その計画は変更だ」

彼は傷口が引き攣るのを感じながら、慎重に除雪車を降りると、パーカのフードをかぶり、道路を横切った。両手をパーカのポケットに突っ込んで。一方のポケットにはパパスの四五口径がはいっていた。店のまえで煙草を吸っていたトラック運転手たちが、暗闇から姿を現わした彼に胡散臭げな眼を向けてきた。ヘンドリクスはそんな彼らに軽くうなずいてから店にはいった。

店内には脂のにおいが充満していた。床はよくあるタイル張りで、すり減って色褪せていた。ボックス席の椅子とバー・ストゥールにはエメラルド色のビニールが張ってあった。バーカウンターとテーブルは大理石に似せたグリーンで、それに合わせたのだろうが、今はただ薄汚れているようにしか見えなかった。隅に置かれたテレビでは、あの低俗なFOXニュースが流れていたが、ありがたいことに消音になっていた。コメンテーターの背景のグリーンスクリーンには、ゴールデンゲートブリッジからの生中継の様子が映し出されていた。西海岸は午前零時になろうとしていた。が、消火活動も避難もまだ続いているようだった。煙や蒸気や炎が非常灯で内側から光って見えた。

鉄板のところにコックが立っていた。首までひげを生やし、Tシャツとエプロンを身につけ、髪をポニーテールにしていた。バーカウンターには男がふたり。ひとりは肥った男で、椅子にだらしなく腰をかけており、ズボンにたくし込んでいない作業シャツの裾と薄汚れたジーンズのあいだから、尻の割れ目までのぞいていた。もうひとりは痩せた男で――膝も肘も鼻も咽喉仏もとがっていた――コーヒーのまえで猫背になって貧乏揺すりをしていた。それからふたりで貨物トラックを運転しているらしい夫婦がチキンフライドステーキの皿をまえに静かに話し合っていた。神経をすり減らす仕事なのだろう、みなくたびれて見えた。眉間にしわを寄せていた。

そんな店に彼女がいた。

問題は期待していた彼女ではなかったことだ。

イヴリンではなかった。

シャーロット・トンプソン特別捜査官。

両手でコーヒーカップを持っていた。店の真ん中にいた。戸惑い、凍りついているヘンドリクスをじっと見ていた。

大きくため息をついて彼女は言った。「落ち着いて。わたしのほかには誰もいないから」

彼女のことばが聞こえたとしても、まわりの客はまるで気にかけていなかった。ヘンドリクスは慎重にボックス席に近づいた。近づくなり、ほかの捜査官にまわりを取り囲まれる心配はないかどうか、周辺視野に注意しながら。立ったまま彼女に言った。

「こんなところで何をしている？」

「話せば長くなる」

「だったら手短に言ってくれ」

「簡単には話せない。坐って。あなたのコーヒーを頼んでから説明する」

「まだFBIにいるのか？」

「ええ」

「おれはまだ最重要指名手配犯なのか？」

「ええ」

「だったら、自分のコーヒーは別の場所で買うよ。じゃあ」

そう言って立ち去ろうとしたヘンドリクスにトンプソンが声をあげた。

「待って！　頼むから！」

彼は立ち止まり、肩越しに彼女を振り返った。逃げろ、と本能が告げていた。上半身をひねっただけでナイフの傷口が悲鳴をあげた。

「納得のいく説明をしてくれ」とヘンドリクスは言った。「おれがここから——きみから——できるだけ遠くに逃げなくてもいいもっともな理由を言ってくれ」

彼女はごくりと唾を呑み込んで、ぴりぴりとした顔をしかめた。そして言った。「いい？　FBIはわたしがここにいることを知らない。FBIだけじゃない。誰も知らない。わたしが今夜死んでも……消えても……」

「おれにはきみを殺す理由がない」彼女のあてこすりに苛立って、彼はぴしゃりと言った。

「そうね。それはわかってる。わたしがリスクを承知でここにいることをわかってほしかっただけよ。今はわたしのキャリアも、命も、あなたの手の中にあるってことよ」

「ああ、でも、どうして？　おれを恐れてるのなら、どうして来た？」
「なぜなら、あなたしか頼れる人がいないからよ。あなたの助けが必要なの」

15

トンプソンはフォード・エスケープでニューヘイヴン支局を出ると、オブライエンに約束したとおり、まずはワシントンDCに向かって南へ進んだ。が、ニュージャージー州トレントンを過ぎたところでインターステイト九五号線を降りると、ペンシルヴェニア州ランカスター郡をめざして西に車を走らせたのだった。

夕闇に包まれた片田舎の道を走るトンプソンの両側には田園風景が広がっていた。ピンクから藍色に色褪せていく夕日が信号弾のように手招きしていた。空はワシントンDCよりずっと広々として見えた。人工建造物の中で一番背が高いのが穀物サイロくらいのものだからだ。木々は広大な農地のみすぼらしい境界線に格下げされ、干し草の梱の山が畑に長い影を落としていた。

彼女は曲がりくねった田舎道にがたがたと揺れながら車を停めた。すぐ横に手入れはされていてもペンキを塗る必要のあるランチ風の家があり、ペチュニアを入れた籠が玄関ポーチの屋根から吊り下げられていた。家の脇の畑には作物を守るためのネットが張られ、トマトの苗が夕暮れの風に揺れていた。

家には明かりがともっていた。家の中にも外にも。窓にはカーテンが引かれていたが、トンプソンが車を停めると、そのカーテンが少しだけ開けられた。が、彼女が車から降りたときにはまたもとに戻っていた。

彼女は芝生を横切り——乾いた草が足の下で音をたてた——玄関ポーチの階段を上がった。ドアをノックしようとしたところで、うしろから男の声がした。

「手を上げろ」

トンプソンは言われたとおりにした。

「よし。ゆっくりとこっちを向け」

振り向くと、ショットガンが眼にはいった。艶のないグレーの銃身がポーチの明かりに鈍く光っていた。

「それを使うつもりなら」と彼女は言った。「肩にしっかり固定しなくちゃ。二の腕にそんなふうに置いただけじゃ不安定すぎる。この距離でもね。それに、あなたの腕が折れてしまうかも」

「チャーリー？」

「こんばんは、スチュアート」

彼は銃をおろした。「まったく、脅かすなよ、チャーリー！」彼はそう言うと呼ばわった。「イヴリン、出てきても大丈夫だ。チャーリーだ！」

玄関のドアが開き、イヴリン・ウォーカーが姿を現わした。それまで怯えていたのかもしれないが、花柄のワンピースを着て、髪をうしろでラフにまとめた彼女は美しかった。顔は日焼けし、眼は疲れていた。腰のあたりにリンゴのような赤い頬の赤ん坊を抱えていた。

三年まえ、トンプソンは新たな殺し屋の捜査を始めていた。その殺し屋はほかの殺し屋だけをターゲットにしているようなのだが、ただ凄腕であることだけがわかっているだけで、謎に包まれていた。常に監視カメラを避けていた。あるいは、事前に監視カメラそのものを破壊していた。現場に指紋やDNAを残すこともなかった。トンプソンの同僚たちはその殺し屋の存在そのものを疑っており、〝チャーリーのゴースト〟と呼んでいた。が、最後にはトンプソンの集めた証拠がその存在を否定できないものにしたのだった。

トンプソンは当初、その男のことを新興の犯罪組織勢力が競争を勝ち抜こうとして雇った殺し屋だと思っていた。が、それはまちがいだった。

昨年、そんなふたりの歩む道が交錯する。カンザスシティのカジノで。彼女はそのときレオンウッドという名の殺し屋を追っていたのだが、その謎の殺し屋も同じ場所で同じ殺し屋を追っていたのだ。が、実のところ、レオンウッドはただの囮だった。エンゲルマンという殺し屋がトンプソンの〝ゴースト〟をおびき寄せ、始末するための罠だったのだ。その時点ではふたりともそのことに気づいていなかった。

いずれにしろ、そのエンゲルマンのせいで、カジノ作戦は失敗に終わり、三十人以上の犠牲者が出たのだが、トンプソンもそのうちのひとりになっていてもおかしくなかった。〝ゴースト〟が危険を冒して自ら姿を現わし、彼女を救っていなければ。

エンゲルマンは〝ゴースト〟がヘンドリクスだということを突き止めるや、彼の昔のフィアンセであるイヴリン・ウォーカーを利用しようと彼女の家へ向かった。ヘンドリクスはエンゲルマンより一足先にイヴリンのもとへ駆けつけることはできたものの、イヴリンには真実を話さないわけにはいかなかった。自分の死亡報告書が虚偽のものであり、今は生きるために殺し屋を生業にしているという事実だ。エンゲルマンとの対決では勝利し、とどめを刺しはしたものの、イヴリンの身の安全まで保障することは彼にはできなかった。で、トンプソンにイヴリンの家族に証人保護プログラムを適用するよう強要したのだった。

「あら」とトンプソンが言った。「ルーシーなの？ 大きくなったわね！」

「来週で八ヵ月」

「もうハイハイする？」

「もちろん。上手にどこへでも行けるわよ。アビゲイルがついて行けないくらい」アビゲイルというのはウォーカー家のブルドッグだ。自分の名前が呼ばれるのを聞いて、アビゲイルは丸っこい尻尾を振りながらポーチまで出てきた。

「あっというまに車を運転する歳になっちゃうわね」とトンプソンは言った。

イヴリンはトンプソンにためらいがちな笑みを向けて言った。「わざわざ赤ん坊を見に立ち寄ったわけじゃないんでしょ？」

「ええ。そのとおり」

「じゃあ、中にはいって、わざわざここまで来た理由を話してちょうだい」

家の中にはいると、イヴリンは身振りでトンプソンに坐るよう促した。イヴリンの腕の中でルーシーがぐずりはじめ、泣きだした。「どうやらおねんねの時間のようね。スチュアート、お客さまに何か飲みものを出してくれる？　わたしはルーシーを寝かせてくるから」

「ああ、わかった。チャーリー、何がいい？　コーヒー？　水？　アイスティ？」

「本音を言うと」とトンプソンが言った。「もしあれば、ビールを」

彼は片方の眉を吊り上げた。「捜査官は仕事中には酒は飲まないんじゃないのかい？」

「仕事で来たわけではないのよ」

スチュアートはキッチンに行くと、パブスト・ブルーリボン・ビールを二本持ってきて、そのうちの一本をトンプソンに渡した。彼女は栓を開けると、一口飲んだ。

「それで」と寝室から戻ってきたイヴリンが言った。「わたしたちにどういうご用なの？」

一瞬、ぎこちない沈黙が流れた。トンプソンはビールを飲みながら、何から始めようかと考えた。

「まず最初に言っておくけれど」と彼女は言った。「正式な仕事で来たんじゃないのよ。それはまずわかってほしい。ここにいることがFBIに知れたら、わたしの首は飛ぶわね――いいえ、それどころか逮捕されるかもしれない」

「よくわからないんだけど」とイヴリンは言った。「どういうこと？」

トンプソンはため息をついた。「スチュアート、悪いけど、ちょっとはずしてくれるかしら」

「おれとイヴリンはふたりでひとつのチームだ。彼女に言えることはおれにも言ってほしい」

トンプソンはイヴリンの眼を見つめた。イヴリンはわずかにうなずいた。

「イヴリン、マイクル・ヘンドリクスと連絡を取るのにあなたの助けが要る」

スチュアートの顔が嫌悪に歪んだ。「そのマイクルとやらはおれたちの家を吹き飛ばして、世間から隠れる生活を余儀なくさせたあの野郎のことか？」

「落ち着いて、スチュアート。それじゃ力になれない」とイヴリンは言ってトンプソンのほうに向き直った。「どうして彼と連絡を取りたいの？」

「今日のニュースは見た？」

「ええ。ひどいことになってるわね。でも、マイクルがあの事件に関係してるわけじゃないんでしょ？」

「もちろんそういうことじゃない。でも、あの爆破をスマートフォンでビデオに撮った男に危険が迫ってるの。何年かまえになるけど、その男は凶悪な犯罪組織に関して、内部告発者として証言するはずだった。でも、証言するまえにその組織が彼を始末しようとした。今日の今日までみんなが——つまり敵も味方も——彼は死んだものだと思っていた。それがあのビデオで生きてるってことがわかったのよ。だから彼はまた組織に狙われることになる。それを阻止するためにマイクルの力を借りたいの。その男を守るために」

「冗談だろ？」とスチュアートが言った。

「残念ながら冗談でもなんでもない」

「それはきみたちがやればいいことだろうが。それがＦＢＩの仕事じゃないのか？」

「わたしはむしろこのことには関わらないようにって上から言われてる。ＦＢＩは今それどころじゃないから。あの爆破事件の犯人が捕まるまでは、わたしには手の打ちようがないのよ」

イヴリンは眉をひそめた。「たとえわたしがあなたに手を貸したいと思っていたとしても、どうしてわたしにそういうことができると思うの？」

トンプソンはため息をついて言った。「マイクルに不利な証言をすることをあなたは何ヵ月も拒んでいた。なのに、突然、証言することに同意した。わたしは知ってるのよ。あなたにＦＢＩの保護下にはいってほしいと望んでいたのは、ほかならないマイクルだったってことを。たとえそれがＦＢＩに協力すること、彼に対する訴訟を起こすことだとしても。それに……」トンプソンはそこでことばを切ると、スチュアートにちらりと眼をやり、そこでためらった。あんなことがあっても、あなたは今でも彼のことを気にかけている。そう言いかけたのだが、そこまで言う必要はなかった。トンプソンの言いたいことを察したイヴリンのほうからそのことを眼で伝えてきた。

「ばかばかしい」とスチュアートが横から言った。「突然やってきて、よくも妻を責めるようなことが言え――」

「やめて、スチュアート。彼女の言うとおりよ。マイクルとわたしはあのあとも連絡を取り合ってた」

「なんだって？　嘘だろ？　あんなことがあったのに？」

「それほど単純なことじゃないのよ、スチュアート。彼はわたしたちの命を救ってくれたのよ。それにあなたは気に入らないだろうけど、彼とわたしには昔のことがある。でも、こっそりやりとりしていたわけじゃない。彼は何ヵ月かまえに一度だけ連絡してきた。ＦＢＩの提示した取引きに応じるべきだって、嘘をついて彼を守ろうとするなって。それが家族を守る唯一の方法なんだって。だからわたしは彼の言うとおりにしたのよ。ルーシーのために。そしてあなたのために」

「そんなのはあいつの勝手な自己満足だろうが」とスチュアートは言い返した。

「そういう言い方はフェアじゃないわ」

「フェアじゃない？　悪いがな、きみのかつての恋人は心やさしい悩める戦士なんかじゃない。金のために人殺しをしているクソ野郎だ。その事実にはきみも早く気づいたほうがいい」

「フィアンセ」と彼女は言った。

「なんだって？」とスチュアートは怒りもあらわに訊き返した。

「彼はわたしのかつての恋人なんかじゃない。わたしのかつてのフィアンセよ」

スチュアートは怒りに震え、腕をうしろに引いて手にしたビールの瓶を壁に投げつけた。

瓶は粉々に割れ、ガラス片とビールが飛び散った。トンプソンは反射的に銃に手をかけた。が、スチュアートはもう裏口へ向かっていた。そして、家が振動するほど乱暴にドアを開けると、夜の中に姿を消した。

イヴリンの眼には早くも涙が光っていた。アビゲイルは彼女の足元で小さくなっていた。廊下の奥からルーシーの泣き声がした。

「ごめんなさい」とトンプソンは言った。「あなたたちふたりのあいだに諍いが起こるようなことだけは避けたかったのに。信じてちょうだい。ほかに選択肢があれば、ここに来たりはしなかった」

「スチュアートのことは気にしないで。いつまでもあんなふうじゃないから。少し時間が経てば大丈夫」

「それならいいんだけど」トンプソンとしてはほかにことばが見つからず、そう言うしかなかった。

「誓って言える？　わたしを騙してるんじゃないって？　もし嘘だったら――」

「誓って言えるわ。嘘じゃない」

「それに、そもそもマイクルにその男の人を守ることができるの？」

「それは正直、わたしにもわからない。でも、誰かにできるとしたら彼しかいないと思う」

イヴリンは涙を拭うと、うなずいた。

「わかった。協力するわ」

16

ヘンドリクスはボックス席のトンプソンの向かい側に坐った。彼女はマグカップを両手で取り上げ、口をつけて少し飲むと、カップをテーブルに戻したあとも両手でしばらくカップを持ちつづけた。それは計算された仕種だった。それぐらい彼にもわかった。武器を持っていないことをそれとなくアピールしているのだ。ヘンドリクスの両手はパーカのポケットに突っ込まれたままだった。汗ばんだ右の手のひらを盗んだ四五口径の格子模様のグリップに押しつけていた。

「外にあるのはイヴリンの車か？」と彼は尋ねた。

「そう。借りてきたの。わたしの車を見たら逃げると思ったから」

「彼女はどうしてる？」

「元気よ。よろしくって」

ヘンドリクスはためらいがちに訊いた。「赤ん坊は？」

「可愛い子よ。きっと母親似の美人になるわ」彼女はそう言ってからつけ加えた。「それからスチュアートからもよろしくって」

「どうやらきみは彼からのメッセージをまちがって受け取ったようだな」とヘンドリクスは

言った。

ウェイトレスが注文を取りにきた。その疲れた眼や脂ぎった肌や縮れた髪の毛がディナータイムからずっとシフトについていることを物語っていた。

ヘンドリクスはブラックコーヒーを注文した。イヤフォンの中でキャメロンの声がした。「ああ――わたしにもコーヒーをお願い！」ヘンドリクスは彼女が自分たちのやりとりを聞いていることをすっかり忘れていた。彼は耳に手をあて、イヤフォンのボタンに軽く触れて通話を切った。トンプソンは片方の眉を吊り上げたが、何も言わなかった。

コーヒーを運んできたウェイトレスが、ふたりの話し声の届かないところまで引っ込むと、ヘンドリクスは言った。「さあ、話してもらおう」

「サンフランシスコの事件は知ってるわね？」

「ああ、見たよ。ひどいもんだ。救助活動は捗ってるのか？」

「聞いたところによると、手間取っているみたい。橋の構造上のダメージが大きくて、瓦礫やら破片やらを取り除くのに苦労してるそうよ。下手に動けば壊滅的な状態になりかねないから」

「〈真のイスラム帝国〉はどうなってる？　今日まで名前すら聞いたことのないグループだ。居場所にもう狙いをつけてるのか？　次の攻撃の見当はついてるのか？」

「今はまだ手がかりを追ってる段階よ」彼女はお決まりの台詞を言ったものの、そんな台詞を口にしている自分に呆れたように眼をぐるりとまわして、椅子に深々と坐り直した。「何を言ってるの、わたし？　あなたにはほんとうのことを言うわ。実のところ、今日の爆破事件があるまで、あんなテロ組織、われわれのレーダーには引っかかりもしてなかった。あんなことができるほどの知識が――それに度胸が――ある無名の組織があるなんて考えもしてなかった。つまり、今のＦＢＩは情報収集の遅れを取り戻すのに四苦八苦していて、彼らが次にいつどこに攻撃を仕掛けてくるかなんて見当もつかない。それが実情よ」

「それが現状なら彼らを追うことが最優先されるのも無理はないな」と彼は言った。トンプソンは同意してうなずいた。「だったら質問しなきゃならない。そんなときにどうしてきみはここでおれと話なんかしてる？」

「ニュースで流れたスマートフォンのビデオは見た？」

「もちろん。見てないやつなんていないだろう」

「あのビデオをまわしていた老人は、フランク・セグレティという、かつてマフィアの一員だった男なのよ。七年まえ、彼はＦＢＩのアルバカーキ支局にやってきた。半分、気が触れたような精神状態で、おまけにひどい怪我をしてたんだけど、用件は、支局長と話がしたい、だった。わたしはそのとき、受付の仕事をしてたのよ。夜も遅い時間で、外は嵐だったから、最初はずぶ濡れになったホームレスが雨宿りのつもりではいってきたんだと思った。それで、警備を呼んだんだけれど、彼は汗ひとつかかずに彼らの自由を奪うと、捜査官から奪った銃をわたしの頭にあてて、支局長に電話をするように要求した。でも、わたしが言われたとおりにすると、銃を置いて降伏したの」

「そいつの狙いはなんだったんだ？」

「復讐と身の安全。それに彼の話を聞いてくれる聴衆よ。もちろん、セグレティが取り調べを受けた場にわたしは同席していない。彼のファイルは厳重に保管されていて、今でもその全部を見る権限はわたしにはない。それでも、彼を車で南部のラスクルーセスのＦＢＩの隠れ家まで連れていく三時間のあいだ、彼から何度も聞かされた。闇の組織の存在について。かなり大規模な犯罪組織だって言っていた。そういう組織がアメリカ国内で秘密裏に活動してるということだった。国内の主要なマフィアの代表者が集まった組織で、その組織の承諾なしには、アラスカとハワイを除いた四十八州では一キロのコカインも動かせないらしい。彼はそういう組織で何年も働いていた。幹部として。で、自分のことを〝悪魔の赤い《デヴィルズ・レッド・ライト・》右手《ハンド》〟って呼んでいた」

話を聞くうちに、ヘンドリクスは口の中がひどく渇いていくのを覚えた。それを無視して、できるだけさりげなく尋ねた。「その犯罪組織の名前を言ってたか？」

「彼の話の裏を取ることはできなかったけれど、〈評議会〉とか言っていた」トンプソンはそう言いながら、瀬踏みをするかのように彼の眼をいっときのぞき込んだ。「その名前に聞き覚えがある？」

彼女に嘘をつかなければならない理由は何もなかった。彼は思った――彼女にはもうばれている。ボディ・ランゲージから、おれの開いた瞳孔から見破っている。「ああ」

トンプソンは拳でテーブルを叩いた。自分の勘が正しかったことがわかり、どうしても気持ちが昂った。コーヒーがあたりに飛び散り、ほかの客たちが一斉にふたりに顔を向けた。どんな状況においても、できるだけめだたないようにして生き延びてきたヘンドリクスにとって、自分に向けられた視線はまるで虫眼鏡で集めた太陽光線のようだった。だからトンプソンを鋭い眼で睨みつけ、ほかの客がまたまえを向いてそれぞれの会話に戻るまで何も言わなかった。

「おれたちが話をしているところを見られたらどうなるかぐらいわざわざ言わなくてもわかると思うが」

「そうよね。ごめんなさい。でも、わかって。セグレティが自らわたしたちに歩み寄ってきたこの一件はFBIでは語り種になった。でも、たいていの人はこう思った。彼はただ馬鹿げた話を得意になって話したいだけだったんだって。誇張したり、情報をでっち上げたりしてでも、身の安全をわれわれに確保させたかっただけだったんだろうって。でも、みんながそう疑ったのも無理はないわね――それほど大規模な組織がFBIの眼をかいくぐって活動してるなんてね。とても考えられないもの。彼はただ寒さをしのぐためにはいってきた。そう思われてもしかたがないところだった」

「でも、きみは彼の話を信じた」

「それは彼がどれほどの能力を持っているのかこの眼で見たからよ。そう言えば、昔々、わたしはひそかな殺し屋の存在を確信したことがある。なんとしても競争相手を消し去ろうとしてる殺し屋の存在をね。でも、FBIのお偉方はみんなわたしのことをいかれ頭か何かのように思った。ひとりでそんなに何人もの殺し屋を殺せるわけがないって。でも、結局のところ、わたしが正しかった。そのときわたしはなにより自分の勘を信じるべきだってことを学んだんだと思う」

「おれに関してのきみの勘ははずれてる。おれはおれが殺した殺し屋たちとはちがう。やつらは怪物だ。実に単純なことだ。怪物はこの世から消えたほうがいい」

「それをあなたが決めるわけ？　それはちがうんじゃない？」

ヘンドリクスは肩をすくめた。「きみたちが止められなかったからおれが止めたまでだ。疚しいところなどどこにもない」

「ほんとうに？」

「ああ、あいつらを殺したことに関してはな」

ふたりはいっとき黙りこくった。ふたりともレスター・マイヤーズの亡霊に苛まれていた。ヘンドリクスが彼を仲間に引き入れさえしなければ、あんなことにはならなかったのだ。トンプソンがエンゲルマンに遅れを取らず、一足先に彼のところにたどり着いてさえいれば。

ヘンドリクスはぎこちなく空咳をしてから言った。「つまり、セグレティは自分から歩み寄ってきて、月でも取って持って帰ってくるような、果たせそうもない約束をしたってことか。しかし」彼は天を仰いでうなずきながら続けた。「月はまだ空にかかったままだ。これまでどおり。どうしてうまく行かなかったんだ？　その話からきみがここにいることまでどんなふうにつながってるんだ？」

「彼の隠れ家に関する情報が洩れてたのよ。わたしたちがセグレティから話を聞くまえに誰かがその隠れ家を吹き飛ばしたの。その爆破でそこに居合わせた四人のＦＢＩ捜査官と三人の連邦保安官、それにふたりの州検事が犠牲になった。それとセグレティも。少なくともみんなそう思った。爆破によって全員、灰になってしまったんだけれど、遺体の一部から彼のＤＮＡが検出されたからよ。アルバカーキ支局で勾留されていたときに傷の手当てに使ったガーゼから採取されたサンプルと一致したの。包帯を取り換える際に取っておいたのね。統合ＤＮＡインデックス・システム《CODIS》にかけて、前科があるか調べられるかと思って。その時点では、彼を信用できるかどうかわからなかったから」

「その隠れ家が吹き飛ばされたってことは、そいつの話はほんとうだったってことになると思うが」

「ええ、おそらく。でも、それから何年経っても、セグレティの言っていた、その幻の組織が存在するという証拠は見つからなかった。だから、わたしのようにこの件に直接関わった者を除けば、たいていの人にとってこの件はもう過去のものになってしまってる」

「その爆破だが……ＦＢＩにスパイがいるとか？　きみたちの仲間に〈評議会〉に通じている誰かがいたとか？」

「そうかもしれないし、そうじゃないかもしれない。なんとも言えないわね。その日、勤務をはずれた人はいなかったし、隠れ家から電話をした形跡も、警護特務部隊のスマートフォンの通話履歴に不審な点もなかった」

「証拠がないからと言って――」

「――それはなんの証拠にもならない」とトンプソンはあとを引き取って言った。「それはわかってる。でも、〈評議会〉が自分たちの力でどうにかして彼の居場所を探りあてたということも考えられる。〈評議会〉にどれほどの力があるのかなんて測りようがないんだから」

それは過大評価というものだ、とヘンドリクスは内心思った。〈評議会〉は相手の忠誠心と恐怖心とを利用して成り立っている組織だ。その爆破の件でもハイテク機器などに頼ったりせず、おそらく誰かに圧力をかけたのだろう。一方、トンプソンは法の支配と自らの所属する機関を信じている。だから、自分の側にいる人間が裏切ったとは考えたくないのだろう。ヘンドリクスはそんな彼女に同情を禁じえなかった。まだ若い軍人だった頃、彼自身もそうだった。

「確かに興味深い話だよ。だけど、それでもここでこうしてきみと向かい合ってる理由がおれにはわからない」

「セグレティの顔が国じゅうのテレビというテレビに映ったのよ。七年まえに彼を殺そうとした連中がそれを見て、仕事を片づけようとするとは思わない？」

「当然そうするだろうな。それはつまり彼らが表立った動きに出る可能性があるということだ。きみは地球上で最も権限のある法執行機関にいるんじゃないのか。だから、面倒な問題が起きたんじゃなくて、むしろチャンスに恵まれたんじゃないのか。こっそりセグレティをら、そいつをどこかに押し込めて口を割らせればいい」

「そういうことぐらいわたしだって考えたとはあなたは思わないの？　できればそうしたい。問題は、そういうことにはお偉方の許可がおりないってことよ。今はあのサンフランシスコの事件で手一杯なのよ。セグレティを追うことなんて二の次三の次でしかない。直属の上司さえわたしには説得できない状況なのよ」

「直属の上司というのはキャスリン・オブライエン？　確かきみと彼女は……」どう言えばいいのかわからず、ヘンドリクスはそのあとはことばを濁した。

トンプソンの表情に影が射した。「ええ、そうよ」と彼女は言った。それ以上の質問を封じるような強い口調になっていた。ヘンドリクスにはもとより彼女を責める気持ちはなかった。ふたりが最後に顔を合わせたとき、彼はオブライエンの命を――トンプソンの妹のジェスの命も――危険にさらすことになるかもしれないとトンプソンを脅して、イヴリンに証人保護プログラムを適用させたのだ。もちろんそれはあくまで脅しであり、ふたりに危害を加えるつもりなどヘンドリクスにはなかったが、それでも彼にはよくわかっていた。愛する者を利用することがどれだけ有効か。

「それでおれのところに頼みにきた。そういうことか？」

「悪玉に疎《うと》まれて首に懸賞金を懸けられた人間の命を守ることがあなたの仕事でしょ？」と彼女は言った。「わたしにはほかに選択肢がないのよ。それに、めったにあることじゃないだろうけど、この件に関してはわたしたちは利害が一致してる」

「そうかな？　どうしてそう言える？　通常、おれの仕事には大金が支払われる。きみもセグレティもおれに謝礼を払えるだけの金を持ってるとは思えない」とヘンドリクスは言った。

トンプソンは唇を歪め、疲れた笑みを洩らした。「せっかくこうして会ったんだから訊くけど、その謝礼っていくらなの？　イヴリンにはありとあらゆることを尋ねたけど、そういう数字はいっさい出てこなかった」

当然だ、とヘンドリクスは思った。過去の数年間を殺し屋として生きてきたことだけは彼としてもイヴリンに明かさざるをえなかった。が、あくまでほかの殺し屋に狙われた人たちを助けるためにやっていることだと言ってあった。そういう連中に大金を課していることについては何も言っていなかった。

「懸賞金の十倍の額だ」と彼は言った。

「顧客が払えない場合は？」

それは本質的でむずかしい質問だった。ヘンドリクス自身、これまでに千回は自問していることだった。「その場合は、少なくとも警告だけは与えてやれる。それで逃げることはできる」

「ずいぶん冷酷なのね」

「それが人生ってものだ。おれが守るやつらのほとんどが聖人君子とはほど遠い輩だ。おれはまともな理由もないのに人を殺したりはしない」

のなら」

「わたしにはなんだかこじつけにしか聞こえないけど。お金が〝まともな理由〟に含まれる
「稼いだ金のほとんどはイヴリンのところにいく」と彼は言った。「彼女はその金の出どころを知らないが。というか、欠陥のある防弾ヴェストの製造元が支払ってる不法死亡の和解金の一部だと思ってる。残りの金は運用費としてレスターに渡してた」

「あら、あなただって万一に備えて少しくらいは取ってたんでしょ？」

「ああ。ここ一年は出費がかさんむ一方だが」とヘンドリクスは言った。

「どうして？　あなたの助けを必要としてる相手が見つからないの？」

「そうじゃない。おれの方針が変わっただけだ」

「当てさせて。贖罪から復讐へと変わったのね？」

「おれは正義と思いたいがね。怪物の尻尾を追いかけまわすことにうんざりしたのさ。それよりさっさと怪物の頭を狙って始末することにしたのさ」

「ふうん。それで上手くいってるの？」

「上手くいってるとは言えない」とヘンドリクスは正直に答えた。「だけど、きみにはいちいち言わなくてもいいことだろう。ＦＢＩはＦＢＩになるまえの組織から犯罪組織を壊滅させようとしてきたんだから」

「そのとおりよ。だからセグレティがまた現われたことはわたしにとってもあなたにとっても思いがけない幸運なのよ」

「どうして？」

「あのビデオを最初に見たとき、わたしは彼がFBIにやってきたときに言っていたことをすぐ思い出した。〈評議会〉の承認がないと、一キロのコカインも自由にはならないってことよ。で、わたしは自問自答した。〈評議会〉が実在するなら、連中こそマイクル・ヘンドリクスを始末するように命じた張本人なんじゃないかって」

ヘンドリクスは何も言わなかった。身じろぎもしなかった。その顔にはどんな表情も浮かんでいなかった。ただ、わずかに歯を食いしばったように見えただけだった。それで充分だった。トンプソンは自分が正しかったことを確信した。

「きみは自分の言ってることがわかってるのか？　きみはおれに――指名手配中の男に――アメリカ史上最大の捜査のひとつに参加し、なんとしてでも身を隠そうとしている男を探し出せと言ってるんだぜ。それだけじゃない。運よくその男を見つけることができたら、世界で最も力のある犯罪組織からその男を守れと言ってるんだぜ」

「そうよ」

「きみは頭がいかれてる」

「そうかしら？　セグレティの力を借りたら、どれほど〈評議会〉にダメージを与えられるか、考えてもみてよ！」

「今となってはセグレティが持ってる情報になどなんの価値もないと思うが」とヘンドリクスは言った。「仮にそいつを見つけたとしよう。どうしておれがきみにその男をすんなり引き渡すと思うんだ？」

「正直に答えるわね。そこのところはわからない。でも、少なくとも、あなたが彼の味方につけば、彼は生き延びて、少なくとも彼から情報が得られるチャンスが生まれる。さきのことは誰にもわからない。もしかしたら、あなたはすんなり彼を引き渡してくれるかもしれない。あなたひとりでは〈評議会〉をつぶせそうもないとなったら」

「それはまた見くびられたものだな」

「そうじゃない。ただあなたくらい賢ければわかってるはずよ。この戦略的提携には価値があるってことぐらい」

「〝戦略的提携〟？」

「そうとしか言えないでしょ？」

ヘンドリクスはしばらく押し黙った。テーブルに肘をついて、顔のまえで両手の指を合わせ、考え込んだ。トンプソンはじっと彼を見つめていたが、何も言わなかった。彼は最後に手のひらをテーブルに置くと、彼女の眼を見つめて言った。「答はノーだ」

「ええ？」

「ノーと言ったんだ。今回は状況が悪すぎる。失敗する可能性が多すぎて、成功する可能性はゼロに近い。きみが真実を言っていたとしても。嘘をついてるなら、おれが生き延びる可能性はもっと低くなる」

「どうしてわたしがあなたに嘘をつかなくちゃいけないの？　イヴリンならあなたを呼び出

せることがそもそもわかってたら、わざわざあなたにいもしない老人を探してほしいなんて頼むと思う？　そのかわりにこの場所を取り囲んであなたを即、逮捕するんじゃない？」トンプソンは彼の顔に緊張が走るのを見て、つけ加えた。「大丈夫。そんなつもりはないから」

「レスターに死なれたあとは自分の勘しかおれには頼るものがなくてね。で、その勘がこう言ってるんだ。やめたほうがいいって」

「このままだとセグレティは死んでしまう。彼を見つけ出したら、〈評議会〉は彼に代償を払わせるでしょう。死に至るまでゆっくりいたぶって拷問することでしょうよ。あなたはそれでいいの？」彼女はエンゲルマンがレスターにしたことをヘンドリクスに思い出させようとしていた。彼の感情に訴えようとしていた。狡猾で見え透いた策略だった。ヘンドリクスとしては、そんな罠にかかって彼女を満足させるつもりはなかった。

肩をすくめて彼は言った。「その男が死ぬ運命にあるのなら、それはしかたがないことだ。彼が死んで誰より困るのはきみたちなわけだけど、きみの言ったことがほんとうなら、そいつは極悪人だ。死んだからといって誰も悲しみはしないだろう」

そう言って、ヘンドリクスはコーヒーを飲み干した。苦くて思わず顔をしかめなければならないようなコーヒーだった。立ち上がると、彼はズボンのうしろポケットに手を伸ばした。トンプソンは一瞬ひるんだようになった。反射的に右手をテーブルの下にやっていた。何か隠しているのだろう。ヘンドリクスはそう思った。テーブルの下のどこかに銃を隠しているのだろう。彼はポケットから財布を取り出して、テーブルに紙幣を何枚か放った。それを見て、彼女は体の緊張を解いた。

「おれの分のコーヒー代だ。借りはつくりたくないんでね」

「これ」とトンプソンは言って、バッグから名刺とペンを取り出した。相手によけいな脅威を感じさせないようわざとゆっくりと。その名刺の裏に数字を走り書きすると、彼に渡して言った。「気が変わって、連絡を取りたくなったときのために。手描きの数字はわたしのスマートフォンの番号よ」

彼は名刺を手に取り、さっと眼を通すと、それをくしゃくしゃに丸めて、空のマグカップの中に放り込んだ。「気が変わることはないよ。もう二度とおれと接触を持とうなどと思わないでくれ」

17

フランク・セグレティは居間のカウチにロイス・ブルサードと一緒に腰かけていた。家の中の明かりはテレビ画面がちかちかと光っているだけだった。すでに午前零時をまわり、カーテンはすべて閉められ、ロイスの飼い犬エラはフランクの足元でいびきをかいていた。遠くでサイレンの音が強まったり弱まったりしていたが、すぐ近くまでやってくることはなかった。ロイスの家は大通りには面していなかった。

コーヒーテーブルの上には空《から》のグラスや皿やテイクアウトの容器が散らばっていて、テーブルの横には空になった白ワインのボトルが二本置いてあった。ワインはフランクが勧め、ロイスがほとんど飲んだ。彼がやってくるまえに服用した薬の効果もあってか、彼女はすでに泥酔していた。彼女をとことん酔わせ、騒ぎが収まるまでこの家を自由に使う。それがフランクの狙いだった。

ロイスはハイになり、夜がふけるまで自分のことをしゃべりつづけた。ミシシッピ州ガルフポートでの子供時代のこと、自慢の庭のこと、古いジャズのレコード・コレクションのこと。それは当然実際に聞くことになった。同時に、じっともの思いにふけることもあった。そういうときには堅苦しい沈黙が流れた。実際のところ、もの思いにふけりながらロイスはすすり泣いていたのだった。その気配がカウチ越しにフランクにも伝わった。ワインの二本目も空《から》になると、彼はもう一本取ってくることを自分に命じた。が、その頃には彼女のことが心配になりはじめていたので、ワインのかわりに冷蔵庫から残りものを取り出してテーブルに並べた。

いくらか食べものを口にすれば、彼女の酔いもいくらかは醒めるのではないかと思ったのだが、そこで彼自身、朝食をとってから何も食べていないことに気づいた。アドレナリンのせいで食欲が抑えられていたのだろうが、冷えた湖南料理のにおいを嗅いだとたん、涎が出そうになった。ふたりは貪るように四人分くらいある食べものを平らげた。そのあとはいっときロイスも元気になった。

今、彼女はうとうとしていた——眉間にしわを寄せ、時々すすり泣きながら——テレビではジェームズ・スチュアートが海に飛び込んだキム・ノヴァックを救い出していた。フランクとロイスのいる場所から二マイルほど離れた、六十年まえのサンフランシスコ湾の海から。そんなふたりの上に、幸いにしてケーブルの損傷していないゴールデンゲートブリッジがそびえていた。現代の感覚に照らすと、なんとも堅苦しい演出だった。海に飛び込むまえに、ノヴァックが花を一本一本海に落としていくシーンなど、儀式的でさえある。スチュアートがノヴァックを腕に抱えて海からゆっくりと上がってくるシーンにいたっては、救助というよりは洗礼のようにフランクには思えた。

数時間まえ、フランクは一階のバスルームで汚れた体をきれいにして、ロイスの強い勧めで彼女の夫キャルのスウェットスーツに着替えていた。それまで着ていたものはロイスが洗濯機に入れた。テレビがついていないと家の中は静かすぎるほどだったが、ロイスはどうしてもCNNを見させてくれなかった。それでなんとなくチャンネルを次々と換えていると、彼のお気に入りの映画が放映されていたのだ。アルフレッド・ヒッチコックの『めまい』。実は、サンフランシスコに身を落ち着けることにしたのは、サンフランシスコがその映画の舞台だったからだ。ヒッチコックの映し出したサンフランシスコの街並みには、いつまでも記憶に残るような、どこかロマンティックなところがあった。初めて見たのは十代の頃だが、彼はすぐにその映画の虜《とりこ》になった。

『めまい』はロイスの夫キャルのお気に入りでもあった。それでそのチャンネルをつけっぱなしにすることにしたのだ。

「何もなければ、キャルももう帰ってきてもいいんだけど」とロイスは一度ならずフランクに言った。「でも、彼の乗る予定だった飛行機が飛ばなくなっちゃったの……今日起きたあのせいで」彼女は毎回そういう婉曲的な言い方をした。まるで芝居の脇台詞のように。事実を事実のまま受け入れたくないのだろう。

ロイスによると、キャルの建設会社はリノに新しいホテルを建築中で、キャルは進行状況を確認するために一週間ずっとリノにいたらしい。明らかに、ロイスは夫がいないことに対処しきれていなかった。で、薬と酒で放心状態になって、おそらく夫のかわりにフランクを受け入れたのだろう。フランクは思った――彼女の酔いがすっかり醒めたときに、自分がここにいることを彼女はどう思うだろう？　あるいは、夫が家に帰ってきたときに、自分がまだこの家にいたらどう思われるか。

ロイスがカウチの上で身じろぎをした。閉じたまぶたの下で眼球が動いていた。彼女はうとうとしたままフランクに寄りかかると、頭を彼の肩にのせた。彼の首に触れた彼女の頬は温かかった。吐く息はワインで甘ったるく、髪からはかすかなリンゴの香りがした。フランクの脈が速くなり、顔が火照《ほて》った。女性とこれほど密着したのは久しぶりのことだった。

急に居心地の悪くなったフランクが咳払いをすると、ロイスはぼんやりと眼を開けた。焦点が定まっていなかった。まるで彼のうしろの誰か、あるいは彼を通して誰かを見ているような眼だった。フランクは自分が幽霊にもなったような気がした。表情を見るかぎり、彼の存在を認識しているわけでも、恐れているわけでもなさそうだったが。

「さあ、ベッドに行こう」と彼は言った。

「ええ」混濁した意識に逆らいながら、彼女は張りつめた表情で言った。「たぶんそのほうがよさそうね」

ロイスはそう言ってカウチから起き上がろうとした。が、ひとりでは無理だった。頭をもたげることさえもやっとという状態で、立ち上がることなどできるわけがなかった。それでもフランクに支えられながら二階へ向かった。エラがふたりのあとを追ってきた。時々、膝が折れてよろめきそうになると、手すりにつかまってどうにかもちこたえた。フランクはそのたびに彼女をまっすぐに立たせた。ベッドまでたどり着いたときには汗みずくになっており、痛めた膝は限界にきていた。彼女のスリッパを脱がせ、ベッドに寝かせた。

ロイスはそのときフランクをじっと見た。正気を取り戻した眼が見開かれた。「あ、あなたは誰？　キャルはどこにいるの？」

「キャルはまだリノだよ、ロイス」とフランクはやさしい声で言った。「あの事件のせいで、飛行機が遅れたんだ。知ってるよね？　私はマックスだ。きみの知り合いだ」

「マックス」と彼女はオウム返しに言った。その眼にわずかに涙がにじんだ。「そうだったわね。あの……今夜、泊まってくれる？」そう言って、彼女は恥ずかしそうに頬を赤らめた。赤い顔は酒のせいもあったが。「あの、この部屋にってことじゃなくて……そういうつもりじゃないの……ただ、キャルがいないとあまりに静かで……」

「心配は要らない。私はどこにも行かないから。それに、キャルの場所はエラが乗っ取ろうとしてる」小さな犬がベッドに飛び乗ろうとその場でむなしくジャンプしていた。「エラをのせてかまわないかな？」

ロイスはすでに瞼を閉じていた。一瞬取り戻した彼女の正気はアドレナリンの減少とともに姿を消したようだった。すぐに彼女は眠りに落ちた。フランクは肩をすくめると、エラをベッドにのせた。

この女性はそっとしておこう。彼女はおれの問題でもなんでもないのだから。フランクはそう思った。それでも、明日の朝になったら、彼女はきっと最悪の気分になっているだろう。

彼はため息をつくと、ナイトスタンドの上の空《から》のグラスを手に取り、水を汲みに寝室のバスルームにはいった。

バスルームは広々として豪華だった——真っ白な壁と天井と洗面台。黒に塗られた艶のある木の床と毛足の長い白いラグ。部屋の一角にはシャワー室があり、奥のアルコーヴには鉤爪を台にあしらったバスタブが据えられていた。

彼は洗面台に向かおうとして、立ち止まった。バスタブのすぐそばに敷かれた毛の長いラグに埋もれるようにしてスマートフォンが落ちていた。野球やバスケットボールなどの試合中継の合間に、テレビで宣伝している特大サイズのサムスン・ギャラクシーで、タブレットほどの大きさもあるスマートフォンだった。艶のある表面に水滴がついていた。ラグの半分は濡れていて、床の隙間にも水が溜まっていた。

フランクはバスタブに近づいた。中には水が半分ほどはいっていて、濡れたタオルが縁に掛けられていた。ロイスが裏口のドアまで来たとき、その髪が濡れていたことを思い出した。彼が家に侵入しようとする直前、警官がしばらくドアをノックしても返事がなかったことも。彼女は風呂にはいっていたのだろう。で、おそらくノックしたのがフランクだと思って裏口までやってきたのだろう。

サイドテーブルがあった。

それも床と同じく黒塗りのテーブルだった。バスタブの陰に隠れて一部しか見えなかったが、その上には、〈ボーズ〉のワイヤレススピーカー、錬鉄製のトレイの上の白檀のアロマキャンドル、開けられて倒れたままの処方薬の瓶とその蓋があった。その薬の錠剤が何錠か床にこぼれていた。

フランクは瓶を手に取った。彼が予想したザナックスでもヴァリアムでもなく、フレクセリルだった。ラベルには、筋痙攣の予防に一日に三回服用するように書かれていて、アルコールとの併用を禁じていた。

彼は散らばった錠剤を集めると瓶に戻した。バスタブの下に転がってしまったのもあったので、手のひらを床に向けてバスタブの下に腕を伸ばし、その錠剤を取ろうとした。すると、指先に何かが触れた。思っていたより大きく重そうなもので、硬貨をまとめて棒状にしたくらいの大きさだったが、木でできていた。彼は腕を伸ばして、人差し指と中指ではさんで引っぱった。柄が斑模様《まだら》の木のこぶでできた昔ながらの折りたたみ式ポケットナイフだった。開いた状態になっていた。フランクは刃ではなくたまたま柄に指が触れたことにほっとした。下手をすれば指を切っていただろう。柄にはイニシャルが刻まれていた。CWB。キャルヴィン・ブルサードか。ミドルネームをぼんやりと考えた。ウィリアム？　ウォルター？　ウェイン？

ナイフを閉じてポケットに忍ばせた。バスタブのまわりを歩いて床に落ちていたスマートフォンを拾った。それを手でいじくりまわし、どうすれば電源がはいるにしろ、作動するにしろ、考えた。ハイテク機器は苦手だった。スマートフォンは特に信用していなかった。情報が宙をさまよっているところを考えただけでぞっとした。盗聴も追跡も傍受もいともたやすくできそうに思えるのだ。

どうやら上手くいったようで、スマートフォンが彼の手の中で光った。画面には数字のないキーパッドのようなものが映っていた。よし、家宅侵入や強盗のときのつもりでやってみよう。指紋を探して、そこから画面ロックのパターンを読み取るんだ。彼はスマートフォンを少しだけ傾けて、キーパッドの上に縞になったジグザグの指紋を探した。ロイスは人の裏をかくような人間とは思えない。だから、彼は一番ありがちな順番で画面をなぞった。まず、上から下、左から右へと。ロック画面はすぐに消えて、留守番電話になった。再生待ちのメッセージは二十七秒の長さのものだった。ロイスはそのメッセージを何度も聞いたにちがいない。再生ボタンに同じ指紋がいくつも残っていた。フランクは再生ボタンを押すと、メッセージを聞こうと耳にスマートフォンをあてた。

「やあ、ロイス。私だ。どこにいる？　庭仕事でもしているのかな？　私が家に着くまでにこのメッセージを聞いてもらえればいいのだが。そうすれば外出の準備ができるだろ？　今晩、飛行機で帰る予定だったんだが、土曜日の夜にひとりでリノをぶらつくなどというのは時間の無駄でしかないからね。だから、車を借りて家に向かっている途中なんだ。今日の午後、マッサージに行ってから、〈アジーザ〉でディナーでもどうかと思って予約を入れてある。無理を言ってテーブルを押さえてもらったんだから、今日はテイクアウトにしたいなんて言わないでくれよ。今、橋だ。もうすぐ着くよ。私の留守中はハンサムな若者がきみの相手をしているようなら、そいつに出ていくように――」

そこで、爆発音とそのほかの雑音が鳴り響いた。奇妙なメロディのようなガラスの砕ける音。乾燥機の中に鉛の重りを入れたような車の転がる音。キャルはその間ずっと叫び声をあげていた。立てつづけに何かがちぎれるような音がして――おそらく橋を支えていたケーブルだろう――一瞬、静寂が訪れ、次に水しぶきの上がる音がした。キャルの叫び声がやみ、そこで通話は切れた。

キャル・ブルサードはリノで足止めを食っているのではなかった。キャル・ブルサードは死んだのだ。

警官がこの家のドアをノックするまで、ロイスは夫のあとを追うつもりでいたのだ。

18

ジェイク・レストンは、緑のプラスティックトレイに大量の食べものと飲みものを危なっかしくのせて、病院の食堂から家族のところへ足を引きずりながら歩いた。日曜日の未明。病院の窓からは涼しげな青に染まった夜明けが見えた。

首と肩が張っていて、ジェイクはまだ頭がずきずきしていた。爆破による耳鳴りはまだ収まっておらず、折れた鼻にもまだ鈍い痛みがあった。燃えたプラスティックのにおいが髪や服に沁みついていた。が、今ではそのにおいにも慣れてしまい、あまり気にならなくなっていた。彼は昨日から何も食べていなかった。わけのわからないパニック状態が落ち着き、倦怠感と疲労感を覚えるようになると、急に空腹を覚えた。空腹すぎて気持ちが悪くなるほどに。

トレイの上にあるのはエミリーのための卵とチーズのクロワッサン。十三歳になってから菜食主義を通しているハンナにはアーモンドミルクのシリアル。そんなハンナを挑発するように嬉しそうに肉にかぶりつくエイダンには、山盛りのハッシュドビーフ。ジェイク自身はクリームチーズをはさんだベーグル。みんなで一緒につまむポテトフライ。大人にはコーヒー、子供にはオレンジジュース。それにペットボトルの水をできるだけたくさん。家族全員が脱水状態で、煙を吸い込んだせいで咽喉を痛めていた。

全員がつらい一夜を過ごしていた。ハンナは事故現場では気丈に振る舞い、文句ひとつ言わなかったが、落下したときに手首の骨を折っていた。救急医は彼女の腕に添え木をすると、二、三日中に整形外科医に診てもらうようにと言った。エミリーは額の深い切り傷を二十針縫わなければならなかった。ハンナはそれをフランケンシュタインの花嫁のようだと茶化した。哀れなエイダンを笑わせようとしたのだろう。エイダンの脚はひどい折れ方をしており、手術が必要で、その手術には何時間も要したが、ジェイクにとって人生で最も長い時間に感じられた。それでも、執刀医から手術が成功したことを告げられ、エイダンはすぐに病室に運ばれた。そのあとは夜どおし眠ったり起きたりを繰り返していたが、ちょっとまえに腹をすかせ、元気に眼を覚ましたのだった。家族は全員エイダンの部屋にいたが、ありがたいことに病院のスタッフもそれを大目に見てくれていた。

ジェイクとエミリーはソフィアが一時的に意識を失ったことが心配だったが、頭部のCT検査では異常は見られなかった。ソフィアを診た医者からは、とりあえず問題はないが、二、三日はしっかり様子を見るようにと言われた。赤ん坊が眠ってしまっても案ずることはないとも言われたが、エミリーはソフィアが十分も眠っていると心配になって起こそうとした。で、結局、ふたりとも一晩じゅう起きていることになったのだ。幸い数時間まえにエミリーがやっとうとうとしはじめ、それでソフィアも一緒に眠ることができたようだった。

ハンナは夜遅くまで自分のスマートフォンで映したビデオのネット上のヒット数を追って

いた――ジェイクが最後に聞いたときには、再生回数が二百万回を超えていた――最後にはスマートフォンの電池が切れ、ハンナも休みを取らないわけにはいかなくなった。

ジェイクは神経が昂り、眠ることができず、エイダンが眼を覚ますまで家族の様子を見守っていたのだが、エイダンが眼を覚ましたところで病室を出て、朝食を取りにいったのだった。

エイダンの部屋に戻りかけ、ジェイクは廊下の角を曲がったところで立ち止まった。男が病室のまえに立っていた。日焼けしたしわのある顔に、引きしまった体。五十前後だろうか。紺色の麻のブレザーに白いボタンダウンのシャツ、着古したジーンズ。その顔と同じくらいしわが刻まれ、日焼けしたようなカウボーイ・ブーツを履いていた。ウェーヴした量の多い髪。それを真っ黒に染めているのは、根元の白髪を見ればすぐにわかった。腰にホルスターをつけており、三五七マグナムが顔をのぞかせていた。

その男はスマートフォンの画面をスクロールしていた。が、ジェイクに気づくと、スマートフォンをジーンズの前ポケットに突っ込み、目尻と口元にしわを寄せて、気さくな笑みをジェイクに向けてきた。どこか狡猾なキツネを思わせる顔だ。ジェイクはそう思った。

「ミスター・ジェイコブ・レストン？」と男は言った。

「ええ、そうですが」

男はブレザーの内ポケットから財布を取り出すと、慣れた手つきでそれを開いた。政府関係の身分証明書が現われた。男の写真が証明書の中からジェイクを見ていた。「チェット・

ヤンシーです」そう言って、男は財布をしまうと、片手を差し出した。ジェイクはトレイを少し持ち上げて、両手がふさがっていることを示した。ヤンシーは腕を引っ込めた。小指にトルコ石の指輪をはめていた。

「私に何かご用ですか、ミスター・ヤンシー?」

「昨日、橋で起きたことに関していくつか質問させてください。あなたなら答えていただけるかと思ったものでね」

「もう警察に全部話しましたよ」

「ええ。あなたは善良な市民だ。だから、当然国家の力になりたいとお考えでしょう。このような事件が起きたときには、誰もができるかぎり捜査に協力しなければなりません。私にもう一度話を聞かせてください。時間は取らせませんから」

ジェイクは両手に持ったトレイを見下ろした。ヤンシーにしばらく待ってもらって、さきに朝食を家族に配ろうかと思った。が、なんとなくそうする気になれなかったのは、ヤンシーに病室の中までついてこられるのではないか思ったからだ。それはご免だ。ジェイクはその場に立ったままよけいなことは言わずにただ同意した。

「いいですよ」

「ありがたい」とヤンシーは言って、ジェイクの肩を叩いた。その拍子にトレイの上の食器と食器がぶつかった。幸い落ちはしなかったが。ヤンシーはズボンのうしろのポケットから小さなメモ帳とボールペンを取り出し、ペンをノックして芯を出すと言った。「ご家族の様子は？　病室の中をのぞいたら、奥さんと赤ん坊が眠っていたので、ここであなたを待つことにしたんです。私としてもあなた方の邪魔をするつもりはありませんから」と彼は明るい口調で言った。

「まあ、大丈夫のようです。一番下の子は――」

「ソフィア、ですね？」ヤンシーがメモ帳に眼を走らせながら口をはさんだ。

「そうです」とジェイクは少しうろたえて答えた。「ソフィアは妻のエミリーが落下したときに頭を打ってしまって、数分間、意識を失ってました。でも、医者からはもう大丈夫だろうと言われてます。だから、小児科ではなくて私たちと同じ病室にいるんです。ただ、しばらくは様子を見たほうがいいそうでね。エミリーは傷を縫いましたが、それ以外、怪我はありませんでした。ただ、息子は――」

「エイダン、ですね」とヤンシーは言った。

「――脚を骨折して手術が必要でした。術後に意識が戻っても朦朧としていましたが、少しまえに固形食を食べてもいいという許可が出ました。もう心配は要らないそうです。ハンナは、家族の中で一番タフな子でね。手首を折ったのにそのことにも気づいていないようでした」

「一番上のお嬢さんですね？」ジェイクはうなずいた。「とても可愛い娘さんです。お母さんに似たんですね。なんか失礼な言い方になってしまったけど」

「正直なところ」とジェイクはいささか苛立って言った。「そういう言い方は――」

「ともかく」とヤンシーはジェイクの明らかな不快感を無視して言った。「みなさんご無事でなによりです」そのことばにはまるで心がこもっていなかった。いかにも取ってつけたような、形ばかりのことばだった。ジェイクの家族の無事などどうでもいいと言わんばかりの。「さて、これは私の父がよく使っていた言いまわしだけれど、ここからはざっくばらんにい《レッツ・トーク・》きましょ《ターキー》う。あなたの家はユージーンですね？」

「ええ」

「すばらしいところですよね。緑が多くて。私には少し寒すぎるけど。家族でサンフランシスコに来た目的はなんだったんです、ジェイク？」

「ディズニーランドから帰る途中、立ち寄ったんです」ジェイクはそれだけ答えた。両親の写真の話を持ち出す気にはなれなかった。

「サンフランシスコに滞在中、誰かと会いましたか？」

その質問にジェイクは戸惑った。「いいえ。ただ家族写真を撮ろうと橋に行っただけです」

「ビデオのことですね？」

「ええ？」ヤンシーに訂正され、ジェイクはなぜか虚を衝かれたような気がした。嘘がばれたときのように反射的に身構えた。が、それは馬鹿げたことだった。何も隠してなどいないのだから。

「あなたたちはビデオを撮るために橋へ向かった。あのビデオはニュースで何度も流れています」

「ええ、そうです。そのとおりです。ハンナが友達から安否を問われてあのビデオを自分のフェイスブックに載せたんです――サンフランシスコに立ち寄ることを友達に言ってたみたいで。で、友達のひとりがユーチューブにあの動画をアップロードしたんでしょう。あのビデオは私の両親に見せるつもりでした。ふたりの結婚記念日に――」

「ええ？」

「あのビデオを撮っていた男は何者ですか？」

「あのビデオを撮った男です。あの方は叔父さんか何かですか？　それとも家族ぐるみの友人とか。息子さんの病室をのぞいたときには見かけなかったけれど」

「ああ、あの人は私たちと一緒にいたわけじゃありません。偶然、あそこで出くわしたんです」

「なるほど」

ジェイクはヤンシーがことばを続けるのを待った。が、いくら待ってもヤンシーは何も言わなかった。まばたきもせず、ジェイクをじっと見つめていた。ジェイクはそれが無言の挑発のように思えた。そんな視線を向けられ、校長先生に呼ばれた子供のように心が萎えた。が、彼のほうも無言を通した。

「つまり」とヤンシーがようやく口を開いた。「道で見ず知らずの人に声をかけて、ビデオを撮ってほしいと頼んだわけですね？」

「ええ、息子の提案でした」とジェイクは気弱につけ加えた。そして思った、そのことを明かすと、どうして自分の話――いや、自分の話じゃない、事実だ、と彼は自分に思い出させた――がより信憑性を持って聞こえるのだろう？　そう思うと同時に、なぜか自分の肉親を裏切っているような気分にもなった。

「どうしてあの男に頼んだんです？」

ジェイクは肩をすくめた。その拍子にトレイの上の皿が動いた。「特に理由はありません。あの人はひとりだったけど、ほかの人たちはグループで行動していたり、忙しそうにしていましたからね」

「あの男はどうなりました？　爆破のあとどこへ行ったのかわかりますか？」

「わかりません。爆破と同時に、私は意識を失いましてね。気づいたときにはその人はもうどこにもいなかった」

「あの男の名前を知っていますか？」

「いいえ。短いあいだのことだったし、たまたまあそこで出会っただけですから。爆破事件がなくて、カメラにあの方が映っていなければ、どんな人だったかも思い出せなかったでしょう」

ジェイクはエイダンの病室から誰かが顔を出して、彼らのほうを見ているのに気づいた。ハンナだった。眠りから覚めた彼女は髪がぼさぼさで腫れぼったい顔をしていた。困惑した顔つきでジェイクを見ていた。「パパ？　声が聞こえたのよ。誰と話してるの？」

ジェイクは娘からヤンシーに視線を戻し、また娘を見た。その質問には、満面に笑みを浮かべてハンナをじっと見ていたヤンシーが答えた。「私はチェット・ヤンシー。合衆国政府《アンクル・サム》の下で働いている者です」そう言って片眼をつぶってみせた。

ジェイクは大きな音をたてて咳ばらいをして言った。「ミスター・ヤンシーは事件のことで訊きたいことがあるんだそうだ。それだけだ。すぐすむから、中にはいってママを起こしてくれ。すぐに朝食を持っていくよ」ハンナは病室の中に戻った。娘の姿が見えなくなると、ジェイクは安堵した。

ヤンシーの妙な物言いは性的なものではなかったが、それでもジェイクには不適切に思われた。彼の神経を逆撫でするためにわざとそんな言い方をしているような気がした――実際、その効果はあった。

ヤンシーはまるでジェイクの不快感を喜ぶかのように真珠のような白い歯を見せて笑っていた。笑みを引っ込めると、ジェイクの持っているトレイからポテトフライをひとつつまみ、紙の容器にはいったケチャップをつけて、口の中に放り込んだ。そして、まるで高価な料理を一口だけ味わうかのようにゆっくりと嚙んで飲み込むと、油のついた指を一本ずつ舐めた。

「あのビデオに映っていた男に関してあなたは何も知らない。そういうことですね、ジェイク？」

「ええ、そうです。お役に立てなくて申しわけないけど」とジェイクは言ったものの、内心では一刻も早くヤンシーから逃れたかった。

「何か隠したりはしていませんよね？　私たちの会話は友好的なものだと思いたいのですが、もしあなたが嘘をついているとわかったら――これだけは言っておきますが、嘘をついていたら、私には必ずばれます――私たちの次の会話はまったくもって友好的なものにはなりません。あなたが連行され、われわれに尋問されるようなことになったら、誰が残されたあのすばらしい家族の面倒をみるんです？」いつのまにかヤンシーの顔から笑みが消えていた。笑みが消えると冷酷そのものといった顔つきになった。

「知っていることはすべてお話ししました。そもそも嘘をつかなきゃならない理由など何もないし」

「そういうことでしたら」ヤンシーはまた笑顔になった。「貴重なお時間をありがとうございました！」そう言ってペンをノックし、メモ帳と一緒にポケットにしまった。それから名刺を取り出し、食べものでいっぱいのトレイの上にのせたが、その名刺に書かれているのはヤンシーの名前と電話番号だけで、住所も、肩書きも、彼の所属している組織の名前も何もなかった。「この件でこのあと何か思い出したときのためにこれを渡しておきます。エイダンとエミリーとハンナとソフィアによろしく。あなたはほんとうに運がいい。ご家族全員が無事だったんだから」

ヤンシーはまた片手を差し出しかけ、そこでジェイクが握手できないことを思い出した。握手のかわりに指をピストルの恰好にすると、ふざけてジェイクに狙いを定め、親指を下げ、撃つ真似をしてからその場を離れた。

そして、廊下を歩きながら振り返りもせずに言った。「心配は要りません、ジェイク。あなたが必要になったら、私のほうから会いにいくから」そのあとはのんびりと口笛を吹きはじめた。

ヤンシーが口笛を廊下に響かせながら角を曲がったところで、ジェイクはやっと気づいた。肝心の爆破事件については何も訊かれなかったことに。

19

午前九時をまわった頃、一機のプライヴェートジェットがカリフォルニア州パロアルトの飛行場に着陸した。滑走路を走りはじめると、その振動でヘンドリクスは眼を覚ました。

客室の窓から弱い光が射し込んでいた。あくびをしながら伸びをすると、豪華な椅子の革が軋んだ。強《こわ》ばった体に一瞬痛みが走ったが、それでも眠れたことはありがたかった。一方、ヘンドリクスの向かい側のベージュ色の革のリクライニングシートに坐っているキャメロンはあまり調子がよくなさそうだった。顔色が悪く、血走った眼のまわりに黒い隈ができていた。だるそうにノートパソコンのキーボードを指一本で叩いていた。パソコンはシートの横のアウトレットにつながれ、Ｗｉ‐Ｆｉに接続されていた。彼女はヘンドリクスが眠りにつく何時間もまえからそうしていた。

トンプソンと会ったあと、ヘンドリクスがキャメロンのところに戻ると、彼女は首を傾げて言った。「あなた、あまり幸せそうな顔をしてないけど」

「おれを待ってたのはおれが期待してた人物じゃなかった」

「ええ、店にはいったときのあなたの様子からなんとなくわかった。だから途中で通話が切れてしまって心配してたのよ。わたしも中にはいろうかと思ったくらい」

「切れたわけじゃない。おれが切ったんだ」

「どうして？」

ヘンドリクスの脳裏にエンゲルマンにオレンジの皮みたいにずたずたにされたレスターの遺体が甦った。「きみには聞かせられないことを話してたからだ。知ってしまうときみに危険が及びかねないことを話してた」

ふたりのあいだに気まずい沈黙が流れた。「これからどうするの？」とキャメロンが言った。「あなたをどこかで降ろして、別々に行動するの？」

彼は首を振った。「状況が変わった。きみはベイエリアで育ったんだよな？」

「そうよ」

「ベイエリアには詳しい？」

「当然でしょ？　うちの親は週に百時間くらい働いてた。でも、わたしはいい子だった。だから、ふたりがいないときには好きなようにさせてくれた。家にいるより街中で過ごした時間のほうが長いくらいよ」

「おめでとう。きみは正式におれのツアー・ガイドだ」

「ええ？」

「聞こえただろ？　おれたちはふたりでサンフランシスコに行くことになった」

ヘンドリクスはかつての貸しをチャラにする約束で、ある男のプライヴェートジェットを使わせてもらい、フィラデルフィアを飛び立ったのだった――豪華な流線型のセスナ・サイテーションX。十二人乗り。アリソン・エンジンを二基搭載したパワフルなジェットで、最高速度は音速に迫る。セスナの中でも最も速い民間旅客機とされ、ほかのほとんどのプライヴェートジェットと異なり、大陸を横断するのに燃料を補給する必要がない。本体の価格は燃料費と維持費を除いて二千三百万ドルをやや下まわる。一回の大陸横断にかかる費用は二万五千ドルばかり。

ヘンドリクスがこれらのことをすべて知っているのは、このジェットの持ち主――モラレスというかつての顧客――に懇切丁寧に説明されたからだ。ヘンドリクスの要求がモラレスの気に入らなかったのは明らかだった。ヘンドリクスとしてもモラレスに大きな借りをつくりたくなかった。それでも一刻を争うことだった。運輸保安局《TSA》は今、厳戒態勢にあって、犯罪歴のある旅行者に一層眼を光らせている。それに、ベイエリアへの商業用フライトの出入りは禁止されていた。小さなパロアルト飛行場――滑走路が一本しかなく、アプローチ中のパイロットに野ウサギに気をつけるようにという警告が出るような空港――が個人の旅行者に空港の利用を認めている唯一の理由は、シリコンヴァレーに近いことだった。科学技術振興団体が重役たちの出入りを可能にするためにアメリカ連邦議会に圧力をかけて、連邦議会は連邦航空局《FAA》に同じように圧力をかけた。そういうことだ。

フィラデルフィアからのフライトは五時間——その内の二時間は時差による。セスナは星のまたたく暗闇を飛びつづけ、大陸を横断しながら夜明けと競争した。闇を過ぎると、後方が赤い血のような色に染まった。ヘンドリクスは夜明けに追い越されるずっとまえからうたた寝をしていたが、キャメロンは明らかに眠れなかったようだった。

「少しでも眠っておけって言っただろ？」とヘンドリクスは言った。

「寝ようとしたけど、眼が冴えちゃって。あなたこそよく平気ね」

「何がだ？　眠れたことか？」

「そう。昨日、あんなことがあって、これからわたしたちがやろうとしていることもわかってるのに」

「わたしたちじゃない。おれがやろうとしてることだ。話し合ったとおりにしてくれ。きみは裏方に徹して、遠くからおれのサポートをするだけだ」

「ずっとニュースを見ていたんだけど」と彼女は言った。「ひどいことになってるみたいね。ミシガン州のディアボーンじゃモスクに火をつけられたり、ロスアンジェルスじゃシク教徒のタクシー運転手が車から引きずり出されて暴行を加えられたり。アラメダじゃ一時間まえにある男のアパートメントにＦＢＩが踏み込んだんだけど、結局、頭に血がのぼったご近所さんの通報がガセだったみたい」

「次の攻撃は？」

「まだよ。あのビデオの老人についてもニュースでは何も言ってない」

「おれたちがやらかしたポートジェファーソンでのことについては？」

「新しい情報はないけど、新聞には裏社会のいざこざによる殺人じゃないかって書いてあった」

それはさほどはずれてはいない。少なくとも、その線で捜査が進めばキャメロンに注意が向くことはないだろう。彼はそう思った。「ほかにおれが知っておいたほうがいいようなことは？」

「あなたのスマートフォンにいくつかアプリをダウンロードしておいた。もともとインストールされていたのは使えないものばっかりだったから。地図とGPSとビデオチャット、ついでに〈バート〉っていうアプリも入れといた」

「〈バート〉？」

「ベイエリア高速鉄道《BART》のことよ」

「街中にいるあいだおれはしょっちゅう電車やバスを利用してるって思ったのか？」

キャメロンはむっとして顔を赤くして言った。「電車やバスだけじゃないわ。そのアプリを使えば、ケーブルカーやフェリーの状態もわかるのよ……もっともフェリーは今は使えないだろうけど」

「海上交通は今でも機能してない？」

「ええ。捜査は遅々として進んでないみたい。小型船は食料や水を積み込んで、状況が落ち着くまでどうにか急場をしのごうとしてるみたいだけど。いずれにしろ、そのアプリは街のことをよく知らない人にとってはとても便利よ。〝チャンスは備えあるところに訪れる〟ってママもよく言ってた」

「わかった。ありがとう」とヘンドリクスは言った。

セスナの機体が停まり、エンジンの音が弱まると、いっとき客室に沈黙が流れ、コックピットのドアが開いてパイロットが出てきた。「陽光あふれるパロアルトへようこそ」そうは言ったものの、パイロットの口調はいかにもおざなりで、毎度決まりきった台詞に心底うんざりしているようだった。「愉しいご旅行を」

外は涼しく、空港はひっそりとしていた。私用の小型機が列をなして停まっていたが、ほとんどがふたり乗り、あるいは四人乗りで、金持ちの愛好家が所有する軽飛行機だった。空港内の建物は大半が閉まっていて薄暗かった。パロアルトはサンフランシスコ湾の南西に位置し、海と湿地をつなぐ位置にある。空港の北側と東側に塩沼があり、南側と西側には公営のゴルフコースがあった。朝靄を通して、湾の対岸のなだらかな山脈の頂が見えた。

オレンジ色のヴェストにつなぎを着た男が、空港を取り囲んでいる金網のフェンスに設けられた、めだたない門をふたりに示した。見るかぎり、内側からは鍵がなくても出はいりができるようだった。

駐車場まで来て、ヘンドリクスは眉をひそめた。そこには十二台ほどの車が駐車していた。

「どうしたの？」とキャメロンは尋ねた。

「車が要る」

「だから？」

「ここにあるのは短期駐車の車だ。一台でもなくなっているのがわかったら、今日じゅうに通報されてしまうだろう。それに、それ相応の道具がないとエンジンをかけるのに時間がかかる。当然、見られる可能性が高くなる」

「配車アプリはあなたのオプションにはないのね」

ヘンドリクスは頭を振った。「この仕事じゃどんな痕跡も残すことは許されない」

キャメロンはスマートフォンをしばらく操作したあと、明るい表情になって言った。「いい考えがある」

そう言うと、ヘンドリクスをエンバーカデロ・ロードまで連れていった。そこは並木のある歩道付きの四車線の道路で、右手にはゴルフコースが広がり、左手にはオフィスが並んでいた。ゴルフ場には誰もおらず、店のほとんどが閉まっていた。

四百ヤードほど行ったところにシャッターの降りたレンタカー店があった。キャメロンは時々、スマートフォンに眼をやりながら、その店のまわりを歩いてから、ライヴオークの木陰に坐り、鞄からノートパソコンを取り出した。

ヘンドリクスは疑わしげな眼でそのレンタカー店を眺めた。駐車場には監視カメラが設置されていて、窓やドアにも防犯用センサーが備えられていた。「どうするつもりかは知らないが、あまりいい考えとは言えないんじゃないか？」

「しぃっ」

「車の管理がいい加減なレンタカー屋がいるとも思えないが――」

「静かにしてって言ったでしょ？」

「――ここには防犯センサーがあるから――」

「なんなのよ、もう」とキャメロンはぴしゃりと言った。「仕事に集中させてくれない？」

ヘンドリクスは黙った。

三分後、レンタカー店の建物の奥のオーヴァーヘッドドアが音をたてて開きはじめた。

「キャメロン、いったい何をした？」とヘンドリクスはむしろ咎めるような口調で言った。

「あなた、誰にも追跡されない車が必要だって言ったんじゃないの？　この店は月曜日まで閉まっていて、営業時間外に車を返した場合にはガレージのポストに鍵を落とすことになってる。だから、返却されてるかどうかチェックされるまえに鍵のある車を盗めば、ただ車を返すのが遅れてるんだろうって思われるだけよ」

「防犯センサーはどうするつもりだ？」

「頼むから馬鹿なことは言わないで。ドアを開けるまえに解除したに決まってるでしょうが。ここが本気でセキュリティを考えてたら、Ｗｉ‐Ｆｉを切ってるはずよ。これじゃあハッキングしてくれって言ってるようなものよ」

「監視カメラは？」

「とりあえず今は技術的なトラブルに見舞われてるんじゃないかしら。丸一日分の映像が駄目になっても、ま、それはしょうがないわね」

「それは気の毒に」とヘンドリクスは笑みを浮かべて言った。

「まったくね」とキャメロンは言った。「じゃあ、車を選ばない？」

20

チェット・ヤンシーは、新入りが来るのを待つあいだ、発泡スチロールのカップに注がれた不味《まず》いコーヒーを飲みながら、展望台から救助活動を眺めた。

消防艇が明け方近くに鎮火させたものの、空はまだ煙で曇っていた。海辺沿いの道には救助隊と救助のための機器があふれ、湾には警察の船と湾岸警備隊の監視船が密集していた。ゴールデンゲートブリッジのそばでは、二艘のタグボートがエンジンをフル回転させて巨大なクレーン船を移動させていた。

生存者の大半はすでに避難していたが、七十五人前後の人々がまだ瓦礫の下敷きになっていた。身動きができないまま取り残されていた。吊り下がった橋のケーブルが夜間に何本も切れ、三インチ近い太さのあるそのスチールケーブルは肉に食い込むレザーワイヤのように車やアスファルトを切り裂いた。切れていないケーブルは負荷に耐えかね、軋んだ音をたてていた。救助隊はクレーンを使って車道の障害物を取り除き、取り残された生存者を救助するまでなんとか橋を持ちこたえさせようとしていた。

遊歩道の両側の丘には、瓦礫を示す黄色い旗と、生物学的証拠――遺体や遺体の一部の婉曲的表現――のある場所を示す赤い旗が点々と立てられていた。瓦礫はそのまま放置されていたが、生物学的証拠は確認して写真に収められるとすぐに略奪から守るために運び出された。

坂の上のゴールデンゲートブリッジ・パビリオン――救助隊の司令部として使われていた――では、アメリカ合衆国連邦緊急事態管理局《FEMA》の職員と地元の消防救急隊員が、警察とＦＢＩの犯罪捜査班を相手に捜査優先権について言い争っていた。サンフランシスコ市警察《SFPD》と公園警察の捜査員は、これまた自分たちの管轄に関する不毛の議論をしていた。国土安全保障省とＦＢＩ国家保安部の職員もいがみ合っていた。自分たちの優位性を互いに訴え合っていた。そうした諍いと手にした不味いコーヒーは、ヤンシーに自分もまたかつては役人だった頃を思い出させた。

ヤンシーはＦＢＩに二十年ほど籍を置き、一時はアルバカーキ支局の支局長を務めたこともある男だった。何年もまえのことだ。今は〈ベラム産業〉の西海岸業務部長という曖昧な肩書きで仕事をしている。

〈ベラム産業〉は民間の軍事会社で、主に中東で活動し、その地域に六万人近い戦闘要員を派遣していた。その主な業務は政府から依頼を受け、国境や軍事基地や大使館――それに街全体――を守ることだ。さらに金まわりのいい多国籍企業の財産――油田や航路や社宅――と富裕層の市民を守ること、さらにCIAに人的資源――公にはコンサルタントと呼ばれるが、実際には帳簿に載らない殺し屋のことだ――を供給することも業務の一環だった。〈ベラム産業〉の国内事業は、サンフランシスコ北部の施設での軍人と警察官の訓練、ワシントンDC本部の電子情報の解読と分析、国内にいる諸外国の外交官の警備といったところだが、子会社を通じて小規模な警備もおこなっていた。それには遊園地から学校まであらゆる施設の監視カメラの管理や警備員の配置も含まれた。

ヤンシーは湾を眺めつづけた。昨日かかってきた電話のことがどうしても思い出された。

「やあ、チェット。久しぶりだな」

電話番号は表示されなかったが、相手が誰か声からすぐにわかった。〈評議会〉のスポークスマン、サル・ロンビーノ。

「なんの用だ？　借りは返したはずだ。それにここ七年、あんたたちには一セントの借りもないはずだ」

「そりゃけっこうなことだ。だけど、そういうことじゃない。あんたが返したはずの借りだがな。それがまた復活したんだよ」

「ばかばかしい」とヤンシーは声を落として言った。「セグレティはちゃんと始末しただろうが。あんたらの要求どおりに」

「そうかな？　だったらどうしてあいつがおれの家のテレビに映ってるんだ？」

「おまえの家のテレビ？　どういうことだ？」ヤンシーはここ何日もテレビを見ていなかった。ある仕事にかかりきりになっていた——結局のところ、うまく処理できなかった仕事に。サル・ロンビーノは彼に事情を説明した。ヤンシーは聞きながら震える指で煙草に火をつけた。

「なあ、チェット」とサルは続けた。「おれも話のわからない男じゃないよ。あの件はただのまちがいだった。それぐらいわかってる。だから、あんたが決着をつけてくれさえしたら、おれたちのあいだに貸し借りはなくなる。今度はちゃんとビデオに撮って証拠として提出してもらわなきゃならないが。それはわかるだろ？」

「ノーと言ったら？」

「セグレティを始末すりゃ、貸し借りなしだ。それができなきゃ、おまえの娘が死ぬことになる。七年まえの取り決めがそうだっただろ？　今回は利子も払ってもらうことになる。あんたの娘にはちょうど双子が生まれたってことだから——」

「わかってないな。おれは今、大変な仕事の最中なんだよ。そんなときにそんなことが——」

「おいおい、チェット。それはあんたの問題であって、おれの問題じゃない。今度はどんな手を使って終わらせるかより、とにかく結果を出すことが最優先だ。わかったかい？」

「ああ、わかった」とヤンシーは不承不承言った。そのときから彼の頭の中ではそのロンビーノのことばがずっとエコーのように繰り返されているのだった。

背後の足音でヤンシーは現在のその場所に引き戻された。振り向くと、淡い色のサマースーツを着た新入りのレイエスが〈スターバックス〉のコーヒーを手に小径を歩いてきた。

「おはようございます、ボス」

ヤンシーは残りのコーヒーを飲むと、カップを藪に投げ捨てた。そして、パックから煙草を一本取り出して火をつけた。「まだ朝か？」とヤンシーは煙を吐きながら言った。「待ちくたびれて、もう午後になったのかと思ってたよ」

オスカー・レイエスが三ヵ月まえに〈ベラム産業〉に雇われて以来、ヤンシーはレイエスに仕事を教えていた。レイエスに素質があるのは事実だった。が、その自信たっぷりな態度にはどうしても苛立たせられた。レイエスはまさに鞍を嫌がる馬だった。アイヴィリーグ卒のドミニカ移民で、大学院時代にCIAに引っぱられ、過去十年、中南米で単独の業務にあたってきたそうで、そのせいか単独行動に慣れてしまい――ヤンシーの業界の大半である元軍人とちがい――時間厳守が得意ではなかった。

「ああ、すみません。おしゃべりな公園警察の若造に捕まっちまって。それで――」

ヤンシーはレイエスのことばをさえぎって言った。「〈ベラム産業〉はおまえに言いわけをさせるために給料を払ってるんじゃないんだよ。それにただ待ちぼうけを食わせるためにおれを雇っているわけでもない。無駄話は要らないから状況報告だ」

「わかりました、ボス」レイエスはそうは言ったものの、話を始めるまえに腹が立つほどゆっくりとコーヒーをすすってから続けた。「わかったかぎり、ターゲットはまだ生きてるようです。自分は夜半まで死体を見たけれど。血みどろのひどいやつも――ここしばらくラザニアが食えそうにないです――でも、どれもボスに送ってもらったビデオの画像と一致しませんでした」

くそっ、とヤンシーは胸に毒づいた。あわよくばと思っていたのだが。「死んでいないとすれば、そいつはどこに行ったんだ？」

「そう、それなんですよ」とレイエスは言った。「ここからそう遠くない茂みの中にターゲットのものと思われる帽子を見つけたんですが、落下したときに落としたんでしょう。ただ、さっき言った公園警察の若造が爆破から少し経った頃、ターゲットらしい男に出会ってます。そのときのターゲットは爆破の衝撃で混乱してたようです」

「場所は？」

「ここから丘を四分の一マイルほどのぼったところです」

「公園警察の警官なら負傷者を医療テントまで連れていって、負傷程度を調べるはずだが。どうしてその〝レンジャー・リック〟（子供向けネイチャーマガジンのアライグマのキャラクター）はそいつをそのままにしたんだ？」

「その警官の話では、坂をくだったところに家族がいて――おそらくあのビデオの家族でしょう――助けを必要としてる、自分はここで待ってるから、そっちを優先してくれって、男に言われたそうです。で、小径沿いの茂みを三十分ほど調べてみても、誰もいなかったんで戻ってきたら、その男もいなくなってたそうです」

「つまり男の行方はわからない？」

「そうでもないです。プレシディオ公園内をパトロールしてる国土安全保障省の知り合いに訊いたら、人相風体がターゲットと一致する男が公園を出た形跡はないそうです。だからまだ公園内にいるんじゃないですか？」

「確かか？」

「彼らが担当してる外周三マイルの範囲内に関するかぎり。海上方面は湾岸警備隊が海辺を監視してますからね。海から逃げたとは考えられません」

「わかった。もしおまえがターゲットだとしよう。不意を衝かれてまずい状況になった。しかし、FBIに囲まれるまえに逃げることはできなかった。どこへ行く？」

「それですよね。ターゲットのことをもっと知ってれば、想像もできるけど。そいつのバックグラウンドや、受けてきた訓練や、出自がわかれば。そういった情報なしじゃ、背中に片手を縛られて動くのと変わらない」

「悪いが、そういう情報はおまえには言えない。おれに言えるのは、そいつが橋を爆破した容疑者だってことだけだ」ヤンシーは嘘をついた。

「そのこととあの不鮮明な画像だけじゃね」

「確かに」とヤンシーは認めて言った。「だけど、おれにはもっと少ない手がかりでターゲットを追いつめたこともある。おまえの次の手は？」

「ターゲットが最後に目撃された場所に四人のチームを送りました。こうしているあいだにもしらみつぶしに探してるはずです。それから犬も手配しました。怪我をしてるようなら、血痕が残ってるはずです。近くに隠れていれば、犬がすぐに見つけてくれるでしょう。だから時間の問題じゃないですかね」

「よし。情報は逐一報告してくれ。何かわかったらメールしてくれ」

「ボスはここにはいないんですか？」

「ここにはいられない。ほかにやらなきゃならないことがある」

「というと？」

「おまえには知る必要がないことだ」

21

「ほんとうにそれで大丈夫なの？」とキャメロンは尋ねた。

「いや」とヘンドリクスは答えた。「だけど、ほかにいい案がない。これでなんとかするしかない。自分の役割はわかってるな？」

キャメロンは微笑んだ。「あなたこそわかってる？」

ふたりはサンフランシスコにいた。車はライオン・ストリートを北方向に向かう側に停めていた。レンタカー店から盗んだ日産アルティマ。西側にはプレシディオの敷地が広がっていた。ヘンドリクスは傷口の縫い目が引っぱられるのを感じながら身をよじり、国土安全保障省の捜査員ふたりを眼で追った。ひとりはロンバード・ストリートのプレシディオの出入口にいて、もうひとりは手前の古い基地跡地を取り囲む低い石塀に寄りかかっていた。東風が街のトレードマークである霧を沖合に運んでくれ、暖かないい陽気になっていた。それでも彼らは完全武装していた。ヘルメット、戦闘服、防弾ヴェスト、多機能ベルト、それに肘と膝のプロテクター。すべて黒。ふたりとも暑そうで疲れきっているように見えたが、それでも警戒を怠ってはいなかった。

国土安全保障省はプレシディオを完全に封鎖していた。レイク・ストリートは公園南の境界線の西側半分に並行して東西に伸びている通りだが、その通りから北にいくつも延びている行き止まりの道にもすべて捜査員が配置されていた。レイク・ストリートの東側は公園の境界線にアクセスしやすく、見通しのいい場所に数人の捜査員が立っていた。ハイキングコースの〈マウンテン・レイク・トレイル〉では通常の徒歩警邏がおこなわれ、ウェスト・パシフィック・アヴェニューにはパトカーによる巡視態勢が敷かれていたが、どちらも石塀に囲まれた公園内の南側だ。が、公園東の境界線の内側には、道路も遊歩道もなく、ライオン・ストリート――境界線の外を境界線と平行に走っている道路――を閉鎖するのはむずかしそうだった。そのためどうしてもそのあたりは国土安全保障省としても警備が手薄になる。手薄といっても程度があるが、その弱点につけ込もうというのがヘンドリクスの計画だった。

「真面目に言ってるんだ」とヘンドリクスは言った。「ほんとうに大丈夫だな？」

「もちろん」

「よし。あとは実行だ」

実のところ、それはキャメロンが考えた計画だった。

「で」とパロアルトから北へ進みながらキャメロンは言った。「あなたの捜してるセグレティとかいう人だけど、どうやって見つけるつもり？」

高速道路は気味が悪いほど空《す》いていた。爆破事件のせいでベイエリアの住民はみんな家に閉じこもっているのだろう。

「思案中だ」

「つまり特に案はないってことね」

「だから言っただろ、思案中だって」

「聞く耳はある？　フライト中、あれこれ考えてひとつプランを思いついたんだけど。正確にはふたつね」

「いいだろう。言ってくれ」

「まず、あのビデオに映っていた家族にあたってみることから始めるのが一番理に適ってると思う」

「危険すぎる」と彼は言った。「セグレティを追ってるやつらもあの家族に接触するだろう。だから近づくのは危険だ」

「オンラインで彼らのことを調べることにはなんの支障もないと思うけど」

「ということはもう調べたんだな？」

「うん。まず彼らのソーシャルメディアを調べてみた――両親ともフェイスブックをやっていて、母親はピンタレスト（画像コレクションを作成し、管理するウェブサイト）、長女はインスタグラムとスナップチャット（スマートフォン向けの写真共有アプリ）をやってる――でも、彼らの友達リストにセグレティや彼らしき人物の写真は見あたらなかった。それから両親のメールをハッキングしたんだけど――」

「何をしたって？」

「――いくら探してもそれらしいものは出てこなかった。セグレティはただの通りすがりの人だったようね」

ヘンドリクスは飛行機の中で眠りに落ちるまえに、キャメロンのノートパソコンで何十回も見たビデオを改めて思い出した。「ああ、確かにそうみたいだな」

「それでも彼らに訊いてみる価値はあると思う。セグレティがどっちへ向かったかとか、カメラがまわるまえに何か有益な情報を得ていないかとか――」

「そうしたいところだが、それはできない。おれがＦＢＩでも悪党でも当然あの家族に監視をつける。だから彼らには近づけない」

「でも、もし――」

「駄目なものは駄目だ。それはありえない。もうひとつのプランは？」とヘンドリクスは取りつく島もなく言った。そのことをすまなく思う気持ちは彼にもあったが、〈ソルティ・ドッグ〉での一件を考えると、これ以上ヘマを犯すわけにはいかなかった。レストン一家に近づくことは初めからそのヘマを犯しにいくようなものだ。

「そのプランが気に入らないなら、もうひとつのほうはもっと気に入らないはずよ」

「そういう判断はおれにさせてくれないか？」

「ＣＯＷ《カウ》って聞いたことある？」

「ああ。馬鹿でかい、旨そうな肉の塊だ。モーモーって鳴く」

「ディナーに出てくる牛《カウ》じゃなくて」と彼女は言った。「車載基地局のことよ」

「聞いたことないな」

「一般にはトレーラーに取り付けられたスマートフォンの中継塔のことで、どこでも必要な場所に移動できる。地上基地局の許容量を超えてしまったときに備えて、初めからあるシステムをサポートするんだけど、スーパーボウルから九・一一まであらゆる場面で活用されてきた。オバマ大統領の就任式のときなんか二十六台も持ち込まれた。百何十万人だかの見物人の多くがツイッターやフェイスブックで実況中継するのをサポートするために」

「なるほど」と彼は言った。「そのＣＯＷとやらがなんなのかはわかった。それがどうした？」

キャメロンはヘンドリクスに見えるようにスマートフォンの画像を掲げた。「これよ」

彼は道路から眼を離し、ちらりと見た。画像のきめは粗かったが、彼女が言ったとおりの装置がそこに写っていた。道路の白い点線から少なくとも六車線あることがわかる広々とした道路の真ん中にあった。背景にはピントのずれたテントのようなものが写っていた。

「橋の近くのどこかみたいだが？」

キャメロンはうなずいた。「CNNから切り取った画像の一部よ。橋の料金所のすぐそばに救助活動のための司令部が設置されてるの。そこに、データ通信のためのCOWを持ち込んでるわけ」

「それで？」

「それで、そのCOWをハッキングしようと思って」

「なんだって？」

「それほどトチ狂った考えでもないのよ。このCOWのモデルについてダークウェブで調べてみたんだけど、古い型だから簡単に利用できることがわかったの。で、友達のゲームオタク――網の目をすり抜ける暗号無政府主義者《クリプトアナーキスト》タイプで、ネットを使うときは地域の中継塔から電波を盗んでる子なんだけど――に話をしたら、ハッキングの手始めとなるコードを送ってくれたの。それをこっちの需要に合うように微調整したら、この中継塔を経由するデータをすべて――電話もメールも写真もありとあらゆるデータ――にアクセスできるプログラムに行き着いたってわけ」

「でも、今までにやったことはないんだろ？　それが可能だってどうしてわかる？」

「誰がやってもコードはコードよ。だからきっとできるわね。やみくもにやるよりはるかにましよ」

「仮にアクセスできたとして、それで何が得られる？」

「なんでもよ！」と彼女は言った。「スーパーボウルやオバマ大統領の就任式とはちがって、中継塔の数はそれほど多くはない。だってそんなに需要はないんだから。プレシディオには多くても八百人かそこらの住人しかいないし、住宅のほとんどと商業施設は西の端に集中してるんだから。市内のビルの屋上にあるいくつかの中継塔で間に合ってるのよ。だから、あの車載基地局に集まってくる情報のほとんどが橋の調査に直接関係のあることで、橋の調査に関するあらゆることがあの中継塔を経由するってこと。目撃者のスマートフォンの写真。供述書。あとはたぶん監視カメラの映像も。セグレティに狙いを定めてわたしたちがやらなくちゃならないのは、キーワード検索と顔認証でデータを調べることとくらいかも」

「なんとなんと。信じられない」とヘンドリクスは言った。

「でしょ？」とキャメロンは褒められて明らかに得意になって言った。「でも、ひとつだけ問題があるのよ。それも大きな問題が」

「なんだ？」

「中継塔は遠隔ではハッキングできないの。それを可能にするにはコントロールパネルのポートから直接プログラムをインサートする必要があるのよ。しかも中継塔は州の半分の警官が集結している場所のすぐそばにある」

ヘンドリクスはしばらく黙ったまま考え込んだ。

「インストールするのはむずかしいのか？」彼は最後にそう訊いた。

から」

「それほどでもないわ。USBメモリを差し込んで、いくつかのコマンドを実行するだけだから」

「つまり、おれにもできることってことか？」

「わたしがちゃんとあなたに説明できればね。でも、あなたが失敗したら、中継塔の操作を任されてる技術者にすぐに気づかれてしまう」

「じゃあ、失敗しなきゃいいってことだな」

ヘンドリクスは角を曲がってロンバード・ストリートを東に向かい、プレシディオから離れた。公園の出入口にいる捜査員のほうをできるだけ見ないようにした。スウェットシャツは車の中に置いてきて、キャメロンが買ってきたバックパックを片方の肩に掛けていた。腰に巻きつけた、買ったばかりでごわごわするナイロン製の紺のウィンドブレーカーが、歩くたびにかさかさと乾いた音をたてた。「出入口の捜査員はおれを見てるか？」と彼は小声で言った。

「ええ」安物の無線のイヤフォンを通して、甲高いキャメロンの声が聞こえた。「でも、特に注意して見てはいないわ」

「変わったことがあればすぐに教えてくれ」

「了解」

ヘンドリクスは何気ないふうを装ってロンバード・ストリートを歩き、広々とした並木道のベイカー・ストリートに出ると、角を右に曲がった。そこは大きな出窓とスペイン瓦の屋根といったスタイリッシュな一戸建て住宅と、独創的な二十世紀半ばの集合住宅が肩を寄せ合うように並んでいる通りで、ところどころに食料雑貨店やビストロ、バー、ドライクリーニング店などが並んでいた。天気のいい明るい暖かな昼下がり。普段だったら、今日のような気持ちのいい日曜日には、親しみやすい雰囲気のあるこの一帯は活気にあふれ、人でにぎわっていることだろう。オープンカフェでくつろぐ人たちや、犬の散歩をする人たち、狭いバルコニーで新聞を読んでいる人たちの姿が見られるはずだ。が、今日は歩道に寄せて停まっている車以外、道路に往来はなかった。店のシャッターもブラインドも降ろされていた。みんな戦々恐々としているのだろう。

そういった通りの雰囲気にヘンドリクスは胸を痛めた。この手の恐怖に満ちた光景は海外でさんざん眼にしてきたからだ。ドローンが頭上を去るまでのあいだ、両親の足元で縮こまっている子供たち。通りで勃発した市街戦をカーテンの隙間からこっそりのぞく大きく見開かれた眼。ヘンドリクスは今もまた思わないわけにはいかなかった。おれたちは自由という名のもとでやるべきことをやった。しかし、殺されたり強制退去させられたりした罪のない人々にとって、何かプラスになることがあったのだろうか？　おれたちの戦いはただ軍需産業を潤しただけだ。国家間の緊張が増すたび、紛争が激化するたび、部隊が攻撃されるたび、あばら家が破壊されるたび、多大な利益を得る軍需産業を。

戦争が一大産業になると、資金援助者たちはさらに多くの戦争を要求するようになる。どれほど多くの若い男女が見捨てられ、行き場を失い、取り残されようと。その結果、彼らの多くが過激主義にむしろ安らぎを見いだすようになり、果ては自分に与えられたライフジャケットが爆弾で飾られていることを知ることになるのだ。そういう悲劇と並行して、軍需産業はさらに肥大化する。そして、肥れば肥るほどさらに貪欲になる。ボタンを押すことを学んだ実験用のラットや、針を刺すことをやめられないドラッグ中毒者さながら。

ヘンドリクスはその負の連鎖を心底憎んでいた。

が、今日に関するかぎり、選択の余地はなかった。

誰かに見られていないか、まわりを確認してから、彼は小走りでその通りにはいった。頭を下げ、足元のまだら模様の舗道に視線を向けたまま、ひそかにすばやく移動した。

そして、道路の真ん中で、バックパックを地面に降ろすと、それをそこに置いたままグリニッチ・ストリートをめざして南に走った。

カーゴパンツのポケットの中のずっしりとした重みを感じながら角を曲がったところで、肩越しにバックパックを振り返ったが、もう視界から消えていた。一心に耳をすましても誰かに見られていたり、つけられていたりする気配はなかった。

歩くスピードを落として、額の汗を袖で軽く拭った。「終わった」心臓の鼓動が収まると、ヘンドリクスはイヤフォンの向こうのキャメロンに言った。「次はきみの番だ」

22

　サラ・クリンゲンバーグは、まだ騒然としている埠頭を足早に歩きながら、この日三本目の〈レッドブル〉を飲み干し、空き缶をゴミ箱に放った。サンフランシスコ湾に六百ヤード突き出したウォーターフロントにあるこの〈ピア80〉は、昨日までは舗装の隙間から雑草の生えた舗道の広がる寂れた埠頭に過ぎなかった。が、今はFBI史上もっとも大規模な追跡調査のひとつとなる本部が設置されている場所だった。

　サンフランシスコはもともと混載貨物のために開かれた港――木製の樽や、鋼桁、工業用の紙のリールのような個々の積み荷が降ろされる港――だった。が、コンテナ輸送の出現が船舶輸送のハブとしてのサンフランシスコ港の役割に終止符を打った。時代遅れの埠頭はコンテナ船の荷降ろしをするのには向いておらず、それを広げるだけの敷地がないからだ。その結果、ベイエリアに運ばれる積み荷のほとんどが今はオークランドへ向かい、サンフランシスコの埠頭の多くが今は閑散としていた。

　が、今日の〈ピア80〉には、SWATの装甲車両や警察のヘリ、パトカー、政府の覆面車両などがところ狭しと並び、海上では警察艇が行ったり来たりしていた。司令部として使われているトレーラーの中では、通信指令係が地図や建物の見取り図を見ながら、その分野の戦術部隊と頭を突き合わせて話し合っていた。

〈真のイスラム帝国〉について、FBIはこの二十三時間で多くの情報を得ていた。彼らはスンニ派の超保守派、サラフィー・ジハード主義の一派で、シリア南東部の無法地帯を主な活動拠点にしていた。彼らの西洋に対する憎しみは、敵対するアサド政権に対する憎しみに次ぐほど深かった。ただ、FBIにもまだわかっていないのは、彼らがなぜ突然アメリカを標的にしたのか、どこでその準備を整えていたのか、そして次に何を攻撃するつもりなのか、ということだった。

それでも、過去半年のあいだに学生ビザで入国した、その集団と関係のある三名の男の身元をすでに特定していた。その三人はすぐに捕まるだろう、とクリンゲンバーグは思った。もし自分のクソ上司――妻や友人にとってはジェームズであり、大統領にとってはジミーであり、FBIテロ対策部の部下にとってはオスターマン副部長で通っている人物――がどうでもいい仕事を彼女に押しつけたりしなければ。やるべきことはほかにあるのに。

彼女はサンフランシスコ支局から支給された覆面車両――これといって特徴のないフォードのなんとかという車で、かつては艶も色もある黒塗りだった車体は、長年、太陽と潮風にさらされて艶も色も褪せていた――までたどり着くと、乗り込んだ。ドアを閉めると、司令部からたえまなく聞こえていた雑音がシャットアウトされた。彼女はオスターマン副部長からスマートフォンに届いたメールを開き、そこに表示されている番号をクリックした。

〈ベラム産業〉のCEO、ハリソン・ウェントワースに電話をして、捜査の進捗状況を報告するようにというメールだった。理由はわからない。ウェントワースは前政権のもとでアメリカ国防情報局の長官を務めた元中将で、しかも息子のトリップは国家安全保障省の上院歳出委員会の委員長だ。だから、ワシントンDCの高速道路〈ベルトウェイ〉内における彼の影響力は絶大で、当然のことながら、彼の会社は国内契約を取るのにその影響力を駆使していた。ハリケーン・サンディが襲ったあとのニュージャージー州や、最近、民族間の緊張が高まっているボルティモアでの平和維持活動が大いに成功していることを大いに宣伝に利用して。ただ、国内の治安維持は民営化が進んでいるとはいえ、キャピトル・ヒルではそこまで進んではいない。彼女としてはありがたいことに。司法当局は効率だけを求めるべきではない、というのがクリンゲンバーグの考えだった。仮に利益を求めるとしても、その仕事により向いている会社がほかに半ダースもあるのだ。あまつさえ、〈ベラム産業〉の海外での評判は必ずしもいいものばかりではないではないか。

ウェントワースの会社の受付嬢が電話に出た――冷ややかながら有能さを思わせる声だった。クリンゲンバーグは名を名乗り、用件を伝えた。受付の女性は彼女に待つように言ったが、保留音はなく、つながった電話の向こうから雑音が聞こえてきた。民間企業にはもっとましなサーヴィスが期待できそうだが、保留中に音楽や自動音声を流すマナーすらこの会社は持ち合わせていないようだ。

十一分待たされた。我慢の限界だった。もはやアドレナリンからもカフェインからも見放されていた。待つだけで意気消沈し、頭もぼんやりとして、瞼が下がってきそうだった。

「ウェントワースだ」

高圧的なバリトンの声に彼女は眼を覚まし、うっかり落としてしまったスマートフォンを慌てて拾った。「お世話になっております。サラ・クリンゲンバーグ特別捜査官です。副部長から捜査の状況を報告するように言われました」

「ああ。うちの女の子から用件は聞いたよ」

マイ・ガール《マイ・ガール》？「そうですか。では、具体的に何をお伝えすればいいですか？」

「具体的に」と彼は言った。「捜査の状況を知りたいんだよ」

「現在は複数の手がかりを同時に追っているところです」

「そうだろうとも」と彼は言った。「そのひとつひとつを説明してくれ」

クリンゲンバーグはため息をついた。「過去半年のあいだに学生ビザで別々に入国した〈真のイスラム帝国〉の関係者三名の身元を特定しました。彼らが今回の爆破事件を惹き起こした可能性が高いです。ただ、三人の居場所はまだ特定できていません。今、彼らの動きを入国時から時間を追って再構成しているところです」

「妥当なアプローチだ」と彼は言った。「爆破現場に近いところでも手がかりを追っていると思うが」

「もちろんです」とクリンゲンバーグは苛立って言った。「ご存知と思いますが、サンフランシスコ湾のすべての商業用、観光用の船舶が出航禁止になっています。すでに海上にいた船に関しては、湾岸警備隊が調査をおこない、埠頭の指定された場所に向かわせています。しかし、これは膨大な時間のかかる作業で、彼らの推定ではまだ半分しか終わっていないようです」

「で、何か見つかったか？」

「売春婦とヘッジファンドの経営者が乗っていた釣り船。マリファナを積んでフンボルト郡から南下してきた船。あとは、有効期限の切れた書類で運航している一般商船もあって、その船にはビザの失効している従業員が乗っていました」

「海岸沿いの捜査は？」

「はい、それも捜査中ですが、サンフランシスコの都市臨海部だけで八マイルありますし、さらに多くの船や建物も調べなければなりません。連邦政府の協力で、衛星カメラも使って捜査をしており、迅速に令状を出してもらえるように裁判所に働きかけてもいますが、現場の捜査には限界があります。あのタグボートがオークランドやサウサリートからのものという可能性も除外できません」

「近隣都市を捜査するための人員は確保できてるのか？」

「地元警察に協力を仰ぎ、何か出てきたら、即応できるようFBIのSWATも待機させています」彼女は車のサイド・ウィンドウから外を見た。埠頭の先に黒い流線型のヘリコプターが何機か駐機しており、そのまわりで武装した男たちが神経をとがらせて出動命令を待っていた。

「つまり答はノーか。アラメダであんな失態を演じたのもむべなるかなだ」

「あのときは近隣住民の通報に信用性があったんです」と彼女はぴしゃりと言い返した。

「きみたちが踏み込んだあのアパートメントの歯医者は状況をあまり寛大には見ていないよ

うだが。マイクを向けられるたびに人種偏見だと言っている。そもそもアメリカ自由人権協会《ACLU》の支持者というじゃないか」

「おことばですが、われわれは最大限の人員を動員し、あらゆるリソースを駆使してできるかぎりのことをやっています」

「次の攻撃の予告に関してはどうなってる？　ニュースじゃ武装した男がサンマテオに現われたようなことを言っていたが」

「あれはデマでした」とクリンゲンバーグは言った。「ＢＢガンで警察を挑発して、警官に撃ち殺されて自殺しようとした頭のおかしな市民です。次の攻撃に関しては今のところ、われわれにはなんの情報もはいってきていません。もっとも、最初の爆破事件に関してもなんの情報もなかったわけですが」

「ああ、それは誰にも予測できなかったことだ」と彼は言った。「きみは今、サンフランシスコにいるのか？」

「ええ」

「差し支えなければ、最後に睡眠をとってからどれくらいになるか教えてくれないか？」

「わかりませんが、事件が起きるまえからなのは確かです」

「さぞ疲れてることだろうな」

「いえ、大丈夫です」

「もちろんきみなら大丈夫だ。いや、他意があって訊いたわけじゃない。クリンゲンバーグ捜査官、市内のホテルに部屋は取ってあるのか?」

「いえ……?」クリンゲンバーグは困惑して、返事というより相手に問い返すような答え方になった。

「それじゃ、〝マイ・ガール〟にすぐに部屋を取らせよう。〈リッツ・カールトン〉が一番だというやつもいるが、私は〈セントレジス〉を贔屓《ひいき》にしててね。サンフランシスコに滞在するときにはいつもそこに泊まることにしてる」

「ありがとうございます。ですが、そうしていただくには及びません。そのご厚意は無駄になるかもしれないんで。今のわたしには部屋を使っている余裕などありませんから」

「そういう心配はもう要らないよ」

「はい?」

「上司に言われてないのか? いや、なんでもない。彼に言えるはずもないことだ。彼とその話をしていたときには、きみは電話口で私を待っていたんだからな」

クリンゲンバーグは胃がぞわぞわするような感覚を覚えた。それは空腹のせいでも、疲労のせいでも、レッドブルのせいでもなかった。ジェットコースターに乗っていたら、いきなりレールがなくなってしまったような感覚だった。「どういうことでしょうか?」

「ここからは〈ベラム産業〉が捜査の指揮を執る」

やはりそういうことだったのか、と彼女は思った。この電話の理由。これはわたしに戦力外通告をするものだったのだ。しかし、そんな通告を一民間企業のお偉方にされるとは。

「おっしゃっていることがよくわかりませんが。わたしに何か落ち度があったのでしょうか？」

「もちろん、ちがうよ。現状況下において、きみの仕事は模範的だった。ただ、〈ベラム産業〉にはイラク北西部の国境を守ってきた実績がある。〈真のイスラム帝国〉のことも彼らの戦術もわれわれはよく知っている。それはつまりきみたちより戦術的に有利な立場にいるということだ」

「だったらわたしにも参加させてください」反射的にそう言ったものの、そのことばの空しさは彼女にもよくわかっていた。答は聞くまでもなかった。

「私としてもそうしたいところだが、きみには機密事項に関して知る権限がないからね。きみにはなんの恨みもない。それだけはわかってくれ」

「ですが――」

「聞くんだ、クリングゲンバーグ捜査官」とウェントワースは言った。「きみがどう思っているかはわかる。しかし、結局のところ、きみの望みも私の望みも同じだ。今回はたまたま〈ベラム産業〉のほうが仕事に適っていたというだけのことだ。われわれの仕事は迅速だ。今回の事件に必須の知見も豊富だ。お役所仕事のようなよけいな手間も要らない。それに、率直に言うが、政府には扱えない機器も自由に使える。これはきみの上司も大統領も同意していることだ――こうしているあいだにも、彼らは捜査の指揮をわれわれに委ねる許可を議会に求める手続きを進めていることだろう。心配しなくていい。きみがすぐれた仕事をしたことは必ず伝えておく。必要なら、休暇を取るといい。風呂にはいって、少し休んで、ルームサーヴィスでも取るといい。〈ベラム産業〉からのささやかなもてなしだ。きみの上司も反対はしないよ。彼と私とは古いつきあいだからね」

クリンゲンバーグは怒りと恥ずかしさに顔から火が出るような気がした。が、模範的な捜査官の彼女がそれを声ににじませることはなかった。

「ありがとうございます、ミスター・ウェントワース」咽喉に何か塊が詰まったような息苦しさを覚えた。

「礼には及ばない」

ウェントワースはそう言って電話を切った。クリンゲンバーグは無言のまま、しばらく呆然として坐っていた。そのため埠頭の警備小屋のほうでなにやら騒ぎが持ち上がっているのに気づくのが遅れた。どうやら言い争いのようだった。彼女は車のドアを開けると、何が起きているのか確かめようとした。が、そのときにはすでに騒ぎは治まり、ゲートのバーが上げられていた。

サラ・クリンゲンバーグはわが眼を疑った。三十台もの高機動多用途装輪車両《ハンビー》が次々と埠頭へ向かっていたのだ。彼女は思った。どうしてこれほど早くこれほど多くの車両がやってこられたのか？

23

キャメロンは大きく息を吸ってゆっくりと吐いた、吐いた息が震えていた。大丈夫、と自分に言い聞かせた。震えるぐらいでちょうどいいのだ。

耳からイヤフォンをはずし、車のセンターコンソールからふたつ目のプリペイド式スマートフォンを取り出した。ブラウザーを使って電話番号を検索し、リンクをクリックして電話をかけた。

呼び出し音が二回鳴ってつながった。「サンフランシスコ・ホットラインです」そのことばにはなんの抑揚も強弱もなかった。電話を受けた女性が同じことばを何度も繰り返しているうちに、ことばの意味がなくなってしまったかのようだった。

キャメロンにはオペレーターを責めることはできなかった。国土安全保障省が昨夜遅くホットラインを開設してから、その電話番号は地方局にも全国ネット局にも公開されており、爆破事件に関するニュース記事にも必ず記載されていた。女性はおそらくシフトについてからずっと頭のおかしな市民につきあわされているのだろう。

「あの――犯罪の通報なんですけど」とキャメロンは囁き声ながらきっぱりと言った。

「あなたが現在進行中の犯罪の被害者、あるいは目撃者ということでしたら、すぐに電話を切って九一一におかけ直しください」

「ちがいます」とキャメロンは怒ったように言った。「今、サンフランシスコのグリニッチ

・ストリートとロンバード・ストリートとのあいだのベイカー・ストリートにいるんですけど、男が道の真ん中にバックパックを置いて走り去ったんです。その男は……イスラム教徒のようでした」

最低。キャメロンは内心そう思った。そんなことを口にしただけで自分が卑劣な人間になり下がったような気がした。偏見とさらなる攻撃に対する漠然とした不安を利用しているのだから。一方、そうすることで意図した効果が得られるのも事実だった。

「このままお待ちください」とオペレーターが緊迫した声で言った。「上の者に代わります。まず具体的な場所をもう一度教えていただけますか？」

「サンフランシスコのグリニッチ・ストリートとロンバード・ストリートのあいだのベイカー・ストリートです」

「その男の特徴は？」

「そう……長くて真っ黒な口ひげに、ひらひらしたオフホワイトのシャツのようなものを着てたような気がします。待って――何かがあったみたい。男が戻ってきた。何か探してるわ。ああ、どうしよう。こっちを向いた。私を見てる。早く来て！」

キャメロンは電話を切った。それからスマートフォンの裏のカヴァーをはずしてバッテリーを取り出すと、SIMカードを引き抜いてふたつに折った。

それがすむと、イヤフォンを耳にあてて双眼鏡をのぞき――昨日〈ウォルマート〉で買ったふたつのうちのひとつ――古い基地の跡地を警備している国土安全保障省のふたりの捜査員を観察した。視界が安定せず、細部がよくわからなかった。恐怖ではなく、アドレナリンのせいで興奮して手が震えているのだ。それでもだいたいの様子は把握できた。

捜査員は無線から連絡がはいると、ふたりともすぐに行動に移った。互いに少しことばを交わすと、持ち場を離れ、ベイカー・ストリートのほうへ向かって全速力で駆けだした。ひとりはグリニッチ・ストリートから、もうひとりはロンバード・ストリートから。

「聞こえる？」とキャメロンは言った。

「ああ」イヤフォン越しにヘンドリクスの声が返ってきた。

「動きはじめた」

「ふたりとも？」

「ええ」

「ということは、迫真の演技だったってことだな。よくやった」

「どうも。スリル満点だった」彼女はそう答えたものの、ヘンドリクスが今眼のまえにいないことにほっとした。得意満面たるにやけ顔にしろ、紅潮した顔にしろ、どちらにしろ、それは彼には見られたくない顔だった。

「でも、こんなことに慣れるんじゃないぞ」とヘンドリクスは釘を刺した。「通話はいったん切るけど、確認だ。すぐにその場を離れて、どこに身をひそめるにしろ——」

「——Ｗｉ‐Ｆｉを使える場所を選ぶこと」と彼女はあとを引き取って言った。幾度となく確認し合ったことだ。「了解」

「よし。必要なときに電話する」そう言って、ヘンドリクスは電話を切った。
キャメロンはまた笑みを浮かべると、車を出した。
これで彼からの連絡はしばらくないはずだ。

グリニッチ・ストリートを進む途中、ヘンドリクスはアパートメントハウスの奥まった入口に身をひそめ、ポケットを叩いて鍵を探すふりをした。が、そんな演技などするまでもなかった。国土安全保障省の捜査員は彼のほうなど見向きもせず、全速力で走り過ぎていった。ヘンドリクスは入口のアルコーヴから頭を出して、捜査員がベイカー・ストリートを曲がるところまで見届けた。そのあとまた改めてグリニッチ・ストリートを西へ向かった。

ライオン・ストリートにぶつかると、左右を見渡して早足で道を横切り、歩道の反対側まで来ると歩《ほ》をゆるめた。ロンバード・ストリートの先、プレシディオの出入口がある北ではなく、南に向かっていた。あの出入口はあまりにめだつ。それにロンバード・ストリートには人が多すぎる。目下のところ、サンフランシスコの警官の半数がプレシディオの塀の中に集結している。警察がキャメロンの陽動作戦に食いついてきたら、警官たちはおそらくあの出入口を通って調べにいくだろう。

背後から聞こえてくる耳ざわりなサイレンの音——偏頭痛さながら、最初は静かだった音がすぐに大音量になった——が彼の推測の正しいことを証明していた。彼はうしろを振り返ることなく、ひらすら歩きつづけた。回転灯をつけた三台のサンフランシスコ市警察《SFPD》のパトカーが、公園の出入口からフルスピードで飛び出してきたのが配達用トラックのフロントガラスに映った歪んだ像で確認できた。パトカーはすぐに近隣の建物の向こうに姿を消した。同時にサイレンの音も小さくなった。

ヘンドリクスの置いたバックパックの中には、二本の緊急保安発炎筒と、車のトランクにあったジャッキ、それに予備のプリペイド式スマートフォンをテープで巻きつけたものがはいっていた。人畜無害な代物だ。が、FBIがエックス線で調べたら、一見恐ろしいもののように映り、しばらくはその処理に手間取るだろう。

ヘンドリクスは配達用トラックの背後で立ち止まった。そこは左右両方の住宅地からの死角になっていた。プレシディオの境界線を示す左手の低い石塀の向こうは、草に覆われた上り斜面で、大きな木々の下に灌木が身を寄せ合うようにして生えている。まずあたりに誰もいないことを確認してから、ヘンドリクスは石塀を乗り越えた。

しばらく塀の下でうずくまり、誰かに見られていないか耳をすました。何も聞こえないことがわかると、木々のあいだを這うようにして坂を上りきった。

木陰まで来ると、腰に巻いていたウィンドブレーカーを解き、裏表をひっくり返して着た。ウィンドブレーカーの背面と両肩と左胸にFBIの黄色の文字がついていた。

警官や捜査官でごった返している場所では、こそこそ動きまわるよりその中にまぎれるほうが身を隠しやすい。とはいえ、本物の制服を手に入れるのは簡単ではない。映画などではいとも簡単に調達しているが。主人公が制服捜査官を殴って物置部屋に引きずっていき、数秒後にはその捜査官の制服を着て出てくるシーン。今やアクション映画の定番だ。しかし、実際には、大の男をパンチ一発で倒すのはほとんど不可能だ。意識を失っている人間の服を脱がすのにも時間がかかる。だから、キャメロンが制服のことを提案したときには、ヘンドリクスはそう言ったのだった。

キャメロンは顔をしかめて沈黙した。が、そのあとスマートフォンでブラウザーを開くと、画面を彼のほうに向けた。そこにはFBIのレイドジャケットの画像が映っていた。「ほんとうにこんなジャケットを着てるの？　それともこれも映画の中だけの話？」

「本物のFBIもこんなのを着てる」

「だったらつくらない？」

キャメロンは高速道路を少しそれたところにある手芸用品店で黄色のダクトテープと精密カッターナイフを買い、さまざまな制服を売っている店でジャケットを調達した。そして、日曜日が定休日のメキシコ料理店の駐車場で車のボンネットにジャケットを広げ、フリーハンドでくり抜いた文字をその上に貼りつけた。ヘンドリクスは半信半疑だったのだが、できあがったものを見ると、自分が彼女を軽視していたことに気づかされた。もちろん間近でよく見れば偽物だとわかってしまうだろう。が、そこまでヘンドリクスに近づいたら、その人間はダクトテープの質感よりもっと重大な問題に直面することになる。

作業が終わると、ヘンドリクスは用済みになった精密カッターナイフをポケットに入れた。鋭い刃はいつ役に立たないともかぎらない。

今、ヘンドリクスは木々のあいだから様子をうかがっていた。彼がいる場所は曲がりくねった車道の端で、左手に連なっているタウンハウスは緑の中に隠れ、右手に低層住宅が並んでいた。どれも赤い屋根にオフホワイトの壁という造りで、本物の陶器タイルを使っている家もあれば、赤いこけら板を使って陶器タイルに似せている家もあった。

公園警察のパトカーがやってきた。ヘンドリクスはすばやく身を隠した。パトカーが視界から消えるのを待って森から出た。司令部のテントは——車載基地局も——そこから北西に行ったところにあるはずだった。近くの住宅地を抜けて西に向かうこともできれば、かつての基地の北側にある商業地域を通っていくこともできた。

まず北をめざすことにして、テニスコートと社交クラブのまえを通り過ぎた。社交クラブのまえでは制服を着た警官がふたりおり、近づいてきたヘンドリクスに眼をとめた。

ヘンドリクスは警官に会釈した。心臓が早鐘を打っていた。

警官は会釈を返してきた。ヘンドリクスはそのまま歩きつづけた。

24

ああ、ひどい。ロイスは最低の気分でそう思った。

〝二日酔い〟などということばではとても足りない。〝二日酔い〟というのは、アスピリンと水と朝食で乗りきれるものだ。これはちがった。彼女が感じているのは苦痛だった。加えて、底なしの無力感。

ロイスは一晩深い眠りに落ちたが、それも当然のことだ。ぼんやりとながら、昨日はワインと一緒に腰痛の薬を何錠か飲んだのを覚えている。夢を見た。喪失と苦痛、気づいたときにはもう取り返しがつかなくなっている重大な出来事、失われた大切な何かの夢。陽の光が攻撃をしかけていた。光に眼と眼のあいだを刺されて、胃がむかむかした。瞼を開けるたび――苦痛や恐怖や不安な夢が彼女を眠りから覚まそうとするのだろう――彼女はすぐ後悔した。日光が閉じた瞼の裏に血管の色を映し出すのさえ耐えられなかった。しばらく片腕で眼を覆い、光を避けた。が、今度は自分の体温で胃がむかつきはじめた。どうしてまだ嘔吐もせずにいられるのだろう？　唇に舌を這わせると胆汁の味がした。もしかしたらもう吐いたのかもしれない。それも朦朧として思い出せなかった。

ロイスの寝室は広々として明るかった。明るい色の木目の家具に、それとは不ぞろいの白く塗られた家具、やさしい色合いのファブリックが、まるでビーチにいるような印象を与える寝室だ。さらに特大サイズの鏡――ひとつは立ててあり、もうひとつは化粧台のもの――が部屋をより広く見せている。夫のキャルはこの部屋を〝島の保養所〟と呼んでいた。今日はことさら午後の光があふれている。ただ、ロイスは遊歩道で芸を披露している大道芸人のスチールドラムの中にいるような気分だった。

この状態を乗りきれたらもう絶対にお酒は飲まない。ロイスはそう心に誓った。

眼が光に慣れてくると、ロイスは誰かが戸口に立っているのに気づいた。男性のようだが、シルエットしか見えない。

「キャル?」と彼女は期待を込めて声をかけてみたものの、それが夫ではないことは胸の痛みの一部がすでに彼女に告げていた。

「ロイス、残念ながら」とフランクはやさしく言った。「キャルはここにはいない」

聞き覚えのない声に彼女はびくっとして身構えた。ベッドからすぐに上半身を起こした。急に動いたことで頭痛がした。思わず顔が歪んだ。「あ、あなたは誰? ここで何をしてるの? キャルはどこ? どうしてキャルの服を着てるの?」

「落ち着いて」フランクはそう言って、戸口から一歩部屋の中にはいった。が、彼女に近づこうとはしなかった。年配の白人男性で、痩せていた。それまでロイスが見たことがないほど淡いブルーの眼をしていた。髪はぼさぼさで、キャルのスウェットスーツを着ていた。まくった袖から茶褐色の染みのある筋肉質の前腕が伸びていた。肘を直角に曲げて、両手をまえに突き出し、片手を握り、もう一方の手に水のはいったグラスを持っていた。彼のあとについてエラも部屋の中にはいってきた。フワフワした尻尾を振りながら年配男性の足元で立ち止まり、おとなしくしているのをロイスは信じられない思いで見た。「おれはマックス・ラウシュ。忘れられたかな? 昨日知り合ったばかりだけれど。きみは……昨夜少し飲みすぎたんで、おれが手伝ってベッドに寝かせたんだ」

昨日の記憶が甦ったらしく、彼女の表情が変わった。眉根を寄せ、一瞬唇を震わせた。が、震えはすぐに収まった。恐怖心が去ると、緊張が解けた。がっくりと肩を落として彼女は言った。「マックス。そうだったわね。ごめんなさい。昨日はわたし……あまり調子がよくなかったんで……」

「謝ることはないよ」と彼は言った。「アスピリンと水を持ってきた。必要なんじゃないかと思って」

ロイスは近くに来るよう彼に手招きした。そして、薬を受け取ると、口に入れ、グラスを受け取って胃に流し込んだ。

「ゆっくり」と彼は言った。「ゆっくり飲んだほうがいい。覚えてないかもしれないが、ゆうべは飲んだ水を全部吐いてしまったからね」

ロイスは恥ずかしさに顔が赤くなった。が、まわりを見まわしても汚れたところはなかった。

「心配は要らない。あと片づけはおれがしたから。きみは空《から》のグラスをナイトスタンドに置こうとして落としてしまったんだね。ガラスの割れる音がしたんで、様子を見にきたら、きみはゴミ箱を持ってきてほしいって言った。で、バスルームから持ってきてなんとか間に合った。そのあとはしばらくおれはここに坐ってきみの様子を見てた」

「ありがとう。やさしいのね」と彼女は言った。

フランクは突然笑いだした。彼女は驚いて言った。

「わたし、何か変なことを言った？」

「いや、ただ……〝やさしい〟なんて言われたことはあまりなくてね」と彼は笑みを浮かべて言った。

「そう？　それは意外ね。あなたはここに来てからわたしにずっとやさしくしてくれた」

「まあ、そうかもしれないけれど。若い頃のおれはあまり褒められた人間じゃなかったんでね」

「わたしは信じない」

「ほんとうに。おれはどうしようもない悪党だったんだ。そう、犯罪者だ。人に危害を加えたこともある」

フランクはどうしてこんな話をしているのか自分でもわからなかった。怯えた彼女に出ていけと言われるのではないかと思った。が、そうはならなかった。「マックス、あなた、エフェソスのヘラクレイトスを知ってる？」

彼は首を傾げた。話題が急に変わったことに戸惑っていた。「いや、知らないな。それは人の名前？　それとも物の名前？」

「人の名前よ」と彼女は笑いながら言った。「ソクラテス以前のギリシャの哲学者」

「哲学！　そういうことは何も知らないな。哲学が役に立つと思ったことは一度もなくてね」

「あらあら、ひどいことを言うのね、ミスター・ラウシュ。わたしは退職するまで三十年古典哲学を教えてたのよ」

「教師をやってたのか？」

「そう。大学の教授だったの。ノース・カロライナ大学チャペルヒル校で教えはじめて、それから最後は湾の向こうのカリフォルニア大学バークレー校で教鞭を執ってたの」

「へえ。それじゃ、なおさらきみは若い頃のおれなどお気に召さなかっただろうな。教師を怒らせることにかけちゃ誰にも負けなかったから」

「今のあなたとその頃のあなたは同じじゃない――ヘラクレイトスが予言しているように」

「その哲学者はどんな予言をしてるんだ？」

「ヘラクレイトスは万物は流転すると信じていた。だからこんなことを言っている。〝同じ川に二度はいることはできない。なぜならそれはもう同じ川の水ではないのだから――人間もまた同じではない〟って」

「つまり、おれはもう昔のおれじゃないということだね」

「わたしが言いたいのは、わたしたちが本質と思っていることでさえすべて移り変わるということよ」

「そうかな。おれにはほとんどの人が変わらないように思えるけど」と彼は言った。

「それはまちがってるわ。わたしたちはみんな変化する。ただ、たいていの人が進む方向を変えないだけのことよ」

「そうかもしれないし、そうじゃないかもしれない。でも、それがなんだっていうんだね？どっちにしてもおれは過去の記憶に囚われつづけてる」

「でも、その記憶は重荷じゃなくて、贈りものかもしれない。どうしてみんなとは異なる道を選んだのか。そのことをあなたに思い出させてくれるものかもしれない」

「そんなふうに考えられればいいけれど。おれの記憶はすぐに捨てたくなるようなものばかりだな」

ロイスは表情を曇らせて言った。「忘れてしまいたいことを抱えてるのはあなただけじゃないわ」

「いいかな、ロイス。キャルのことだけど――」

「彼から電話があったの?」と彼女はせっぱつまった甲高い声で訊いた。わざとらしさはなかった。夫はどうにかして生き延びた――自分にそう言い聞かせながらも、それが幻想であることが心のどこかではわかっている声音だった。「今、こっちに向かってるの?」

「いや、ロイス。電話はない」彼の口調はあいかわらずおだやかだった。が、同時に断固としたものでもあった。「そのことについて話したい」

何かを理解したような表情が彼女の顔に浮かんで、すぐ消えた。そのあとはフランクが昨夜見たのと同じ無表情――薬のせいだと思った、あの奇妙なほどの無表情――になった。

「その話はあとにしましょう」と彼女は力なく言った。そのひとことでその話題は遠ざけられ、そのあと彼女はいくらか元気を取り戻したようだった。「それより朝食を食べてみようかしら。アスピリンを戻すことはなかったみたいだから」

フランクがさきほど時計を見たときには午後三時を過ぎていた。だから朝食には遅すぎる時間だったが、それはいちいち言わなければならないことではない。フランクは心の中でそうつぶやいた。言わなくてもいいことはほかにもたくさんある。そんな中のひとつだ。ロイスはベッドカヴァーをどかして起き上がろうとした。が、体に力がはいらないようだった。フランクは思った、昨日公園警察がこの家の玄関のドアをノックするまえに、彼女はあの筋肉弛緩剤をどれくらい飲んだのだろう？　死に至るまではなかったようだが、その一歩手前ぐらいまでは行ったのだろう。

彼女がなんとか起き上がろうとするあいだ、彼は居心地悪そうにその様子を見た。手を貸していいものかどうか。それでも、自力では階段を降りられそうにないのは明らかだった。彼は彼女の手を取って立たせた。ロイスは眉をひそめたものの、何も言わなかった。

いったん歩きはじめると、そのまま進めそうだった。が、一階に降りるまでのあいだ、転ばないようフランクは彼女を腕で支えた。昔の腕力はもうなかったが――その痩せた体の隅々にまで筋肉がついていた時代もあった――ロイスは小柄だった。だから、彼女の体を支えることは苦もなくできた。ただ、エラにすると、ふたりの動きはいかにも遅すぎたようで、さっさと階下《した》に降りていった。

「で」キッチンまでたどり着き、フランクはアイランドキッチンの脇のストゥールに彼女を坐らせると言った。「何が食べたい？」

「やさしいのね、マックス。でも、自分の家であなたに朝食をつくらせるわけにはいかないわ」

「そんなことはないさ。おれがそうしたいんだから。何がいい？　おれのつくるオムレツはまあまあうまいぞ。食べてみる？」

その申し出を思案するうち、彼女のくたびれた顔の表情が変わった。好奇心に満ちた表情から空腹に負けたような表情になった。「つまりイエスということだね」と彼は言った。「コーヒーは？　一度いれたんだけど——勝手をしてすまん——もうとっくに飲んでしまった。新しくいれ直すよ」

今度もまた彼女の表情が変わった。さっきとは逆に変化した。顔色が悪くなった。「今は水にしておくわ。ありがとう」と彼女は言った。

フランクはロイスに水を飲ませると、冷蔵庫を開けて食材を探した。昨夜は残りものを食べたが、食材はまだ充分にストックされていた——卵に牛乳、何種類かの肉、チーズ、それに地元産のアジ。彼はハーブ入り山羊のチーズと薄くスライスした生ハム、残りもののアスパラガス、彩りを添えるためのアサツキを選んだ。それにフライパンに引くバター——フライパンはレストランで使用されているような、コーティングを施した、こびりつかない高級品だった——それに卵を三つ。

フライパンをヴァイキング社のレンジにのせて、バターを二塊その中に落とした。ガス台のつまみをひねると三回ほどカチカチと鳴って火がつき、青い炎がフライパンの底に広がった。卵をボウルに入れ、塩と胡椒で味つけをし、バターが溶けるあいだに掻き混ぜると、フライパンに注いだ。卵が固まるまでのあいだ、エラに生ハムのかけらを食べさせた。ロイスはその間ずっと押し黙ったまま、ただ呆然と見ていた。

「どうした？」と彼はロイスの表情に気づいて尋ねた。

「いえ、ただ……」彼女はそう言いかけてためらった。こんなことを言うと、相手を怒らせてしまうのではないかと思ったのだ。が、思い直すと、さきを続けた。「あなたはこの地球上でもっとも思いやりのある家宅侵入者ね。だって今、あなたはわたしに朝食をつくってくれてるのよ！」

彼は反射的に顔をしかめてからすぐに柔和な笑顔になった。「おれは侵入などしてないよ——きみが招き入れてくれたんだ」

「ほんとうに？」と彼女はオムレツの具を卵で巻いている彼に訊き返した。「実を言うと、昨日は頭がぼんやりしていて記憶がはっきりしないの。バスタブに浸かっていたら、ノックする音が聞こえたことだけは覚えてるんだけれど」

ノックしたのは公園警察官で、フランクではなかった。「きみは階下《した》に降りて」と彼は食器戸棚の中の皿を探しながら言った。「外にいるおれを見て」——皿を見つけるとそれを彼女のまえに置いた——「中に入れてくれたんだ」フランクはフライパンの持ち手をつかむと、レンジの横のセラミックの壺からフライ返しを取って、それでオムレツを手ぎわよく皿に移した。

「シンクの左よ」とロイスは銀食器を入れた引き出しが見つからずに困っている彼を見て言った。「そこじゃなくて、反対側」

フランクは言われた引き出しを見つけると、中から取り出したフォークを彼女に渡した。彼女はオムレツの真ん中にフォークを入れて一切れ口に運ぶと、最初はためらいがちに咀嚼した。ひどい味がするのではないか、いや、それどころか、そもそも体が受けつけないのではないか。そんなことを心配するかのように。しかし、一口食べると、すぐにまた次の一切れを食べたくなった。三度目に口に入れたときにはほとんど貪るように食べていた。

「とっても美味しいわ」と彼女は口いっぱいにオムレツを頬ばりながら言った。「ありがとう」

「どういたしまして」とフランクは答えた。「こんな立派なキッチンで料理をするのは久しぶりだ。素敵な家だね」

「ありがとう。わたしも自分でそう思ってる。といっても、この家はわたしたちのものではないんだけれど――ここに住まわせてもらうのに〈プレシディオ・トラスト〉に毎月一万二千ドルも払ってるのよ。キャルなんていつも言ってるわ、借りるより買ったほうがいい、同じお金でもっといい暮らしができるのにって。でも、わたしはここがとても気に入ってるの。それに、結局のところ、わたしたちはみんなこの世ではすべてを借りてるにすぎない。ちがう？」

その点においてはフランクも同じ意見だった。

彼女はオムレツを全部平らげた。フランクは満足げなシェフの眼でそれを見守り、食事が終わると、ロイスが反対するのも聞かず、皿洗いまでして、皿を拭きながら尋ねた。

「気分はどう？」

「ずっとよくなった」と彼女は答えた。「ずっと自分らしくなった」

実際、ロイスはかなり回復したようだった。どんよりとしていた眼も澄んで、血色もよくなり、動作もしっかりしてきた。「それはよかった。実は話したいことがある。キャルのこともきみのことも」

「どういうこと？　キャルはリノで足止めを食らってるのよ」

「いや、ロイス。キャルはリノで足止めなど食らっていない」

彼女は心底驚いたような顔をした。が、そのあとはまた磁器人形のような、冷たい表情に戻った。つくりものの仮面をかぶった。「飛行機が運航を再開したの？　もしそうなら、今頃はもう空の上かもしれない。いいえ、もういつ帰ってきてもおかしくないわね――見ず知らずの人を家に泊めたなんて知ったら、きっと呆れられちゃうわね」

「きみはほんとうにそんなことを思ってるわけじゃない。だろ？」

「ほんとうにそう思ってるわ。どうしてそんなことを言うの？」

「いいかい、ロイス。おれはゆうべきみの寝室のバスルームで薬とナイフを見つけた。それにキャルのメッセージも聞いたんだ」

「わたしには……なんのことか……」

ロイスは最後まで言わなかった。言えなかった。仮面がはずれ、はずれた仮面が粉々に砕けてしまってはもうあともどりはできなかった。ショックと恐怖とに襲われ、顔にあてた手を震わせた。震えはやがて号泣となり、彼女の体を苛んだ。心の中でキャルのメッセージを再生したのではなく、たった今、そのメッセージを聞いたかのように。

口を大きく開き、眼をぎゅっと閉じて、喘ぎながら息を吸っては泣きながら息を吐いた。首のすじが隆起していた。涙と鼻水が顔を伝っていた。それは品のある未亡人の泣き方ではなかった。心臓をもぎ取られた女性の見苦しい泣き方だった。フランクにはそのちがいがわかった。そうした女性の夫や父親の命を奪うのが以前の彼の仕事だったのだから。

ロイスは知らず知らず膝を引き寄せていた。原始的本能が彼女を傷ついた動物に変え、身を守るため彼女に胎児のような体勢を取らせていた。フランクは何も考えずにとっさに行動した。それがかえってよかった。気づいたときにはもう調理台をまわり、ストゥールから転げ落ちそうになった彼女を受け止めていた。

ロイスに腕をまわし、悲しみに打ち震える彼女をしっかりと抱き止めていた。何も言わず、ただ一心に抱きしめて、泣きたいだけ泣かせた。こんなときにはどんなことばをかけても無駄だ。慰めになることばなどそもそもないのだから。

そのうち泣き声が収まり、息づかいも安定し、震えもようやく止まった。フランクは自分が体を離しても、彼女が姿勢を保っていられることにほっとした。彼女は真っ赤な眼に光る涙に、パジャマの袖をあて、さらに子供のようにその袖で鼻を拭いた。

そんな彼女がいきなりヒステリックな笑い声をあげた。フランクは驚き、すぐに心配になり、精神が崩壊するほどに彼女が追い込まれていないことを心から祈った。

「何が可笑しい

んだ？」

「母がよく言っていたジョークを思い出したの。ただそれだけよ」

「ジョーク？」それは質問ではなかった。彼のその声音には彼女の精神状態を疑う気持ちがありありと出てしまっていた。

「そう。ある真面目な男と嵐についてのジョーク。あるとき嵐が来て、町の役人が男に警告した。あなたの家のそばを流れている川が氾濫するだろうから避難するようにって。でも、男はそれを拒否して言った。〝おれは神さまを信じてる。だから、危険な目にあったときには神さまが守ってくれるはずだよ〟って。

嵐が激しくなって、川の水位が上がってくると、今度は車に荷物を運び込んでいた隣人が言った。〝高いところに逃げるんだ。車にはあんたの乗るスペースもあるから、一緒に逃げよう！〟って。でも、男は言った。〝おれに危険なんか迫っちゃいないよ。どっちみち神さまが助けてくれるんだから〟。

川の水が土手を越えて、家の玄関ポーチまで迫ってくると、今度はカヌーに乗った男が言った。〝このカヌーに乗るんだ！　安全な場所まで連れていってやるから！〟って。でも、男は言った。〝大丈夫。神さまがおれを救ってくれるから〟。

水がもっと上がってくると、男は家の中に引っ込み、最後には屋根の上に登らなければならなくなった。すると、ヘリコプターがやってきた。救助隊員がロープで降りてきて言った。〝さあ、上に引っぱり上げるから、おれの手をつかむんだ！〟。救助隊にそう言われても、やっぱり男は断わった。〝神さまが助けてくれるって！〟。結局、そのあと少しして男は水に流され、溺れ死んでしまった。

で、天国に着くと、神さまに怒って尋ねた。〝おれはあなたを信じてました。それなのに、どうして助けてくれなかったんです？〟。すると神さまはおっしゃった。〝私はおまえに車やカヌーやヘリコプターを与えたではないか。おまえはほかに何を望んでたんだ？〟」

彼女はまた声をあげて笑った。葬儀のとき、悲しみを通り越して笑うしかなくなることがある。抑えようとすればするほど止まらなくなってしまうそんな笑いだった。フランクは努めて追従《ついしょう》笑いをしようとした。が、ジョークにしてもこのジョークはあまり面白くなかった。

ロイスはそんなフランクの中途半端な苦しげな笑みを見ると、さらに声を大きくして笑い、涙を流して言った。

「わかってるわ。母は繰り返しこのジョークを言ってたけど、わたしだって面白いと思ったことはないもの！」

「じゃあ、どうして笑ってるんだ？」

「それはあなたがわたしにとってのヘリコプターだからよ。そう思ったら、〝おまえはほかに何を望んでたんだ？〟っていうママのあの見下したような声が頭から離れなくなったのよ」

「でも、きみは〝神の御業は不思議なもの〟なんていうクソ――いや、くだらないたわごとを信じてるんじゃないだろうね？」

それを聞いて、ロイスはまた大笑いしはじめた。「いいえ、そうじゃないの。そういうことじゃない。大学にはいるまで、わたしは母に引きずられるようにして日曜礼拝に行ってい たけど、わたしにとってそれはなんの意味もないことだった。でも、今のわたしはあなたの おかげでここにいる。もちろん、ただ何かにすがりたいだけなのかもしれないけれど」――そこで彼女の顔から笑みが消え、深い悲しみがそれに取って代わった――「そう思うのはキャルがいなくなったからかもしれないけれど、でも、これが運命というもののような気がするのよ。もしそういうことなら、わたしがいつか天国の真珠の門を通るときには、口やかましい母にまた同じことを繰り返し聞かされることになりそうね」

「これが運命であって、おれにはなんの文句もないけど」とフランクは言った。それは本心だった。もちろん、神を信じているからではない。人生において幾度となく無意味な暴力行為を眼にしてきた彼にとってのこの世は、でたらめで冷酷きわまりない場所だった。そんな彼の無益で支離滅裂の人生において、ひとつでも善い行ないをしたと思うと、気分は悪くなかった。たとえそれが偶然の産物だったとしても。

「わたしもなんの文句もないわ。いずれにしろ、あなたにはとても感謝している。ありがとう」

「どういたしまして」と彼は言った。

そのときだった。いきなり大きな音がした。それで会話は中断した。まるで旋律でも奏でるかのようなガラスの砕ける音。その音はすぐにやみ、音の出所が見当もつかず、フランクは最初、空耳ではないかと思った。が、見ると、エラが毛を逆立ててうなっていた。次の瞬間、艶消しされた黒い円筒が居間から廊下伝いにキッチンに転がってきた。

「伏せろ!」とフランクは叫びながらロイスに体あたりして、彼女をストゥールから床に押し倒した。彼女は倒れながら叫び声をあげた。が、着地した拍子に肺から息をすべて吐き出してしまったらしく、それ以上声は出なかった。

その直後、部屋はまばゆい光に満ち、大きな爆発音が轟いた。フランクは耳の鼓膜が破れた。温かい血が耳から伝った。動けなくなってもがいているロイスの上に彼も倒れた。

木の裂ける音がして、玄関と裏口のドアが破壊され、暴動鎮圧用のフル装備をした男たちが家の中になだれ込んできた。もっとも、フランクにもロイスにもそのさまを見ることはできなかったが。

25

ヘンドリクスはゴールデンゲートブリッジの料金所に向かって、リンカーン・ブールヴァードから高速道路のランプを歩いてのぼった。ランプの上にいた国土安全保障省の捜査員がヘンドリクスをじろじろと見た。スポーツサングラスをかけているので、その捜査員の表情は読み取れなかったが、胸に斜めに掛けたMP5サブマシンガンの台尻に手袋をはめた手を置いていた。

ヘンドリクスは顔を真っ赤にして息を切らしていた。それはプレシディオの敷地内をずっと歩きづめだったからだが、気になるのはそれだけではなかった。額には玉の汗をかいていた。おまけに気が狂いそうなほど傷口がむず痒くなっていた。しかし、傷口を掻こうとして体の脇に手をやれば、銃を取り出そうとしているように見えるかもしれない。といって、痒いのを我慢していると挙動不審に思われるだろうし……

盗んだ四五口径がカーゴパンツのポケットにずっしりと重く感じられた。銃については少し迷ったものの、プレシディオの敷地にはいったときにベルトに差さないことにしたのだが、そう決めたことを今は後悔した。法執行機関の職員を相手に銃を使うつもりなどなかったが、やはり銃はすぐ手の届くところにあったほうが安心できる。

ゴールデンゲートブリッジまで歩いてくる途中、もともと軍のパイロットのために建てられた〝パイロッツ・ロウ〟と呼ばれる、スパニッシュ・コロニアル・リヴァイヴァル様式の住宅が並ぶ一帯を通った。歩きながら、左手の木立の隙間から橋の今の様子をところどころとらえることはできたものの、細部はよく見えなかった。それでも、高速道路の入口をのぼりきると、木々が消えて視界が開けた。心がほんとうに痛くなるような光景が広がっていた。気を張りつめさせて、エドガー・フーヴァー・ビル（FBI本部のあるビル）と同じくらい捜査官が集まっている場所に向かっているヘンドリクスでさえ虚を衝かれた。ただ黙って見つめることとしかできない。そんな光景だった。

サウスタワーに近い橋の車道は吹き飛び、割れ目ができ、衝突して折り重なった車がその両側に連なっていた。焦げた死体が開いた車のドアのすぐ外に横たわっていたり、粉々になったフロントガラスから飛び出たりしていた。生存者もいた。破壊された車の中に閉じ込められている者、落ち着かない様子でうろうろしながら救助を待っている者。ニュースはそうした人たちの中には夜間に海に転落死した者もいると報じていた。飛び込んだのか、落ちてしまったのかはわからない。が、結果は同じことだ。二百七十フィートの落下というのは相当な距離で、橋から海面まで優に四秒はかかるだろう。水面にぶつかったときの速度を考えれば、道路に落下した衝撃と変わらない。

タワーそのものは黒焦げにはなっていたものの、倒壊してはいなかった。タワーと平行に垂直に吊られていたスチールケーブルは何本かがちぎれてぶらさがり、その先端が切れたギターの弦のように丸まっていた。時折、何かに火が燃え移って下から煙が立ち昇っていたが、それらはすぐに消火されていた。被害を受けていないノースタワーはヘンドリクスのいる場所からだととても小さく見えた。もっとも、ほぼ二マイルも離れているのだから当然と言えば当然だが。

湾には政府の船舶が密集していた。警察艇、湾岸警備艇、それに消防救助艇。そのほとんどが小型で、美しさに欠ける実用本位の船だったが——船体は傷だらけ、塗装は剝げ、操舵室にはアンテナや備品がびっしりと詰め込まれている——大型船も何隻かあった。橋の西側から数百メートル先のところに、ドーヴァー海峡の白い崖のような淡い色のどっしりとした霧堤（海上に厚い層となってかかる霧）がかかり、そのへりに沿岸警備隊の監視船が幽霊船のように浮かんできた。橋のすぐ右手ではクレーン船がつぶれたピックアップトラックを持ち上げていた。クレーンが回転すると、ねじ曲がったピックアップトラックは振り子のように揺れて、すぐ横の平らなはしけの荷台に置かれた。

ヘンドリクスは高速道路の入口に近づくと、そこを警備している国土安全保障省の捜査員に親しみを込めた会釈をしてみせた。が、そうしたそばから、その所作に不自然さと嘘っぽさが感じられ、この計画がひとえにダクトテープの変装にかかっていることを今さらながら苦々しく思った。

捜査員はヘンドリクスをいっときじっと見つめた。体の重心を片足からもう一方の足に移し、銃床に置いた手を動かした。ヘンドリクスは緊張した。取っ組み合いになるには離れすぎていたが、相手がその気になって銃を撃てば、はずすほうがむずかしい距離だ。

すると、男が口を開いた。「ひどいもんだろ?」

「まったくな」とヘンドリクスは言った。「こんなものを見ちまうと、地獄というものがあることを信じたくなる――こんなことをやったやつらは死ぬだけじゃすまされない」

「まったくだ」男はそう言うと、カメラを搭載したドローンが司令部のテントから橋のほうへ勢いよく飛んでいくのに気を取られた。ヘンドリクスはそれ以上は何も言わず、その場を離れ、人でごった返している救助作業現場のど真ん中に向かった。

ヘンドリクスにしてみれば、まさに作戦上の悪夢のような場所に。いたるところにパトカーや消防車、軍用車両が停まっており、少なくともその半数に人が何人も乗っていた。開いたドアから聞こえる無線の音。あちこちを忙しなく動きまわっている人たち。サンフランシスコ市警察《SFPD》と公園警察の制服が一番多いが、FBIやアルコール・タバコ・火器及び爆発物取締局《ATF》の捜査官もそこらじゅうにいて、ナイロンのレイドジャケットを風になびかせていた。迷彩服を着た男女が何人も料金所の南に設けられた司令部のテントと、構造上ダメージを受けている道路の場所を示すソーホースとのあいだを小走りで行ったり来たりしていた。道路のアクセスポイントにはどこにも暴動鎮圧用の装備をした国土安全保障省の保安要員が配置されていた。

瓦礫に埋もれた生存者を救出してからしばらく時間が経っているようだった。料金所を通らないファストラック（高速道路の料金自動徴収システム）のレーンには、救急車が連なっていたが、その運転手たちはみな落ち着かなげに眼を大きく見開いていた。ゴールデンゲートブリッジ・パビリオンの駐車場には、二機の救助ヘリコプターが駐機しており、その近くに乗組員が待機していた。動きまわっている者もいれば、煙草を吸っている者もいた。みんな疲れきり、神経を昂らせていた。

ヘンドリクスはそうした光景の大半をスマートフォンの画面を通して見た。しかめっ面のまえにスマートフォンを掲げ、時々、メールを打つ振りをしながら、親指を画面にすべらせた。スマートフォンはカムフラージュにはもってこいだ。人はそもそもその場に溶け込んでいれば不審に思われない。が、近頃ではスマートフォンの画面に眼を落として歩いていれば、誰でもその場に溶け込んで見えるものだ。

もちろん、ヘンドリクスにとってスマートフォンはただのカムフラージュではなかった。役に立つ科学技術だった。で、カメラアプリを開いたまま歩いているのだ。電波をキャッチしようとしたり、明るい日光のもとで画面をよく見ようとしたりしているふりをしながら、画面をアウトカメラにしてまえにあるものを写したり、インカメラにしてうしろから誰かに尾《つ》けられていないか確かめたりした。

　車載基地局はこうした混沌とした場所からは離れたところにあり、近づくのは危険だった。司令部のテントから南に五十ヤードほど離れたところにあり、ヘンドリクスの手首ほども太さのあるコードで本部とつながっていた。それに一番近い車両の群れからも二十ヤードほど離れている。そこを見張っている者は誰もいなかったが、見張りだけでなくそのまわりには誰もいなかった。近づけばめだつだろう。

　ヘンドリクスは写真を撮って、それをメールに添付してキャメロンに送った。「聞こえるか？」

「ええ、聞こえる」イヤフォンから彼女の声がした。その声と一緒に皿のぶつかる音や、人の話し声らしきものが聞こえた。コーヒーショップにでもいるのだろう。彼女の話はヘンドリクスにはちんぷんかんぷんだった。ふたりが盗もうとしているデータの処理時間を減らすために、どうやって他人のコンピューターにアクセスして暗号化されていないＷｉ‐Ｆｉを使うかという話だ。彼にはほとんど理解できなかった。

「そっちは任せた。今、写真を送った。おれたちの仕掛けた爆弾に関して何か新たな情報は？」

「CNNと地元局が現場の状況を伝えてる。それによれば、爆弾部隊が到着してあのあたりを封鎖したみたい。今は爆弾処理ロボットが来るのを待ってるそうよ」

彼女のその冷ややかな物言いにはとげがあった。「苛立ってるみたいだけど」とヘンドリクスは言った。

「というより、吐き気がするのよ。わたしの言った〝アラブ人らしき男〟がバッグを置いて現場から逃げるのを見たっていう目撃者がふたりも出てきたのよ。そのうちのひとりは、存在するはずもない〝アラブ人〟が爆弾を取り付けたヴェストを着てたって言い張ってる」

「みんな怯えて神経質になってるんだよ。次の攻撃予告が出てるんだから。だから予測されるものが実際に見えてしまうんだろう。目撃者がいかに信用できないかということのひとつの証しだな。きみもでたらめの記憶を植えつけるのがどんなに簡単か知れば、きっと驚くと思う。そういう人たちは自分が嘘を言ってるなんてまるで思ってないのさ」

「どういうわけか」と彼女は言った。「そんなことを聞いても気分はちっともよくならないけど」

「送った写真は届いたか？」

「ええ。今、開いてるところ」

「これがめあてのものだな？」

「そう。これこそわたしたちの〝ベッシー〟よ」

ヘンドリクスは思わず笑みを洩らした。「なんとしてもきみはその名前をつけたいわけだ」ふたりが計画について話し合いながら北へ向かって車を走らせるあいだ、彼女はずっとそれを〝ベッシー〟と呼んでいた。

「COW《カウ》をほかにどう呼べばいいっていうの（〝ベッシー〟は牛に多い名）？」と彼女は言った。「そこまでもうたどり着いた？」

「今、向かってるところだ」と彼は下を向いて人混みをすり抜けながら言った。「次はどうすればいい？」

「コントロールパネルがあるはずよ」

さらに近づくと、車載基地局は貨物のような、テレビ局のワゴン車のような、月着陸船のような形をしていた。車輪のついた、汚れた白い箱型で、四フィートほどの高さがあり、片側に梯子、もう片側にトレーラーヒッチが備えられ、てっぺんの真ん中から伸縮するアンテナが二十フィートほど空にそびえ、着陸装置のように四隅から突き出た三角形の支柱によって支えられていた。

「パネルだらけだけど」と彼は言った。

「わたしたちが必要としているものは腰の高さより上にあるはず。探すのは機械じゃなくて、電子機器よ。ごく普通の設計者だったら、アクセス端末を地面に近いところに設置したりはしないだろうから」

ヘンドリクスは車載基地局にスマートフォンを向けた。電波が届かないふりをして、ゆっくりとそのまわりを歩き、写真を何枚か撮ってキャメロンに送った。遠くから二十代半ばの技術者が戸惑ったような視線をヘンドリクスに向けていた。その技術者が彼のほうに近づいてきた。

「それよ！」とキャメロンの声がした。「ストップ。うしろにもどって。最後に送ってくれた写真じゃなくて、そのひとつまえの写真。その写真の左の上」

キャメロンの示したパネルはブレーカーのカヴァーのようだったが、色はグレーではなく白で、鍵穴の横に埋め込まれた把手があった。ヘンドリクスは運試しにその把手を動かしてみた。やはり鍵がかかっていた。

「おい」近づいてきた男がヘンドリクスに声をかけた。怒っているとまでは言えなくても苛立ってはいるようだった。ヘンドリクスより数インチ背が高く、贅肉の下によく鍛えられた筋肉がついていた。腰にはツールベルトが巻かれていて、距離が三十ヤードほどになったところで、その中にはいっているものが見えた。ドライヴァー、ワイヤカッター、電圧計、絶縁テープ、ペンチ一式。男が歩くたびにそれらが音をたてた。

ヘンドリクスは車載基地局の上にスマートフォンを置くと、カーゴパンツの太腿の右ポケットに手を伸ばし、キャメロンの電動歯ブラシを取り出した。飛行機の中で持ちものを確認したときにキャメロンが持っていたものだ。「何が可笑しいのよ？」とキャメロンはそのとき頬を赤らめて言ったものだ。

「無法者というのはあまり口腔衛生に気を使ったりはしないんでね」と彼は言った。

で、そのあとキャメロンがウィンドブレーカーを細工しているあいだに、その電動歯ブラシのヘッドの部分を取りはずし、中の金属の軸をやすりで削ったのだ。今、彼はそれを慎重に鍵穴に差し込んだ。

男はあと二十ヤードほどのところまで来ていた。ふたりのあいだに車載基地局があるため、ヘンドリクスの姿は一部隠れている。「おい！」と男がまた叫んだ。その声に数人の職員が顔を上げ、ふたりのほうに注意を向けた。

どうかうまくいってくれ、とヘンドリクスは心の中でひそかに何度も祈った。

ピッキングは彼の得意科目ではなかった。レーキやL字形レンチがあれば、ドアを開けることぐらいは彼にもできないわけではないが、すばやく華麗にとはいかなかった。ロックバンピング――特別につくられた鍵を鍵穴の途中まで差し込んで、木槌で軽く叩くと、その振動で鍵穴の中のピンが一瞬まっすぐに並ぶ――が彼のようなアマチュアにとってははるかに確実な方法だった。しかし、どの型の鍵穴にもそれに見合う鍵が必要になる。それに人目を忍んでこっそりやるにはめだちすぎる。

一方、ピッキングのほうは、そういうことを〝趣味〟にする人が増えたおかげで、ヘンドリクスもネットでそのやり方のひとつやふたつを学べるようになった。たとえば、電動歯ブラシの軸を鍵穴に差し込んで、ハッカーがコンピューターを強引に攻撃するように、高速の振動を使って開けるやり方。木槌で一回打つだけだと一度しか鍵を開けるチャンスはないが、電動歯ブラシはピンが並ぶまでずっと振動しつづけてくれる。

少なくとも、理論上はそうなるはずだった。ただ、ヘンドリクスは〈ユーチューブ〉でしかそれを見たことがなかった。映像を投稿した男によると、平均的な電動歯ブラシの軸はドアの鍵穴には短すぎ、たいていの鍵穴には太すぎるということだった。また、軸を削りすぎると、差し込んだときに折れてしまい、二度と開かなくなるとアドヴァイスしていた。それでも、正しくやれば、この方法で誰でも鍵を開けることができるということで、実際に南京錠や、金庫や、収納ロッカーなど六つの鍵をそれぞれきっかり二秒で開けてみせていた。

それを見たときのヘンドリクスはすっかり感心したものだが、今は不審に思われないことをひたすら祈った。同時に今さらながら不安に駆られていた。ネットでしか見たことのないものを信じてしまった自分は大馬鹿者だったのではないかと。

技術者はすでに十五ヤードほどのところまで来ており、そばにいる職員の注意を惹くくらい苛立ちをあらわにしていた。ヘンドリクスは歯ブラシの柄のボタンを押した。モーターが振動しはじめると、顔をしかめた。軸はカップホルダーの中の小銭のような音をたてた。

彼は息を止めた。

電動歯ブラシの柄をひねった。

なんとなんと。鍵が開いた。

パネルの中にキーボードがあった。それにいくつものライト、トグルスウィッチ、ボタン、それにポート。小さな表示画面では黒地に緑の文字のコードがスクロールしていた。

「開いたよ」と彼は小声で言って顔を上げた。男は十ヤード離れたところにいて、足早に彼のほうに向かってきている。

「USBのポートがある?」

「いや」と彼は言った。そのあとに続いた沈黙がことの重要性を語っていた。

「待て——あった。どうすればいい?」

「あなたに渡したUSBを差し込んで」

「差し込んだ。次は?」

「画面にプロンプト（システムが命令入力を受けられる状態であることを示した文字や記号の並び）が表示されてる?」

「ええと……」

キャメロンはため息をついた。「見せて」

「どうやって?」

「まったく。絶望的ね、あなたって。待ってて」

ヘンドリクスのスマートフォンが車載基地局の箱の上で振動しはじめ、時計まわりに少し動いた。彼は電話を手に取ると、画面の表示をクリックした。キャメロンがインストールしたアプリのひとつが起動し、彼女の顔がスクリーンに現われた。「わたしにパネルが見えるようにして」と彼女は言った。彼は言われたとおりにした。「わかった。よく聞いて」

彼女は何を入力すればいいか伝えた。ヘンドリクスはスマートフォンをもとの場所に置くと、人差し指でキーボードに文字を打ち込んだ。「画面には何も表示されないけど。左端の上のカーソルが点滅してるだけだ」

「それでいいのよ」とキャメロンは言った。

「次は？」

「何もしなくていい」と彼女が言った。「アップロードが終わったら、USBをはずして、カヴァーを戻して、さっさとそこから逃げて」

「アップロードが終わったことはどうやってわかる？」

「画面を見ていて」

「なんのために？」

「見てればわかるから！」

「おい、そこのあんた」車載基地局の箱の反対側から男の声がした。「いったいここで何をしてるんだ？」

ヘンドリクスは画面に眼をやり、それから男を見て、また画面に眼を戻した。なんの変化もない。

「何をしてるって？　何が言いたいんだ？」

「なんでおれが担当してる機械のそばをうろついてるんだ？」男はヘンドリクスのいるほうにまわり込もうとしていた。

「ああ、そのことか」とヘンドリクスは平然と言った。「スマートフォンの電波が届かないんだよ。近づいたら届くかと思ったんだ。どこかに電波を強めるつまみでもあるんじゃないかと思ってきたんだけど、鍵がかかってる」

車載基地局を支える支柱をまわるのに、男は少し大まわりをしなければならなかった。それがなければ、パネルのカヴァーが開いているのを見られて、警備員を呼ばれていただろう――警備員は警備員ですでにふたりのやりとりに関心を示していた。

下をちらりと見ると、画面が点滅しており、コードが消えると、デジタル文字でメッセージが現われた。

〝ハロー、わたしはベッシー〟

メッセージはすぐに消え、またコードがスクロールしはじめた。

ヘンドリクスはUSBを取りはずし、電動歯ブラシと一緒にそれをポケットに収めた。男が角をまわっているあいだにパネルのカヴァーをそっと閉めると、自動的にロックされる小さな金属音がした。

男が首から下げているIDカードには、国土安全保障省サイバーセキュリティ・センター《NCSC》、アーロン・スタントンとあった。「鍵がかかってることにはわけがあるんだよ」

「わけ?」

「電子レンジのタイマーのセットもろくにできないどこかのまぬけに壊されて、通信ネットワークが使いものにならなくなるのを防ぐためだ」

「いいか、このまぬけ」とヘンドリクスは腹を立てているふりをして言った。「おれをそこらのアホと一緒にするな——誰に口を利いてる？　おまえ、FBIの字も読めないか？」はったりというのは案外通用する。そのことには常々ヘンドリクスも驚いていた。

「それは悪かったな」とスタントンは皮肉っぽく言った。「あんたが〝フィーブ〟とは知らなかったよ（〝フィーブ〟は〝FBI捜査官〟の意にも〝まぬけ〟の意にもなる）。もっとゆっくり話してやればよかったのかな」

ヘンドリクスはスタントンに近づくと、彼のIDカードをつかみ、それをまじまじと見た。

「おい！」とスタントンはヘンドリクスの手をつかんで言った。「何してる？」

「おまえのことを報告するまえに、名前のスペルを確認しておこうと思ってな」とヘンドリクスは言った。

「なんでだ？　おれがちゃんと自分の仕事をしたからか？　おまえのほうこそ報告されなくてラッキーだったな。この機械のボタンを押してもしていたら、おまえはもう一巻の終わりだったんだから。おれの気が変わらないうちにさっさとどこかへ行け」

「ああ、言われなくてもそうするよ。こっちはこんなくだらないことにかまけてる暇はないんでな」ヘンドリクスはスタントンに背を向けて歩きはじめた。言い合いが終わると、まわりの関心も薄れた。それでも、スタントンはどこか不審に思っているようで、車載基地局をじっくり調べていた。パネルのカヴァーを開けて点検していた。

ヘンドリクスが二十歩ほど進んだところで、そんなスタントンが大声を上げた。「おい、そこのフィーブ——ちょっと待て」

ヘンドリクスは反射的に体が強ばったのが自分でもわかった。顔がかっと熱くなり、振り返った。スタントンの声を聞いた近くにいた者たちも振り返り、ヘンドリクスをじっと見ていた。銃に手をかけている者もいた。ヘンドリクスの全身から冷たい汗がどっと噴き出た。

「なんだ？」それでも平静を装って訊き返した。

スタントンはチェックメイトと告げたチェスの名人のような笑みを浮かべ、ヘンドリクスに向かって何かを振った。「スマートフォンを忘れてるぞ」

ヘンドリクスにしても今ばかりはわざと決まり悪そうなふりをする必要がなかった。実際、とことん決まり悪かった。スタントンのところまで小走りで戻ると、スマートフォンをつかみ取り、西へ向かって歩いた——一番近い高速道路の入口に向かって。ここではないどこかに向かって。

26

ヤンシーはレジの横のカウンターに品物を置き、カウンターの中にいる十代の女の子に笑みを向けた。若くて可愛いソマリ族の少女だった。薄茶色の肌、鮮やかなオレンジとピンクのスカーフで包まれた髪。スカーフ以外は地味な西洋人の若者と変わらない服装だった。ヤンシーがカウンターに近づいたときには、ガムを嚙みながら親指をスマートフォンの画面に這わせて誰かにメールを打っていたのだが、彼に気づくと、すぐに無表情になった。「これで全部ですか？」少女はそう言って、彼が置いた品物に眼をやった。退屈した声音にはカリフォルニア訛りがあった。

「お嬢さん、ブックマッチも要るんだ。もらえるかな」と彼はさらにワット数を上げた笑みを向けて言うと、ウィンクまでした。

少女はふくらませたガムをパチンと鳴らし、呆れたように眼をぐるりとまわして会計をすると、ブックマッチをカウンターの下からいくつかつかんでスマートフォンの画面に眼を向けたまま、レジ袋の中にぞんざいに放った。二、三個は袋の中にはいったものの、あとははずれ、ひとつはヤンシーにぶつかり、彼の足元に落ちた。

ヤンシーの顔から笑みが消えた。少女の手からスマートフォンをもぎ取ると、レジの反対側に投げつけた。スマートフォンはマガジンラックにあたって床に落ち、画面が粉々に割れた。

「ちょっと！」と少女は大声をあげた。「いったい――」

ヤンシーはジャケットの身頃を開いた。リヴォルヴァーの木のグリップがのぞいた。少女は眼を大きく見開き、カウンターの中で身を縮こまらせた。顎を震わせ、今にも泣きだしそうな顔になった。

「な、なんでもあげるから。乱暴はしないで」

「乱暴するつもりなんかさらさらないよ、お嬢さん――私は善良な市民だ。きみたちみたいな人が国境を越えて、アメリカ社会のサーヴィスを受けられるようこの国を守るのが私の仕事だ。だけど、アメリカにやってきた大人が自分たちの子供を甘やかすのには我慢ができなくてね。この国で暮らしたいのならクソ敬意というものを学ぶことだ」

彼はポケットから財布を取り出し、カウンターに二十ドルを置いた。「お釣りでスカーフのかわりに野球帽でも買うといい。ここはアメリカだってことを忘れないように」彼はそう言って袋をつかむと、出口に向かった。

コンビニエンスストアを出ると、排ガスのにおいがした。駐車場を横切りながら煙草に火をつけ、縁石に立って車の行き来がとぎれるのを待った。そして、小走りで道を渡ると、モスクへ向かった。

そこは彼がそれまでに見たどんなモスクともちがっていた。丸屋根も尖塔もなければ、屋根から吊り下げられたアラビア語の垂れ幕以外、どんな装飾物もなかった。ただのずんぐりした醜い商業ビルで、以前はセカンドラン・シアターだった建物だ。〝デイマーク・シネマ〟の文字はさすがに取り除かれていたが、建物の薄汚い正面にはその文字の跡がまだうっすらと残っていた。場所はサンフランシスコから南へ十マイルほどくだったデイリーシティの商店街。

モスクは閉まっており、広い駐車場——日に焼けて白っぽくなった舗装は修繕が必要で、コンクリートの割れ目から雑草が生えている——は閑散としていた。停まっているのは、レンタカー店で借りた彼の紫のキャデラックATSと、B123とB127のナンバープレートから〈ベラム産業〉のものとわかるハンビー二台。それに一九八〇年代後半に製造された、右のフロントフェンダーに修理跡のある緑のクライスラー・ルバロン。それはおそらく導師のものだろう。すべらかな黒の防弾ヴェストを身につけた、がっちりした体型の〈ベラム産業〉の男がふたり、モスクの入口のそばに立っていた。

ヤンシーが入口に向かって歩いていくと、男のひとりが彼のためにドアを開けた。中にはいると、ヤンシーは煙草の煙を吐いて周囲を見まわした。

ロビーの内装は映画館だった頃からあまり変わっていなかった。当時と同じ絨毯に、同じ壁紙、同じ照明器具。売店は薄暗く、ガラスケースには何もはいっていない。ドアの横には靴入れのための棚が設えてあり、導師しかいないはずなのに、靴が二足そこに置かれたままになっていた。どうして靴も履かずに外に出られるのか。こういうところにかよう人間はヤンシーにとって永遠の謎だった。

彼は靴を履いたまま中にはいった。

客席は祈禱所に改修されていた。座席が取りはずされ、絨毯は貼り直されていた。が、床は水平にはなっておらず、幕の降りたスクリーンのほうに向かって下り勾配になっていた。売店の左が入口だったが、ヤンシーは右に進んで導師のオフィス——もともとは劇場支配人のオフィスだったところ——に向かい、ノックもせずに中にはいった。

導師は折りたたみ椅子に結束バンドでつながれていた。

机——何十年もまえにくすんだ緑色に塗られた平凡な金属製のもので、ペンキが剝げていた——は壁ぎわに寄せられ、いつもは机の奥にある中古品の事務用の椅子も壁ぎわに置かれていた。事務用の椅子は尋問には不向きだ。キャスター付きだとすぐ動く。それに回転もする。だからパンチの威力が削がれ、相手の視界から出たりはいったりして怯えさせるのにも手間がかかる。

導師は長身痩軀、長い手足に華奢な指をした四十代前半の男だった。よく手入れした黒いひげには白いものが交じっている。ゆったりとした襟なしシャツに、白いスカルキャップ、それにグレーのズボン。導師の細いメタルフレームの眼鏡はデスクマットの上に置かれていた。右の眉毛から血が滲んでいた。裸足で、その顔は怒りに満ちていた。

ヤンシーは買物袋を持って部屋を横切り、導師から見える場所にその買物袋を置くと、机にもたれて炭素鋼の戦闘用ナイフで爪を磨いていた黒ずくめの男に尋ねた。「あれからこいつは何か問題を起こしたか？」導師のうしろ、オフィスの隅にいたもうひとりの〈ベラム産業〉の男が無言で立ち上がった。

「いいえ、ボス。ひとことも口を利いてません」

「よし」ヤンシーは今度は導師に向かって言った。「私の部下と一悶着起こしたということだが」

導師はなにやら答えた。が、声が小さすぎてヤンシーには聞こえなかった。

「なんだって？」

「ここは禁煙だと言ったんだ。ここは礼拝の場だ」導師の声はおだやかで落ち着いていた。怒りや苦痛を抑える術を身につけているのだろう。

ヤンシーはゆっくりと深く煙草を吸うと、口から出た煙をまた鼻から吸って息を止め、じっくりと味わった。そのあとまた煙を吐いて言った。「ここで煙草を吸ってもなんの問題もないように思えるが。それに私にすれば、ここは祈禱所ではなくポルノ映画館だ。いずれにしろ、あんたは私の部下たちがここに来たとき、タリバンみたいな野蛮な行動を取った。その理由を聞かせてもらおうか？」

「そんなことをした覚えはない。ただ、逃げようとしただけだ。アメリカのイスラム教徒には、銃を持ってマスクをつけた男などとても信用するわけにはいかない。しかも昨日の悲劇のあとだ。そういう男たちにいきなりやってこられたら、昨日の事件のことで言いがかりをつけられるんじゃないかとどうしても思ってしまう。で、実際、そのとおりになった」

「私に言わせりゃ、不信感というのは諸刃の剣だ」とヤンシーは言った。「おまえたちがこの国を攻撃したりしなければ、われわれもここには来ない」

「この国はあんたの国であると同時に私の国でもある」と導師は言った。「私が今回の事件を起こした人間と関わりがあるような決めつけはやめてもらいたい。彼らは狂信者であり、野蛮人であり、誤ったコーランの教えを説く指導者によって堕落させられ、魂を失った者たちだ。私は彼らとはちがう。信心深い平和主義者だ。私もアッラーの神も昨日起きたことを決して赦しはしないだろう」

「その野蛮人の見てくれがおまえそっくりというのは、かえすがえすも残念なことだな」

「それに関しては」と導師は言った。「否定はしない。しかし、これだけは言っておかなければならない。ここに人が集まるのは暴力に訴えるためではないということだけは。こんな拘束は不要だ。これを取りはずしてくれ。きみの部下たちには外で待ってもらい、私ときみのふたりだけで、文明的に話し合おうじゃないか」

「文明的か」とヤンシーは言った。「それも悪くはないが、よく聞け、ムハンマド――」

「私の名はラフィークだ」と導師は言った。

「――おしゃべりを愉しむのも悪くはないが、あいにく一日じゅうおまえと遊んでる暇はこっちにはなくてな。だからこうしよう。拘束も部下もこのまま、私がおまえに質問をする。おまえはその質問に答える。その答に私が満足するかどうかで、おまえの今日一日のありようが決まる」

「弁護士を呼んでくれ」とラフィークは言った。

「今ここにか？」

「そうだ。私を尋問しようというなら、それは私の当然の権利だ」

「聞いたか、今の導師のおことばを」とヤンシーは部下に向かって言った。「導師は自分の権利をちゃんと知っておられる！　ただ、ラフィーク、それにはひとつ問題があってな。私は民間企業の人間なんだよ。だからおまえの言うところの権利などというものは私にとっちゃなんの意味もないんだ。さっき言ったとおり、私の質問に答えてもらおう」

ラフィークは歯を食いしばるようにして言った。「嫌だと言ったら？」

「おまえはあの買物袋の中身を知ることになる」

「わかった。だったら始めてくれ」とラフィークは彼のささやかな抵抗に対するヤンシーの脅しにも怖じ気づくことなく落ち着いた声音で言った。

ヤンシーはスマートフォンから画像を取り出した。それは白黒のIDカードの写真で、黒髪にくぼんだ眼をした痩せた青年が写っていた。ひげをきれいに剃った顔にこれといった表情は浮かんでいなかった。ヤンシーはそれをラフィークに見せた。「この男に見覚えはないかな?」

ラフィークは何も言わなかった。

「もう一度訊いてやろう。この男に見覚えはないか?」

やはり無言だった。

ヤンシーは次の画像を出した。さっきとは別の写真で、別の青年が写っていた。「これはどうだ? あるいはこれは?」彼はそう言って、また別の写真を見せた。

ラフィークはヤンシーの眼をじっと見つめたものの、沈黙したままだった。

「この男たちはテロリストだ」とヤンシーは言った。「爆破事件を起こした組織のメンバーで、この写真は入国時に使われたビザから取ったものだ。私の質問に答えないということはやつらに味方することになるが。それでいいのか?」

「質問に答えないのはきみのやり方に問題があるからだ。ぜひとも教えてもらいたいものだ。信仰する宗教や肌の色のほかに私がその男たちを知っているときみが思う理由はなんだ?」

「人種差別だと言いたいのか? そんなことは言っても無駄だ。このモスクにやつらが礼拝に来ていたことには証拠があるんだよ。目撃者がいるんだよ」それは必ずしも嘘ではなかったが、まったくの真実というわけでもなかった。

「ここは祈りを捧げる場所だ」とラフィークは言った。「出入りする者は何人もいる」

「それはテロリストも来るということか？」

「きみの言うように、彼らがここに来ていたというのがほんとうなら、そのときはまだテロリストではなかったはずだ」

「つまりやつらを覚えてるんだな？」

「そうは言ってない。ただ、ビザが発行されているという事実から推測しただけのことだ。アメリカ合衆国政府が名の知れた過激派に旅行計画を立てさせるとは思えないからね」

「面白いことを言うじゃないか、ラフィーク。おまえの言うとおりだとすれば、やつらはここで過激なものの考え方を植えつけられたことになる」

「それはありえない。さっきも言ったように、私は暴力の必要性を説いたりなど断じてしない。それを許すこともしない。これだけは言っておこう。私はほんとうにその男たちに見覚えはない。ここに来たことがあったとしたら、それはほんの短い期間だったんじゃないだろうか」

ヤンシーはしゃがんでラフィークと視線を合わせると、笑みを浮かべて言った。「よかろう。ようやくさきが見えてきた。私はおまえのことばを信じるよ。だから、おまえにとって楽なやり方で行こう。拘束を解いてほしいか？　私や私の部下にはここからいなくなってほしいか？　それが望みなら、おまえたちが言うところの会衆だかなんだか、犯人の大義とやらに共感している可能性のあるメンバーのリストを渡すことだ。船を調達したり、捜査の眼をかいくぐって潜伏場所を提供したりする可能性のあるメンバーのリストだ」

ラフィークは首を振った。「さっきも言ったはずだ。私は彼らを知らない。もし知っていれば――さらなる殺戮を防ぐことのできるような情報を知っていれば――喜んで、しかるべき機関にとっくに提供してるよ」〝しかるべき機関〟と強調した彼の口調には、明らかにヤンシーはそのカテゴリーに含まれていないことを示唆していた。「私は〈真のイスラム帝国〉とやらに忠誠を誓ってはいない。彼らの信仰は、予言者ムハマンドに教えを乞いたいと心から願っている私のような人間すべてを侮辱するものだ。だから彼らの逮捕には喜んで協力する。だからと言って、きみたちのような人間に与するつもりは断じてない。きみたちがやっているのは……そう、〝魔女狩り〟だ。ここで敬虔な祈りを捧げている順法精神に富む人たちの中から誰かを選んで、その人物を〝魔女〟に仕立て上げる。それがきみたちのしていることだ」

ヤンシーは首を振りながら立ち上がると、コンビニエンスストアの袋のところまで歩いた。

「〝水責め〟というのを知ってるか？」

不安にラフィークは顔を強ばらせ、首を振った。

「私はよく知ってる」とヤンシーは言った。「こうやるんだ。まず拷問を受ける者を十度から十五度傾けて縛り上げる――肺が頭より高い位置にくるようにね。この拷問には拘束用のひもと特殊なテーブルがあれば便利だが、なくてもできる。手近なものを利用すればいい。おまえがつながれているその椅子でも充分役目を果たしてくれる。そのあと顔に布切れをかけて口と鼻を覆う」

ヤンシーは手を伸ばして、袋から小さな白いテリー織りのタオルを五枚取り出した。洗車用のタオル。「この布切れでいい」と彼は言った。「布を顔に置いたら、その上から水をゆっくり注ぐ。鼻腔や鼻洞や咽喉が水でいっぱいになるまで。このやり方だと、拷問を受ける者が男であれ、女であれ、溺れ死ぬことはない。なぜなら、水の溜まっているところより肺が高い位置にあるからだ。それでも、実際にはほとんどの人間が水を吸い込むか、吐いてしまって、吐物が肺にはいり、呼吸困難になる。私はその両方を見たことがあるが、見ていて決して愉しいものではない。それに、そう、マニュアルには水を使うようにと書かれているが、液体ならなんでもいい。そんな中で私が気に入ってるのが炭酸水だ。気泡のせいで焼けるような苦痛になるんだよ。で、たいていみんなすぐにしゃべりだす」

ヤンシーはまたコンビニエンスストアの袋に手を伸ばし、ビールのコルト45の四十オンス瓶を二本取り出した。ラフィークは椅子の上でもがいた。が、結束バンドはびくともしなかった。

「ああ、そうか」とヤンシーは言った。「アルコールは禁止されてるんだったな。だったら、さっさとリストを出すことだ。あるいは、おまえたちの神が見ていないことを願うしかなくなる」ヤンシーはそう言って、部下にうなずいてみせた。ふたりの部下は黙ったままラフィークの両脇に移動すると、椅子をつかみ、叫びつづけるラフィークの頭を床につけて足を宙に浮かせた。

そのときヤンシーのスマートフォンが鳴った――メールだ。彼はそれを読むと笑顔になり、短い返信を打った。

「悪いが、ラフィーク」と彼は言った。「この祝祭には出られなくなった。野暮用ができた。だけど、心配は要らない――おまえの世話は私の部下がちゃんとしてくれるから」

27

「なんだって？」

「ニンジャ」とキャメロンは興奮を隠しきれず甲高い声で答えた。「ニンジャと言えばわたしもそうだけど」

「ええ？」

「ヒットした」

アドレナリンがまるでドラッグのようにヘンドリクスの体を駆けめぐった。温かくぞくぞくするものが手足に広がった。身が軽くなり、突然、意識も澄んで、痛みからも苦痛からも疲労からも化学的に解放された気分になった。「きみの、その、プログラムとやらが命令を解読したってことか？」

「あら、自分が何を言っているのかいくらかわかったふりをするなんて、可愛いところがあるじゃない。そうよ。何か見つけられたみたい。電話よりずっといい。メールよ。そう、メールが二本」

「どうしてメールのほうがいいんだ？」

「最初のメールには写真が含まれてるから。今、そっちに送るわ」

ヘンドリクスのスマートフォンが振動した。表示をクリックするとアプリが開いた。名前はなく、ただ電話番号のみが表示されている。最初のメッセージには「POI確保。指示を待つ」とあった。添付された写真には、あのビデオに映っていた老人が血まみれで縛られた状態のままカウチに坐っているところが写されていた。その隣りに同じように縛られた女性がいた。ふたりの両脇にはボディアーマーを身につけた男たちが立っていたが、顔は写っていなかった。ふたつ目のメッセージには「今、向かっている」とあった。タイムスタンプを見ると、このふたつ目のメッセージが送られてから二分と経っていなかった。

「届いた？」キャメロンの声がした。

「ああ、届いたよ。いい仕事をしてくれた——こいつはすごい」

「ありがとう」と彼女は言った。さりげなさを装ってはいたが、ほんとうは照れているのがヘンドリクスにはわかった。「でも、POIって何？」

「〝パーソン・オヴ・インタレスト〟。容疑者のことだ」と彼は言った。「電話番号以外にこの男たちについてわかってることは？」

「何もないわ」と彼女は言った。「調べようとしたけど、できなかった。このスマートフォンは徹底的に暗号化されてるのよ」

「メールの発信源は？」

「それもわからない——少なくともデジタルでは。暗号化のせいでスマートフォンのGPSにアクセスできないのよ。わたしにわかるのは、そのスマートフォンがどの基地局を経由しているかということだけね。あの車載基地局を通っていなかったら、傍受できなかったでしょう」

「きみはこのあと〝でも〟って言いたがってる。わかるよ。だけど、おれたちにはドラマティックな瞬間を愉しんでる暇はない。何かわかってるのならさっさと言ってくれ」

「ドラマティックな瞬間を愉しんでなんかいないわよ。今、わたしは同時に複数の処理をするのにすごく忙しくしてるの。そんなときにそんな暇はないわ」

「どういうことだ？」

「その写真をよく見て。何が見えるか言ってみて。男のほかに」

「なんなんだ、ええ？　カウチ？」

「そう、カウチ。それから暖炉、硬材の床、独特な刳り形、窓の外の屋根付きポーチ」

「それはわかったけれど、それがどうしたっていうんだ？」

「プレシディオの敷地内の住宅は個人で所有することはできないの。すべて〈プレシディオ

・トラスト〉から借りるのよ。今、〈プレシディオ・トラスト〉のウェブサイトを見てるんだけど、住宅の様式や地区によって分類されたものがすべて写真入りで載ってる

「なるほど」と彼は言った。「だけど、プレシディオはもともとは軍の基地だ。だから、そうした特徴に当てはまる家は何軒もある。おれもここに来るまでのあいだ、同じような造りの家のまえを何度も通った」

「まあ、そう思うところよね。でも、実のところ、われらがセグレティはいい趣味の持ち主だってことがわかったわ。なぜって、彼が縛られている場所がわかったから。これはかなり自信を持って言えるわね。敷地内にそれらしき家は四軒しかないわ」

「そのうちのどこにいるのかもわかったのか？」

「いいえ。でも、その四つの家はばらばらに建ってるんじゃなくて、プレシディオ・ブールヴァードとファンストン・アヴェニューとの交差点の両脇に二軒ずつ建ってるのよ」

ヘンドリクスはグーグルマップを開いた。「ここから一マイルほどのところだ。行かなきゃ。切るぞ。しばらくひとりでいてくれ」

「どうして？」

「あの写真の男たちはマフィアじゃない。司法当局の職員だ。だったら誰が彼らを送り込んだのか、電話で訊いてみる必要がある」

「司法当局？　それならちょっと思いあたることがあるんだけど」とキャメロンは言った。

「なんだ？」

「ビデオの女の子――ハンナ・レストン――から聞いたんだけど、FBIが今朝早く弟の病室に来て、父親と話してたそうよ。気味の悪い男だったって言ってた。彼女に向かってウィンクなんかしたりして。いずれにしろ、その男はセグレティのことをさんざん訊いて、彼女の父親に答えることを強要したんだって。それで父親は苛立ったみたい。わたしはハンナにもう少し探りを入れられないか、ほかにも何か見てないか訊いたんだけど、そこで父親に部屋にいるようにって怒鳴られたみたい。父親がそんなふうに声を荒らげることはめったにないのにって、ハンナは言ってた」

「ちょっと待て――レストンの家族と話をした？　何を考えてるんだ？　彼らには近づくなってあれほど言っただろうが！」

「落ち着いて。ハンナとは病院のトイレで話したのよ。女同士で。あの老人をわたしのお祖父ちゃんってことにして、話をでっち上げたの。家族でお祖父ちゃんを捜してるんだけど、お祖父ちゃんは不法入国者なんで、わたしたちとしてはこっそり動かなくちゃならないって、彼女には言ってある。お祖父ちゃんは大学にはいるためにイタリアから渡ってきたときにお祖母ちゃんと出会って、正式な書類を出さずにそのままこっちで暮らすことになったことにしてある。彼女、すっかりその話を信じてくれて、自分は愛のために人助けをしてるんだと思ってくれてる。だから、両親にもわたしがここにいることはひとことも言ってないはずよ」

「待て。どういうことだ？　まさかまだ病院にいるんじゃないんだろうな？」

「そのまさかよ。でも、どうして？　別に問題ないでしょ？　病院の食堂には必要なものが全部そろってるんだから。Ｗｉ‐Ｆｉもあるし、ネットワークに接続してるあらゆるパソコンをハイジャックできるし。何人もの人が出入りして暇をつぶしてるからめだたないし。医者も患者の家族や恋人もそれどころじゃないから、わたしのことなんか見向きもしないし」

「きみはおれにはコーヒーショップにいるって言った」彼は怒りまくりながらも抑揚を抑えたざらついた声で言った。

「そう、まあ、嘘をついたのよ」

「いいか、よく聞け。そこは安全じゃない。病院からすぐ出るんだ。できれば職員専用の通用口から」

「どうして職員専用の通用口なの？」

「病院を見張ってるやつがいるとすれば、監視するのは一般市民用の出入口だからだ。いずれにしろ――ここが肝心なところだ――必ずふたり以上の眼があって、逃げ道がふたつある場所にいるんだ。誰かとふたりきりになる状況は避けろ。追いつめられる可能性のある場所にだけは絶対に行くな」

「あなたの話を聞いてると、怖くなってきた」

「それでいい。なぜならこれは怖がらなきゃいけないことだからだ。自分の恐怖心に耳をすますんだ。そうしていれば安全でいられる。それからもうひとつ。ハンナはそのＦＢＩの男がどんな外見だったか言ってなかったか？」

「そう……わりと年配で、スプレーじゃなくて、日光で日焼けしているような人だったそうよ。カウボーイ・ブーツを履いて、トルコ石のピンキーリングをはめていた。これで何か役に立つ？」

「まだなんとも言えないな」と彼は言った。「とにかく逃げるんだ。走って逃げて、誰にも尾《つ》けられていないことがわかるまで止まるな。おれもできるだけ早く電話をかけ直す」

「でも、もし――」

ヘンドリクスは電話を切った。キャメロンをなんのサポートもないまま、病院にひとりきりにしたことにいささかうしろめたさを思いながら、それがよけいな心配であることを祈った。

そして、スマートフォンのキーパッドを開くと記憶の中の番号を入力した。

28

エドガー・フーヴァー・ビルの中は騒然としていた。忙《せわ》しなく動きまわる人たちであふれ、電話やプリンターやコピー機の音があちこちで鳴り響いていた。その状態に空調が追いつかず、懸命に働く電子機器と不眠不休の人々の体臭が混じり合ったにおいが充満していた。次の攻撃がいつ実行されるかわからない中、シャワーを浴びたり着替えをしたりする者はいなかった。仮眠を取る者など言うに及ばず。

オブライエンは優秀な捜査官を会議室に呼び集めた。テーブル一面に書類が一フィートほどにも山積みされていた。「ここにある書類にカリッド・ワヒブとアハメド・ムハンマド・バクルとファズル・アブドラ・アル＝ナスルについてのすべての情報が載っています」とオブライエンは言った。「ほとんどが古いもので、明らかに不正確な情報も含まれています。それでも全部に眼を通して、篩にかけて。それが国家保安部《NSB》からの指示よ。さあ、すぐ始めましょう」

大して意味のない作業であることは誰にもわかっていた。これらの書類になんらかの重要な情報が含まれているのなら、NSBは人任せになどせず、自分たちで限なく調べているだろう。それでもやるしかない。好むと好まざるとにかかわらず、それが仕事なのだから。

その作業を始めてから何時間も過ぎたところで、トンプソンのスマートフォンが鳴った。雑然とした中、彼女はどこにスマートフォンを置いたかすぐには思い出せなかった。開いた宅配ピザの蓋の下に隠れていた。積み重なった通話記録とクレジットカードのレシートとのあいだに埋もれていた。

発信者の番号通知からは相手が誰なのかわからなかった。知らない番号だった。名前も表示されていなかった。

「トンプソンです」

「きみがやつらを送り込んだのか？」

「あなた、誰?」トンプソンが訊き返したきつい口調にオブライエンが片眉を吊り上げ、ノートパソコン越しに彼女を見た。

「いちいち名乗らせるなよ」

ヘンドリクス。なんてこと。トンプソンはテーブルから立ち上がると、オブライエンに背を向けた。そして、ほとんど囁き声になって、会議室を抜け出ると廊下を歩いた。「どうしてこの番号を知ってるの?」

「なんのことだ? きみが教えてくれたじゃないか」

「でも、名刺を受け取らなかったじゃないの」

「いや、番号だけを受け取って、それが書いてあったものは受け取らなかっただけだ」ヘンドリクスは息を切らしていた。移動中なのかもしれない。「さあ、教えてくれ——きみがやつらを送り込んだのか?」

「なんのことかさっぱりわからない」

「五分まえ、ボディアーマーを身につけた男たちがプレシディオのある家に踏み込み、フランク・セグレティの身柄を拘束した。やつらは司法当局の人間なのかどうか。それが知りたい」

トンプソンは吹き抜けの階段室に出るドアを開けて抜けた。背後でドアの閉まる音がした。

「フランク・セグレティの身柄を拘束したですって?」吹き抜けの打ちっぱなしのコンクリートに反響する自分の声にトンプソンは顔をしかめた。

「つまり、きみじゃないってことか」

「ちがうわ」と彼女は小声で言った。「わたしじゃない。そんなことができるくらいの影響力があれば、とは思うけど。わたしにとってはあなたが最後の望みだった。でも、あなたはそれを拒否した。ちがう？ どうして気が変わったの？」

「気が変わったわけじゃない」と彼は言った。「きみからの命令を受ければ、きみが責任を問われることになる。それを避けようと思ったのさ。それと一息つきたかったこともあるな。だけど、セグレティが捕まっちまったからには、きみを蚊帳の外に置いておくわけにはいかなくなった」

「その男たちについて何かわかってることは？」

「あまりない」とヘンドリクスは言った。「司法当局の者だと主張する男の命令で動いてるようだが」

「その男の名前は？」

「わからない」

「外見は？」

「直接見たわけじゃないが、年配で、日焼けしていて、カウボーイ・ブーツ、それにトルコ石の指輪をはめてる」

「なんてこと！ それってチェット・ヤンシーよ」

「チェット・ヤンシー？」

「わたしがクアンティコのFBIアカデミーを卒業したばかりの頃に上司だった人よ。よく知ってるわ」

「待ってくれ――確かそいつは――」

「――セグレティがアルバカーキ支局にやってきたとき、ヤンシーは支局長だった」

「クソ野郎」とヘンドリクスは言った。「おれたちはスパイを見つけたってことか」

「そのようね。彼はあの隠れ家の件があったあと、少ししてFBIを辞めたのよ。今は〈ベラム産業〉の重役だとかって聞いたけど」

「だからボディアーマーの男たちがいたんだな。そいつには自分の好きにできる兵隊が大勢いるわけだ」

「ヤンシーはセグレティと一緒なの？」

「いや、今、セグレティのいるところに向かっているようだ。つまり、セグレティには時間がないということだ」

「聞いて、ヘンドリクス。電話してきてくれたのはほんとうに嬉しいけど――」

彼女が最後まで言うまえに、ヘンドリクスはもう電話を切っていた。

トンプソンが階段室を出て、会議室のほうに向かうと、オブライエンが廊下で彼女を待っていた。「どうしたの？」

「なんのこと？」

「スマートフォンが鳴ったとき、あなたはまるで牛追い棒に感電させられた牛みたいに飛び上がって出ていった。どういうこと？」

「ちがうのよ、電話は……」トンプソンは顔を赤くしてことばを続けた。「ジェスからだったのよ」

「ジェスは新しい恋人とコスタリカを旅行中なんじゃないの？」

「そうよ。今も旅の途中で、キャンプ生活に飽きて、テレビのある宿に泊まったそうよ。で、ニュースを見て、電話をかけてきたの」

オブライエンは疑っていた。「それであんなに慌てて出ていった？」

「ジェスのことはあなたも知ってるでしょ？　興奮して急に大声でも出されて、みんなの気が散ってしまったら悪いと思ったのよ」

オブライエンは眉をひそめていっとき黙り込んでから言った。「チャーリー、あなた今、誰に話してるつもり？　わたしはあなたのことならなんでも知ってるのよ。隠しても無駄よ」

トンプソンはオブライエンの両手を握って、じっと相手の眼を見つめた。「なんでもないから」

「ほんとうに？」

「ほんとうに」

オブライエンは少しは安堵したようだった。「今、部長から話があったんだけど、どうやら〈ベラム産業〉が捜査の舵取りをすることになったみたい。ここからは彼らと協力しなくちゃならない」

「嘘でしょ？」

「いえ、ほんとよ。現場の指揮はチェット・ヤンシーが取るらしい。今、彼のスマートフォンの番号を捜してるところなんだけど、一緒に電話に出てくれる？」

「わたしが？　どうして？」

「あなたは彼のことを知ってる、でも、わたしは知らない。だからよ。何か不都合があるなら――」

「いいえ。不都合なんてないわ、もちろん。わたしも仲間に入れて」

29

キャメロンの足音が誰もいない廊下にスネアドラムのように鳴り響いた。あたかも胸の鼓動と共鳴するかのように。とにかく逃げるのよ、と彼女は自分に言い聞かせた。絶対振り返ったりしないのよ……

なのに振り返ってしまった。廊下のドアにはめ込まれた、斜めにワイヤのはいった細い窓の向こうに尾行者の顔が見えた。

ヘンドリクスに病院からすぐに出るようにと言われ、彼女は改めて怖くなった――誰でも怯えるだろう――同時に、彼は過剰反応をしているのだと自分に言い聞かせもしたのだった。自分は細心の注意を払って、手ぎわよく立ちまわっているのだから。レストン家の息子の病室のまえを二、三度通り過ぎたりはしていた。病院の電子カルテにアクセスすれば、どの部屋かはすぐにわかった。しかし、病室のまえを通り過ぎるときには、開いたドアから中をのぞき見たけれど、歩調をゆるめたり、立ち止まったり、興味深げな様子を見せたりなど絶対にしなかった。だいたいのところ、ナースステーションの脇の待合室――廊下の広くなっているスペースに設けられた場所で、雑誌が並べられたサイドテーブルと椅子があった――に待機して、遠くから家族の様子をうかがっていたのだ。そうこうするうち、ハンナがトイレに向かったので、キャメロンもそのあとを追ったのだった。

そのときには絶対に誰にも尾《つ》けられていなかった。待合室にいたのは、愛する者が治療を受けるあいだ、ただ待つことしかできない人たちだけだった。みんな最悪の事態も考えないわけにはいかず、眠ることもできず、ぴんと神経の張りつめた脂ぎった顔をした人たちだった。

トイレにはキャメロンとハンナしかいなかった。で、会話のきっかけをつかむと、キャメロンは彼女を食堂に連れていったのだ。

それにしてもあの男はどうしてわたしに眼をつけたのだろう？　キャメロンは改めて思わないわけにはいかなかった。

彼女がその男に気づいたのはヘンドリクスとの電話を切った直後だった。で、ノートパソコンを閉じると、食堂の出口に向かったのだ。正面のドアではなく、病院の狭い中庭に通じるドアに。中庭にはあまり人がいないだろうから、誰かに尾《つ》けられていればすぐにわかるはずだと思ったのだが、まさに思ったとおりだった。

しかし、気づかなかったのも無理はない。その男は中肉中背で、まわりにすんなりと溶け込む服装をしていた――Tシャツにジーンズ、キャンヴァス地のジャケット。ただ、髪型は軍人のようなクルーカットで、病院内は暖かいにもかかわらず、ジャケットを着たままだった。おそらくそれはショルダー・ホルスターを隠すためだろう。実際、男が動いたとき、ちらりとホルスターが見えた。

キャメロンは中庭を抜けたところで、尾行をまくことができたと思った。ノートパソコンをフットボールのように胸に抱え、一番近い廊下の角をすばやく曲がり、もう二回ほど角を曲がるまで速足をゆるめなかった。が、外科外来の入口に向かっていると、彼女と入口とのあいだ、五十フィートほど先に男がどこからともなく現われた。

キャメロンは踵を返して走った。勢い余って、医療用のカートに尻をぶつけて転びそうになった。「気をつけて!」カートを押していた看護師が怒鳴った。カートのような重いものがそう簡単にひっくり返るとも思えなかったが。キャメロンは向きを変えてまた走った。が、男は彼女のすぐうしろまで迫っていた。

それでも、エレヴェーターに乗り、ドアが閉まると、これでようやく尾行をまけたと思った。最初に停まった階で降りると、ふたりの看護師が意識不明の患者を運び入れた隙に、

〝関係者以外立入禁止〟と表示された自動ドアの中にもぐり込んだ。が、そのときにはどういうわけか尾行者もすぐうしろに来ていたのだ。ドアにはめ込まれたガラスの向こうから彼女を睨んでいたのだ。どういうこと？　追跡装置でもつけられているの？

男がドアに近づいてきた。キャメロンの心臓の鼓動が三倍の速さになった。走りだし、廊下の角をでたらめに曲がった。左、右、また左へと。そして警備員にぶつかった。

警備員はくすんだブロンドと潤んだ眼をした、体格のいい二十代の男で、警察学校をドロップアウトして警備員になったといった印象の若者だった。それでも、もちろんバッジと無線と銃は携帯していた。男の安っぽい上下茶色の制服がそのときのキャメロンには光り輝く騎士の鎧に見えた。

「迷子になったんですか？　ここは関係者以外、立入禁止です」

「迷子になったわけじゃないわ——誰かにあとを尾《つ》けられてるのよ」

「尾《つ》けられてる？」

「ええ。助けてちょうだい。変な人が病院じゅうを追いかけまわしてくるのよ。おまけにその男、銃を持ってるの。そいつをまこうと思ってここまで逃げてきたの」

「わかりました」と警備員は言った。「もう大丈夫です。警備室のほうでもっと詳しく聞かせてもらえますか？　病院内で妙な男が若い女性を追いまわしているとなれば、私のボスもきっと聞きたがると思うんで」

「悪いけど、急いでるの。だから一番近い出口まで連れていってくれれば——」キャメロンのことばを警備員がさえぎって言った。

「落ち着いて。時間は取らせませんから」

警備員は彼女の二の腕をつかむと——必要以上に強く——彼女が来たほうの廊下に連れ戻そうとした。「ちょっと、放して！」キャメロンは腕を解こうとした。警備員は彼女の腕をしっかりとつかんだまま、監視カメラに向かって軽くうなずいた。

遅まきながら、どうして尾行者をまくことができなかったのか、キャメロンはそのときようやく気づいた。

「いい？　あなた、何か誤解してる」

「私はそうは思わない」

「ええ？」

「しばらくまえになるけど、警備本部からレストン一家は危険な状況に置かれているかもしれないという情報がはいったんで、息子さんの病室を監視してたんだよ。で、あんたが三度目に病室のまえを通ったとき、顔写真を送って調べてもらったら、何が出てきたと思う？」

キャメロンは呆然と警備員を見つめた。「ずいぶん長いリストだったな。個人情報の詐取、銀行詐欺、医療用麻薬の不法所持、ありとあらゆるものが出てきた。入院してる人をカモにしようだなんて、あんた、変質者かなんかなのかい？」

詐取？　詐欺？　麻薬？　いったいなんのことなのか、キャメロンにはさっぱりわけがわからなかった。しかし、今はそれよりなにより逃げることだ。この警備員を説得しなければ。

頼まなければ。土下座してでも。

「聞いてちょうだい」とキャメロンは言って、相手の胸に名札がないか探した。名札はつけていなかった。制服のシャツについているマークは縫い込まれた会社のロゴで、バッジのように見えた。銃眼つきの塔が描かれた盾の形をしたバッジで、その下に小さなブロック体で〈厳重警備　ベラム産業〉という文字が縫い込まれていた。「まったくの誤解よ。わたしは絶対に――」

「余計なことは言わないほうがいい。もう捕まってしまったんだから。ボスもすぐ来るし」近づいてくる足音が聞こえた。キャメロンの心臓の鼓動が一気に激しくなった。身をよじって逃げようとすると、警備員は彼女の背中を壁に押しつけ、腕で首を押さえ、身動きができないようにした。息ができなくなり、咽喉から妙な音が洩れた。警備員はほんの少しだけ手をゆるめてくれた。彼女はどうにか息を吸い込んだ。同時に泣けてきた。涙と鼻水が顔を濡らした。

「お願い」と彼女は声を振り絞って言った。「お願いだから」

警備員は体を密着させており、キャメロンには警備員の額のあばたが見えた。くさい息が熱く頰にかかった。「お願いするのは勝手だけど、そんなことしても意味ないから」

キャメロンは大きく息を吸い込むと、一ドル硬貨ほどにも大きく眼を見開き――

警備員の股間を思いきり蹴り上げた。

警備員は彼女から手を放し、体をふたつに折った。すさまじい汗を噴き出し、顔を真っ赤にしていた。キャメロンは両手でノートパソコンをつかむと、警備員の顔に振り降ろした。顎にあたり、プラスティックが割れ、破片が飛び散った。警備員はその場に倒れた。文字が書かれたキーボードのキーが床に散らばった。

キャメロンは走った。角を曲がってきた尾行者の罵声が聞こえた。倒れている警備員に気づいたのだろう。尾行者は時間を無駄にしなかった。警備員の体を飛び越えると、キャメロンを追ってきた。ふたりの距離はすぐに縮まり、男の右手の指がキャメロンの肩に触れた。

いや、触れたのではない。キャメロンはぐいと肩をつかまれた。

男は彼女のシャツをつかんで引っぱった。が、そこでばらばらに散らばったキーに足をすべらせ、床に倒れた。キャメロンを道づれにして。

仰向けになった男の上にキャメロンが重なった。男は腕でキャメロンを抱え込もうとした。彼女はやみくもに拳と肘を振りまわした。そのでたらめなパンチが男の鼻に一発あたった。鼻血が出た。それを見るなり、キャメロンは残酷な喜びを覚えた。男は反射的に鼻に手をやった。その隙にキャメロンは這って逃げようとした。

が、足首をつかまれた。キャメロンは男の顔面に蹴りを入れ、男の手から逃れた。そのあとはスターティング・ブロックを蹴って飛び出す短距離走者さながら廊下を走った。途中、振り向いて男に与えた痛手を眼にすると、思わず口元に残忍な笑みがこぼれた。

そこでさきほどの警備員に飛びかかられ、床に倒れた。

うつ伏せに倒れ、その拍子に肺の中の空気が目一杯洩れた。靴跡だらけのリノリウムの床は嘔吐と漂白剤のにおいがした。警備員は馬乗りになると、膝で彼女の背中を抑えつけ、右腕をねじ上げた。手首の骨が軋み、無理に伸ばされた肩のすじに焼けるような痛みが走った。

「こういうのが好きなんだろ、このクソ女《アマ》」

そう言って、警備員は彼女に手錠をかけようとした。キャメロンはがむしゃらに抵抗した。警備員は彼女の髪の毛を鷲づかみにすると、床に顔を叩きつけた。

キャメロンは抵抗をやめた。

そこで世界は暗闇と静寂に包まれた。彼女は意識を失った。

30

ヘンドリクスはプレシディオの敷地を全速力で走った。フェンスを飛び越え、裏庭を突っ切り、深い木立の中を進んだ。肺が焼け、筋肉が悲鳴をあげ、縫合痕が嫌な引き攣り方をしはじめ、体をねじるたび傷口から血がにじみ出た。

それでも、少なくとも霧は彼の味方をしてくれたようだった。ゴールデンゲートブリッジ・パビリオンから逃げ出したあとすぐに、じめじめした冷たい霧が立ち込めてきたのだ。灰色がかった白い蔓のような霧は内陸に延び、干潮のにおいとともに触れるものすべてを呑み込んだ。霧が夕陽をさえぎると、影が消えた。

気温——空が晴れ渡っていたときには摂氏二十度以上あった——が急激に下がっていた。霧はヘンドリクスの世界も狭めた。遠くのランドマークは今や幽霊さながら、渦巻く霧の中に消えていた。建造物は角が取れ、景色に溶け込んでいた。音は奇妙な反響のしかたをしていた。ときにはくぐもった音、またときにははっきりした音。自分の足音は耳に鈍く響いていた。消しゴムで意味もなく机を叩いているような音。人の話し声やエンジン音がはっきり聞こえ、反射的に身構え、あとからその音源が何ブロックも離れていることがわかる、といったことも一度ならずあった。

道を横切り、木の枝に叩かれながら森の中へはいった。そして小道と平行に、森を東へ、東へと走った。低木が生えている一帯を過ぎるとスピードを上げ、ジグザグに進んだ。すると突然、視界が開け、起伏のある原っぱに出た。湿気を含んだ空気のせいで草の上はすべりやすく、スピードを上げることはできなかった。が、そこで気づいた。そこは墓地だった。背の低い墓石や通常の大きさの墓石が野原に点在しており、その墓石にも足を取られそうになった。大きな記念碑が霧の中にぼんやりと浮かび上がって見えた。兵士、十字架、天使。そのまえを走り過ぎると、それらの像がかすんで見えた。墓地を抜けると、また森にはいった。

次に森から抜け出すと、そこはメインポストのへりを這う舗装路だった。薄明りの中、その一帯はとりわけ趣きのあるこぢんまりした街並みに見えた——曲がりくねった道、広い歩道、整然とした洒落た家屋、手入れされた芝生。住宅地と商業地とが混在した場所で、前者はスペイン様式の一戸建て住宅で、後者は羽目板造りから赤煉瓦造りまでさまざまだった。街灯が次々と点灯し、霧の中に光の輪ができた。その通りに一般車両ははいれない。それはつまり、ヘッドライトの光はすべてパトロール中の公園警察のパトカーのものだということだ。ヘンドリクスはヘッドライトが近づくと、建物や駐車している車の陰に身をひそめたり、ただ顔をそむけ、戸口に立って、そこの住人のようなふりをしたりした。

古い将校クラブの建物の外で立ち止まり、スマートフォンをチェックした。ネットの地図によると、目的地は次の角を曲がったところだ。

これから自分はどういうところに足を踏み入れようとしているのかということも、キャメロンの身に危険が迫っているかもしれないということも、努めて考えないようにした。敵陣でも自発的に行動できる訓練はアメリカ合衆国政府から受けている。彼は自分に言い聞かせた。今やるべきは自分の能力と直感と体が覚えていることを信じることだ。考えすぎは注意散漫、疑念、ひいては失敗につながる。

突然立ち止まったせいで、筋肉が引き攣った。荒い息をするたび、息が白く光った。耳の中では血管がどくどくと音をたてていた。鼓動を抑えると、それに合わせて脇腹の傷口の疼きも落ち着いた。銃をジャケットの右ポケットに入れ、安全装置をはずし、グリップを握った。

そして、角を曲がり、セグレティのもとへと向かった。

31

レイエスは腕時計にちらりと眼をやった。が、前回時間を確認してから針はほとんど動いていなかった。彼は顔をしかめた。

「どこか行くところがあるなら」とセグレティが言った。必要以上に大声になっていた。特殊閃光手榴弾で耳をやられたせいだ。「おれたちにかまわずさっさと行ったらどうだ？」

レイエスは蔑むように男を見た――ヤンシーから男の名前は教えられていなかった。手足を拘束されてカウチに坐っている男は痩せて弱々しい老人だが、実際のところ、その老人はこの家に突入した際に激しい抵抗を示した男でもあった。先遣隊が近づいたときには、男は意識を失ったふりをしていたが、突然襲いかかってきたのだ。リーマンの前腕を折りたたみナイフで切り裂き、マクティアナンの脚を払って、その銃を奪おうとさえした。すんでのところでスタエルスキが銃床で男の顔を殴って組み敷いたのだった。

ロイスはカウチのセグレティの隣りに坐っていた。エラを膝の上にのせ、縛られた手を犬の毛並の中に埋め、恐れおののいていた。繰り返し無意味なことをつぶやいて、気を静めようとしていたが、犬を慰めようとしているのか、実のところ、それとも犬に慰められているのか、レイエスにはよくわからなかった。いずれにしろ、そのつぶやきがレイエスの神経に触りはじめた。

「どこにも行かないよ」とレイエスは言った。

「ただ時間を見てるだけだ。あんたを厄介払いできるまでの時間を」

「おれを厄介払いできるまで？　だったら、おれをどこかに行かせてくれ。それでお互い二度と顔を見なくてすむんだから」

「悪いが、おれに言っても無駄だよ。何か言いたいことがあるなら、ボスがここにきてからにするんだな」

「なるほど。そういうことならうまくいくかもしれない。なにしろなんの罪もない女性の家を襲撃するように命じた張本人ともなれば、きっとものの わかる人なんだろう」

「ボスにはれっきとした理由があったのさ」

「ほう？　だったらそのれっきとした理由とは？」

「おれのような下っ端には知るよしもない理由だ」とレイエスは言った。

「なるほど。おまえさんはただの下っ端で、僕《しもべ》ってことか。だからここで何が起きてるのかもわかってないわけだ。おまえさんのボスはなんて名だ？」

「おまえはなんていうんだ？」

その質問は無視して、セグレティは言った。「それが誰にしろ、そいつは悪党だ。それだけは言える。そいつにおまえさんは何を吹き込まれたか知らないが、そいつはおれを殺すつもりだろう」

レイエスは何も言わなかった。

「そんなことはもちろんおまえさんにはどうでもいいことなんだろうがな」とセグレティは続けた。「おれとは赤の他人なんだから。それでも、だ。おれを殺すつもりならさっさとけりをつけろよ——一日じゅう待たせるような真似はやめてくれ。それと、どうかロイスだけは解放してやってほしい。彼女は無関係だ。おれはたまたまこの家のドアをノックした。そのときおれを中に入れてしまったことだけが彼女の犯した過ちなんだから」

「誰も殺したりしやしないよ」とレイエスは苛立って言って、部下に命じた。「猿ぐつわを嚙ませるんだ。ふたりともだ」

正直なところ、レイエスは何を信じていいのかわからなくなっていた。ただ、この任務は何かがおかしいとは感じていた。この男が見かけより危険なのは明らかだが、およそ狂信者には見えなかった。ヤンシーの言うようにこの男が橋の爆破に関与しているのだとしたら、自分たちが踏み込んだときに、どうしてこんなところでおままごと遊びをしていたのか。

それでも命令は命令だ——ヤンシーは〈ベラム産業〉のCEOに西海岸のトップに抜擢された男だ。それは言うまでもなく相当な地位だ。レイエスとしてもそんな人物を相手にあえて疑問を口にしようとは思わなかった。

マクティアナンとスタエルスキがふたりに猿ぐつわを嚙ませているあいだ、レイエスはカーテンを少し上げて外を見た。夜の帳《とばり》が降りて、深い霧が立ち込めていた。視界が悪くてよく見えないが、通りには歩道沿いに停めたハンビー以外、何も停まっていないようだった。

現在、プレシディオの敷地内に一般車両を乗り入れることは一時的に禁じられている——レイエスは部下のひとりに、もう一台のハンビーでヴェテランズ・ブールヴァードに張られたバリケードのところにいるヤンシーを迎えにいかせていた。通りの反対側にはこの家とそっくりの住宅が二軒おぼろに建っていた。霧のせいで乳白色の中に浮かび上がった近くの街灯の明かりもおぼろな光輪のように見えた。

ようやくハンビーが霧の中から現われ、すでに停まっている一台のうしろに停まった。ヤンシーがスマートフォンを耳に押しあてながら車から降りてきた。玄関から彼がはいってくると、セグレティは眼を見開き、口に嚙まされた猿ぐつわの隙間からうめくようになにごとか訴え、もがきはじめた。セグレティの右側にいた見張り役が彼の脇腹を殴って黙らせた。

「ヤンシー部長――」とレイエスが声をかけた。ヤンシーのほうは指を一本掲げてレイエスを黙らせた。

「ほんとうなのか？　チャーリー・トンプソンもこの電話を聞いているというのは？」とヤンシーはスマートフォンに向かって言った。「彼女は今でも手を焼かせてるか？」彼はそう言って笑った。「落ち着けよ、トンプソン。からかっているだけだ。あいかわらず冗談の通じないやつだな」間ができた。「オブライエン副部長、それはありがたいことだが、これからはわれわれが指揮を執る。だから、これまでにわかっている情報をこちらに送ったら、あとは一旦身を引いてもらいたい――必要なことがあれば連絡する。ただ、今はちょっと手が離せないが……」

ヤンシーはレイエスに向かって呆れたようにぐるりと眼をまわし、電話の相手のおしゃべりが終わらないことを手でマペットの真似をして示した。「いや、とんでもない。電話をしてくれて嬉しいよ。旧交を深めるというのはいつだっていいものだ」彼はセグレティをじっと見つめながらそう言った。

ヤンシーが電話を切ると、レイエスが尋ねた。「誰だったんです？」

「FBIだ」とヤンシーは答えた。「援助の申し出だ。縄張り争いと言ったほうがいいかもしれないが」そのあとセグレティに向かって言った。「恐れ入ったよ、フランク。おまえというやつはとことん信用できないやつだな。その汚い顔をまた拝むことになるとはな」

レイエスは訝しげにヤンシーを見た。「待ってください――この男を知ってるんですか？」

「何年もまえ、私がまだFBIにいた頃のことだ。今日は古い人間とやたらと出くわす日みたいだな。そんなふうに見えないかもしれないが、こいつは超弩級のクソ野郎だ。こいつには当時何十人、いや何百人もの殺人容疑がかかってた。が、どれも立証できなかった。捜査の手が迫ると、必ずそのことを嗅ぎつけて行方をくらましやがったんだ」

セグレティは鼻を鳴らした。

「なるほど」レイエスもいくらかは腑に落ちたようだった。「いや、けっこう手こずらされたんです。スウェットシャツのポケットに折りたたみナイフを隠していて、リーマンに深手を負わせました。今頃は病院で傷を縫ってもらってるところだと思います」

「今の話はほんとうなのか、フランク？　おまえ、私の部下に喧嘩を売ったのか？」

セグレティはただ彼を睨み返した。

ヤンシーはフランク・セグレティの隣りにいる女性に注意を向けた。「この女は?」

「ロイス・ブルサード」とレイエスは答えた。

「ここは彼女の家か?」

「そのようです。キャルヴィン・ブルサードの名義で〈プレシディオ・トラスト〉から借りている家です。写真に写ってるのがそのキャルヴィンのようです」

ヤンシーはサイドテーブルにあった写真立てのひとつを手に取り、ちらりと見てから脇に置いた。「で、そのキャルヴィンはどこにいる?」

「クレジットカードの記録によると、リノにいるようです。仕事の出張みたいですね」

「こいつがミセス・ブルサードを監禁してたのか?」

「そうじゃないみたいです——それで彼女も拘束したほうがいいと思ったんです」

「この女とはどういう関係なんだ、フランク? キャルヴィンが留守のあいだ、旦那のかわりにベッドを温めてたのか?」

ロイスの頬に一粒の涙が伝った。セグレティがふさがれた口の隙間から抗議の声をあげた。

「悪いが、何を言ってるのかわからない。だけど、心配は無用だ。おまえを北にあるわれわれの施設に連れていったら、話を訊く時間はたっぷりあるから」

セグレティの眼が何かを訴えるように大きく見開かれ、その視線がヤンシーからレイエスへすばやく移った。

「この男がなんらかの形で爆破事件に関与してるなら、しかるべき法執行機関に引き渡すべきなんじゃないでしょうか？」とレイエスは言った。

「そのとおりだ」とヤンシーは言った。「喜んでそうするつもりだ――私とのことが片づいたらすぐにでもな」

セグレティは手足をばたつかせて抗議した。ヤンシーはセグレティに近づき、その顔を二度殴った。ロイスの膝の上にいた犬がうなり声をあげた。セグレティは体をふたつに折り、猿ぐつわの隙間から息を吸い込んだ。ヤンシーは彼の髪をつかむと、体を起こさせた。

そのとき犬が突進してきた。

エラが牙をヤンシーの腕に食い込ませると、ヤンシーは悲鳴をあげ、セグレティから手を放し、腕を振って犬を振り落とした。

エラはロイスのまえを飛んで、サイドテーブルにぶつかった。テーブルの上のランプが揺れ、床に落ちて粉々になった。

「大丈夫ですか、ボス？」とレイエスが言った。

ヤンシーは咬まれた腕を胸にあてていた。血が袖を伝っていた。「大丈夫だ」

「ウェドル、この犬を寝室に閉じ込めておいてくれ」とレイエスは言った。

「いや、そのままここに置いておけ」とヤンシーが言った。

エラはまえかがみになってまたうなり声をあげていた。

「いいんですか？」とレイエスは尋ねた。

ヤンシーは三五七マグナムを引き抜くと、犬に狙いを定めた。「いいんだ」

ロイスがふさがれた口の隙間から悲鳴をあげた。セグレティは縛られた手足に反射的に力を込めた。

「まあまあ」とレイエスが言った。「ここは落ち着きましょうよ」

ヤンシーはレイエスのことばを無視して、エラにまっすぐ銃口を向けた。「おい、犬ころ、自分を見てみろ。おまえは犬というより小さなクッションだな——人間は気まぐれな神のようなこともするという生きた証しだよ、おまえは。実際、オオカミを金持ちのクソ女のアクセサリーにするのにだって、たったの二千年しかかからなかったんだからな」

「ボス、落ち着いてください。腹が立つのはわかるけれど、そこまでする必要はありませんよ。どこか見えない場所に隠しておきます。いいですね？」

「だけど、ワン公、それはただの見せかけだ。ちがうか？」とヤンシーは続けた。「心の奥底にはおまえたちはまだ半分野生の本能を持ってる。おまえたちはただ闘ってファックするだけの動物だ。だけど、それはおまえたちが悪いんじゃない。おまえたちの本能まで変えられると思ったおれたち人間が悪いんだ。それでも、おれに対して〝大きな悪いオオカミ〟を演じるつもりなら、おれ流のオオカミ対処法を見せてやるよ」

「いい加減にしてください、部長。銃をおろしてください！」

「どうやら」とヤンシーは犬から視線をそらさずに言った。「ここで誰がボスか学ぶ必要があるのはこのちっちゃなワン公だけじゃないようだな」

そう言って、ヤンシーは引き金を引いた。

銃声が轟いた。

そのときにはロイスがすでにカウチから身を乗り出していた。

彼女は手足を拘束されたまま勢いよくまえに倒れた。カウチと平行にエラのいる下方に向かって発射されたヤンシーの放った弾丸《たま》は、床に倒れ込んだロイスの胸骨を貫いた。ふさがれたセグレティの口の隙間からくぐもった叫び声があがった。レイエスはすばやくロイスのそばに駆け寄った――が、すでに手遅れだった。弾丸《たま》はロイスの胸を貫通し、射出口には彼の拳ほどの大きさの穴があいていた。即死だった。

「なんてことを……」とレイエスは言った。「いったいなんてことを……」

ヤンシーもさすがに驚き、眼を大きく見開いて、死んだロイスをじっと見つめていた。

「そんなつもりは……」と彼は言った。「おれはただ……」

そのとき家じゅうの明かりが消えた。

32

「なんだ、どうした？」

電気製品がすべてシャットダウンすると、家の中は静まり返った。その突然の静寂の中、ヤンシーの甲高い声が響き渡った。彼は手に汗をかき、口の中をからからにしていた。自分の息づかいと耳の中で鳴る脈の音が否が応でも意識させられた。

ヤンシーの左手で物音がした。カウチのバネが軋む音のあとごそごそという音が続き、そのあと鈍い音がして、うめき声が聞こえた。

懐中電灯の明かりが次々につけられた。

レイエスは倒れた女性のそばにまだ膝をついていた。彼女の体の下からどす黒い血の海が広がり、生気のない眼が懐中電灯の光を反射していた。レイエスは銃を抜いて、頭を一方に傾げ、物音に耳をすました。

セグレティは〈ベラム産業〉の男ふたりに押さえつけられていた。手足を縛られたままなんらかの抵抗をしたようだった。そのときに死んでくれればよかったのに、とヤンシーは内心思った。そうすればあとで殺す手間が省けたのに。

そういえば、あの小さなクソ犬はどこに行った？

ヤンシーにしても収拾のつかない状況になりかけていた。それはさすがにヤンシーにもわかった。それでも、パニックになるまいとして、声に威厳を持たせて言った。「すぐに状況を報告しろ！」

「たぶん停電ですね」と部下のひとりが答えた。「救助活動のために送電線に負担がかかりすぎているという連絡が緊急事態管理局《FEMA》からあったんです。電力が足りなくなる恐れがあるとのことでした」

「停電じゃない」とレイエスは言って、窓のほうを顎で示した。カーテンの隙間から明かりが洩れていた。「街灯がついてます。この家にはわれわれ以外にも誰かいるんです」

「セグレティを立たせろ」というヤンシーのことばに、セグレティを押さえつけていたふたりの部下は、うしろにまわした彼の腕をつかんで立たせた。「猿ぐつわを解いてやれ」

猿ぐつわがはずされるなり、セグレティはヤンシーの顔に唾を吐きかけた。「このクソ野郎。必ず償いをさせてやるからな」

「おれを責めるのはすじちがいだ。彼女が死んだのはおまえのせいで、おれのせいじゃない。そもそもおまえがいなけりゃこんなことにはならなかったんだ」

セグレティはレイエスに顔を向け、その眼をじっと見つめた。「おまえさんはどう思う？ この男の取った行動は正しかったか？ 言っておくが、この男が罪のない人間を犠牲にしたのはこれが初めてじゃー―」

ヤンシーは銃でセグレティを殴った。彼の頭が横に揺れ、口から血が噴き出した。そのあとは両脇を支えられたままがっくりとなって白眼を剝いた。

ヤンシーは手をうしろに引き、さらにセグレティを殴ろうとしたが、レイエスがその手首をつかんで止めた。

「ヤンシー部長！　もう充分だ！」

ヤンシーはつかまれた手を振りほどくと、レイエスに向き合った。暗闇の中、ふたりは銃をしっかりと握ったまま鼻と鼻を突き合わせた。「私の権限におまえは疑問をはさもうと言ふたりのあいだに緊迫した一瞬があった。火花を散らすような。部下のふたりも反射的に身構えた。自分の未来はこの対立の結果に左右されるかもしれない。ヤンシーはそう思った。レイエスの反抗はヤンシーの過ちと弱点を露呈させるものだった。ヤンシーとしてはそれをそのままにしておくわけにはいかなかった。

レイエスは部屋を見まわし、自分には味方がいないことを理解した。

肩から力を抜くと、うしろに身を引いて彼は言った。

「いいえ」

ヤンシーは狂ったような獰猛な笑みを浮かべた。「なんだって？　よく聞こえなかったが。〝いいえ〟のあとは？」

「いいえ、ボス」とレイエスは食いしばった歯の隙間からことばを押し出すようにして言った。

「いいだろう」ヤンシーは自信を取り戻してそう言うと、セグレティを見た。意識は戻っていたが、その眼は宙をさまよっていた。「フランク――ここにはおまえの仲間がいるようだが、そいつは誰なんだ？」

セグレティは顔をしかめ、床に血を吐き出して言った。「知るかよ。おれに味方がいるだと？」

「どのみち心配は無用だ」とヤンシーは言った。「そいつはすぐにいなくなるだろうから。

レイエス、マクティアナン、ビゲロウ、スタエルスキ、外を調べてこい。ウェドル、スウィンソン、ルッツ、おまえたちはおれとここに残れ」

部下たちは返事をしてすぐに命令に従った。レイエスひとりを除いて。

ヤンシーはレイエスに鋭い視線を向けた。

レイエスも同じ眼でヤンシーを見返した。

「何か問題でも？」とヤンシーは言った。

「なんの問題もありません、ええ、おれたちが戻ってきたときにはもうこの男が死んでたなんてことにならないかぎりは」


霧の中の街灯はガーゼのようなあたりの白に包まれ、まるで日本の提灯のようだった。長い影がブルサード家の裏庭に伸び、街灯の明かりが夜明けまえの薄明かりのようにぼんやりとあたりを照らしていた。ホラー映画のポスターさながら。

裏口のドアが軋みながらゆっくりと開いた。しばらくは何も起きなかった。そのあとふたりの男が出てきて、夜の闇にまぎれた。艶消しの黒いボディアーマーに身を包んでいるので、その姿はほとんど見えなかった。男たちは音もたてずに訓練されたとおりに動いていた。ひとりがまえに立って進み、もうひとりがその背後を守っていた。

ヘンドリクスは彼らの戦闘能力と弱点を見定めようと、影を追ってふたりを観察した。攻撃計画を練るために家のほうはたっぷり十分観察していた。が、ヤンシーが現われ、それが行動開始のキューになった。そのあと思いがけず銃声が響き、彼は思わず家に忍び寄った。機を逸したかと一瞬思ったが、その直後、セグレティの叫び声が聞こえてきた――要するに、彼は負傷したかもしれないが、まだ生きているということだ。

どんなシナリオを組み立ててみても、ヘンドリクスのほうが不利だった。人の数も武器の数も足りない。〈ベラム産業〉の男たちはMP5サブマシンガンを携行していた。フルオートマティックで、マガジンには三十発はいる。しかも防弾ヴェストには予備のマガジンも持っている。家の裏手にふたり送り出したということは、表にも少なくともふたりいると考えたほうがいいだろう。ヘンドリクスが使えるのはパパスの四五口径だけだ。それではボディアーマーには歯が立たない。

一方、ボディアーマーがヘンドリクスの利点になることも考えられた。ボディアーマーをつけていると、どうしても反応速度が遅くなる。動きも制限される。聴覚も鈍くなり、視野も狭まる。ヘルメットの下につけている暗視ゴーグルは霧の中ではほとんど役に立たないだろう。

ひとりが私道に停まっているジャガーの背後にまわり、もうひとりが木立のほうへ走った。ヘンドリクスは笑みを浮かべた。木立から調べはじめることは想定ずみだったからだ。だから木立の中に隠れるのはやめたのだ。

訓練は必要不可欠で、有益でもある。が、誤った訓練はステレオタイプの思考につながり、実際の戦場ではしばしばその訓練に裏切られる。

霧のせいで木立の中を調べている男の姿は見えなかった。彼は眼を閉じ、耳をすました。地面に落ちた松葉をブーツで踏みつけるくぐもった音。低木のあいだをすり抜ける乾いた音。調べおえた男が叫んだ。「異状なし！　そっちは何か見つかったか？」

「いや、何も」車の背後にいる男が言った。「ここに家の電気メーターがあるけど、どうやら壊されてるみたいだ。こっちに来て、掩護をしてくれ。直せるかどうかやってみる」

「了解」

メーターボックスは家の裏手の左側に増築した小さな平屋に取り付けられていた。もともとの家の切妻部分になり、そのあたりはほかよりさらに暗かった。まわりは花壇で、低木がメーターボックスを一部隠しており、そのすぐ横に水撒き用のホースが掛かっていた。

増築部分の屋根の傾斜はゆるやかで、地面から十五フィートほどの高さがあったが、ヘンドリクスはその屋根の上に身を隠していた。

「これを見ろ――誰かがメーターボックスの中のメーターをはずしている」

もうひとりが銃を木立のほうに向けたまま仲間の肩越しにメーターを見て言った。「それだけで停電になるのか？」

「さあ」

いや、停電になる。電力会社はただで電気を供給したりはしない。だからメーターが取り付けられていないかぎり、電気は流れないしくみになっている。それを取りはずすのは――違法にしろ――簡単だ。電線のセキュリティシールを剥がし、メーターを本体からはずせばいだけのことだ。

「メーターはどこかに持っていかれてるみたいか？」

「かもしれない」男は銃をクリップで防弾ヴェストに付けると、少しのあいだ花壇を探しまわった。「おい——あったぞ」

「壊れてるか？」

男はメーターの土を拭うと、手の中でそれをひっくり返した。裏側にはメーターボックスの中にある四つの小さな穴にはめ込む突起がついていた。「壊れてはいないようだ」

「じゃあ、挿し込んで、どうなるか見てみよう」

「ああ。背後を見張っててくれ」

男は突起を穴に合わせ、メーターを挿し込んだ。

その瞬間、白熱の火花が暗闇を照らした。宙に電流が走った。オゾンと焦げた髪の毛のにおいがヘンドリクスの鼻を突いた。二百二十ボルトの電圧に男は庭の奥まで吹き飛んだ。

ヘンドリクスは、蔓棚を伝って屋根に登るまえにホースでメーターとメーターボックスを水浸しにしておいたのだ。暗闇と手袋のせいでそのことに気づかないだろうと踏んで。しかし、正直なところ、これほどうまくいくとは思っていなかった。

感電した男は手足を硬直させて芝生に倒れた。髪の毛と服から煙を立ち昇らせながら、うわごとのようにも聞こえる声を洩らしていた。掩護していたもうひとりの男はメーターボックスから火花が散るや、叫び声をあげて銃を落としていた。暗視ゴーグルのせいで明るさが増幅し、一時的に眼が見えなくなったのだ。ゴーグルをはずすと、よろめきながら脇に放り出し、やみくもに眼をこすりながら、感電した仲間の名を呼んだ。

「ビグス？　大丈夫か、ビグス？　声を聞かせてくれ――眼が見えないんだ！」

ヘンドリクスは屋根から飛び降りた。


薄暗い街灯の明かりの中、レイエスは正面ポーチの右手にある藪の中を調べていた。すると、家の反対側で、爆竹のような音がした。と思うと同時に、白い閃光があたりを照らした。夜を昼にしたような。スタエルスキの叫び声が聞こえ、そのあとすぐにまた静かになった。

レイエスは裏庭に向かって走った。

厚い霧が垂れ込め、芝生は湿っていた。レイエスはスーツの上着の下に防弾ヴェストを着ていないことを後悔し、足をすべらせるたび、ドレスシューズを履いている自分に悪態をついた。マクティアナン――火花のショーが始まったときには裏庭の近くにいた――はレイエスよりさきに裏庭に向かっているはずだった。コンバットシューズのおかげでマクティアナンのほうは足元もしっかりしていることだろう。彼が霧の中に消えてからそれほど時間は経っていない。

視界は最悪だったが、レイエスの見るかぎり裏庭に人影はなかった。ビゲロウもマクティアナンもスタエルスキもいなかった。しかし、そう遠くには行っていない。現にレイエスの右手で人が争っている物音が聞こえた。殴り合いの鈍い音だ。湿りながら何かが弾けたような、腱が切れる音もした。押し殺したような叫び声。そのあと突然静かになった。レイエスは仲間が不審者を倒してくれたことを祈った。

家の角を曲がって家の側面まで来ると、何かに足を取られてつまずいた。ビゲロウだった。芝生に仰向けに倒れ、パーマをあてようとして失敗したときのような焦げたにおいを放っていた。制服の所々が溶けていた。一部を吹き飛ばされたりもしていた。皮膚にひどい火傷を負っていた。脈を探ると、弱々しく遅かった。それでも心臓はまだ動いていた。

スタエルスキはそこから遠くない場所で家の壁に背中をあずけて、坐り込んでいた。舌をだらりと出し、眼球が飛び出ていた。ヘルメットの顎ひもが咽喉元に食い込んでいた。脳に血液が行かなくなるまでうしろに引っぱられたかのように。そのすぐ隣りにマクティアナン。右脚が不自然な角度に折れ曲がっていた。顎の骨を砕かれたのだろう、顔がひどく歪んでいた。

彼らの銃がないことにレイエスはすぐに気づいた。

レイエスはすばやく仲間の状態を調べた。三人とも生きてはいるが、虫の息だった。ビゲロウもマクティアナンもスタエルスキも三人とも、銃が一度も発砲されていないのに——敵からも味方からも——体の自由を奪われていた。

いくらかでもいいニュースは、マクティアナンがどうやら相手にも傷を負わせたらしいということだ。コンバットナイフが彼のそばの芝生の上に落ちており、そこから血の跡が点々と霧の中へ続いていた。

レイエスはその血の跡をたどった。脈が速くなり、シグ・ザウエルの引き金にかけた指に思わず力がはいった。霧が彼のまわりの世界を消していた。三十ヤードかそこら進んだところで、血の跡はなくなっていた。そのときだ。首のうしろに冷たい銃口があてられるのを感じた。血の跡がトリックだったことに、レイエスは遅まきながら気づいた。

「上手いもんだ。わざと血の跡をつけたとはな」とレイエスは言った。「自分の腕でも切ったのか？」

「黙ってろ」と背後の男は言った。「両手を頭のうしろにまわせ。銃から手を離せ。さもないと、自分の口から歯が吹き飛ばされるのを見ることになるぞ」

レイエスは言われたとおりにした。うしろの男は彼の銃を奪った。ナイロンのこすれる音がした。ジャケットのポケットに入れたのだろう。

「膝をつけ」

レイエスは言われたとおりにしかけ、すばやく振り返った。そして、男の手首に腕を巻きつけ、銃を脇腹に抱え込み、銃口を横に向けた。

男は銃を落とした。レイエスはダイヴィングして銃をつかんだ。が、間髪を入れず男がタックルしてきた。銃はレイエスの手からすべり落ち、芝生の上を転がった。

男は芝生にうつぶせになったレイエスの背中を膝で押さえつけ、レイエスの前腕をつかんでアームロックをかけようとした。

レイエスは相手のこめかみに肘打ちを喰らわせた。が、そのお返しに腎臓にすばやいジャブを三発入れられた。内臓にじわじわとした痛みが広がった。反射的に体を丸くし、身を守った。男は立ち上がりざまに彼に二回蹴りを入れてきた。が、レイエスが脚払いを食らわすと、男はもんどり打って地面に倒れた。

レイエスは隙を与えず男の胸の上に馬乗りになると、何発もパンチを浴びせた。が、男はよく訓練されているようだった。パンチを予測し、パンチをブロックし、さらにパンチをかわした。そのうちレイエスのスピードが落ちると、男は振りまわしていたレイエスの拳をつかみ、手のひらをレイエスの顔に押しつけて鼻の骨を折ろうとした。レイエスはそれはどうにかかわしたものの、バランスを崩して男の上から落ちた。

ふたりはしばらくくんずほぐれつ芝生を転げまわった。どちらも優位に立とうと必死だった。レイエスは両手が自由になるなり、敵の首を絞め上げた。が、それも自分がさきほど落とした銃が顎の下の柔らかい部分に押しつけられているのを感じるまでのことだった。レイエスは手から力を抜いた。

男はシグ・ザウエルの銃口をレイエスの顔に向けながら立ち上がった。そして、数フィートほど離れた場所に落ちている自分の銃を拾うと、それもレイエスに向けた。

「家の中には仲間がいる」とレイエスは息を荒らげて言った。「おれを撃てば、全員が飛び出してくるぞ」

「そのまえにおまえは死ぬことになる」

男ははっきりした声でそう言った。レイエスはその声に聞き覚えがあるような気がした。

はっとして、彼は薄暗い明かりの中で眼を細めて男を見た。そして、見知った相手の顔に驚いて眼を大きく見開いた。

「ヘンドリクス？」

33

「レイエス？」とヘンドリクスは言った。「おまえ、こんなところで何をしてる？」

ふたりは何年もまえに一緒に仕事をした仲だった。ヘンドリクスの特殊部隊がコロンビアの麻薬ゲリラに拉致されたアメリカのNGO職員十一人――そのうちの三人は実はCIAのスパイだったのだが――を救出する任務にあたっていたときのことだ。当時、レイエスは現地のCIAトップの諜報員で、首都ボゴタにあるアメリカ大使館で仕事をしており、表向きは文化担当の大使館員だった。

「死んだはずの男から誰何されるとはな」

「あの報告書はかなり誇張されてた」

レイエスは上から下まで彼を眺めて言った。「いや、〝かなり〟ってほどでもなさそうだ。おまえ、ひどい恰好だぞ」

そのことばどおりなのだろう。ヘンドリクスはそう思った。頬は紅潮し、咽喉はからからで、縫合した脇腹の傷は焼けるようで、血がにじみ出ているのだから。

「そうか？　おれとしちゃ最高の気分だがね。いつ民間に移ったんだ？　最後に会ったときにはおまえはＣＩＡにいた」

「ああ、そうだ。おまえのほうは最後に会ったときには善玉だった」

「奇遇だな。おれもおまえに同じことを言おうと思ってたところだ。おまえがほんとうに悪党になったのか、ただ利用されてるだけなのかはわからないが」

「笑わせるなよ、マイクル。おまえがおれの仲間にしたことは――」

「いいから、落ち着け。ちゃんと手当てをすれば、三人ともちゃんと治るよ。おれは理由のない人殺しはしない。おれにとっちゃ、おまえたちは敵でもなんでもない――ただ命令に従ってるだけの手下にすぎない」

「だったらおまえは何者なんだ？」

「おれはフランク・セグレティを引き取りにきた。ヤンシーは彼について何か言ってなかったか？」

「橋の爆破事件に関与してる人物としか聞いてない。おまえが今言うまでやつの苗字も知らなかった」

「セグレティは爆破事件とは無関係だ」

「そう言うからには根拠があるのか？」

「ああ、ある」

「だったら、銃をおろせ。話し合おうじゃないか」

「そうしたいところだが、おまえを信用していいかどうか確信が持てない。とりあえず膝をついて、両手を頭のうしろにまわせ」

「おいおい、ヘンドリクス、嘘だろ？」

ヘンドリクスは彼の背後にまわると、パパスの四五口径をレイエスの後頭部に押しつけた。

「同じことを言わせるなよ」

レイエスは不承不承ヘンドリクスの言うとおりにした。

「今さら言うのもなんだが」とヘンドリクスは言った。「おれたちの再会がこんな形になるとはな。つくづく残念だよ」

「そう言われてもな。慰めには聞こえないね」レイエスはそう言うと、眼を閉じて、自分の命を奪う銃声を待った。

ヘンドリクスはレイエスの首に左腕をまわすと、曲げた右の肘で左の手首を抱えて絞め上げた。レイエスはもがいたが、しばらくするとがっくりとうなだれた。

ヘンドリクスは気絶したレイエスの体を地面に横たえ、ポケットの中を探った。そして探しものが見つかると、自然と笑みがこぼれた。

「ビゲロウ？　スタエルスキ？　くそ、誰か応答しろ！」

ヤンシーの無線に返ってくるのは雑音だけだった。外のチームとの連絡がとだえてから七分が経っていた。家の中にいるヤンシーと部下は徐々に不安を募らせていた。その不安はセグレティにも伝染したようだった。それまでとはうってかわって大人しくして、固く口を結んでいた。あるいは、もうすべてどうでもよくなってしまったのか。ヤンシーの部下がカーテンの閉まった窓から窓へ落ち着きなく動き、外の様子を確認するあいだ、セグレティの視線はずっと床の死体に向けられていた。

「状況を確認しに外を調べてきましょうか？」とスウィンソンが言った。

「駄目だ」とヤンシーは言った。「この男の確保が最優先だ。援護を要請しろ。援護が来るまではここから動くな」

部下は彼に言われたとおりにした。ヤンシーは居間を横切り、カーテンを少しだけ開けて外を見た。

「レイエスたちの姿が見えますか？」とルッツが尋ねた。

「いや。この霧じゃ何も見えない」実際にはそうでもなかった。窓の外で何か大きくて黒いものが動いていた。遠すぎてそれがなんなのかはわからなかったが。

そこでヘッドライトが光った。エンジンの轟音が聞こえた。ようやくヤンシーにも自分が見ているものの正体がわかった。

表に停めてあったハンビーだ。それがヤンシーのいるほうに一直線に向かってきていた。

「みんな気をつけろ！」とヤンシーは叫んだ。

そう叫ぶと同時にカーテンから手を放し、うしろによろめいた。カーテンが閉まると部屋の中は暗くなった。ヤンシーはコーヒーテーブルにふくらはぎをぶつけ、仰向けにその上に倒れた。彼の体重に耐えかね、テーブルの天板が割れた。上司を助け起こそうと、ルッツとウェドルが近づいた。が、ヤンシーはふたりの手を振り払うと、必死に体を左に回転させた。

表に面した壁が炸裂し、ディーゼルエンジンを動力とする二トンの鋼の塊が家に突っ込んできた。


自動小銃の乾いた銃声が夜の闇を切り裂いた。ヤンシーの部下がハンビーめがけて撃ってきたのだ。が、それはあまり賢明なこととは言えなかった。なぜならハンビーは防弾車であり、そもそもヘンドリクスはその車に乗っていなかったのだから。

彼はハッチバックを開けて乗り込んで、車の進む方向を定めると、奪ったサブマシンガンをアクセルと運転席のあいだに挿し込んだのだ。それでエンジンはうなり声をあげたが、ギアはまだニュートラルのままだから動かない。そのあと彼は運転席のドアを開け、ギアを入れるなり、車から飛び降りた。ハンビーはまるで解放された動物のように飛び出した。彼の腕をもぎ取りそうなほどの勢いで。

ブルサード家の私道を轟音とともにのぼると、ポーチの支柱をマッチ棒のようにへし折り、後部タイヤまで家にめり込ませてようやく停まった。ヘンドリクスはその背後につき、ヤンシーの部下たちの一斉射撃が収まると、開けたままのハッチバックを抜け、車の左うしろのドアから居間に突入した。

居間の天井の一部が崩れ落ちた。ハンビーは歴史ある美しい家を滅茶滅茶に破壊した。車体の半分が瓦礫に埋まり、右の助手席のドアは開かなくなった。ヤンシーの部下のひとりが車と壁とのあいだにはさまっていた。叫び声をあげているところを見ると、まだ生きていた。骨盤を折ってしまったようだ。ヘンドリクスは悪態をついた。ヘッドライトでちゃんと警告してやったのに。

もうひとりの傭兵は、ハンビーを狙って撃った自分の弾丸《たま》の跳弾を膝に食らい、ヘンドリクスの足元の床に倒れていた。片手で傷口を押さえながら、もう一方の手でホルスターから銃を抜こうとしていた。が、それもヘンドリクスに顔面を蹴られ、眼をまわして気絶するまでのことだった。

背後でかちっという金属音がした。ヘンドリクスは身構えた。彼には見えないところで誰かが弾丸《たま》を込め直したのだ。反射的にヘンドリクスは破壊された居間のさらに奥にダイヴした。銃声とともにそれまで彼が立っていた床に弾丸《たま》の痕ができた。ヘンドリクスは床を転がりながら、自分を殺そうとしている相手の胸に三発の銃弾を放った。男は苦痛に身をよじり、防弾ヴェストの端をつかみながら倒れた。

防弾ヴェストのおかげで死ぬことはない。弾丸《たま》が命中してもだいぶその威力は落ちている。それでも、撃たれた衝撃は男の肺の中の空気をからっぽにし、肋骨を折るのには充分だった。十五秒から二十秒経てば体はまた息のしかたを思い出すだろうが、痛みはそうすぐには消えてはくれない。

ヘンドリクスはまわりを見まわした。キャメロンが送ってきた写真に写っていた女性が床に倒れて死んでいた。胸を撃たれたようだった。そのときだ。車の反対側から銃声がした。ヘンドリクスの横のカウチの中身が飛び散った。

ヤンシーだ。居間に突っ込んだハンビーの反対側にいた。車の上に落ちた瓦礫をよけて撃ってきたのだろう。

ヘンドリクスも撃った。ヤンシーにあたるとは思わなかったが、もう一発撃つまえに相手に躊躇させる時間を稼ぎたかったのだ。撃つと同時に、カウチの背後に這い込んだ。そこにフランク・セグレティがいた。

縛られて仰向けになっていた。顔は痣だらけで膨れ上がり、鼻からは鮮血が流れ出ていたが、彼は生まれながらのサヴァイヴァーだった。銃撃戦が始まるや、カウチのうしろに身をひそめたのだ。

ヘンドリクスはカーゴパンツのポケットから精密カッターナイフを取り出し、歯でキャップを開けると、セグレティの拘束を解いて言った。「さあ。ここから脱出するぞ」

「おまえは誰だ?」とセグレティは尋ねた。

「それは重要なことか?」

ヤンシーがまた撃ってきた。弾丸《たま》のあたったカウチが震えた。

「いや」とセグレティは言った。「それにそんなことを訊いてる暇はなさそうだ」

ヘンドリクスはヤンシーのほうに向けて二、三発撃つと、セグレティと一緒にキッチンを抜けて裏口のドアまで走った。ヤンシーの罵る声がうしろから聞こえてきた。

ドアを開けると、遠くからサイレンの音が聞こえた。ヘンドリクスが夜の闇に足を踏み出すと、セグレティが彼のシャツをつかんで止めた。

「どうした？」とヘンドリクスは言った。「時間がない！」

セグレティはキッチンのカウンターからなにやらひったくると、それをヘンドリクスの手に押しつけた。ヘンドリクスはにやりとした。

私道に停まっているジャガーのキーだった。

ふたりはジャガーに向かって走った。外装は一九六〇年代のレーシングカー、内装は戦闘機のコックピット仕様。なめらかな曲線のふたり乗りクーペだ。ふたりが近づくと、自動でドアが開錠された。背後からガラスの割れる音がした。ヘンドリクスは車に乗り込んだ。セグレティは埋め込み式のドアの取っ手に手間取った。一発の銃弾がそんな彼の足元のコンクリート舗装を削った。

ふたりを追いかけられず、ヤンシーは階段を上がったのだろう。二階の窓からふたりを狙って撃っていた。

ヘンドリクスは助手席に身を乗り出すと、内側からセグレティのためにドアを開け、ジャガーのプッシュスタートボタンを押した。五百五十馬力のエンジンに息吹が吹き込まれた。

車のリアウィンドウに弾丸《たま》があたってガラスが砕けた。もう一発は屋根を貫通し、セグレティの頭をかすめ、ダッシュボードにめり込んだ。

ジャガーはタイヤを軋ませて飛び出した。そのとき家のまえに到着した〈ベラム産業〉の四台のハンビーのうちの一台が私道の先で急停車して、ヘンドリクスとセグレティの行く手を阻んだ。ヘンドリクスは急ハンドルを切ってアクセルを踏んだ。ジャガーのタイヤが芝生の上でスリップし、車体後部が左右に揺れた。が、そのあとはロケットのように霧の中を突き進んだ。

ヘンドリクスはヘッドライトを切って、勘を頼りに暗闇を走った。庭を通り抜け、私道を進み、縁石を越え、行き先もわからないままやみくもに逃げた。二台のハンビーが追いかけてきたが、車幅がありすぎた。狭い小径は通れない。それにそもそもジャガーのスピードには敵わない。

最後には、エンジンの轟きと遠くで果てしなく鳴り響くサイレンの音だけになった。ヘンドリクスはセグレティとことばを交わすこともなく、無言でジャガーを走らせた。

34

「チャーリー、いったい何がどうなってるのか、説明してくれない？」

ふたりはオブライエンのオフィスにいた。ドアは閉まっていた。オブライエンは画像を見るなり、すぐにトンプソンの腕を引っぱってオフィスに連れてきたのだった。

　ＣＮＮは、数分まえからあの嫌味な上院議員トリップ・ウェントワース――〈ペンドルトン〉のカジノの惨劇ではトンプソンをさんざんこき下ろした男だ――とのインタビューを中断して、サンフランシスコで起きたさらなる惨劇について速報を流していた。最初、会議室にいるほかの捜査官はほとんどテレビを見ていなかった。ＣＮＮは今日すでに新たなテロ攻撃に見せかけた虚偽の事件について、繰り返し報道していたからだ。たとえば、ロスアンジェルスの連邦ビルに避難勧告が出た件。これはただのガス洩れだった。シアトルの高校に銃撃予告がなされた件。これはテストを逃れようとした生徒の仕業だった。さらにサンフランシスコで爆発処理班によってバックパックが回収された件。バックパックの中身はただの緊急用カー用品だった……

　しかし、このサンフランシスコの件はどこかちがう。それがトンプソンの直感だった。ヤンシーとの拷問のような電話会議のあと、彼女はヘンドリクスからの最新情報を待っていた。いや、期待していたのだ。彼が何かやってくれることを。オブライエンと電話をしていたときでさえ。しかし、なんの連絡もないまま時間が過ぎればすぎるほど、もう手遅れではないのかという不安も募っていた。

　そんなところにメインポスト近くで起きた銃撃戦を伝えるニュースが飛び込んできたのだ。ＣＮＮがプレシディオの住人数人との電話でのやりとりを伝えはじめると、仲間の捜査官たちもテレビに注目しだした。ある住人は夜空に何かが爆発したような光を見たと言い、別の住人は車が猛スピードで自宅の裏庭を突っ切ったと思ったら、カーチェイスが始まったと証言していた。ただ、詳細は不明だった。霧のせいで、テレビニュースのヘリコプターは飛ぶことができず、現場の捜査機関はマスコミにまだ何も発表していなかった。

そこへ〈ベラム産業〉からFBIと国土安全保障省に緊急連絡がはいった。それは事件の捜査中、隊員が何者かに攻撃され、その際、七名が負傷し、二名が重傷を負い、一般市民の女性一名が死亡したというもので、その緊急連絡にはボディカメラに写った加害者の静止画像が添付されていた。

画像を見るなり、オブライエンにももちろんわかった――そこに写っていたのはあのマイクル・ヘンドリクスだった。

「なんのこと？」トンプソンはわざと憤慨したふりをしてとぼけた。が、頭はめまぐるしく回転し、同時に心は乱れに乱れていた。

「偶然だなんて言うつもりじゃないでしょうね？　まさかマイクル・ヘンドリクスはたまたまわたしたちの捜査線上に現われただけだなんて」

「たぶんそのまさかよ」とトンプソンは言った。

「そのまさか？」オブライエンは皮肉たっぷりにおうむ返しに言った。「ふざけたことを言わないで。彼の顔を知ってる人間がこの世の中にはあまりいないのはよかったとしても、部長は知ってるのよ。だからあの画像を見たらすぐに電話をかけてくるはずよ。嘘をつかずにどれだけあなたをかばえるかどうか、わたしにはわからない」

「わたしに何を言ってほしいの、ケイト？」

「犯罪者と連絡なんか取ってない。そう言ってほしい。ずっとまえに死んだはずの男の身を守るために、ヘンドリクスを雇ったりなんかしてない。そう言ってほしい。罪のない一般市民がひとり死に、政府の委託企業の従業員数名が病院送りになった銃撃戦になんか、あなたは加担したりはしてない。そう言ってほしい。そして、それは嘘じゃないって言ってほしい」

「わたしはマイクル・ヘンドリクスを雇ったわけじゃない」とトンプソンは言った。

「妙な否定のしかたをするのね」

「でも、それはほんとうよ。必要とあらば宣誓証言だってできるわ」

「そんなことばだけじゃわたしは納得できない。チャーリー、あなたが話してるのはこのわたしなのよ。そこらの上司とはちがうのよ。わたしたちはベッドをともにしてる仲なのよ。人生を分かち合ってる仲なのよ。何が起きてるのか包み隠さず教えてちょうだい」

「それは聞かないほうがいいと思う。聞いてしまうと、あなたのキャリアに――」

「あなたがわたしのキャリアを――あるいはあなた自身のキャリアを――気にかけてたのなら、そもそもこんなやりとりはしなくてよかったはずよ。わたしの信頼を得たいのなら何もかも話して――今ここで」

「わかった。ほんとうのことが知りたいのね？　そう、わたしがヘンドリクスにセグレティのことを教えたのよ。そうしなければ、〈評議会〉が彼を始末するから」

オブライエンは見るからに信じられないといったふうに、嫌悪もあらわに首を振った。なにやらことばを発したが、ほとんど聞き取れなかった。どのことばも彼女の苦痛と失望の重みに押しつぶされてしまったかのようだった。「彼とはいつから連絡を取ってたの？」

「連絡なんか取ってなかったわよ！　昨日の夜までは――」

「いずれにしろ、彼との接触方法を知ってたんでしょ？　それでそのことを隠していた。いい、彼を逮捕するのがあなたの仕事なのよ！」

「接触方法を知っていたわけじゃない――具体的な方法はね。でも、イヴリン・ウォーカーなら知ってるかもしれないと思ったのよ。案の定、そうだった」

「罠を仕掛けて彼を捕まえることもできたのよ。そうしていれば、それがあなたのキャリアにつながったのに」

「面白いことを言うのね」とトンプソンは苛立って言った。「今はよけいなことに時間は割けない。わたしはそう言われたの、ほかでもない上司に。今は別のことに集中するときだって」

「わたしのせいにしないで。自分が何もかも滅茶滅茶にしておきながら」

「わたし同様、あなたにもわかってるはずよ。わたしが彼を逮捕するつもりなら、イヴリン・ウォーカーは絶対に連絡方法など教えてくれなかったでしょう。そんな選択肢はそもそもなかったのよ。それにどっちみちうまく行かなかった。彼に会って状況を説明したんだけど、断わられたのよ」

「断わられたようにはまったく見えないけど」

「これ以上なんて言えばいいの？　彼は巻き込まれたくないって言ったのよ――でも、そのあと――」そう言いかけて、トンプソンは急にことばを切った。

「そのあと？」とオブライエンは訊き返した。表情が変わった。「あの電話ね。あなたがそこそ話してたあの電話。あれはジェスなんかじゃなかった。そうでしょ？　ヘンドリクスからの電話だったのね。あなたはあのとき彼がなんらかの行動に出ることを知った」

「彼が何をするつもりかなんて見当もつかなかった」

「そう？　いいえ、予想はついたはずよ。いい？　彼は殺し屋なのよ！」

「こっちこそいい？　わたしは考えもしなかったのよ――」

「そう、あなたがまったく考えもしなかったというのはそのとおりよ。だってそうじゃないの、考えてたら、こんなこと、できるわけがないもの。あなた、馘になるのよ。刑務所に行かずにすめば、あなたはものすごく幸運だったってことになる」

「このことが明るみに出れば」とトンプソンは慎重に言った。

「わたしに眼をつぶれって言ってるの？　ＦＢＩという組織に嘘をついて、一生かけて築いてきたキャリアを台無しにするリスクを冒せって言ってるの？　どうしてわたしをこんな目にあわせるのよ、チャーリー？　どうして自分にもわたしにもこんなことができるの？」

「よく言うわね。あなたこそ部長と電話したとき、セグレティの保護のことなんかおくびにも出さなかったんじゃないの？　わたしにとってはこのことがどれほど重要なのか知りながら。あなたはわたしをひとりで行かせてさえくれなかった。アメリカ史上最も大規模な犯罪組織を――その存在すらほとんど知られておらず、謎に包まれた、尻尾のつかめない組織を――つぶす絶好のチャンスなのに。人のせいにしないで。説教なんてしないで。セグレティがせっかく提供してくれたチャンスなのに、波風が立つからということで見て見ぬふりをしたのはあなたなのよ！」

「よおくわかった。わたしの背中をナイフで刺すだけじゃ気がすまず、あなた、わたしを臆病者呼ばわりするのね」

「わたしがあなたの背中を刺したと言うのなら、その同じナイフであなたもわたしの背中を刺したのよ」

オブライエンはきつく歯を食いしばった。怒りで体が震えていた。「眼のまえから消えてちょうだい。今ここであなたを解任するわ」

「今？　冗談でしょ？」

「いいえ、ほんとうよ。あなたはもう信用できない。つまりわたしにとってあなたはもう使い道がないってことよ」

「なんなの、これは――捜査の最中に家に帰ってじっとしてろって言ってるの？」

「ちがうわ」とオブライエンは言った。眼には涙が溜まっていた。「家に帰って荷造りをしてって言ってるのよ」

「わたしを捨てるの？」

「それは……それはわたしにもわからない。でも、考える時間が必要だってことだけはわかる。今のわたしにはあなたの顔をまともに見ることができない」

「待って、ケイト。あなたはわたしのことを誰よりよく理解してる人よ。だから、あなたならわかるはずよ。わたしはこんなことになるなんて思ってもいなかった。それはわかるでしょ？　あなたを巻き込むことになるなんて思ってもいなかったのよ」

「あなたのことならなんでも理解してると思ってた」とオブライエンは言った。「でも、結局のところ、わたしにはなんにもわかってなかったのよ」

35

けたたましいホルンの音が静けさを破り、ヘンドリクスはとっさに銃に手を伸ばした。が、それはプリペイド式スマートフォンの音だった。飛行機に乗っているとき、テクノロジー・オタクのキャメロンが彼のスマートフォンを勝手に操作したのだろう。ジェームズ・ボンドのテーマの着信音。それまではマナーモードにしていたので、その着信音を聞くのは初めてだった。派手な音楽が洞窟のような広い空間にこだました。ヘンドリクスは思わずにはいられなかった、レスターが生きていたら、きっとこの着信音が気に入っただろうと。

　今、ヘンドリクスはセグレティと湾岸の倉庫に身を隠していた。そこは船を洗浄したり保管したりするためのドックでもあって、白カビとトルエンのにおいがした。波が杭に打ちつける音がすぐ近くに聞こえ、薄汚れた窓からは琥珀色の街灯の光が射し込んでいた。

まわりにはさまざまな大きさのヨットがあり、白いビニールのカヴァーで覆われ、カメラの三脚のような錆びたスタンドで支えられていた。倉庫のドアには――正面のドアにも裏口のドアにもガレージのようなオーヴァーヘッドドアにも――警察の立入禁止テープが貼られていた（精密ナイフで簡単に切ることができ、切り口をきれいに切ってドアを閉めれば、遠目には切れていることがわからない）。さらにドアにはこの建物が調査ずみであることを示すシールも貼られていた。警察はこの倉庫を調べると、また次の倉庫に移ったのだろう。要するに、ここは隠れるにはもってこいの場所ということだ。

霧が出ていなければ、さすがにふたりもプレシディオから脱出することはできなかっただろう。が、夜がふければふけただけ霧は濃くなった。ブルサード家の住宅周辺にはすぐに警備が手配され、プレシディオの周辺にも厳戒態勢が敷かれたが、どこも視界が悪く、十フィートほど離れるともう何も見えなくなった。だから、ただ木に突っ込ませないことだけを考えてジャガーを走らせればよかった。

プレシディオを出ると、車はすぐに〈パレス・オヴ・ファイン・アーツ〉の駐車場に乗り捨てた。あとはマリーナまで歩いて坂をくだった。マリーナには制服警官がひとり歩哨に立っていたが、その眼をかいくぐるのはいともたやすいことだった。

船尾にゴムボートを備え付けた大き目のヨットを見つけると、ヘンドリクスとセグレティはふたりで格闘してそれを海に浮かべた。そのあとはヘンドリクスが腕の力が許すかぎりオールを漕いで、マリーナから沖に出た。そして、充分離れたと思ったところで、ゴムボートのエンジンをかけた。すさまじい音に顔をしかめながら。

ヘンドリクスはずっとキャメロンと連絡を取ろうとしていた。電話、電話のメールアドレス、彼女がスマートフォンを捨てざるをえなくなったときのことも考えて設定したEメール・アドレス、そのすべてに連絡した。が、彼女は電話にも出なければ、どちらのメールも未読のままだった。いくら試してもどんな反応も返ってこなかった。断線した電気回路さながら。

彼は電話に出た。「キャメロンか？」

「キャメロンって、誰？」

くそ。トンプソンだ。

「いや、なんでもない。どうして電話してきた？」

「何を言ってるの？　あなたのプレシディオでの手づくり作品がCNNでずっと流れているのにそんなことを訊くわけ？」

「なんのことだかさっぱりわからないが」と彼はとぼけた。とっさに、反射的に。

「とぼけないで。画像を見たのよ。あなたが写ってた」

画像？　どうしてだ？　そう思うなり、わかった。「くそ」ヘンドリクスはトンプソンと自分に向かって悪態をついた。「〈ベラム産業〉のやつらのボディアーマーはカメラ付きだったということか？」

「そのとおり。これであなたの犯罪歴にロイス・ブルサード殺しと、テロ行為の謀議と、連邦政府関係者に対する暴行の容疑が加わったってこと。因みに伝えておくと、〈ベラム産業〉の男たちは命には別条ないそうよ」

「そんなことはわかってる。殺すつもりなら、とっくに死んでる」

「ロイス・ブルサードみたいに？」

「おれはロイスを殺してなんかいない――ヤンシーがやったんだ」

「それを聞いてほっとしたわ。いいえ、待って――わたしはほっとなんかできないのよ。ボスに、ボスに……」感情の昂りにトンプソンの声がもつれた。彼女は気を取り直して言い直した。「わたしたちが連絡を取ってることをオブライエンに知られてしまった。わたしがあなたをけしかけたことも。これでわたしのキャリアはなくなったも同然ね。刑務所にはいる破目になるかもしれない」

「きみは刑務所になんかは行かない。むしろきみはパレードに連れ出されるんじゃないかな。セグレティを救い出したら。彼がこの滅茶苦茶な状況にけりをつけてくれるだろうよ」

長い沈黙ができた。また口を開いたトンプソンの声には希望がにじんでいた。「彼を保護してくれたのね。彼は証言してくれるかしら？」

「いくつか条件があるそうだが、証言すると言ってる」

「どんな条件？」

「まず彼はきみとしか話をしたくないそうだ――保護の詳細についてはすべてきみに頼みた

いそうだ」

「わたしに？　どうして？」

「彼はきみのことを今でも覚えてるんだよ。真っ正直な人間だって」

「それはどうかしら。彼と会ったときのわたしはまだ右も左もわからないひよっこだったんだから」

「きみのことは、まあ、おれも保証すると言った。信用できる相手だから身の安全は心配しなくていいって」

「わかったわ。ほかには？」

ヘンドリクスは躊躇した。「どこに彼を隠すにしろ、ちゃんとした腫瘍内科のある病院の近くにしてほしいそうだ」

「それって……」

「彼は病気だ」

「深刻な病気？」

「なんとも言えない。最後に医者に診てもらったのが七年まえだというんだから。当時医者からは、病状は進行してないが、いつ悪化するかわからないと言われたそうだ。彼によると、確実に悪化してるらしい」

「なんてこと、まったく。なんてことなのよ。犯罪者のビデオ証言を使って裁判に勝つのってどれくらいむずかしいか知ってる？」

「いや。おれのやり方はもう少し直接的だからな」

「あなたのやり方は違法だからでしょ？」

「それを言うなら、信号無視も同じだ。無視したほうが早く目的地に着けることもある。むしろ、その病気がちょうどいいタイミングで彼に証言させる動機になったと思うことだ」

「ほかには？」

「ある」ヘンドリクスは残りのセグレティの条件をすべて伝えた。「どうだ？　条件は飲めそうか？」

「と思う」

「と思う？」

「わかった」

「今のわたしはFBIに気に入られているとは言えないけど、でも、やってみる」

「わかったというのは、彼は証言してくれるってこと？」

「彼に話して、反応を確かめてみる」

「ありがとう」と彼女は言った。「気をつけてね。もう誰も撃たないように」

「ベストを尽くすよ」と彼は言った。

ヘンドリクスが電話を切ると、隣りにいたセグレティが訊いてきた。「どうだった？」

「予想したとおりだった」

「あんた、大丈夫か？　あまり調子がよさそうに見えないが」

「大丈夫だ」とヘンドリクスは答えた。大丈夫とは言いきれなかったが。傷が化膿していた。で、傷口が疼き、熱もあった。ひどい汗をかいており、高熱が出ていることは肌に触れなくてもわかった。腕を組んで、震えを止めながら彼は言った。「それよりトンプソンに引き渡すまで、あんたを生かしておけるか、そのほうが心配だよ」

「そう言ってくれるのは嬉しいがね。できることなら今すぐにでもロイスと入れ替わりたい。それが本音だ」

「つまり、あんたたちは……」

セグレティはびっくりしたような顔をして言った。「いや、ちがうよ。そんな関係じゃない。いや、状況がちがえばそうなっていたかもしれないが……出会ったとき、ロイスは危険な精神状態にあった。彼女の夫が爆破事件現場にいたんだよ。爆破したとき橋に」

「そうだったのか」

「ああ。おれたちはたまたま知り合っただけだ。誰もいないと思ってあの家に忍び込んだんだが、そのときロイスは自らの命を絶とうとしてた。で、こう思ったそうだ。神が自分の命を助けようとしておれを遣わせたんだろうって。普段のおれはそんなたわごとは信じないが、それでも信じたいと思った。ロイスはそれほどすばらしい女性だったということだ。立派な人だった。この世にもっともっと必要な人だった。だから、彼女を生かすのに一役買えたのだとしたら、おれの人生も結果的にはそれほど価値のないものではなかったかもしれない。そう思ったんだ」

「七年まえにＦＢＩのところへ行ったのもそれが理由だったのか？　自分の人生におとしまえをつけようとしたのか？」

「そう、いや、そうじゃないな。八年まえ、おれは医者に初めて病気のことを教えられた。で、手術もしたし、化学療法や放射線治療も受けた。地獄だったよ。でも、治療をすべて終えたときに思ったんだ、病気を克服してやろうって。だからと言って、天国に行くためにはいいことをしなきゃなんて思ったわけじゃない。むしろ二度目のチャンスを与えられたような気がしたんだ。ガンは警告だって。実際、そのあとおれは変わった。仕事も変わった。自分には仕事をやる根性がなくなってることに気づいた」

ヘンドリクスは黙ってうなずいた。彼にも覚えのないことではなかった。彼自身、人間が変わったのは死の淵にいたときのことだった。ただ、そのとき実際に死の淵にいたのは彼ではなく、彼が咽喉を切り裂いた少年兵士のほうだったわけだが。まだほんの子供だったその兵士は彼の腕の中で、彼の指のあいだに血を流し、怯えながら死んでいったのだった。

思わず身震いがした。ヘンドリクスはそのときの記憶を押しやり、鳥肌が立っているのは熱のせいだと自分に言い聞かせて、セグレティに尋ねた。「仕事も変わったと言ったね？　どういうことだい？」

「自分がやってきたことの言いわけをするつもりはないよ。おれは犯罪者だ。人殺しだ。そういう仕事を愉しんでいた。殺し自体が愉しかったわけじゃないが、仕事を成し遂げるには避けられない必要悪だった。この星にいる悪党なら誰でも知ってることだ。自分たちは常に生きるか死ぬかの真剣勝負をしてるってことはな。抜け目なく、慎重に、うまく立ちまわらなければ殺される。そんな生き方が……そんな生き方がおれには輝かしく見えたのさ。実際、いいこともやった。だから夜にはぐっすり眠ることができた」

ヘンドリクスにはとうてい信じがたい話だった。「いいこともやった？」

「ああ、そのとおりだ。正義の味方は犯罪組織を社会悪の根源と見たがるが、おれたちはおれたちで社会の役に立ってきたんだよ。ファミリーやギャングだけがコミュニティというところもこの世にはあるんだから。警察に無視された場所の掃除をして、安全に道を歩けるようにしてきたのはおれたちだ」

「なるほど。自分は聖人君子だって言いたいわけだ」

「そうじゃない。おれたちは自分たちの取り分を取って、金持ちになって、人生を大いに愉しんだ。言いたいのはそういうことだ。おれのいたファミリーには掟があった。麻薬や売春には関わらない。それが掟だ。自分たちのシマにそれらを持ち込んだ者には容赦しない。それも掟だ。おれたちは地元の商売人を守って、その見返りにみかじめ料を取ってた。それはそのとおりだ。だけど、わかるかな？　そのお金はちゃんと稼いで得たものだ。おれがそのファミリーにいた二十年のあいだには、そのファミリーのシマで五件の銀行強盗があった。レイプや路上強盗の件数はその倍だろう。そのうち警察が何件解決したと思う？　ただのひとつもない。そういう事件を起こしたやつら全員にちゃんと代償を払わせたのは、おれたちだ」

「で、どうなったんだ？　そういう仕事をして、それでよかったのなら、なんでまたＦＢＩにしゃべる気になったんだ？」

「昔はおれたちの商売はすべてコミュニティ内で営まれてた。警察や正規の商売が提供しないもの、提供できないものをコミュニティにもたらしてた。だけど、そのうち欲をかくようになった。自分たちだけで〈評議会〉をつくり、ファミリーによる商売という考えをやめて、グローバル企業みたいな考えを持つようになった。その結果、それぞれのファミリーを大切にしなくなった。金になるものならなんでもやるようになった。一九七〇年代の麻薬がそのはじまりだ。ヘロイン、コカイン、クラック。そのあと銃も扱うようになった。ギャングにも過激派にも頭のいかれたカルト集団のリーダーにも、とにかく金さえ払ってくれたら誰にでも売った。そいつらの目的なんかどうでもよかった。次は売春だ。ほとんどの女が無理矢理やらされてた。外国からこの国に連れてこられ、ペットのように扱われた。本物のペットなら、彼女たちみたいにドラッグで操られることもないだろうが。気がつくと、おれたちは内側から腐ってた。なのに誰もそれを気にかけなかった。なぜならそれまでよりはるかに儲かったからだ。すると、〈評議会〉はさらに高望みするようになった」

「具体的には？」

「海外に事業を拡大すれば、経費を抑えることができることに〈評議会〉のメンバーの何人かが気づいたんだ。で、おれたちはサラエヴォやアムステルダム、ヨハネスブルクの議員や官僚を買収するようになった。軍閥と取引きして、女と銃を交換した。だけど、おれは夜のニュースで、自分たちが売った武器で貧しい人たちや無力な人たちが殺されてるのを見て耐えられなくなった。病気になったのはそのあとのことだが、ある意味、おれは幸運だったんだよ。それで日常から自分を切り離すことができたからだ。ただ、おれが治療を受けてるあいだに、おれの代役をやってた若造が自分のそのポジションを永久的なものにしようとした。そいつには影のうしろ盾がいて、そいつが言うには、そのうしろ盾には〈評議会〉を合法的なものにすることができるということだった。〈評議会〉が合法的なものになれば、おれたちには夢さえ及ばないとんでもない金が舞い込むようになる。そういうことだった。ただし、それにはひとつ条件があった——その影のうしろ盾を〈評議会〉の議長にするという条件だ」

「そのうしろ盾というのは？」

「知るかよ。しかし、その人物ならそれも可能だと〈評議会〉が考えたからには、かなり影響力のある人物なんだろう。おれはと言えば、気づいたときには砂漠という墓場への片道切符を握らされてた。で、すんでのところで逃げて、九死に一生を得て、ＦＢＩの懐に飛び込んだのさ。それからどうなったかはあんたも知ってるだろ？」

「ああ。だけど、ひとつわからないことがある。隠れ家が爆破されたとき、あんたはどうやって生き延びたんだ？」

「おれより信心深いやつなら、神の摂理とでも言うかもしれない。だけど、まあ、要するに運がよかっただけだ。爆発があったとき、おれは地下にいた——信じられないかもしれないが、洗濯をしてたんだ。それで家の半分が倒壊しても、どうにか逃げられたんだ」

「しかし、現場検証ではあんたのDNAが見つかった」

「おれの病気を知ったFBIがこっそり医者を連れてきたことがあってね。その医者はおれを診察すると、おれのDNAサンプルを採取した。で、ラボに送ろうとそれを梱包した。そのサンプルがまだカウンターの上にあったんだ、家が爆破されたときにも。それがわかったときには、そのサンプルはまさに神の賜物だと思ったもんだ。まずはおれを殺そうとしたやつを突き止め、そいつに報復することを考えたわけだが、そこで思い直したんだ――死んだままでいるほうが得策なんじゃないかとね。新しいスタートを切れるかもしれない。残りの寿命を平和に過ごせるかもしれない。そう思ったんだ。引退したらサンフランシスコに移り住むのがおれの長年の夢だった――で、そのとおりにしたというわけだ」

ヘンドリクスにはセグレティの新しいスタートが羨ましかった。今の自分に別れを告げたい。それはヘンドリクスの思いでもあった。とはいえ、結局のところ、セグレティも思ったほど遠くへは逃げられなかったわけだが。「〈評議会〉でのあんたの役割は?」

「おれには肩書きはなかった。だけど、自分じゃ〝悪魔の赤い右手《デヴィルズ・レッド・ライト・ハンド》〟なんて呼んでた。〈評議会〉の命令を確実に実行に移すのがおれの役目だったんでな」

「だったら、〈評議会〉が殺し屋を雇って問題を解決しようとすれば……」

「その殺し屋の手配をするのがおれの仕事だった」

「あんたを組織から追い出した男だが――そいつの名前は?」ヘンドリクスはどこまでもさ

りげなく訊いていた。が、勘の鋭いセグレティにその手は通じなかった。

「こうしよう。あんたはまずおれをトンプソンのところまで無事に届ける。そいつの名前はそのあと言うよ」

「わかった」とヘンドリクスは言った。「だったら頼むから、それまでに死んだりしないでくれよな」

36

キャメロンは幅が四フィートほどしかない薄汚い部屋で意識を取り戻した。上を見ると天井には埋め込まれた裸電球がひとつ。彼女の坐っている床は中央の排水口に向けて傾き、寄りかかっていた壁には水垢が付着していた。洗浄剤のにおいが充満し、壁にはシンクが取り付けられている。

用務員のクロゼットだ。

ほかには何もなかった。モップもなければ掃除用具も洗浄剤もない。武器として使えそうなものは何もない。そもそも今の彼女は戦えるような状態ではなかったが。頭はずきずきし、手足にも痛みがあった。ぼんやりとした頭では何も考えられなかった。

ドアノブをつかんで、揺すってみたが、鍵がかかっていた。しばらくドアを叩いて、声をかぎりに叫んでも人が来る気配はなかった。

一時間ほど経っただろうか、ドアが開いた。廊下のまぶしい蛍光灯の光が眼に刺さった。汚れた服にカウボーイ・ブーツという恰好の男が眼をぎらつかせてドアのすぐ外に立っていた。病院の警備担当者と話をしていた。その警備担当者の鼻には脱脂綿が詰め込まれており、キャメロンを見るなり、その顔が怒りに歪んだ。

「ミスター・ヤンシー、この娘はあなたにお任せしますけど、気をつけてください。見かけより喧嘩っ早いですから」

ふたりはキャメロンを立たせると、両手をうしろ手に縛った。キャメロンはヤンシーに引っぱられ、通用口から外に出た。ヤンシーという男は行きちがう者全員に、自分は司法当局の人間だと名乗った。だから、彼女がいくら助けを求めても誰も相手にしてくれなかった。

駐車場を横切り、ヤンシーのレンタカーまでたどり着くと、ふたりは霧に包まれた。ヤンシーがうしろのドアを開けようと手を放すのを待って、キャメロンはもがいて逃げようとした。が、襟をつかまれ、顔を殴られた。彼のピンキーリングが彼女の頬の皮膚を熟れたトマトの皮のように切り裂いた。キャメロンはコンクリートに倒れ込んだ。頭がぼうっとした。そのあとは意識がなくなるまで――いや、もしかするとそのあともしばらく――蹴られつづけた。

意識が戻ると、車のバックシートに横たわっていた。口には男性用の靴下が詰め込まれ、両足も縛られていた。血流の悪くなった腕が焼けるように痛み、息を吸うたびに肋骨が疼いた。左眼をほとんど開けることができないくらい顔が膨れ上がり、乾きかけた血がべっとりと付着していた。

レンタルしたキャデラックの車内には煙草の煙が充満していた。車はがたごとと音をたてて走っていた。ヤンシーは電話をしていた。

「……やっとチャンスがめぐってきたということだ。私が到着するまでそのまま待機してろ――踏み込むときには私も立ち会いたい」間ができた。「いや。ボスには私のほうから知らせておく」

車が踏み切りを越えると、キャメロンの体が一瞬宙に浮き、着地すると肘掛けに頰を打ちつけられた。その痛みに涙が出てきて、視界がぼやけた。反射的に叫んだが、口がふさがれているので声にはならなかった。

しばらくして――五分だろうか？　一時間だろうか？――車が停まった。ヤンシーは助手席のヘッドレストに手を掛けて振り向き、笑みを浮かべた。妙に興奮した笑みだった。頰を紅潮させ、眼を大きく見開いていた。「大人しくしてるんだよ、ダーリン、パパはお仕事をしなきゃならなくてな。でも、心配しなくていい。すぐに戻ってくるから。そのあとでふたりでおまえのお仲間に貸しを返してもらうことにしよう」

ヤンシーは後部座席にチャイルドロックをかけると車から降りた。

彼が視界から消えるのを待って、キャメロンは動きはじめた。

「状況は？」駐車場を小走りで横切ったせいで、ヤンシーは息を切らせながら尋ねた。レンタカーは近くの建物の角を曲がったところに停めてあった。キャメロンが音をたてて、任務を危険にさらす恐れのないように――あるいは、見てはならないものを彼女が見てしまわないように。

「ふたりが中にいることは熱センサーからわかりました」彼に電話をかけてきたオズボーンという男が言った。「われわれの情報と一致しています」

「武器は？」

「なんとも言えませんが、ふたりとも寝てるみたいで、われわれにはまったく気づいてないようです」

あの導師の言ったことはほんとうだった。彼は爆破事件ともその実行犯ともなんの関係もなかった。が、それは問題の男たちがあのモスクに行ったことがあることがわかっていたのと同様、ヤンシーにははじめからわかっていたことだった。いずれにしろ、充分〝手当て〟をしたら、導師も一パイントのビールと胃の中身と一緒にリストを吐き出した。過激派に同情的な会衆のリストだ。〈ベラム産業〉はそのリストに載っていた人間ひとりひとりのところに人を送り込んだ結果、ふたりの居場所がわかったのだ。その情報を洩らした男は現在拘束されていた。その情報が正しいかどうかヤンシーの部下が確認するまで、家族とともに監禁されていた。

潜伏先は南サンフランシスコにある閉鎖された自動車修理工場。得られた情報では、そこに〈真のイスラム帝国〉の残りのメンバーが隠れていて、次の攻撃の準備をしているとのことだった。

工場が閉鎖されたのも無理はない、とヤンシーは思った。そこはトランクルームや倉庫や古い工場の並んだ人気《ひとけ》のないわびしい場所で、鉄道の線路が何本か変な角度で走っている一画だった。

ヤンシーにとっては好都合なことに。

目撃者がいる確率は低ければ低いほどいい。

「みんな所定の場所についてるか？」とヤンシーは言った。

「はい、ボス。三個所の出入口すべてにチームを待機させ、スナイパーも隣接する建物の屋上に配置してあります。あとはボスの命令を待つだけです」

「よし。行け」とヤンシーは言った。

オズボーンが指示を出すと、三つの出入口のドアが同時に破られた。いっとき現場はカオスと化した。わめき声、悲鳴、めまぐるしい動き。ヤンシーは後方で待機して銃撃戦に備えた。が、銃声は一発も聞こえてこなかった。混乱は数秒のうちに収まり、中にいた男たちは銃を一発も撃たないまま投降したようだった。

「片づいたか？」とヤンシーはドアのすぐ外で叫んだ。

「片づきました！」

ヤンシーは煙草の吸い殻を地面に落としてブーツで揉み消すと、それを拾ってポケットに入れた。そうして中にはいった。

　ふたりのアラブ人が両手足を縛られ、床の真ん中にうつ伏せになっていた。背を反らし、足首を宙に浮かせていた。口はふさがれていた。ふたりともまだ若く、痩せていて、くぼんだ眼をしていた。ひとりはじっと静かにしていたが、もうひとりはすすり泣いていた。いずれにしろ、武装した男たちに囲まれ、ふたりとも相手に脅威を与えるどころか怯えきっていた。いつも同じ結末だ、とヤンシーは思った。これまでに出会ったどんなモンスターも結局はただの人間だった。希望と恐怖、それに肉体的にも精神的にも弱さを抱えた生きものだった。もちろん、だからと言って、彼らがモンスターではないということにはならないが。

　真っ暗な空間を懐中電灯の光が照らす中、建物の捜索がおこなわれた。建物内部は汗とエンジンオイルのにおいがした。拘束された男たちの横に寝袋が三つあり、そのうちのふたつには広げて使った跡があったが、残りのひとつはきちんと丸められ、ナイロンのストラップできつく結ばれていた。その横にキャンプ用コンロがひとつと鍋がふたつ置かれ、あたりには空き缶が散らばっていた――パスタソース、フルーツカクテル、コカ・コーラなどの缶だ。テロリストが四歳児のような食事をしているとは、とヤンシーは思った。こういった食べものはハラール（イスラム教の戒律で許された食べもの）として認められているのだろうか。おそらく彼らの神はそんなことなど気にしてはいないのだろう、たぶん。橋を爆破したほうびに天国に行ったら、何十人もの処女があてがわれるところを見ると。

「ボス！」と部下のひとりが言った。それが誰なのか、ヤンシーにはわからなかった。全員が〈ベラム産業〉の艶消しの黒い防弾マスクをしていた。

「なんだ?」

「これを見てください」

部下は懐中電灯をぐるりとまわして、三脚の上のビデオカメラとカメラレンズが向けられた先を照らした。壁から汚れたシートが掛けられていた。間に合わせの背景幕。シートの横に作業台があった。ヤンシーはその作業台に近づき、台の上に置かれているものを調べた。二本のコンバットナイフに三挺の拳銃。カラシニコフとMAC-10が一挺ずつ。さまざまな種類の地図、建物の見取り図、爆弾の設計図。ウィスコンシン州のチェダーチーズのようなくすんだオレンジ色で、ラップに包まれた煉瓦のようなもの——プラスティック爆弾。それに未完成の自爆テロ用のヴェスト。そのヴェストにはボールベアリングが埋め込まれ、何色ものワイヤが取り付けられていた。

ヤンシーはヴェストをつついた。爆弾の設計図はとくと見た。MAC-10を手に取って重さを確かめた。MAC-10はマガジンを抜き、中をのぞくとまたもとに戻した。そうしてテロリストたちのところまで小走りになって近づくと、しゃがんで彼らの顔を見て言った。

「やあ、おまえたちか。久しぶりだな」

ふたりのうちのひとりがその眼に憎しみを込めてヤンシーを見た。もうひとりは固く眼を閉じていた。涙がその男の頬を伝っていた。

「なんてことだ、ワヒブ。こんなめそめそするやつとは思ってなかったのにな。アル・ナスルを見習ってもっと男らしくしろよ。みっともないぞ」

アル・ナスルは何か言おうとしたが、口をふさがれているのでことばにはならなかった。

ヤンシーは愉しむようにいっときアル・ナスルを見てから、猿ぐつわを解いた。

「ワヒブにそんな口の利き方をするな」とアル・ナスルは訛りの強い英語で言った。「彼はおまえの十倍男らしい人間だ」

「そう思いたければ思ってればいい」とヤンシーは言った。「おまえたちふたりがまだ生きているということは、バクルがタグボートを操舵していたということか。つまり、彼は貧乏くじを引かされたってことか？　それとも運がよかったんだろうか？　おまえたちが神のために死ぬなら本望だなどとほんとうに思ってるのか、それともほんとうはただ虚勢を張っているだけで、仲間の誰かが死を買って出てくれるのを願ってるのか、そこのところはおれにはわからないが」

「バクルはヒーローだ」とアル・ナスルは言った。「彼は名誉の死を遂げた。彼のように死ねるなら本望だ」

「おまえはほんとうにそう思ってるのか？　バクルはただの腰抜けだ。なんの理由もなく、罪のない多くの人々の命を奪っておいて何がヒーローだ。バクルはなんの値打ちもない人間のクズだ。惨めな人生を送る破目になったのは、自分で判断を誤ったからだ。その自分の誤りにも気づいてないまぬけ野郎だ。あの世に行ったときには、ビビりまくってしょんべんをちびりまくったことだろうよ」

「彼の尊い犠牲的精神をおまえに理解してもらおうとは思ってないよ」

「それじゃ、私が理解してることを教えてやろう。〈ベラム産業〉はアサド政権と戦えるよう、おまえたちを訓練するためにこの国に連れてきた。その見返りに、おまえたちは情報提供と、おまえたちが制圧している地域内での〈ベラム産業〉の自由な軍事行動を約束した。なのに、訓練施設から高性能プラスティック爆弾《セムテックス》が大量になくなったと思ったら、おまえたちはこっちで手配してやった隠れ家から姿を消した。そして、おれたちが勧めた地元のモスクのメンバーからこの場所を教わった。ここには誰もおらず、誰にも気づかれずしばらく身を隠せることをな。今言ったのが私が理解してることだ。ただ、私としてもどうにも理解できないことがある。どうしておまえたちはわれわれを出し抜こうなどとしたんだ？　それにあのタグボートと爆弾の設計図。それはどうやって手に入れた？　ボートも設計図も〈ベラム産業〉のものじゃない」

「だったらこう言えば充分かな。おれたちにはとても気前のいい友達がいるということだ」

「われわれも友達だった――だけど、おまえらは祖国を圧制から救うより恩を仇で返すことを選んだ」

「おまえはおれたちにはおまえたちに借りがあるとでも言いたいのか？」アル・ナスルはそう言って見るからに軽蔑したような顔をした。「おまえたちに借りなどない。アッラーはわれわれの行為に報いてくださるだろう」

「そうかい？　じゃあ、そのアッラーによろしく伝えておいてくれ」ヤンシーはＭＡＣ‐10

を取り上げると、アル・ナスルとワヒブに向かって弾丸《たま》を撃ち込んだ。そして、マガジンが空《から》になり、ふたりの男がもはや肉とすじの塊でしかなくなると、ようやく引き金にかけた指をゆるめた。

銃声を聞いてほかの男たちも走って集まってきたが、安全が確認できるとすぐに銃をおろした。ヤンシーは耳鳴りがしていた。あたりには排泄物と硝煙のにおいが漂っていた。

怒りで顔を真っ赤にしたオズボーンがヤンシーの胸ぐらをつかんだ。ヤンシーより三インチほど背が高く、体重は四十ポンドほど重いオズボーンにしてみれば、それは造作もないことだった。「何をするんです⁉」

ヤンシーはMAC‐10を床に落とすと、自分のリヴォルヴァーの木製グリップに手をかけた。

「おれから手を放せ。任務はもう遂行しただろうが」

「こいつらを尋問すれば、爆破事件に手を貸した人間を割り出せたかもしれないのに」

「そのとおりだ。だけど、われわれが容疑者を拘束したことをFBIに知られたら、やつらにこいつらを持っていかれていたかもしれない。その結果、〈ベラム産業〉がこいつらターバン野郎をインチキの大義名分でアメリカに連れてきて、爆発物を与えたことが世間に知れたらどうなると思う？　そんなことになったら、おれたちも実刑は免れない。この二十年この手でムショ送りにしてきたやつらにカマを掘られるなどまっぴらだ！」

「こっちに連れてきたときには、こいつらがわれわれを裏切るなんて誰も思わなかった」

「今自分が言ったことをよく考えろ。それがなんの役に立つ？　このふたりが息をしつづけてるかぎり、今回の爆破事件における〈ベラム産業〉の軽率な行動が世間に知れ渡るんだ。私が中に踏み込んだときにおまえがふたりを始末していれば、こんな話もしなくてすんだんだぞ」

「自分らは無抵抗の人間を撃つようには訓練されません」

「じゃあ、なおさら、おまえたちを面倒から救ってやったことに感謝するんだな」

「感謝しろ？　いったいあんたは――」

ヤンシーは指を一本上げてオズボーンを黙らせた。ポケットの中でスマートフォンが鳴っていた。ヤンシーは電話に出た。「これはどうも、ウェントワース議員。はい、任務は完了しました。ありがとうございます。私の戦略部隊の手柄です――彼らはよくやってくれました」ヤンシーは電話口を手で押さえるとオズボーンに向かって言った。「何かつけ加えることは？　なければ、われわれはよくやったってことだ。ちがうか？」

オズボーンは憤懣やるかたない顔をしていた。が、何も言わなかった。

ヤンシーは電話を切ると、その場に膝をついて、ポケットからハンカチを取り出し、MAC-10から自分の指紋を拭き取ってから言った。

「ここを隅から隅まで調べろ。セムテックスとか何か〈ベラム産業〉と結びつくものがあったらすべて回収しろ。それが終わったら、近隣の建物に人を遣って目撃者と防犯カメラを確認しろ」

「そこまでやるとなると、丸一晩はかかります」

「だったら丸一晩かけるんだ。最終任務を遂行するまであと一歩だ。些細なことを見逃して大過を招くことのないように」

「了解——ボス」とオズボーンは食いしばった歯の隙間からことばを押し出すようにして言った。

「どうやらわかってもらえたようだな」ヤンシーは上位者ぶってオズボーンの肩を叩くと、新しい煙草に火をつけながらドアへ向かい、また霧の中に戻った。

錆びついて穴のあいたゴミ容器の背後、キャメロンは悪臭を放つ汚物の上に坐り込んでいた。そして、穴のギザギザのへりを利用して、縛られた手の拘束を切ろうとしていた。うしろ手に縛られているので、自分のしていることが見えず、腕を上下させるたびに手首が痛んだ。指からたえず血がしたたり落ちているのがわかった。

この状況を生き延びられても、結局、破傷風で死ぬことになる? そんなことになるのだけは願い下げだ。

ヤンシーの足音が霧の中に消え、誰もいなくなると、キャメロンは膝を抱え、両腕のあいだに脚を通して手をまえにもってこようとした。が、とてもきつく縛られていたので、V字になった腕の隙間は脚を通すには狭すぎた。

しばらく必死に体を動かしたせいで息が切れた。丸めた靴下を口に突っ込まれていたので、鼻からしか息ができなかった。おまけに鼻血が乾いて鼻腔にこびりつき、息をするだけで一苦労だった。ここから脱出したいなら、なによりまずこの靴下を取らなくちゃ。

できるだけ口を大きく開き、舌で靴下を少しずつ押し出した。永遠とも思える時間が流れ、ようやく靴下を口から出すことができると、彼女は唇を舐め、後部座席に糸くずを吐き出した。

ヤンシーは後部ドアにチャイルドロックをかけていた。手足を拘束されたまま前部座席に移動してドアを開けるのは至難の業だ。となると、やれることはあとはもうひとつしかない……ただ、それをやると大きな音をたてることになる。

キャメロンは適当な体勢を取った。そして、膝を胸に引きつけると、キャデラックの後部座席の右の窓を力のかぎり蹴った。

車体が揺れ、足に痛みが走った。が、窓は割れない。

もう一度試した。同じだった。

そのとき、短機関銃の銃声が夜空に鳴り響いた。キャメロンは恐怖に震え、泣き叫びそうになる自分をなんとか抑えた。そして、さらに脚に力を込めて窓を蹴った。

七回目でようやくガラスが割れた。彼女はガラスの割れた窓から身を乗り出した。が、両手をうしろで縛られているので、顔面着地するしかなかった。しばらくのあいだ、痛みでまわりが見えなくなった。それでも、叫びそうになる自分を持てる気力を総動員して抑えた。

車に寄りかかりながらどうにか立ち上がり、両脚で跳ねながら逃げようとしたが、すぐにつまずいた。腹這いになって進むしかなかった。芋虫のように這ってどうにか建物の角を曲がり、車からは見えない場所まで来られた。そこは建物と建物のあいだの路地で、建物の長い影の中にあり、唯一の明かりは霧越しに届く遠くの街灯の光だけだった。身を隠そうと、とりあえずゴミ容器のうしろまで這っていったところ、ゴミ容器に穴があいているのに気づき、その鋭いへりで両手の拘束を断ち切れるかもしれないと思ったのだった。

キャメロンは銃声について考え、撃たれたのがヤンシーだったらいいのにと思った。が、それは望みすぎというものだと思い直し、拘束を解くことに専念した。

角を曲がった向こうから音が聞こえてきた。くぐもった罵り声。苛立ちに任せて拳をキャデラックの屋根に叩きつける音。ヤンシーが戻ってきたのだ。彼女は凍りつき、できるだけ音をたてまいと息をひそめた。

そのまま数秒が過ぎた。いや、彼女にしてみれば数時間、数年にも思える長さだった。煙草の煙のかすかなにおいがした。と思うなり、すぐそばで声がした。「こんなところにいたのか、この女《アマ》。すぐに戻ると言っただろうが」

キャメロンは身をすくませ、縛られた両脚で、近づいてくるヤンシーを蹴ろうとした。ヤンシーは彼女のその脚を払いのけると、髪をつかんでキャメロンを立たせ、みぞおちに二発パンチを浴びせた。

ふいごのような音をたててキャメロンの体から空気が抜けた。ヤンシーは、苦痛に体をふたつに折ったキャメロンを肩に担いで車まで運んだ。

キャメロンはトランクの中に放り込まれて懇願した。「殺さないで。お願い」

「心配は要らないよ、お嬢さん。おまえを殺したりはしないよ──セグレティを取り戻すまではな」

37

「おれたちは話し合う必要がありそうだ」

キャメロンのスマートフォンからヘビースモーカー特有のしゃがれた男の声が聞こえた。

「その電話をどこで手に入れた？」とヘンドリクスは言った。

「話し合う必要があると言ったのはそのことだ。ここにおまえの娘がいる」

ヘンドリクスは胃のあたりがずしりと重くなった。「おれの娘？」

「おいおい、とぼけるなよ。可愛らしい少女だ。健康そうで、生き生きとして、賢そうな顔をしてる。ほんとうのことを言わせるためにちょっと懲らしめたんで、今はまえほど生き生きとした顔じゃなくなってるがな。いずれにしろ、その娘の携帯におまえの番号があったんだ。で、なんとそれが唯一の番号でね」

「その女なら好きにするがいい」とヘンドリクスはぶっきらぼうに言った。「その女は向こうからおれにくっついてきただけのどうでもいいやつだ。スリルを求めてる甘やかされた金持ちの娘だ。この一週間ずっと追っ払おうとしていたからちょうどいい」

「そうなのか？」

「ああ」

「だったら、そんな女の携帯におまえからの着信記録が十二回もあるのはどういうわけだ？」

ヘンドリクスは深く息を吸い込み、ゆっくりと吐いて言った。「どうでもいい話はもういいから、用件を言ったらどうだ？」

「実に簡単なことだ。おまえはおれたちが関心を持ってる人物を確保している。おれはおまえが関心を持ってる人物を確保してる。だから、交換しちゃどうかと思ったわけだ」

「なんでおれがそんなに簡単にセグレティを手放すと思った？」

「拒否すれば、ここにいる娘はゆっくりと死ぬことになるが」

「言うのは簡単だ。ほんとうは彼女はとっくに死んでるんじゃないのか？」

電話口の向こうでがさがさと音がし、電話口から離れたところで声がした。「友達に挨拶をしろよ、ダーリン」

「マ、ママ、マイクル？」キャメロンの声は震えていた。ヘンドリクスは胸が痛んだ。

「やあ、大丈夫か？」

「ヤンシーがどんなことを言おうと、信じないで——」

キャメロンは口早にそう言った。が、そこにヤンシーが割ってはいった。「とりあえずこれくらいでいいだろう。いつどこで交換する？」

「おれはまだ何も言ってない」

「いや、おまえは必ず応じるよ。だけど、おれがおまえの立場なら、結論を出すのにあまり時間はかけないがな。なぜって、おれは飽きっぽいからさ。すぐに返事がないと気が変わるかもしれない」

「そのスマートフォンを使えるようにしておけ」とヘンドリクスは言った。「連絡する」

ヤンシーが答えるまえにヘンドリクスは電話を切った。スマートフォンをポケットに戻そうとして、自分が震えているのに気づいた。突然、まわりの空気が淀み、かび臭くなったように感じられた。そばにあったボートにいっときもたれかかってから、どうしても倉庫を出たくなった。誰かに見られる心配などどうでもよかった。闇を押しのけるようにして外に出ると、彼はひとつ大きく息を吸ってから埠頭を歩きはじめた。

涼しい静かな夜だった。霧はさらに深く立ち込めていた。ヘンドリクスは霧を切り裂くようにして歩いた。霧は海のにおい──塩と硫黄と腐敗のにおい──を運び、水辺の明かりを鈍らせ、ヘンドリクスのまわりを十平方フィートほどの濁った灰色の世界に押し縮めていた。実際、彼は閉じ込められたような思いになっていた。昼と夜のあいだ、生と死のあいだ、レスターの復讐を誓った強い気持ちと、これ以上自分のせいで誰かを犠牲にしたくないという思いとのあいだにはまり込み、身動きが取れなくなっていた。

すぐ背後で咳払いが聞こえた。

ヘンドリクスは銃を抜いて振り返った。こっそり誰かに近づかれることなど彼にはめったにないことだ。高熱で体が弱っており、注意散漫になっていたのだろう。どう考えても本調子とは言えなかった。

セグレティが立っていた。ポケットに両手を突っ込み、ヘンドリクスと心配を分かち合うように眉をひそめていた。実際、すぐ鼻先に四五口径を突きつけられてもひるむ様子もなく、ヘンドリクスが銃をおろすまで、静かに銃口を見つめていた。

「大丈夫か？」とセグレティは言った。

「正直に言うと、そうでもない」

「当ててやろう。ヤンシーがおまえさんの仲間を人質にした」

「仲間なんかじゃない」と彼は言った。「ほんとうのところ、彼女のことは何ひとつ知らない。そんな相手だ」

「しかし、明らかにヤンシーはそうは思ってない。ヤンシーというのはどんな男にしろ、ひとつ言えるのは馬鹿ではないということだ」

「あんなやつはくそくらえだ」

「その点について異論はないが、しかし、そんなことを言ってるだけじゃその娘は助からない」

「彼女のほうがおれを見つけたんだ。その逆じゃない。手伝ってくれなんて頼んだ覚えはないんだ。おれがここにいるのはあんたから〈評議会〉のことを聞くためだ。〈評議会〉をつぶすための情報を得るためだ。あんたにとってもおれにとっても賢明な策はこのままここを立ち去って、うしろを振り向かないことだ」

「おれたちみたいな人間は賢明な策にいつも向いているとはかぎらない。それに、そもそも〈評議会〉を相手に戦うことが賢いことか？　やつらとおまえさんのあいだには何があったんだ？」

「去年やつらは殺し屋を雇っておれを追っていた。その殺し屋がおれのパートナーを殺したんだ」

「そういうことか。だけど、おれも伊達に〈評議会〉のことを知ってるわけじゃない。裏切りや復讐のこともな。おまえさんが進もうとしてる道には……たぶん何もいいことはないだろう」

「だったらどうすりゃいいんだ？」

「それはおれにもわからんよ。全体を見まわしてもな。だけど、おまえさんの助けを必要としてる娘がひとりいる。それだけは確かだ。となれば、そこから始めるのが賢明な策なんじゃないかね？」

「やつはあんたと交換したいと言ってきてるんだ。そのことはわかってるのか？」

「ああ、そういうことだろうと思ったよ。さらに言っておくと、おれの考えもおまえさんと一緒だ。やつはおまえさんも殺すだろう。おれたち三人全員を殺すだろう」

「だろうな」

「だったら、問題はそれにわれわれはどう対処するか、ということだ」

「実のところ」とヘンドリクスは切り出した。「ひとつ考えがある——あまりいい計画とは言えないが。この計画にあんたも賛成したら、それはあんたの頭がいかれてる証明になるな」

「それで娘は救えるのか?」

「たぶん」

「おれはどうなる?」

「あんたが強運に恵まれてれば、生き延びる可能性もないではない」

セグレティは声をあげて笑った。反射的に出た笑いだった。霧のせいでくぐもりはしたが、その笑い声は夜の闇に大きくこだました。「なあ、若いの」笑いおえるとセグレティは言った。「おまえさん、売り込みがうまいね」

「おれはあんたを騙したくない。だから、やるからにはあんたにもちゃんとわかってもらった上でやりたい」

「公明正大なんだな」とセグレティは言った。「聞こうじゃないか」

38

トランクが開くと、冷たく新鮮な空気が流れ込んだ。キャメロンは眼をしばたたいた。体を動かし、なにやら言おうとしたものの、口の中にはまた靴下を詰め込まれていたので声にはならなかった。

「さあさあ」ヤンシーはキャメロンの顔を叩いて起こし、髪をつかんでキャデラックから引きずりおろした。

キャメロンの眼に涙があふれた。顔と頭皮がひりひりと痛んだ。立ち上がろうとしても、一晩じゅう縛られた状態でトランクの中に放り込まれていたため、手足がずっしりと重く、思うように体を動かすことができなかった。彼女はコンクリートの地面に倒れた。ひんやりとした感触が服を通して伝わってきた。

ふたりは立体駐車場にいた。その階にはキャデラック以外ほかに車はなかった。夜明けが近づいていたが、まだ空は白みはじめていなかった。外の世界は青に包まれ、霧が細部をぼやけさせていた。

「拘束を解いてやるが、叫んだり逃げたりしないようにな。撃たれたくなきゃな。わかったか？」

キャメロンは黙ってうなずいた。

ヤンシーは万能ナイフで結束バンドを切り、彼女の口の中から靴下を引っぱり出した。キャメロンは吐くのではないかと思うくらいひどく咳き込んだ。最初のときよりずっと咽喉の奥まで突っ込まれていたのだ。

「さあ」とヤンシーは言って、ミネラルウォーターの蓋を開けて彼女に渡した。「飲め」

彼女は用心深く口にふくむと、口の中で水をまわしてから顔をしかめて呑み込み、ボトルを返した。その手は水がこぼれるくらい震えていた。

「もういいのか？」

キャメロンは顔を赤くして言った。「あの……トイレに行きたいんだけど」

キャデラックの陰で用を足した。その間もヤンシーは彼女を見張っていた。キャメロンにはそれが何時間にも感じられた。ファスナーを上げたとき、車の窓に映る自分の姿が見えた。そこで初めて自分がどれほどヤンシーに痛めつけられたのか思い知った。窓に映ったのが自分だとすぐにはわからなかった。

「これをつけろ」そう言って、ヤンシーはキャメロンの頭にチューリップハットをかぶせ、特大サイズのサングラスをかけさせた。「両手を出せ」

彼女は言われたとおりにした。ヤンシーはまた両手を縛り――今度は体のまえで――その上に旅行者用の安物のビニールポンチョをかぶせた。

「なんなの、これは？」と彼女は言った。「これからどうするつもり？」

「それはおまえの友達次第だ。ちょっとまえにやつから電話があった。日の出になったら動けると言ってた。どうやらおまえはやつにとってどうでもいいやつでもなかったようだな」

「あなたは彼には勝てない。彼はすごすぎるから」

「奇遇だな。おれのほうはやつがすごすぎるからこっちに勝ち目があると思ってるんだよ」

ヤンシーはローレル・ハイツにある駐車場まで車を運転した。そこには〈ベラム産業〉の男たちが大勢いた。ヤンシーは空いている場所にキャデラックをバックで入れ、鍵をポケットにしまうと言った。

「これからのことを言っておく。おれの言ったとおりにしなかったら、おまえは死ぬ。よけいな口を利いても——おれの部下、おまえの友達、誰に対してもだ——おまえは死ぬ。おれを妙な眼つきで見ただけでもおまえは死ぬ。わかったか？」

「わ、わかった」

「よし。じゃあ、ここで大人しくしてろ。何も触るんじゃないぞ」

ヤンシーが車から降りると、スマートフォンが鳴った。メールだ。スマートフォンから直接送られてきたものではない。匿名のＥメールアカウントから発信されたものだ。送信者の名前は〝チクタク〟。メッセージの中身は、彼の娘と娘の双子の子供たちの写真だった。幼稚園の窓から撮ったものらしい。

ヤンシーの背すじに冷たいものが走った。彼は声を押し殺してサル・ロンビーノを罵り、短い返信を送った。〝一時停戦。ターゲットを発見〟。レイエスがヤンシーを見つけて駆け寄ってきた。ヤンシーはスマートフォンをポケットに入れた。

レイエスのスーツはしわくちゃで、膝と肘には草の染みがつき、首すじが痣でまだらになっていた。睡眠をとっておらず、シャワーも浴びていないようだ。キャデラックのフロントガラス越しにキャメロンの姿を見つけると、立ち止まって彼は言った。「誰なんです、彼女は？　ひどい顔をしてる。まさかボスが――」

「馬鹿なことを言うな」とヤンシーは苛立ってみせ、不安を隠してきっぱりと言った。「私が彼女を引き取ったときにはすでにあの状態だった。しかし、私に言わせりゃ自業自得だ。彼女を捕まえようとした男たちに怪我を負わせたんだからな」

「そう言われるなら」とレイエスは疑わしげに言った。「でも、誰なんです？　容疑者とどういうつながりがあるんです？」

「悪いが、私に言えるのは、われわれから容疑者をさらった男にとって重要な人物で、今回の取引きに男が応じたということだけだ。うまく行けば、今日じゅうにふたりとも拘束できるだろう」ヤンシーはキャメロンもヘンドリクスもセグレティも最後には始末するつもりだった。が、それは〈ベラム産業〉を利用せずには実行できない。ここはレイエスにでたらめを吹き込むしかなかった。「私の指示どおり進んでるか？」

「はい。ブルサード家でわれわれを襲った人物の捜索は地方警察があたっています。男を見つけ次第、われわれに連絡をすること、距離を置いて見張ることを徹底指示してあります。報道機関には男の写真をリークして、次の攻撃を計画している可能性があることを示唆しました。オンラインにはすでに関連記事が載っているので、写真は一時間以内にテレビにも出るでしょう。また、ＦＢＩのホットラインに確実な情報がはいれば、すぐにその報告がわれわれに来ることになっています。うちの現場チームは街じゅうに配置してあります。ですからどこに男が姿を現わしてもすぐに行動に移せます。自分としてはもっと部隊を増やしてほしいところですが。何が忙しいのか知りませんが、人員がいないわけじゃないんだから――

――」

ヤンシーは片手を上げてレイエスのことばをさえぎった。「わかった。きみは苛立ってる。それはわかる。蚊帳《かや》の外に置かれるというのはな、愉しいことじゃない。だけど、きみはまだ民間企業に不慣れだ。自分の実力を証明できてもいない。だからこの任務はきみにとって自分の能力を証明するチャンスだ。しかし、そのまえに私としてはきみが信用できる人間かどうか見きわめておきたい。どうする、レイエス？　現場に参加するか、それともそれはやめておくか？」

レイエスはキャデラックの中の少女に眼をやり、顔をしかめた。「正直に言います。自分には今のこの状況が理解できてるとは思えません。それでもすべて終わったら、きっと咎が得られるはずだと思ってます。ビゲロウはＩＣＵにいて、ウェドルは一晩かかって手術を受けました。あのクソ野郎には自分のやったことのつけを払ってもらわなきゃならない。ボスが言われるように、あの少女がそれを実現するための切り札になるのなら――」

「それは確実だ」

「――だったら自分も参加させてください」

39

「調子はどうだい、キャメロン？」

ヘンドリクスがさりげなさを装っているのは明らかだった。自信ありげに見せているのも。スマートフォンの小さなスピーカーからでさえ彼の不安ははっきりと感じ取れた。そのことがキャメロン自身も不安にさせた。

彼女はヤンシーを見やった。ヤンシーは黙ってうなずいた。「だ、だいじょうぶ」とキャメロンは言った。

「ヤンシーがそばで聞いてるんだろ？」

「ええ。スピーカーフォンになってる」

「やつは部下を何人連れてきてる？」

「答えるな」というヤンシーの声がした。ヤンシーはヘンドリクスに向かって言った。「ひとりで来るようにとは言われなかったんでな」

「ああ、そうだ」とヘンドリクスはおだやかな声音で答えた。「確かにそうは言わなかった。なあ、キャメロン、今どこにいるのかわかるか？ 道路標識か何か見えないか？」

キャメロンはまたヤンシーを見やった。またヤンシーの声がした。「どうでもいいことだ」

今度のヘンドリクスの口調はおだやかとは言えなかった。「ヤンシー、セグレティにもう一度会いたいのなら、黙って彼女に答えさせろ」

　ヤンシーは顔をしかめた。が、それ以上は何も言わなかった。

「ローレル・ハイツにあるカリフォルニア《U》大学《C》サンフランシスコ《S》校《F》の古い建物の駐車場よ」と彼女は言った。

「わかった」ヘンドリクスはそう言うと、しばらく押し黙った。「ヤンシーと一緒にカリフォルニア・ストリートとローレル・ストリートの角にあるバス停まで行ってくれ。東まわりのバスが三分後に来るはずだ。ほかの連中はあとに残してふたりだけでバスに乗るんだ」

「それからどうする、策士のお兄いさん？」とヤンシーが言った。

「すぐにかけ直す。そのときにはキャメロンを電話口に出せ」

　ヘンドリクスは電話を切った。

　ヤンシーはふちがゴム加工された現場仕様のタブレット型パソコンを持った男のほうを向いた。ヘンドリクスから電話があったときには、その男は顔を輝かせ、耳をそばだてたが、今はしかめっ面をしていた。「わかったか？」とヤンシーは尋ねた。

「いえ、まだです」男はそう言って、屋根に巨大なアンテナを搭載したハンビーの後部ドアを開け、中に備えられた電子機器を操作した。キャメロンにはそれが〈スティングレイ〉であることがすぐにわかった。わかるなり恐怖に胃酸が咽喉元まで込み上げてきた。〈スティングレイ〉というのはスマートフォンを追跡する装置で、その装置からパイロット信号を送ることで、周辺地域のスマートフォンを一番近い基地局ではなく〈スティングレイ〉に接続させることができる。要するに、スマートフォンが〈スティングレイ〉につながったら、GPSで通話の相手が追跡できるということだ。「スマートフォンの音声ははっきりと聞き取れるのですが、どこから電話をかけているにしろ、遠すぎて追跡できません。相手の位置を特定するにはもっと近づく必要があります」

「そうか。だったらしかたがない。今は向こうのゲームにつきあうことにしよう。私とこの娘はバスに乗る。〈スティングレイ〉であとを追ってくれ。それから二ブロック以内の東西南北すべてに追加部隊を配置して、相手の居場所がわかり次第、一番近い部隊がすぐ動くように。これだけは忘れるな。相手はよく訓練されている。おまけに情け容赦がない。なんのためらいもなくどんな行動でもできる男だ。見つけたらすぐに撃て。これは命令だ」

部下たちはそれぞれに返事をして、ハンビーに乗り込んだ。

「レイエス」とヤンシーは言った。「キャデラックに乗って、私の背後を掩護しろ。絶対に見つかるなよ。万一事態が悪いほうへ傾いたときのための保険だ」

「了解」

「あなたはひとりで行くことになってたんじゃないの？」とキャメロンが抗議した。

ヤンシーはキャメロンのシャツをつかんで、殴る仕種をした。「どこまで生意気なガキなんだ、おまえは。よけいな口は利くなと言ったはずだ」

キャメロンはひるみ、なにやらもごもごと口ごもった。

「落ち着いて下さい、ボス」とレイエスが言った。「よけいな口はもう二度と叩きませんよ

――だろ？」

彼女は勢い込んでうなずいた。ヤンシーは彼女を突き飛ばすようにして、彼女のシャツを放した。「あいつはふたりでバスに乗れと言ったんだよ――あとを尾《つ》けるなとは言ってない。妃殿下、そろそろ行ってもよろしいでしょうか、それともこの件についてはもっと話し合いますか？」

キャメロンは固い唾を呑んで行った。「行けるわ」

「よし」ヤンシーは耳にワイヤレスイヤフォンを挿し込んで言った。「行動開始だ」

月曜日の日の出も霧を消し去ってはくれなかった。空気は冷たく湿り、空は白くかすんでいた。バス停に着くと、ちょうどバスのドアが閉まったところで、運転手は開けてくれそうになかった。それでもヤンシーがドアを思いきり叩くと、しぶしぶ開け、苛立ちをにじませた眼でヤンシーを見ながら、運賃の釣りを出すのにポケットを探った。

バスの乗客は朝の通勤客で、ブルーカラーの労働者で座席の半分が埋まっていた。彼らはふたりを見ると、眼を大きく見開いてどこかしら居心地が悪そうな顔をし、さらにその顔を緊張で強ばらせた。帽子とサングラスに覆われてはいても、痣だらけ血だらけのキャメロンはそんな彼らの注目を一身に浴びながら、ヤンシーに小突かれ、一番近い空席に向かった。そのひとつ手前の座席には、カラフルな手術着を着た年配のアジア人女性が坐っており、ふたりが横を通り過ぎるのをじっと見ていた。

そして、キャメロンが坐ると、うしろを振り向き、心配そうな顔で何か言おうとした。ヤンシーがそれを止めた。「まえを向いてろ。見世物じゃない」

女性はキャメロンに眼を向け、キャメロンがわずかにうなずくのを見ると、不承不承ヤンシーに言われたとおりにした。

朝の交通は進んだり止まったりを繰り返し、渋滞はバスがバス停を通過するたびにますますひどくなった。キャメロンがバス停の数を十一まで数えたところで、ヘンドリクスから電話があった。

「ふたりだけか？」と彼は言った。

まわりに人がいるのでスピーカーフォンにはできなかったので、ヤンシーはキャメロンの耳にあてたスマートフォンを傾け、自分にも聞こえるようにした。そして、キャメロンが返事をためらっていると、彼女を肘でこづいた。「え、ええ」と彼女は答えた。

「よし。クレイ・ストリートとヴァンネス・アヴェニューの交差点でバスを降りろ。それから通りを横切って北行きのバスに乗り換えたら、フィッシャーマンズ・ワーフに向かえ」

ヘンドリクスが電話を切ると、ヤンシーはイヤフォンを指で押さえて言った。「聞こえたか？　よし。さすがにもうわかっただろうな？　まだ特定できない？　寝ぼけたことを言うな。おまえ、どうして給料がもらえてると思ってるんだ？」自然と声が乱暴になった。ほかの乗客が振り向いて、彼を見ていた。ヤンシーは黙った。

バスが指定された交差点に着くと、ふたりはそこで降りて、通りを走って渡った。次のバスが来るまで五分。その間、じりじりとして待たなければならなかった。キャデラックがパーキングメーターのある近くの駐車スペースに停まったのが見えた。〈スティングレイ〉を搭載したハンビーは、歩道沿いに駐車するには大きすぎ、ブロックを周回した。ハンビーが視界から消えると、キャメロンはほっとした。

乗り換えたバスの旅は最初のものよりずっと長く感じられた。座席はすべてふさがっていたので、ふたりは立っていなければならなかった。キャメロンは乗客のひとりひとりに眼をやった。ヤンシーも同じことをしていた。が、キャメロンの知らない顔ばかりで、それはヤンシーも同じらしかった。

今度の通りもラッシュ・アワーで渋滞しており、アクセルとブレーキが踏まれるたびに乗客は体をぶつけ合い、互いに苛立ち、みな怒りっぽくなっていた。その苛立ちは警戒レヴェルが上がったというニュース速報のせいもあった。キャメロンは乗客のスマートフォンやタブレットの画面に不鮮明なヘンドリクスの顔を見つけた。

半ブロック先で赤信号を無視したプリウスが配達トラックに接触し、二台の車のフェンダーがぶつかる銃声のような音がバスの中でも聞こえた。それに通行人の叫び声が続き、通行人の不安はバスの乗客にも伝染した。人々の不安の元凶であるヤンシーでさえ雰囲気に呑まれたようで、部下に次から次へと命令をくだしていた。

ヘンドリクスが電話をかけてきて、ノースポイント・ストリートとメイソン・ストリートの交差点でバスを降りるようにと指示した。そのあとその交差点に着くまでスマートフォンはずっと通話中にされた。キャメロンは――ハンビーの上部が数ブロック離れたところに見え、その上の特大サイズのアンテナが首を振っているのを見て——すぐに電話を切るようにとヘンドリクスに叫びたかった。が、できなかった。キャデラックはどこにも見えない。

「よし、サイコ野郎、バスを降りたぞ。次は？」

「右手にショッピングセンターがある。その立体駐車場にはいって南へ向かえ。ずっと一階にいろ。早く動け」

ヘンドリクスはそこで電話を切った、キャメロンはヤンシーに腕を引っぱられ、指示された立体駐車場に向かった。結束バンドがビニールポンチョの下で手首に食い込んだ。

「もういい加減特定できただろうな？」とヤンシーはイヤフォンに向かって吠えた。「言いわけなど聞きたくない。聞きたいのはやつの居場所だ！」ヤンシーの顔は苛立ちにまだらに赤くなっていた。眼は病的にぎらついていた。キャメロンはヤンシーに押し込まれるようにして開いたままの駐車場の戸口から中にはいった。彼女の心の中では、耐えられないほどに激しく不安と希望が錯綜していた。

トレーニングウェアを着た男が駐車場にはいってきたふたりに気づき、首を傾げた。三十代後半から四十代前半といった男で、よく鍛えられた体をしていた。汗でウェアが湿っていた。ふたりが近づいてくると、その男が道をふさいで言った。

「失礼ですが、大丈夫ですか？」

「大丈夫だ」とヤンシーが答えた。

「悪いが、カウボーイ、あんたじゃなくて彼女に訊いたんだ」

ヤンシーはキャメロンをつかんだ手に力を込めた。「この男に大丈夫だと言ってやれ」

キャメロンは顔をしかめて言った。「だ、だいじょうぶ」

「こんなことを言うのもなんだけど、とても大丈夫そうには見えないけど」

「自分の仕事をしてろ、このヌケ作」とヤンシーはかっとなって言った。「私は警官だ」

「なるほど」と男は言った。「じゃあ、九一一に電話して、確認してもいいね？」彼はポケットからスマートフォンを取り出し、電話をかけようとした。

「いいか？」ヤンシーはそう言い、イヤフォンのボタンをタップして部下との通話を絶った。「こっちにはおまえなんかの相手をしてる暇はないんだ」

ヤンシーは銃を抜くと、引き金を引いた。

銃声がコンクリートの建物に響き渡り、男は胸を血だらけにして倒れた。キャメロンは泣き叫び、膝からくずおれそうになった。ヤンシーはそんな彼女を無理やり立たせた。

ヤンシーの電話が鳴った。今は問題ない。ヤンシーはその電話に出て言った。「どういうわけか電波が一時切れてしまった」彼はヒステリックになって泣きわめくキャメロンを引きずるようにして駐車場を進んだ。

今度はヘンドリクスからキャメロンのスマートフォンにかかってきた。キャメロンはほとんどしゃべることができず、喘ぎながら息をしていた。視界の隅で光の点が小刻みに揺れていた。何があったのか、ヘンドリクスはキャメロンに尋ねた。が、彼女が答えるまえにヤンシーが電話を奪って言った。「たぶんおまえに会いたくてしかたないんだろうよ」

ヘンドリクスはベイ・ストリートに出て右に向かうように言った。ふたりは薄暗い寿司店と〈スターバックス〉と〈トレーダー・ジョーズ〉のまえを通り過ぎた。ヤンシーは行き交う人すべてに疑り深い視線を向けていた。一方、キャメロンのほうは怯えていてもこの街のことなら隅から隅まで知っていた。だから次第に確信するようになった、ヘンドリクスは街のどこか片隅に隠れているわけではないと。彼女の心の眼には、スマートフォンにインストールした〈バート〉のアプリを一心に見つめているヘンドリクスの姿が見えた。ふたりを引っぱりまわして、尾行を振り払おうとしているのだ。そう思うと、気持ちがいくらか落ち着いた。彼が次に自分たちをどこへ向かわせようとしているのか、わかるような気がしたのだ。

キャメロンの電話が鳴った。「テイラー・ストリートが見えるか?」

「ええ」とキャメロンはどうにか答えた。「もうその通りにいるわ」

「よし。左に曲がれ。すぐに。ケーブルカーが待っている」通話はまた切れた。

路面電車のケーブルカーには誰も乗っていなかった。街全体が重苦しく何かに怯えているようで、通りにはいつになく観光客の姿もなかった。ふたりは終点までケーブルカーに乗った。その間、ヤンシーは部下に怒鳴りっぱなしだった。

「私がどこにいるかだと? そんなこともわからないのか?」――いっときの間《ま》のあと――「すばらしい。おれたちも圏外だと? すばらしいよ、このくそったれ!」

ヤンシーは電話を切ると、怒りに任せてイヤフォンを投げつけた。路面電車が丘をくだるあいだじゅう怒りまくっていた。

パウエル・ストリートのつきあたりまで来ると、ふたりはケーブルカーを降りた。普段なら、野次馬たちが三重になって群がり、古いおんぼろの転車台が路面電車を回転させるのを見物しているところだが、今日はせかせかとまっすぐ目的地に向かって歩道を歩く人たちしかいなかった。ヤンシーは神経質な鳥のようにたえず頭を動かし、すべてを一度に把握しようとしていた。彼の額の真ん中で血管がどくどくと音を立てているのが聞こえてきそうだった。〈ベラム産業〉の援護部隊はどこにもいない。

キャメロンのスマートフォンが鳴った。ヤンシーが出た。「よく聞け、このクソ野郎。あちこち引っぱりまわされるのはもううんざりだ。これをまだ続けるつもりなら、この娘に弾丸《たま》をぶち込んで、おまえを追いつめるのはまた別の機会にするよ」

「まあ、待て」とヘンドリクスは言った。「もうすぐだ。マーケット・ストリートを渡ったところにエスカレーターがあるから、それに乗れ」

ふたりはヘンドリクスに言われたとおりにした。ヤンシーは左手でキャメロンの右の二の腕をきつくつかんでいたが、エスカレーターに乗るなり、空いているほうの手の親指でスマートフォンのボタンを押し、スピーカーフォンにして言った。「どこにいる？　こっちはもう我慢の限界だ」

スマートフォンがパチパチと音をたて、電波が弱まったことを知らせた。エスカレーターに乗っているあいだに二本立っていたアンテナが一本になった。キャメロンは通話がとぎれるのではと不安になった。ヘンドリクスは永遠に返事を引き延ばそうとしているのではないか……

「おれはオークランドにいる。リッチモンド‐デイリーシティ線に乗れ。急ぐんだ。次の電車は九十秒後に出る」

キャメロンの胸で希望がはためいた。道理で〈スティングレイ〉が電話を追跡できなかったわけだ。ヘンドリクスはもうサンフランシスコにはいないのだ――サンフランシスコ湾の向こう側にいるのだ。

ヤンシーが文句を垂れた。「間に合わない！」

「セグレティが欲しいなら、急ぐんだ」とヘンドリクスは言った。

「おい――」ヤンシーがそう言いかけたところで、エスカレーターが終わった。

電波がとぎれた。

通話も切れた。

ヤンシーはキャメロンのスマートフォンをポケットに入れると、自分のスマートフォンの電波をチェックして悪態をつきながら、彼女を自動券売機のほうへ押しやった。

キャメロンはそこでようやく気づいた。これが最初からヘンドリクスの計画だったのだ。部下たちに行き先を教えることがヤンシーにできたとしても、そこに彼らがたどり着くまでにはかなり時間がかかる。さらに、ここでさえヤンシーの暗号化された高級なスマートフォンにも電波が届かないのだ。ということは、地下鉄に乗っているあいだスマートフォンは使えない公算が大だということだ。地下鉄はずっと地下を走り、そのあとは〈トランスベイ・

チューブ〉――サンフランシスコ湾の波立つ海面の下、深さ四十メートルの海底を走る長さ三マイル超の海底トンネル――を通るのだから。

40

サンフランシスコからの電車が駅に到着した。ヘンドリクスは慌ただしいプラットフォームの真ん中に立っていた。高熱とアドレナリンのせいで神経が昂り、足の親指のつけ根に体重をかけてバランスを取っていた。ブレーキの甲高い音がして、生温い空気が彼の頬に吹きつけた。スピーカーからのアナウンスがタイルに反響した。

ヤンシーがボディカメラに写った彼の写真を報道機関とエリア内の警察に送ったことは、ヘンドリクスにもうわかっていた。だから、可能なかぎり外見を変えていた。ウィンドブレーカーを捨てて、オークランド・レイダーズの帽子を目深にかぶり、鼻には医療テープを貼っていた。これで別人のように見えればいいのだが。ただ、見苦しい身なりが人目を惹きはしないかという不安もあった。ネイヴィブルーのヘンリーシャツは汚れ、血がにじんでいるところが変色し、どす黒くなっていた。ズボンは海水でごわごわしていた。オークランドの波止場まで来るのに使ったゴムボートを隠すためには、海にはいって引っぱらなければならなかったのだ。〈バート〉の警備員が通りかかるたび、視線をそらし、常に監視カメラの死角にいるよう心がけた。

まわりの人々を見渡し、改めて気づいた。自分ひとりがそわそわと落ち着きなくその場にずっと立っていることに。彼以外の人々はたいていがビジネススーツに身を包んだ通勤客で、その大半がまわりへの注意を怠らない隙のない人々だった。まるで強迫観念に取り憑かれたかのようにスマートフォンを操作している人たちもいたが。

ヘンドリクスのスマートフォンはポケットにあった。が、すでに電源が切れ、使えなくなっていた。キャメロンとヤンシーを街じゅう引っぱりまわすのにバッテリーを使い果たしてしまっていた。残りのバッテリーを示す表示が赤になったときには、ふたりをここまでおびき寄せるまえに切れてしまうのではないかと不安になったものだ。

セグレティはすでに自分のポジションについていた。今、ふたりの乗った電車が到着したが、どうにか持ちこたえてくれた。

ここからが正念場だ。

ヘンドリクスは最初馬鹿にしたが、今はキャメロンのことを天才だと思っていた。彼のスマートフォンに〈バート〉のアプリを入れたのはほかでもない彼女のなのだから。計画どおりに事が進めば、彼女のその先見の明が彼女自身を救うことになる。計画どおりに行かなければ……彼は自分に言い聞かせた。それは考えないほうがいい。自分がこんな状態のときには――ナイフの傷口が疼き、顔は真っ赤で、プラットフォームは比較的涼しいのに額には汗をかいていた――失敗する可能性についてなど考えたくもなかった。

ヤンシーが電車から降りてきた。まわりを見まわしている。自分のまえにキャメロンを立たせ、彼女を押しながら歩いていた。指の関節が白くなるくらい彼女の肩を強くつかんでいる。右腕にスポーツジャケットを掛けていたが、おそらく右手に銃を持ち、キャメロンの脇腹に押し突けているのだろう。ヘンドリクスはレイエスから奪ったシグ・ザウエルのグリップに手を伸ばした。銃はズボンのベルトにはさみ、その上にシャツを垂らしてあった。

ヤンシーの眼がヘンドリクスにとまった。ヘンドリクスは帽子のつばが動くか動かないかくらいわずかにうなずいた。ヤンシーは残忍な笑みを浮かべ、キャメロンをヘンドリクスのほうへ押しやった。朝の通勤客は何も気づいていない。

彼女の縛られた手首にはビニールポンチョが掛けられていた。滑稽な帽子をかぶり、サングラスをかけていてもひどく痛めつけられていることは一目瞭然だった。必死に涙をこらえていた。

「セグレティはどこだ？」

「彼女から手を放せ。そうすれば教えてやる」

「そんなふうに事が進むと思ってるなら、おまえはいかれ頭と変わらない。いいか、おまえは指名手配犯で、おれは司法当局だ。おれに逆らえば、ここでふたりともおれに撃ち殺されても文句は言えないんだぞ」

「そういきり立つな」とヘンドリクスは言った。「お互い落ち着けば、お互い望みどおりのものが手にはいるんだから」

ヤンシーは声をあげて笑った。「それはどうかな。セグレティが現われた時点でこっちの望みは叶わなくなったんだからな。あの爺、ずっと死んだままでいりゃよかったものを」

「聞いた話じゃ、その日、死んだのは彼だけじゃなかったそうだな？」

「だからよけい腹立たしいんだよ。また姿を現わしやがって。これじゃあのとき死んだほかのやつらの死がまったくの犬死にになっちまう」

アナウンスが流れた。ヘンドリクスは首を傾げてそのアナウンスを聞いた。

「すまん、すまん」とヤンシーは言った。「おれの話はつまらなかったかな？」

「いや」とヘンドリクスは言った。「ただ、今のアナウンスはおまえが乗る電車の案内だ。おれがおまえなら急いで乗るが」

ヤンシーは怪訝そうに眼を細めてヘンドリクスを見た。そして、ヘンドリクスの視線の先を見た。プラットフォームの反対側にサンフランシスコ行きの電車が停まり、一番近い車両のふたり掛けの席にセグレティが坐っていた。眼を閉じてぐったりとしていた。片方の手首を通路側の座席の金属のグリップに手錠でつながれていた。

キャメロンもセグレティに気づいて言った。「マイクル、駄目、そんなこと――」ヤンシーが銃口を彼女の脇腹に押し突けて言った。

「やつは生きてるのか？」

「さっき確認したときにはな」とヘンドリクスは言った。「ただ、おまえとの取引きの話をしたら急に……非協力的になってね。で、薬を使わざるをえなかったんだ」

ヤンシーは鼻を鳴らした。「いかにもおれの知ってるセグレティらしいな」

ヘンドリクスはポケットから小さな銀色の鍵を取り出してヤンシーのまえに掲げた。手錠の鍵だ。それを受け取るには、ヤンシーはキャメロンか、銃のどちらかから手を放さなければならなかった。彼はキャメロンを選び、ヘンドリクスの手から鍵をつかみ取った。そしてまたキャメロンの腕を取り、電車のほうに行かせようとした。最後まで彼女を盾にしようとしたのか、それとも一緒に連れていこうとしたのか、それはわからない。どちらにしろ、そうはならなかった。そのときにはもうヘンドリクスが彼女をしっかりとつかまえていた。怯えている少女をあいだにふたりの男が綱引きをするような恰好になった。電車が発車まえの甲高い音を立て、ドアがゆっくりと閉まりはじめた。ヤンシーとしては決断せざるをえなかった。

彼はキャメロンから手を放した。キャメロンはヘンドリクスの腕の中に倒れ込んだ。

ヤンシーはうしろを向くと走りだし、ドアが閉まる直前に電車に飛び乗った。

ヘンドリクスは電車の中のヤンシーを見送りながら、涙を流して震えているキャメロンを抱きしめた。そこで一瞬、キャメロンが身を強ばらせた。ヘンドリクスの肩越しに見覚えのある顔を見かけたのだ。見知ってはいても歓迎すべからざる人物。ヤンシーの部下のひとりだ。その男は見たと思った次の瞬間にはもういなくなっていた。

「彼らが——彼らが尾《つ》けてきてる」とキャメロンは声を絞り出すようにして言った。「ヤンシーの手下よ。どうやってここまで来たのかはわからないけど。でも、尾《つ》けてきたのよ。すぐ逃げなくちゃ」

「大丈夫だ」とヘンドリクスは言った。「きみはもう安全だ」

「そうじゃないのよ」と彼女は言い返した。

「おれを信じるんだ。もう大丈夫だ。きみは怯えて混乱してるだけだ。誰にも尾《つ》けられちゃいない。約束するよ。さあ、ここを出よう」

ヘンドリクスは精密ナイフで結束バンドを切ると、彼女の手を取り、通りに出るエスカレーターのほうに引っぱった。が、キャメロンはその場をすぐには動こうとしなかった。ヤンシーを乗せた電車が駅を出て、また海底トンネルに向かっていくまでその場を動こうとしなかった。

41

今、何が一番厄介なことかといって、それは死に対する恐怖ではない。セグレティはそう思った。予測不可能なことに対する不安でもない。眠っているふりをすることだ。

セグレティは口を開き、体の力を抜いていた。瞼の隙間からヤンシーが閉まりかけたドアをすり抜けて電車に飛び乗り、何も知らない乗客にぶつかるのが見えた。

「気をつけろ、このクソ！」〈デッド・ケネディーズ〉のTシャツを着たパンクスタイルのマッチョな男がヤンシーを突き飛ばした。ヤンシーは男の顔を銃で殴った。男は血を流してその場に倒れた。

ほかの乗客はみな驚き、叫びながらドアに詰めかけた。が、もう遅かった。プラットフォームのドアもすでに閉まり、電車は動きはじめていた。

「よく聞け！」ヤンシーは政府発行の身分証明書をバッジのように宙に掲げて叫んだ。「私は連邦捜査官だ。この車両に爆弾が仕掛けられているという確かな情報があった！　すぐに隣接車両に移るように！」

乗客はパニックに陥り、隣りの車両に移ろうと狭いドアに一斉に押し寄せた。すぐに誰もいなくなり、電車が線路を走る音以外、何も聞こえなくなった。

セグレティにはヤンシーが通路を歩いてきたのがわかり、眼をさらに強く閉じた。瞼を少しでも開いてしまうと、計画がすべて台無しになりそうな気がした。ヤンシーのにおいがした。煙草とアフターシェーヴローションのにおい。彼の影がセグレティの瞼の裏を暗くした。

ヤンシーはセグレティを手の甲で殴った。唇が歯にあたって切れ、血がにじんだ。眼を閉じたまま頭をだらりと垂れているのにはけっこう意志の力が要った。しかし、それがこの車両から生きて出られるただひとつのチャンスだった。セグレティとしてはなんとしてもうまくやらなければならなかった。

「起きろ、このうすのろ爺」とヤンシーは言った。「眼を開けておれを見ろ。見たらおまえにもわかるだろうよ。自分がとうとう捕まったことも、今回ばかりは誰もおまえを助けちゃくれないことも、逃げ場はもうどこにもないこともな」

そう言って、ヤンシーは身を乗り出すと、セグレティのみぞおちを殴った。セグレティの体がふたつに折れた。それでも、彼は眼を開けなかった。ヤンシーはうしろの座席にまわると、セグレティの髪をつかんでまっすぐ坐らせ、うなじに銃口を押しつけて言った。

「おいおい、セグレティ、眠ったままのおまえを殺してもな。面白くもなんともないんだよ。正直に言うよ。こんな形でおまえを処刑することになろうとは思ってなかった。こんなやり方は避けたかった。だけど、運のいいことに、〈バート〉の防犯カメラの管理はすべて〈ベラム産業〉の子会社がやってるんだよ。で、監視システムには緊急用のバックドアも仕込んである。だから、〈評議会〉のおまえの仲間にコピーを送ってしまえば、あとは誰にも気づかれずにハード・ドライヴを消すことなんぞおれにとっちゃ造作もないことなんだよ。つまりおれはこの車両におまえの脳みそをぶちまける愉しみを思う存分味わえるってわけだ。おれの説明を疑う者など誰ひとりいないだろうよ。まあ、だいたいのところ、〝尋問のために連行しようとしたところ、頭のいかれたこの男は銃を抜こうとした〟ってことにしようと思ってるが、何かリクエストがあるなら聞いてやってもいいぞ」

「ヤンシー！」

車両の進行方向から声がした。セグレティはまばたきをしないように気をつけて薄眼を開けた。隣りの車両へ続くドアのすぐまえにレイエスが立っていた。ズボンの左足のホルスターから抜いたのだろう、九ミリ口径のコンパクトなレミントンR51を構えていた。

「驚かせるな、レイエス」とヤンシーは言った。「おまえはわれわれを見失ったものとばかり思ってたよ。銃はおろしても大丈夫だ。この男は意識を失ってる」

「あなたこそおろしたらどうです？」とレイエスは言った。

ヤンシーはレイエスのことばを意に介さず言った。「どの程度知ってるか知らないが、これは見かけほど単純な話じゃない」

「それを聞いて安心しました。どう見ても、あなたは意識のない人間を平然と殺そうとしているようにしか見えませんからね。あなたはこの男を橋の爆破事件の容疑者だと言った。でも、自分には個人的な復讐のようにしか見えない」

「なあ、レイエス。おまえは私のことが気に入らないんだな？」

「そう、特には」

「だったらわれわれの関係をよくするにはどうすればいい？」

「この男をＦＢＩに引き渡すというのは？」

「よかろう」とヤンシーは言った。「実際、今からそうしようと思ってたところだ」

「その必要はありません」とレイエスは言った。「駅からＦＢＩに連絡しておいたんで、トンネルの向こう側でわれわれが到着するのを待ってるはずです」

ヤンシーはため息をついた。「おまえはそんなことをするべきじゃなかった」

「どうして？」

「おまえが信じようと信じまいと、これだけは言える。セグレティは人間のクズだ。一方、おまえは役立たずながら、善玉だ。私としてはそういうふたりをふたりとも生かしておくわけにはいかない」

ヤンシーはセグレティの襟首をつかむと、うしろに引っぱり、彼を盾にしてレイエスに銃を向けた。

レイエスにはどうすることもできなかった。逆にこの距離でヤンシーが撃ちそこなうことはありえない。

レイエスには、引き金にかけられたヤンシーの指に力が込められるのをただ見ていることしかできなかった。そこで思いがけないことが起きた。セグレティが眼を開き、手錠を解いて、座席の上で体をねじったのだ。そして、銃を持ったヤンシーの腕を手のひらで押し返し、もう一方の手をスウェットシャツのポケットに突っ込んだ。銃が撃たれ、レイエスは反射的に身構えたが、弾丸《たま》は脇に大きくそれて近くの窓を貫通した。メタリックな冷たい風が車内に吹き込んだ。

続いて三発の銃声が轟いた。座席の上でヤンシーの体が一瞬硬直し、そのあとぐらつき、通路にくずおれた。その手から銃が落ちた。

ヤンシーは大きく眼を見開いて苦痛に顔を歪めていた。シャツの腹のあたりが真っ赤に染まっていた。

セグレティはヘンドリクスから渡された四五口径をヤンシーに向けたまま立ち上がった。座席の背もたれに発砲炎でへりが焦げた三つの穴ができていた。

ヤンシーは流れ出る血をもとに戻そうとするかのように腹を両手で押さえていた。が、血はその手の指の隙間からしたたりつづけた。ヤンシーの顔から血の気が失せ、生気が消えた。手から力が抜け、何も見えなくなった両眼が空しく天井に向けられた。もう死んでいた。

セグレティはヤンシーに銃を向けたまたっぷり三十秒が経つのを待って、確実に死んだことがわかると銃をおろした。

「ありがとう」とレイエスはセグレティに銃口を向けたまま言った。「おかげで助かった」

「礼には及ばない」とセグレティは言った。

レイエスは座席の金属のグリップから垂れ下がった手錠を顎で示して言った。「どうやってはずしたんだ？」

「それは本物じゃない。プラスティックのおもちゃだ。脇の隠しボタンを押せば簡単にはずれる。おれの仲間がここに来る途中、警察マニアの店から盗んだものだ」

「ブルサードの家であんたをさらった仲間か？」

ロイスの苗字を耳にして、セグレティは改めて悲しみと喪失感を覚えた。「そうだ」

「橋の爆破事件とは関係ないんだな？」

「ああ、関係ない」

「じゃあ、銃を置いて、ヤンシーがあんたを殺そうとしたわけを聞かせてくれないか？」

「長い話になる」とセグレティは言った。銃をまだ放そうとはしていなかったが、下に向けられたままだった。レイエスのほうもゆっくりと銃をおろした。

そして、窓の外のぼんやりとした暗闇を見た。列車は音をたてて進んでいた。その車両にはふたり以外誰もおらず、ふたりのあいだの通路にヤンシーの死体が横たわっていた。「時間ならたっぷりあるよ」

「そう言えば」とセグレティが言った。「あんたがさっき言ってたFBIのことはただのはったりか？」

「いや、ヤンシーのやってることはどう考えてもおかしかった。だから電話を入れておいたんだ。駅でわれわれを待っている」

「くそ。おれは彼らに捕まるわけにはいかない」

「どうして？」

「ヤンシーを雇ってたやつらはおれが確実に死ぬまで追いかけてくる。FBIに捕まったら、おれの居場所がやつらにも知られてしまう」

「どういうことかさっぱりわけがわからない――〈ベラム産業〉があんたをどうするというんだ？」

「〈ベラム産業〉のことじゃない」とセグレティは言った。「ほかのやつらのことだ」

「ほかのやつら？」

セグレティは顔をしかめた。「おまえさんにはいないか？　自分の人生にとってかけがえのない相手だ。友達とか家族とか。ペットでもいい」

「いるよ。そういう相手は誰にでもいるんじゃないか？」

「幸運な者にはな。もしおまえさんが自分のことをそういう人間のひとりだと思ってるなら、このことは知らないほうがいい」

「それならそれでもかまわないが、おれには言わなくても少なくともFBIには言うべきだ。FBIならあんたを守ってくれるだろうから」

「それがどれほどまちがった考えか、まあ、おまえさんには想像もできないだろうな」とセグレティは言った。「おれはあらゆるごたごたから逃げられると思ってた。今度のことじゃ、それが最悪の部分だ。そう思ってたことがな。今はよくわかる。人は自分の過去からは逃げられない。どこへ行こうと過去は必ずついてまわる。そういうことだ。なあ、ヘラクレイトスという男を知ってるか？」

「誰だって？」

「いや、なんでもない。大したことじゃない。今、重要なのはおれはもうこの人生に飽き飽きしてるということだ――こんな人生はもうおれの人生じゃない。彼らに殺されるのをただ待ってるんじゃなくて、おれは自分の好きに死にたいよ。それが正直な気持ちだ」

「そんなことを言うもんじゃないよ」とレイエスは言った。「何も面倒なことはない。ふたりで一緒に抜け出せる。あとのことはなんとでもなる。約束するよ」

「約束か」とセグレティは言った。「そういうことばはまえにも聞いたことがある。この男からさえ一度は」そう言って、セグレティはヤンシーの死体を足で軽く突いた。「言ってもしかたのないことだが、おまえさんにこんなものを見せるのはすまないと思う――だけど、気休めになるかどうかはわからないが、おれは病気なんだ。ガンだ。だからどのみち長くはないんだ」

「何を言ってるのかわからないが――」とレイエスは言いかけた。が、そのことばが彼の口から出たときにはすでに遅かった。

セグレティは鋭く息を吸い込むと、こめかみに四五口径をあてた。そして、レイエスがやめろと叫ぶのと同時に引き金を引いた。後頭部が吹き飛び、セグレティは床に倒れた。

42

キャメロンとヘンドリクスは安ホテルの一室にいた。夜のニュースでセグレティの死の瞬間を見ていた。車両に設置された監視カメラがすべてをとらえていた。重苦しく恐ろしい出来事だった。あまりに衝撃的な映像で、キャメロンには全部を見ることができなかった。ヘンドリクスは最初から最後までしっかりと眼に焼きつけた。セグレティに途方もなく大きな借りができた。見るたびそう思わないわけにはいかなかった。

列車はそのあとすぐに緊急停止し、乗客はみなトンネル内の細い通路を一列に並んで、最寄りの駅――その時点ではまだオークランドだった――まで歩かなければならなかった。そのあと損傷の程度を調べたり現場検証したりするのに、トンネルは何時間か閉鎖された。都市と都市を結ぶ〈バート〉もそのあいだは運休となった。

ニュースではセグレティの名前が公表され、ひどい話がさらに歪曲された形で報道された。身をひそめていたギャングと、そのギャングを見つけ、追いつめようとした元FIB捜査官。逃げようとする相手を必死に捕まえようとして、激しい攻防となり、その結果、両者とも死亡した。片や人間のクズに片やヒーロー。そんな話だ。ヘンドリクスにしてみれば、その構図はあながち的はずれとも言えなかった――両者の立場が逆なだけで。

いずれにしろ、セグレティの死が世間を賑わせたのほんのいっときのことだった。その夜遅くホワイトハウスから発表があったのだ。連邦政府機関の精鋭部隊が南サンフランシスコの自動車修理工場に踏み込み――激しい銃撃戦とやらの末――〈真のイスラム帝国〉のメンバーふたりを殺害したというものだ。ひとりはビデオに映っていた男で、工場内には拳銃やアサルトライフル、未完成の自爆テロ用のヴェストがあり、連邦ビルとカストロ地区のいくつかの場所をマークしたサンフランシスコの地図が見つかったという。

政府の発表には〈ベラム産業〉の名前は出てこなかったが、それでも翌日のウォール街ではオープニングベルが鳴るや、彼らの株は急騰した。

そのあと十六時間のヘンドリクスの記憶は曖昧だった。傷が悪化し、熱にうかされていたのだ。彼は傷口に抗生物質軟膏を塗りたくり、熱が治まるまでアスピリンをミントタブレットのように口に放り込んだ。キャメロンは彼を心配し、彼女自身、近くの救急クリニックで治療を受けることを拒んだ。が、行かないと自分も薬をやめるとヘンドリクスに脅され、最後には根負けした。で、傷口を何針か縫い、破傷風の注射を打たれたものの、幸いにヤンシーにも病院の警備員にも骨は折られてはいなかった。

ヘンドリクスが動けるようになると、ふたりは別々の道を進むことを決めた。彼女は落胆したようだが、それでも異議を唱えることはなかった。「きっとわたしが馬鹿だったのね。あなたを手助けできるなんて……あなたのやってることを自分も真似できると思ったなんて」

「どうかな」とヘンドリクスは言った。「きみはよくやってくれたよ。それにこれからも時々、きみを頼りにすることがあるかもしれない。IDカードとか偽名とかちょっとした裏方の仕事だ。銃で撃たれたりする場所からは遠く離れた寮の部屋からできることだ」

「わかった」と彼女は言った。「でも、大学には戻らない。目標が見つかるまでは」

「だったら何をする？」

彼女は肩をすくめて言った。「ボランティアを必要としている擁護団体はいくらもあるわ。次の目標が見つかるまではそういうところで何かしら役に立つことをしようと思ってる」

「きみはそこで大活躍するような、そんな予感がする」

ふたりはハグをした。キャメロンはヘンドリクスを強く抱きしめた。彼の傷痕が痛むくらい強く。ようやく体を離したキャメロンの眼には涙があふれていた。「約束してほしいことがあるんだけど」

「なんだい？」

「死なないで」

ヘンドリクスは笑ったが、何も言わなかった。

守れない約束はしたくなかった。

43

チャーリー・トンプソンは段ボール箱で埋め尽くされたアパートメントの部屋に立って考えていた――わたしはあのくそいまいましい鍵をいったいどこに置いたのか。

正式に転勤が決まった四日まえにオブライエンの家を出た。その日に引っ越し業者がこのアパートメントまで荷物を運んでくれたのだが、実際にはサンフランシスコでの一件があって以来、ずっとホテルに寝泊まりしていた。ほんの三週間まえまでオブライエンと婚約していたことなど、とても信じられなかった。トンプソンは今、たったひとりでミシガン湖の一部が望めるコンドミニアムにいた。勤務先はミルウォーキー支局。

これほど迅速に異動が決まるのは珍しいことだ。そう、オブライエンが手続きを急いだのだ。「バッジを取られなかっただけ幸運だったと思うのね」と彼女は言った。「わたしに判断を任されていたら、あなたは手錠をかけられてここを出ることになってたんだから」

トンプソンはマントルピースの上に鍵を見つけ、それをつかむと玄関に向かった。決めた時間に少し遅れていた。ドアから出たところで引き返し、カウンターの上の書類フォルダーを持った。昨日、オフィスから持ち帰ったもので、今日必要な書類だった。このまま忘れていたら、取りに戻らなければならなかったところだ。

車で通りに出ると、彼女はカーナビを頼りによく知らない道を通ってインターステート四三号線に出た。そして、オフィスのある南ではなく、北にあるグラフトンという小さな町に向かった。新しい任務を果たすために。

雲ひとつないよく晴れた日だった。土曜日の朝は車の往来も少ない。九月の空気は清々しく、夏が過ぎたことを教えてくれる。窓を開けてラジオを止め、髪をたなびかせる風の音とフロントガラスから射し込む太陽のぬくもりを愉しんだ。

まわりには平坦な緑が広がっていた。その幹線道路の中央分離帯は細長い芝生で、両脇には並木が植えられていた。時々、並木がとぎれて、農地が顔をのぞかせた。

幹線道路を降りると、西に向かい、商業施設の建ち並ぶ一帯を通った。〈ベスト・バイ〉、〈コストコ〉、〈ホーム・デポ〉。そのあとようやく町にはいった。

狭い通りと住宅街を抜け、平凡な郊外にある質素なランチハウスのまえで車を停めた。赤い屋根板に白い壁。アーチ形をしたスペイン風の窓と戸口。その界隈ではちょっと異質な建物だった。

トンプソンは短い私道をポーチまで大股で歩き、玄関のドアを軽くノックした。捜査官のひとりがドアの脇の細い窓から外をのぞき見てから鍵を開けた――ボルトを開き、チェーンをはずす音――トンプソンは中にはいって尋ねた。「彼は？」

「キッチンです」と捜査官は答えた。

トンプソンがキッチンにはいると、彼は朝食を食べていた。グレープフルーツが半分とコーヒー。皿の横には薬の整理箱が置かれ、毎日飲む分だけ小分けされていた。小麦色の毛の塊が彼の骨ばった膝で静かに寝息をたてている。「トンプソン捜査官」と彼は笑みを浮かべて言った。

「おはよう、フランク」と彼女は言った。

ヘンドリクスから協力を要請されたときには、トンプソンは彼の計画を少しもいいものとは思わなかった。あまりにも危険すぎた。一歩まちがえば一気に破綻する可能性が高かった。

実際、計画どおりにはいかなかった。ヘンドリクスの当初の計画ではヤンシーが死ぬことにはなっていなかった。彼のことは生かしておいて、自分のやったことをすべて釈明させることになっていた。が、彼はセグレティに選択の余地を与えなかった。もっとも、ヤンシーが死んだからと言って、トンプソンはそのことで夜も眠れないなどということはなかったが。ヤンシーは悪党だ。セグレティの隠れ家を粉々にした爆破で九人もの連邦政府職員が死んだのだ。そのうちの何人かはトンプソンの友人だった。それに立体駐車場でヤンシーに撃たれて死んだ可哀そうな犠牲者もいる――もっとも、この件は未解決のままだが。FBIが〈評議会〉を追っていることを公にすることなく、キャメロンが証言することはできないからだ。

〈真のイスラム帝国〉のメンバーをこの国に連れてくるにあたって、ヤンシーがどのような役割を果たしたのか。それはトンプソンにもよくわからなかった。〈ベラム産業〉は、ゴールデンゲートブリッジの爆破に関連するものはすでにすべて闇の中に葬り去っていた。

当初の計画では、セグレティの〝自殺〟はヤンシーを取り押さえ、列車から降りたあと衆目のまえでおこなうことになっていた。それも彼女にとってはあまり気の進まない要因だった。無謀で、不必要なことだと思ったのだ。しかし、世間に死んだと思われるまでは〈評議会〉に関する証言は一切しない、とセグレティが言い張って譲らなかったのだ。自分の身を守るためだけじゃない、と彼は言った。アルバカーキ支局で起きたような悲劇はもう二度と繰り返したくないからだと。そう言われては、トンプソンとしても引き下がらざるをえなかった。

自殺したと思わせるのは簡単だった。〈バート〉の列車にはどの列車にも八台から十二台の監視カメラが備え付けられている。報道機関には一番それらしい角度からの映像を洩らし、ヘンドリクスの〈ベラム産業〉の協力者、レイエスに頼んで、セグレティが左耳から六インチほどそれた場所を銃で撃っていることがわかる映像は削除してもらったのだ。

レイエスに協力を求めるのは簡単ではなかったが。ヘンドリクスはセグレティをキャメロンと交換する数時間まえに、キャメロンが傍受したメールに含まれていた電話番号を使ってレイエスに連絡を取った。最初、レイエスは怒り狂っていた――なにしろヘンドリクスにはレイエス自身暴行を加えられ、仲間を数人病院送りにされたのだから。ヘンドリクスはレイエスの気のすむまでその怒りを自分にぶつけさせた。そして、ようやく落ち着いたところで、ヤンシーがなぜセグレティを追っているか説明したのだ。

「ヤンシーが大規模な犯罪組織の陰謀に関わってる？　そんなことばを信じろなんて本気で言ってるんじゃないだろうな？」とレイエスは言った。

「いや、本気だよ」とヘンドリクスは言った。「嘘だと思うのなら、ＦＢＩのシャーロット・トンプソン特別捜査官に確認するといい」

そのあとヘンドリクスは彼にトンプソンの連絡先を教えず、自分で探すように言った。そうすれば彼女が本物のＦＢＩ捜査官であることがレイエスにもよくわかるはずだった。そうしてレイエスがトンプソンの電話番号を探しているあいだに、レイエスとのやりとりをトンプソンに明かし、計画の概要を伝えたのだ。こうしてレイエスが仲間に加わると、あとはばらばらのピースを所定の場所に嵌め込み、それぞれがそれぞれの役割を演じるだけでよかった。

よくしたものだ。トンプソンはそう思った。セグレティはビデオカメラによって生きていることが判明し、死んだこともビデオカメラによって伝えられたのだから。今回はＦＢＩもぬかりなかった——トンプソンと、彼女が自ら選んだ精鋭部隊を除いて、ＦＢＩでセグレティが生きていることを知っているのは、オブライエンと部長だけだった。

「医者の診断はどうだった？」とトンプソンは尋ねた。セグレティは前回会ったときより痩せて見えた——それはほんの数日まえのことだからありえないことなのだけれど——それに顔色もよくなかった。

「悪くはないよ」とセグレティは言った。「治療が効いてるそうだ。もう一年くらいは生きられるかもしれない。それに吐き気を抑える薬が効いて、少しは食べられるようになった」

「それはよかったわ」

エラが眼を覚ましてトンプソンを見た。が、あくびをすると、すぐにまた眠ってしまった。

「エラは大丈夫？」とトンプソンは尋ねた。

「だんだん落ち着いてはきてるけど、捜査官の話じゃ、おれが少しでもいなくなると、心細そうに鳴くそうだ」彼はまた笑みを浮かべた。「何を持ってきた？」

トンプソンはフォルダーを開いて、一枚目の書類を渡した。セグレティはそれを見るなり、声をあげて笑った。彼の名前の書かれた死亡診断書だった。

「大喜びするんじゃないかと思ってた。合衆国政府が関知するかぎり、あなたは正式に死んだ人間ってことよ」

「二度死んだ人間だ。ほかの書類は？」

彼女は二枚目の書類を渡した。「訴追免除に関する取り決めが書かれた書類のコピー。全部話し合ったとおりになってる。司法長官のサインもあるでしょ？」

セグレティは書類に丹念に眼を通し、キャメロンにもヘンドリクスにも、サンフランシスコで起きたことの責任を問われて訴追される心配のないことがわかると、満足げにうなずいて書類を脇に置いた。

ってることを全部話すよ」

セグレティはまた笑みを浮かべた。「椅子を持っておいで。〈評議会〉についておれが知

「で」とトンプソンは言った。「今日は？」

44

車のヘッドライトがサル・ロンビーノの家の居間の窓を照らし、壁にできた光の菱形模様が左のほうに移動した。サルの元妻ヴァネッサがベンツをバックで私道から出すと、娘のイザベラが後部座席から彼に手を振った。サルは居間の窓からそれを見て、イザベラのために笑みを顔に貼りつけ、手を振り返した。そして、車が視界から消えると、顔をしかめてつぶやいた。「あのクソ女《アマ》」

今週末はサルがイザベラと過ごす週末で、明日の夜までは娘と一緒にいられるはずだった。が、一時間まえにヴァネッサから電話があり、〈ディズニー・オン・アイス〉の今夜のチケットが取れたと言ってきたのだ。サル自身が電話に出ていれば、元妻のそんな計画など無視していたところだが、間《ま》の悪いことにイザベラがその電話を取ってしまったのだ。イザベラはアイスショーの話を聞くと、興奮を抑えられないくらい喜んだ。サルとしてもそんな娘をがっかりさせたくはなかった。で、母親と行かせることにしたのだった。

今回だけのたった一回の週末だ、とサルは自分に言い聞かせた——ヴァネッサも今のうちに愉しむことだ。あのクソ女がおれを本気で怒らせるのはもう時間の問題だ。そうなると、誰かに彼女を始末させざるをえなくなる。そうなれば、イザベラとは毎週末一緒に過ごせる。

いずれにしろ、イザベラがいなくなり、誰もいない家で電話をかけることができるようになった。月曜日の朝一番にかけようと思っていたのだが、先延ばしにする意味がなくなった。サルは客用の寝室に行き、オーディオ・ジャマーをオンにして、議長の最新のプリペイド式スマートフォンにかけた。

「やあ、サル」

「議長」とサルは言った。

「今は気づかいは無用だ。家にいるから。盗聴も傍聴もされてない。ここは安全だ」

「よかった。それなら話しやすい。いいニュースです」

「言ってくれ」

「テキサス出身の二世上院議員にはあの写真が効きました。で、議員の同意が得られました。そんな……性癖……があることが選挙民に知れてしまったら、次の選挙で当選できるわけがない。そうした道理が彼にもよくわかったようです。つまり、今度の水曜日には彼の票もあてにできるということです——もちろん、われわれが彼の例の写真を流出させたりしなければの話ですが」

「やつは反対していた最後の議員だったな？」

「そうです。だから法案は可決されます。これで〈ベラム産業〉は国内の契約だけで数十億ドルの利益が見込めます。実際、株価はすでに天井知らずの状態ですが、法案が可決されればさらに最高値を突破するでしょう。要するに、〈評議会〉は投資額の千倍の収益が見込めるということです」

〈評議会〉は幽霊会社を通じて、株式が公開されて以来、〈ベラム産業〉の株の過半数を保有していた。

「いいことだ。FBIの捜査のほうはどうなってる？」

「終息に向かってます。どうまちがっても、われわれが巻き込まれる心配はありません。FBIはヤンシーを殉職者に祭り上げましたが、〈ベラム産業〉にしてみればあの男はただの馬鹿です。彼の愚かな判断で、〈ベラム産業〉とアメリカを攻撃したテロリストとの関連が危うく明るみに出そうになったんですからね。〈ベラム産業〉が〈真のイスラム帝国〉に関する証拠隠滅に躍起になったのは当然です。議長と私でヤンシーを操り、タグボートと爆弾の設計図がしかるべき手に渡るようにしたことは〈評議会〉さえ知らないんですから。〈評議会〉はわれわれがこの計画を進めようとしたときから詳細を知りたがらなかった」

「そこが肝心なところだ。正直なところ、こんな綱渡りのような行為は胃に悪い。〈ベラム産業〉がなんらかの形で爆破事件に関与していることが明るみになっていたら――」

「――ヤンシーに罪を負わせて被害を最小限にとどめ、ニュースが流れるまえに〈ベラム産業〉の株をすべて売り払う。そういうことでしたよね？　でも、もうそんな心配も要りません、ウェントワース上院議員。何もかもうまくいきました。われわれは、FBIと国土安全保障省を子供扱いして、〈ベラム産業〉を救世主に仕立て上げて、泥棒ごっこを数十億ドルの産業に変えることができたんですから。今では方程式の両方をコントロールできるんですから。これでいくらでも金を動かすことができます。おまけにセグレティを燻り出して殺すこともできました」

「あれはこっちにつきがあったのさ」

「そうかもしれません。でも、ちょっと気が利いてたでしょ？　私がゴールデンゲートブリッジを選んだのは、セグレティのことがあったからなんですから」

「それはどういうことだ？」

「セグレティはいつも言ってたんです、余生はサンフランシスコで送りたいとね。つまらない昔の映画を見て、そう思ったそうです。あいつがわれわれのことをFBIに密告しようとしてからというもの、私はどうやったら一番いい意趣返しになるかずっと考えてたんです。でも、やつがまさか本気で言っていたとは、正直、思ってませんでした。フロリダのボカラトンにでも行ってればよかったのに」

「きみは執念深いね。誰かにそう言われたことはないか？」

「ええ、元妻に七年間毎日言われてました」

電話を切ったときにはサルはいい気分になっていた。どうやらウェントワースは彼を許してくれたようだ――思えばそれも当然だ。七年かけてついに〈評議会〉との約束をふたりで果たしたのだから。

サルはあまりにも気分がよかった。だから寝室の戸口に銃を持った見知らぬ男がいることに気づいても、首を振り、声をあげて笑いだした。

「何が可笑しい？」と男は言った。

「いや」とサルは言った。「おまえさんをつくづく不運なやつだと思ってね。おれならすぐにここから出ていく。強盗に押し入ったのなら家をまちがえたようだな」

「いや」と男は言った。「この家でいいんだよ。あんたの電話の最後のほうを聞いてたんだが、サル、自分の娘の母親にはもう少し敬意を払うべきなんじゃないのか？」

「おいおい――これはヴァネッサの差し金なのか？〈ディズニー・オン・アイス〉の話はそういうことだったのか？　イザベラをこの家からいなくするためだったのか？　どこかのクソ野郎におれを痛めつけさせるために？」

「あんたの元妻はおれがここにいることも知らないよ。あんたの元妻はただうまくチケットが取れたものと思い込んでる」

「だったらなんなんだ、これは？」

「いくつか訊きたいことがある。それに答えてもらいたい」

「そんなことのために押し入ったのか？」とサルは不審げに眉をもたげた。

「信じられないかもしれないが、そんなことのために押し入ったんだ」

「おまえはいったい何者なんだ？」

「去年、あんたとあんたの仲間は殺し屋を雇っておれを消そうとした。おれはそのことを根に持っててね——片方の頰を打たれたら、もう一方の頰を差し出すなんて真似はおれにはできないんだよ。まあ、性格上の欠陥と思ってくれればいい」

サルの顔色が変わった。一気に心臓が早鐘を打ちはじめた。この部屋に銃があれば、ととっさに思った。が、そんなことをして誰かに見つかり、よけいなことを詮索されたくなくてやめたことを思い出した。

「いったいなんの……どうやって私を見つけた?」

「話せば長くなる」

「肝心なところだけでいい」

「わかった」とヘンドリクスは笑みを浮かべて言った。「そう言えば、フランク・セグレティがあんたによろしくって言ってたよ」

謝辞

私は幸運にも出版界においてすばらしい仲間たちの支援を得ることができた。なかでもエージェントのデイヴィッド・ジャーナート、並びに担当編集者のジョシュア・ケンダル。両氏には心からの謝意を捧げたい。ふたりの協力により本書を最高の形に仕上げることができた。

エレン・グッドソン、アンナ・ウォラルをはじめとする〈ジャーナート・カンパニー〉のチームのみなさん、パメラ・ブラウン、サブリナ・キャラハン、ベッツィ・ウーリヒをはじめとする〈リトル・ブラウン・カンパニー〉の子会社〈マルホランド〉のみなさん、RWSG著作権エージェントのシルヴィ・ラビノウ、それにトレイシー・ロウにも特別の謝意を。

マイクル・ヘンドリクスなるキャラクターを生み出すための原動力になってくれたスティーヴ・ウェドル、私の作品を身のまわりの誰にでも押しつけてくれるわが一族郎党――バーンズ、ホルム、ニーダス――それにいつも温かく迎え入れてくれるクライム・フィクション愛好家の読者のみなさん、ほんとうにありがとう。

妻のカトリーナには最大級の感謝の気持ちを。彼女のゆるぎない愛情と献身がなければ、果たして私はどこに行き着き、何者になっていただろう？

解説

文芸評論家
北上次郎

クリス・ホルムの前作『殺し屋を殺せ』が翻訳されたのは二〇一六年だが、その年の「翻訳ミステリー・ベスト5」（小説推理二〇一七年二月号）で、この作品を私は年間3位に選んでいる。ちなみに、そのときのベスト5の書名はこうだ。

①『狼の領域』C・J・ボックス
②『終わりなき道』ジョン・ハート
③『殺し屋を殺せ』クリス・ホルム
④『ささやかで大きな嘘』リアーン・モリアーティ
⑤『暗殺者の反撃』マーク・グリーニー

え、グリーニーより上なのかよ、と驚かれるかもしれないが、これには少し注釈が必要だ。

そのときに書いた選考理由を、少し長くなるが、引いておく。

「グリーニー『暗殺者の反撃』が、クランシーとの共著でミソをつけたグリーニーではなく、見事な復活作であるのに1位にしなかったのはこの『狼の領域』があるからだ。これを差し置いて1位には出来ない。ならば、2位は失礼だ。第1期のジェントリー五部作の最終篇であるだけに、思い切って5位に置いてこのベストを締めたい。

3位の『殺し屋を殺せ』も同じ道筋にある。こちらは暗殺者を主人公にしたアクション小説で、本来ならグリーニーより下位に位置する作品だが、本邦初紹介の作家なので祝儀の3位。アクション小説は正当に評価されることが少なく、このジャンルを愛する私はいつも悔しい思いをしている。そういう世評へ反発の3位でもある。読者を選ぶジャンルであるから仕方がないと言ってしまえばそれまでだが、同好の士には強くおすすめしておきたい。アイディアに満ちたアクションの連鎖が素晴らしい」

なんだい祝儀の3位かよ、と言われそうだが、それでも3位だから高評価であることに変わりはない。そのときの新刊評も引いておく。

「なによりも素晴らしいのは、そのアクションの密度だ。通常のアクションよりも仕掛けに凝っているのがキモ。途中のカジノの場面も凝っていて、本来ならここをクライマックスにしてもいいだけの迫力に満ちているが、まだ物語は終わらず、アイディアに満ちたラストになだれこんでいく。いやはや、素晴らしい」

これだけ褒めているのにその月の推薦作に出来なかったのは、C・J・ボックス『狼の領域』が同じ月に刊行されたからだ。年間のベスト1と同じ月に刊行されるとは不運以外のなにものでもない。ひと月ずれていれば絶対の推薦作だった。この年のベスト5の他の作品にも触れたいところだが、そんなことをしているとキリがないので、中止。

いや、もう少し書いておく。先の「二〇一六年ベスト5」で、「本来ならグリーニーより下位に位置する作品」と書いたことに補足を付け加えたい。これは、グリーニー『暗殺者の反撃』と、クリス・ホルム『殺し屋を殺せ』を比較したときの言だが、少し言葉が足りなかったと思うのである。唐突ではあるけれど、ここに都筑道夫のアクション小説論を挟みたい。『暗殺教程』桃源社版のあとがきで、都筑道夫は次のように書いている。

「これはスパイ小説のジャンルに入るものだが、さらにこまかくいうと、ストーリイの展開スピードと、敵味方のあいだにくりひろげられる闘いの変わったアイデアに、作者は主力をそそいでいる。したがって、あいまいなスパイ小説という呼び方よりも、古めかしく聞こえるかもしれないが、冒険小説とわたしは呼びたい。日本の冒険小説の伝統は、時代小説のほうに旺盛で、現代小説ではかぼそいから、そうしたものにエネルギーを傾けたことが、わたしの虚栄心をくすぐるのである」

都筑道夫が別のところで、マクリーン『ナヴァロンの要塞』について「その（筋の）運びがまことにうまい。だが、なんとなく陰気で、カラッといかない」と書いていることをここに並べてみると、一つのことが見えてくる。つまり、アクション小説には、フレミングが書いた007のような「陽気な大活劇」と、マクリーンが書いた『ナヴァロンの要塞』のような「陰気で、カラッといかない」ものの二種があると都筑道夫は言いたいのである。で、後者を「陰気で、カラッといかない」と評したのは、それが都筑道夫の好みではなかったからだ。たしかに『暗殺教程』は前者のラインに属する作品である。

しかし、こういう言い方ではマクリーンの立場がないので、私ならこう言い換える。アイデアを重視するアクションと、活劇者の肉体に力点を置くアクションの二種があると。そして前者が都筑道夫の好みのようだが、私は断然後者だと。『暗殺教程』の素晴らしさは認めたうえで、そう考えている。

グリーニー『暗殺者の反撃』と、クリス・ホルム『殺し屋を殺せ』を比較したときに、前者のほうが上、と書いたのはそういう理由による。わかりやすくするために乱暴に要約してしまえば、この場合、グリーニー『暗殺者の反撃』がマクリーン『ナヴァロンの要塞』であり、クリス・ホルム『殺し屋を殺せ』が都筑道夫『暗殺教程』なのである。いや、これは誤解を招きかねない言い方だな。『殺し屋を殺せ』を読んだ人が、「このどこが『暗殺教程』なんだよ」と言う顔が浮かんでくる。これはあくまでもライン上の分類であることをお断りしておかなければならない。ラインでいえば、たしかに同じラインなのである。

というわけで、その『殺し屋を殺せ』に続くシリーズ第二作が本書『悪魔の赤い右手』である。主人公は前作同様に、マイクル・ヘンドリクス。元特殊部隊員の殺し屋だが、普通の殺し屋と違っているのは標的が同業者であること。殺しの案件を知ると、殺害される予定の相手に接触し、狙われていることを告げ、高額の報酬で殺し屋抹殺を引き受ける。

これが基本設定だが、巨大な犯罪組織〈評議会〉がヘンドリクスの存在に気がついて、彼を抹殺するために最強の殺し屋を派遣してくる、というのが前作だった。

今回はこの基本設定が早くも変化する。では、どう変わったか。

サンフランシスコのゴールデンゲートブリッジにタグボートが激突して爆発炎上するのが本書の冒頭だ。あとで判明するが、どうやらそれはイスラム過激派組織の犯行らしい。それだけでも大変な出来事だが、そのテロの背景にもう一つ別の問題が生じる。それは、たまたま橋の上でビデオをまわしていた観光客に、死んだはずの男、フランク・セグレティの姿が撮られたことだ。この男を紹介するために少しだけ遠回りする。

そもそも〈評議会〉というのは、アメリカ全土の犯罪組織の代表の集まりである。イタリア系、ロシア系、キューバ系、エルサルヴァドル系、ウクライナ系など、それぞれの組織が衝突しないよう、利害調整をはかるために作られた組織だ。ただ、組織内で利害がぶつかった場合、どこのギャングにも属していない仲介役が必要になる。評議会の決定を実行に移す手配と、世界各地から入ってくる評議会の利益の管理も、その仲介役の仕事だ。恐怖と畏敬の念を集める役職だが、正式な肩書はなく、「悪魔の赤い右手」と呼ばれた。それが、フランク・セグレティで、この男が七年前にＦＢＩの支局に突然現れ、評議会を裏切ることを申し出る。

ところが、ＦＢＩが用意した隠れ家が爆発。フランク・セグレティが裏切ったことを知った評議会の手が伸びたのかもしれないが、とにかくそこで一度は死んだはずの男だ。そのセグレティが生きていることを知れば、評議会がまた抹殺に乗り出すことは確実で、それを阻止するためには評議会よりも先にセグレティを見つけ出し、早く確保したい――FBI捜査官のチャーリー・トンプソンはそう考えて、その仕事をマイクル・ヘンドリクスに依頼してくる。彼女は、ゴールデンゲートブリッジにタグボートを激突させたテロリストを追うことを厳命されているので身動きが取れないのだ。それは評議会に復讐したいマイクル・ヘンドリクスの意向とも合っているはずだ、とトンプソンは言う。

その話を結局は受けることになるのは、ヘンドリクスの方針が変わったからだ。前作を未読の方がいるかもしれないので（未読なら本書のあとに遡ってぜひ読んでほしいので）ここには詳しく書かないが、前作で起きたことのために、ヘンドリクスは方針を変えるのである。彼はトンプソンにこう言う。

「怪物の尻尾を追いかけまわすことにうんざりしたのさ。それよりさっさと怪物の頭を狙って始末することにしたのさ」

というわけで、フランク・セグレティを探すヘンドリクスのマンハントが始まることになるが、この先のストーリーは読書の興を削がないために紹介しないほうがいいだろう。ここに書くことが出来るのは、今回はトンプソンの私生活が多く描かれること、キャメロンという新しいヒロインが登場してヘンドリクスを助けること、評議会だけでなく、ベラム産業という民間の軍事会社がヘンドリクスの前に立ちふさがること、フランク・セグレティのあとに「悪魔の赤い右手」となったサルという男が、ヘンドリクスの敵になること、そういうことが渾然一体となって複雑なストーリーを構成し、めまぐるしく展開するから目が離せないということだけだ。今回も鮮やかなアクションが展開する、ということだけだ。

二〇一九年一月

訳者略歴　1950年生，早稲田大学文学部卒，英米文学翻訳家　訳書『八百万の死にざま』ブロック，『卵をめぐる祖父の戦争』ベニオフ，『あなたに似た人〔新訳版〕』ダール，『ラブラバ〔新訳版〕』レナード（以上早川書房刊）他多数

HM=Hayakawa Mystery
SF=Science Fiction
JA=Japanese Author
NV=Novel
NF=Nonfiction
FT=Fantasy

悪魔《あくま》の赤《あか》い右手《みぎて》　殺《ころ》し屋《や》を殺《ころ》せ 2

〈NV1448〉

二〇一九年二月　十　日　印刷
二〇一九年二月十五日　発行
（定価はカバーに表示してあります）

著者　クリス・ホルム
訳者　田《た》口《ぐち》俊《とし》樹《き》
発行者　早川　浩
発行所　株式会社　早川書房
郵便番号　一〇一‐〇〇四六
東京都千代田区神田多町二ノ二
電話　〇三‐三二五二‐三一一一（大代表）
振替　〇〇一六〇‐三‐四七七九九
http://www.hayakawa-online.co.jp

乱丁・落丁本は小社制作部宛お送り下さい。送料小社負担にてお取りかえいたします。

印刷・中央精版印刷株式会社　製本・株式会社明光社
Printed and bound in Japan
ISBN978-4-15-041448-1 C0197

本書は活字が大きく読みやすい〈トールサイズ〉です。